KNAUR

**BEN CREED**

THRILLER

# Der kalte Glanz der Newa

Der erste Fall für Leutnant Revol Rossel

Aus dem Englischen
von Peter Hammans

KNAUR

Die englische Originalausgabe erschien 2020 unter dem Titel
»City of Ghosts« bei Welbeck Fiction Limited, London.

**Besuchen Sie uns im Internet:**
**www.knaur.de**

Aus Verantwortung für die Umwelt hat sich die Verlagsgruppe
Droemer Knaur zu einer nachhaltigen Buchproduktion verpflichtet.
Der bewusste Umgang mit unseren Ressourcen, der Schutz unseres
Klimas und der Natur gehören zu unseren obersten Unternehmenszielen.
Gemeinsam mit unseren Partnern und Lieferanten setzen wir uns
für eine klimaneutrale Buchproduktion ein, die den Erwerb von
Klimazertifikaten zur Kompensation des $CO_2$-Ausstoßes einschließt.
Weitere Informationen finden Sie unter: www.klimaneutralerverlag.de

FSC
www.fsc.org
MIX
Papier aus verantwortungsvollen Quellen
FSC® C014496

Deutsche Erstausgabe September 2021
Knaur Taschenbuch

Ein Imprint der Verlagsgruppe
Droemer Knaur GmbH & Co. KG, München

Redaktion: Kerstin Fricke
Covergestaltung: ZERO Werbeagentur, München
Coverabbildung: Collage aus mehreren Motiven
von Shutterstock.com und einem Arcangel.com-Motiv
Illustrationen im Innenteil: ducu59us/Shutterstock.com /
Fourleaflover/Shutterstock.com
Satz: Adobe InDesign im Verlag
Druck und Bindung: GGP Media GmbH, Pößneck
ISBN 978-3-426-52662-0

2 4 5 3 1

»Wenn es keinen Gott gibt, ist alles erlaubt.«
*Fjodor Michailowitsch Dostojewski*

Der Mensch ist des Menschen Wolf
*Titel eines Buches über seine Erfahrungen im Gulag von Janusz Bardach, einem überlebenden Häftling*

# Erster Akt

# 1

## Samstag, 13. Oktober 1951

Gerade wie ein Baugerüst lagen sie da, starr im grellen Licht der Zugscheinwerfer. Ein Quintett von Körpern auf den zugeschneiten Gleisen, akkurat und parallel zueinander. Die Füße zusammen, die Arme ausgestreckt, die Köpfe sacht alle in dieselbe Richtung gewandt. Als hätte der Tod sie gebeten, sich ordentlich in die Schlange zu stellen, dachte er, und aus Gründen, die nur ihnen selbst bekannt waren, hatte jede dieser verdammten Seelen fügsam seiner Bitte entsprochen.

Etwa dreißig Meter von den Schienen entfernt zog Revol Rossel, Leutnant der Leningrader Miliz, an seiner Papirossa, stieß einen aschgrauen Ring aus und betrachtete den Tatort mit routinierter Teilnahmslosigkeit. Dieser Gesichtsausdruck war ihm zur Gewohnheit geworden. Eine Miene, die ihm bislang, obwohl er erst vierunddreißig Jahre alt war, den Gulag erspart hatte. »Jeder Mensch muss ein Gesicht für die Welt da draußen und eines für sich selbst haben, Revol«, hatte sein Vater einmal stoisch und augenzwinkernd zu ihm gesagt. Damals hatten weder Rossels Vater noch er selbst richtig verstanden, was für ein solider Rat dies war, die Art, die hilfreich dabei war, als Sowjetbürger etwas länger zu leben. Besonders wenn man in Leningrad lebte, einer Stadt, von der bekannt war, dass Stalin Vorbehalte gegen sie hegte.

Während er die Szene vom Beifahrersitz seines Moskwitsch aus taxierte, konnte er die Motorhaube des Wagens noch immer ticken hören. Zur Linken, hinter einem ausgedehnten Schneefeld, schnaufte eine schwarze Dampflok und blieb stehen. Hinter der Lok und ihrer Fracht waren die Schienen kilometerlang von Bäumen gesäumt, aber hier an dieser Stelle wurden sie von einem anderen Schienenstrang gekreuzt, sodass eine kleine Lichtung entstanden war.

»Also los, meine Herren. Zeit, unsere Aufwartung zu machen.«

Die Wagentüren schlugen zu und erinnerten an die Trommelschläge bei einer Parade, während Rossel und seine Milizionäre aus den Autos stiegen. Sie gingen zusammen, mussten die Beine stark anheben, um in den tiefen Schneewehen voranzukommen. Unter ihren Dienstmänteln, an denen die Rangabzeichen ihres jeweiligen Dienstgrads in der Miliz angebracht waren, trugen sie eine Vielzahl von Pullovern, Hosen und dicke Unterwäsche. Mit der Standarduniform allein war in einer Winternacht nicht viel auszurichten. Vor ein paar Stunden hatten sie im Radio minus 27 Grad verkündet. »Kalt genug, um gute, warme russische Pisse in Eiszapfen zu verwandeln«, wie Unteroffizier Gratschew sich das letzte Mal ausgedrückt hatte, als er ihnen wieder mal eine Geschichte darüber auftischte, wie er damals auf dem Weg nach Berlin Angehörige der 33. SS-Waffen-Grenadier-Division abgeschlachtet habe.

Neben der Dampflok standen, verfroren und verloren, zwei Männer. Rossel sah nach rechts in Richtung des zweiten Gleises. Es traf in einem 45°-Winkel auf die Hauptlinie, bog dann ab und verlief ein paar Dutzend Meter parallel zu dieser, ging an einer Weiche in die Hauptlinie über, um kurz darauf wieder in die Kiefern hinein abzuschwenken.

Einer der beiden Männer neben der Lok bewegte sich auf sie zu, um sie zu begrüßen – der Lokführer, vermutete Rossel. Er trug einen dicken Steppmantel über dem Overall und eine große Fellmütze, die den im Verhältnis dazu kleinen Kopf fast zu verschlingen schien, und er roch nach verbrannter Kohle.

»Was hat euch aufgehalten?«, grummelte er.

Rossel ignorierte die Frage und sah an ihm vorbei zu dem anderen Mann hinüber, der der örtlichen Miliz angehörte. Er musste der Anrufer gewesen sein. Er war klein und dünn und sah aus wie ein verängstigtes Tier – Anfang zwanzig, praktisch noch ein Junge. Der Halbstarke und der Lokführer blickten übellaunig drein. Zweifellos hatten sie sich gestritten. Rossel nahm an, dass der Lokführer die Leichen einfach hatte beiseiteschieben wollen, zum Teufel damit, um seinen Weg fortzusetzen. Das Milchgesicht war jedoch viel zu entsetzt, um irgendetwas auch nur anzurühren – ein Polizist wie aus dem Diensthandbuch, der sich nicht in der Lage sah, etwas zu unternehmen, sondern darauf wartete, dass jemand anderer das Kommando übernahm.

»Was hat euch aufgehalten, hä?«, fragte der Lokführer noch einmal.

Rossel sah ihn an und schoss zurück. »Nachts um vier fünfzig Kilometer zu fahren, in einem Schneesturm, der selbst einen Polarfuchs hätte erblinden lassen, ja, das könnte schon sein, dass es damit etwas zu tun hat.«

Drei Tage lang hatte es geschneit und es war gerade mal Oktober. Seit dem Winter '42 hatte es das, Überlebenden der Belagerung von Leningrad zufolge, nicht mehr gegeben. Sobald sie die Stadt hinter sich gelassen hatten, war es eher wie Ski statt Auto fahren gewesen.

Rossels Leute schwärmten aus, um den Tatort genauer in Augenschein zu nehmen. Eine Leiche nach der anderen, jedoch ohne sie anzufassen.

»Was war los?«, fragte Rossel den Lokführer. Sie befanden sich nur wenige hundert Meter entfernt vom in die Weite entschwindenden Ufer des bereits teilweise zugefrorenen Ladogasees. Eisfischer, dachte Rossel. Manchmal hockten sie stundenlang zusammen und tranken. Dann waren sie zu den Schienen gewankt, aneinandergeklammert, um sich aufrecht zu halten, bevor sie schließlich erfroren waren …

»Sie lagen schon auf den Gleisen, schon genauso wie jetzt«, sagte der Lokführer. »Der Schneepflug hat die Strecke gestern geräumt, aber trotzdem bin ich nur Schneckentempo gefahren. Ich hab sie gleich gesehen.«

»Die Strafe, wenn man Angehörige der Miliz anlügt …«

Der Lokführer spuckte aus und schüttelte den Kopf. »Guck's dir doch selber an, du Spürhund. Wirst schon sehen.«

Die Lok keuchte und schnaufte.

»Was transportierst du?«, erkundigte sich Rossel.

»Kohle und Altmetall. Zwanzig Waggons.«

Gut, dass der Zug sofort angehalten hatte. Von den Leichen wäre nicht viel übrig geblieben, wenn dieses Ungetüm über sie hinweggedonnert wäre.

»Ist das eine Hauptstrecke? Warum hat man die Leichen nicht früher gefunden?«

»Die letzten Personenzüge halten um elf, wenn sie nicht vereist sind. Die neuen Diesellok kommen mit dieser Kälte nicht gut klar«, antwortete der Lokführer und rieb sich die Augen. »Ich war der erste Güterzug heute Nacht. Irgend so ein Idiot im Depot hat einen der Waggons überladen, sodass er umgekippt ist. Hat mich mehr als zwei Stunden aufgehalten.«

Er brummelte etwas von Dampfkesseln und Ventilen und schien sich entfernen zu wollen, machte aber keine Anstalten, groß um Erlaubnis zu bitten. Rossel zuckte mit den Schultern und der Lokführer verschwand im Scheinwerferlicht der Lokomotive.

Der andere, der grüne Junge vom örtlichen Polizeirevier, sah ihn an und wartete auf einen Befehl. Er war nur ein gewöhnlicher Polizist.

»Wo sind denn alle?«, wollte Rossel von ihm wissen.

»Verhaftet.«

»Ich meine deine Kollegen. Warum bist du alleine hier?«

Das Milchgesicht sah nach unten auf den Schnee.

*Du machst Witze.*

»Alle?«

Ein kurzes Nicken.

Mann, verdammte Scheiße. Der MGB fegte durch die Reihen der Miliz wie eine Sense durch ein Weizenfeld. Militär, Polizei, die eigenen Reihen – wo Terror herrschte, wütete er oft am schrecklichsten unter den Männern und Frauen, die so unbedacht gewesen waren, sich eine Uniform anzuziehen. Aber gleich ein ganzes Revier, auch wenn es nur ein Außenposten in der Provinz war? Die Miliz gab es, um ein gewisses Maß an öffentlicher Ordnung zu wahren, während die gesellschaftliche Disziplin selbst an anderer Stelle erzwungen wurde. Die Gewerkschaften, die Belegschaften der Fabriken, die Volksgerichte, selbst die kriminelle Unterwelt – sie alle wetteiferten darum, als besonders loyale Sowjetbürger zu erscheinen. Polizist zu sein war eine einfache Aufgabe, für die Leute mit einer einfachen Einstellung zum Recht herangezogen wurden, und deshalb fanden sich auch jede Menge brutale Typen in der Truppe. Konterrevolutionärer Aufruhr zählte wohl kaum zu ihren Stärken.

Rossel sah zu den Leichen hinüber und versuchte, seine Gedanken zu ordnen.

Der Lokführer des planmäßigen nächtlichen Güterzugs hält an, weil sich irgendetwas auf den Gleisen befindet. Er steigt aus, um sich einen Eindruck zu verschaffen. Er vermutet umgestürzte Bäume oder Ladung, die ein anderer Zug verloren hat. Aber so ist es nicht.

Er benachrichtigt die nächste Station, die wiederum die örtliche Polizei verständigt. Nur dass auf dem Revier keine Polizisten mehr sind außer diesem verkorksten Exemplar, das, obwohl er das bestreitet, das erstbeste Revier der Miliz in Leningrad anruft, dessen Nummer er in der Liste an der Wand entziffern kann. Und die Herren Unteroffiziere Gratschew und Tanejew, die auf Nachtschicht sind, rufen dann mich an. Und weil Unteroffizier Gratschew ein Mistkerl ist, der sich nur dann an die Vorschriften hält, wenn er damit maximalen Ärger bewirken kann, holt er auch Hauptmann Lipuchin aus dem Bett, obwohl er weiß, dass der einen Dröhnschädel vom Feinsten haben wird.

Mehr als fünfzig Kilometer außerhalb unserer Jurisdiktion, mitten im Nichts. Und die örtliche Miliz ist zudem gerade noch vom MGB durchkämmt worden.

Rossel wusste, dass er nicht nach dem Grund fragen, sondern sich an das vorliegende Verbrechen halten würde.

Er ließ den bejammernswerten Jungpolizisten stehen und stapfte hinüber zu seinen Männern, wobei er dort ein wenig ins Wanken geriet, wo der Schneepflug frische Berge aufgetürmt hatte, und erreichte zuerst Hauptmann Ilja Lipuchin.

»Womit haben wir es hier zu tun, Chef?«

Hauptmann Lipuchin blickte ihn aus melancholischen, blutunterlaufenen Augen an. Der Atem von Rossels Vorgesetztem stank, wie so oft dieser Tage, nach billigem Wodka.

»Mord«, sagte er. »Ein Verrückter.«

Und übergab sich.

# 2

»Nummer eins. Tiefgefroren – und ich meine wirklich, ganz durch. Wie die Brotklumpen, die sie uns im 8. Garderegiment immer gegeben haben. Diese verdammten Zahnschrotter.«

Unteroffizier Gratschew wischte den Schnee von dem Leichnam und klopfte mit seinen behandschuhten Knöcheln darauf, um seine Feststellung zu unterstreichen.

»Das Gesicht unkenntlich, die Zähne entfernt oder ausgeschlagen. Die Hände abgeschnitten.«

Hauptmann Lipuchin sah das fröhliche, zahnlose Grinsen der Leiche und wandte sich ab, hustete heftig und keuchte wieder. Rossel nahm an, dass er eine beträchtliche Menge Alkohol erbrochen hatte und auf diese Weise losgeworden war. Lipuchins kleine Schwäche wurde von Tag zu Tag schlimmer.

»Sieh mal, was sie anhat«, fuhr Gratschew fort. »Sieht aus wie eine *Zarewna*. Aber ihr Kleid ist nicht gefroren. Das Miststück ist von irgendjemandem eingekleidet worden, nachdem man sie ermordet hatte.«

*Zu klein. Zu dünn.* Sie war es nicht. Wie immer durchlief Rossel eine kurze, aber heftige Woge der Erleichterung. Jeder Leichnam einer Frau konnte Galja sein, solange er sich nicht vom Gegenteil überzeugt hatte. Bis er sicher war.

Er beugte sich vor und betrachtete das rote Samtgewand der jungen Frau. Gratschew hatte recht. Es sah teuer aus.

»Was steckt da in ihrem Hals?« Er zeigte darauf. »Ein Eiszapfen?«

Ein langer dünner, beschlagener Gegenstand ragte aus ihrem Rachen hervor. Gratschew zog einen Handschuh aus und tippte das Objekt kurz an, um den Handschuh sofort darauf wieder überzuziehen.

»Glas«, sagte er.

Gratschew beugte sich tiefer hinunter und wandte den Kopf zur Seite. Seine Mütze rutschte herunter und legte seinen vernarbten, rasierten Schädel bloß.

»Hohl. Ein Glasröhrchen.« Er sah zu den vier anderen Leichen hinüber. »Verschiedene Größen, aber sie haben alle ein Röhrchen im Hals, Leutnant.«

Rossel richtete sich auf und schlug die Hände gegeneinander, um sie zu wärmen.

»Schade, dass es keine Eiszapfen sind, Gratschew. Wenn dem so wäre, würden alle verfügbaren Beweismittel direkt auf die Schneekönigin deuten, und der Fall wäre erledigt. Genosse Tanejew?«

Unteroffizier Tanejew, ihr Fossil, das nur noch wenige Wochen von der Pensionierung trennten, trat vor. Der Blitz seines Fotoapparats leuchtete auf, als er ein oder zwei Aufnahmen von der unbekannten eisigen Aristokratin machte. Ihre Hände waren an den Körper angelegt, der einen rechten Winkel zu den Gleisen bildete, ihr Kopf lag exakt in der Mitte zwischen den Schienen.

Rossel nahm eine weitere Papirossa aus der Packung, eine *Belomorkanal*, drückte das Papierröhrchen am einen Ende zurecht und entzündete den Tabak am anderen.

»Nummer zwei«, sagte Gratschew und setzte seine Mütze wieder auf, nachdem er den Schnee abgeklopft hatte, während sie zur nächsten Leiche stapften. »Ein Priester. Ebenfalls tiefgefroren. Ich denke mal, das sind sie alle. Kein Gesicht, keine Zähne. Und, na ja, sieh dir das mal an.«

Rossel nahm einen extra starken Zug.

Die Kehle und die Brust des Priesters waren aufgeschlitzt worden, der Kehlkopf herausgerissen. Letzterer lag neben einem großen goldenen Kreuz auf dem Hals des Opfers, die Robe bedeckte den übrigen Körper. Auf dem Schädel ohne Gesicht saß ein schwarzer, zylindrischer Hut. Wieder lag der Körper senkrecht zu den Gleisen, aber diesmal war der Kopf direkt auf der Schiene platziert worden, wo er vermutlich angefroren war.

Erneut trat Tanejew vor und drückte, ohne vorher etwas zu sagen, auf den Auslöser. Das Blitzlicht traf sie völlig unvermittelt, wobei das Aufleuchten durch die Reflexion auf dem schneeweißen Boden noch verstärkt wurde. Die anderen drei sprangen zur Seite, konnten vorübergehend nichts sehen. Gratschew fluchte, was das Zeug hielt.

»Tanejew, du Volltrottel! Was glaubst du, wer du bist? Der verdammte Sergei Eisenstein, oder was?«

Rossel ging in dem tiefen Schnee auf ein Knie und versuchte, das Aufscheinen seiner eigenen Blutgefäße auf der Netzhaut wegzublinzeln. Er fragte sich, wie Tanejew dreißig Jahre in der Miliz überstanden hatte, ohne dass jemand einen Unfall inszenierte oder ihn beim MGB denunzierte.

Er blickte zurück in Richtung des Zuges, aber der Scheinwerfer oben auf der Lok strahlte noch immer gleißend hell und dahinter war nur Dunkelheit. Das schien die Wahl zu sein, die er hatte – gleißendes Licht oder totale Schwärze. Rossel war normalerweise kein religiöser Mensch, im Gegenteil. Die Lehrer im staatlichen Waisenhaus in Kostroma hatten dafür gesorgt und ihn gelehrt, Marx und Lenin zu verehren, nachdem die Geheimpolizei seine Eltern abgeholt hatte. In seinen Jugendjahren war er sogar Mitglied im Verband der kämpfenden Gottlosen gewesen, und es gab niemanden, der fanatischer atheistisch gewesen wäre als diese Verrückten. »Der Kampf gegen die Religion ist der Kampf für den Fünfjahresplan!« – solche Slogans hatten sich ihm ins Gedächtnis gebrannt. Aber irgendetwas an diesem Tatort war anders als an so vielen, die er schon gesehen hatte – die penible Anordnung der Figuren auf den Schienen, die urtümliche Trostlosigkeit der Umgebung und das unaufhörliche geisterhafte Gemurmel des Windes, der vom Ladogasee herüberwehte. Tiefe Schneewehen, Dunkelheit und Leichen. Das alles erweckte zahllose Erinnerungen an die Belagerung von Leningrad wieder zum Leben. Auch an seine Schwester Galja, deren Gesicht er zuletzt viele Jahre zuvor in einem Schneesturm hatte entschwinden sehen. Der Leutnant verspürte das Bedürfnis, sich zu bekreuzigen.

Die Milizionäre fanden sich beim nächsten Leichnam wieder zusammen, der runzlig war, als wären es die sterblichen Überreste eines alten Mannes.

»Nummer drei«, resümierte Gratschew. »Wie ihr seht, ist diese Leiche komplett nackt. Dasselbe Verfahren, aber mit ein paar Zugaben. Ich habe den Schnee um ihn herum mal etwas weggewischt und ein paar Feinheiten gefunden. Das ist sein Herz, denke ich mal.« Er deutete auf einen braunen Klumpen neben dem Leichnam. »Und die anderen Dinger da, neben seinem Herzen, das sind seine Eier. Der Schwanz ist aber noch dran. Glücklicher armer Teufel!«

Alle Leichen waren dort zu finden, wo die beiden Schienenstränge nebeneinander verliefen. Bei drei Opfern lag der Kopf auf dem Gleis, bei den beiden anderen lungerte er mitten zwischen den Gleisen herum.

Rossel machte einen Schritt zurück, blickte sich um und schalt sich innerlich für seine Unbekümmertheit. Gegen den Schlaf und die Kälte ankämpfend, hatte er gedacht, er sei auf dem Weg zu irgendeinem idiotischen Unfall. In neun von zehn Fällen war Alkohol die Ursache. Und wenn die Geheimpolizei daran beteiligt war, konnte es sich schlimmstenfalls um eine Hinrichtung handeln. In diesem Fall machte man es sich zur Aufgabe, schlampig zu ermitteln und genau die falschen Fragen zu stellen – oder gar keine. Weg mit den armen Schweinen und irgendeine Todesursache aus der Luft greifen.

Aber es war kein Blut geflossen. Die Gesichter waren ein einziger Brei, aber es schien keine Austrittswunden zu geben, also hatte man ihnen nicht, wie es so Sitte war bei der Geheimpolizei, in den Hinterkopf geschossen. Auch waren Hände und Füße nicht gefesselt.

Ein Verrückter. Vielleicht hatte Lipuchin recht.

Die Polizisten hatten deutliche Fußspuren zwischen den Autos und dem Schienenstrang hinterlassen. Aber keiner von ihnen hatte sich die Mühe gemacht, auf Spuren zu achten, die von der Person (vielleicht auch mehreren Personen) stammten, von der die Leichen zu ihrem Fundort geschafft worden waren. Rossel sah in die andere Richtung, über die offene Fläche hinüber zum Wald auf der anderen Seite der Schienen, der sich entlang der Haupt- und der Nebenlinie erstreckte. Wo führte das alles hin? Aber es gab einfach keine Fuß- oder Schleifspuren im Schnee, die ein Körper, den man über den Boden zog, hinterlassen haben könnte, und auch keine Reifenspuren.

»Wann hat es aufgehört zu schneien?«

Rossels Stimme ließ die Männer, die sich gerade auf den Weg zu Leiche Nummer vier machten, innehalten. Sie sahen einander an.

»Es hat geschneit, als ich meine Schicht angetreten habe«, antwortete Gratschew. »Danach bin ich in den Akten versunken. Scheint wohl die ganze Zeit über geschneit zu haben.«

Akten durchsehen? Von acht Uhr abends bis zwei Uhr nachts? Daran hatte Rossel so seine Zweifel. Unteroffizier Gratschew zog es vor, sich auf das Rauchen zu konzentrieren und ein Auge auf etwaige Prostituierte zu haben, die aufs Revier gebracht wurden und die er vergewaltigen konnte.

»Es hat geschneit, als ich ins Bett gegangen bin«, sagte Lipuchin. »Ungefähr«, er stockte, »ungefähr um zehn.«

Rossel bemerkte, dass Gratschew und Tanejew grinsten. So um zehn, wenn man unter den Tisch rutscht, Genosse?

Also wusste es keiner von ihnen genau. Man konnte mit

einiger Wahrscheinlichkeit annehmen, dass es zwischen zwei und vier Uhr zu schneien aufgehört hatte. Aber das Zeug war schon die ganze Zeit heruntergekommen, als wollte Gott die Welt ein für alle Mal zuschütten, um sie nicht mehr sehen zu müssen. Hier lag der Schnee hüfthoch. Man konnte genug von der weißen Pracht über seine Spuren schaufeln und dem Wetter den Rest überlassen. Die fünf Leichen auf den Schienen unweit des Ladogasees hätten genauso gut vom Himmel gefallen sein können.

Die vierte Leiche war auch wieder ein Mann. Aber der Körper – mehr Muskeln, kein schlaffes Gewebe – wirkte wie der eines jüngeren Mannes, vielleicht sogar erst zwanzig, keinesfalls älter als vierzig, dachte Rossel. Er war nackt und verstümmelt wie der dritte Tote, außer dass, wie Gratschew mit einem boshaften Grinsen bemerkte, »sich sowohl Schwanz als auch Eier noch an der richtigen Stelle befinden. Und sieh dir mal die ganze Pracht an, bei diesen Temperaturen. Wenn's im Himmel irgendwo Muschis gibt, werden diese Schlampen vor lauter Freude bestimmt gleich feucht, wenn dieser junge Galan dort auftaucht.«

Die letzte Leiche. Rossel zündete sich mit den Überresten der alten eine neue *Belomorkanal* an und drückte den Filter zusammen.

»Scheiße«, sagte Gratschew, »verdammter Mist.«

Rossel sah zu dem Unteroffizier hinüber, der sich über den Körper beugte, einen Schneeklumpen vom Kopf wischte und darauf zeigte.

»Das hier ist 'ne Blaumütze«, stellte Gratschew fest. »MGB.«

In der Tat war der Bezug ihrer Mütze blau mit rotem Randband und schwarzem Schirm. Die Tunika hatte Abzeichen an den Ärmeln und am Kragen, die Rossel nicht richtig ausmachen konnte, blauen Zwirn an den Manschetten und Schulterklappen ohne Rangabzeichen. Ein verrostetes Schildchen war an der Brust angeheftet – er konnte nur ein Schwert ausmachen, das die Trägerin als Mitarbeiterin des Ministeriums für Staatssicherheit auswies.

Wie bei den anderen war das Gesicht großenteils zerstört. Im Gegensatz zu den anderen hatte man ihr die Augenlider jedoch nicht geschlossen, obwohl ihre Augen nichts weiter als weiße, milchige Kugeln waren. Gratschew inspizierte den Mund.

»Wieder dilettantische Arbeit an den Zähnen. Ihre Zunge ist auch weg.«

Hüftabwärts war sie nackt, von einem voluminösen Schlüpfer einmal abgesehen. Rosa oder verblichenes Rot. Mord aus Leidenschaft. Wer sie auch sein mochte, sie war klein und von gedrungener Statur, und das Fleisch ihrer Oberschenkel war zu weißen, dicken Klümpchen gefroren, die nicht so wirkten, als gehörten sie zu einem menschlichen Bein.

»Drei Männer, zwei Frauen«, fasste Rossel zusammen. »Eine Prinzessin, ein Priester, ein Nackter ohne Hoden, ein Nackter mit, und jetzt noch eine Geheimpolizistin.«

Gratschew atmete deutlich hörbar aus. »Eine ziemlich verrückte Jazzband«, brummelte er.

»Jazz ist bourgeois, Genosse«, erklärte Tanejew.

Sie glotzten ihn alle an. Tanejew drückte die Kamera an sich, sein Gesicht so lang gezogen und ernst wie immer. Er versuchte nicht, einen Witz zu landen.

Gratschew spuckte aus.

»Wie immer danke für deine große Aufmerksamkeit gegenüber der Parteilinie, Genosse«, entgegnete Gratschew, »und dafür, dass du mich und uns alle wieder auf den rechten Weg führst, Genosse, und für …«

Rossel schaltete sich ein. »Das reicht jetzt, Unteroffizier.« Wenn Gratschew einmal anfing, hörte er so schnell nicht auf.

Gratschew kokettierte gerne damit, einen Befehl zu verweigern, doch diesmal schwieg er. Wahrscheinlich weil es Tanejew sowieso scheißegal war, wie lange er herumzeterte. Plattitüden von sich zu geben und bis zur Pensionierung durchzuhalten war alles, was den alten Herrn jetzt noch interessierte. Oder vielleicht hatte ihn auch der Anblick einer MGB-Uniform in Aufruhr versetzt.

»Genosse Leutnant, ich bin mir nicht sicher, wie wir jetzt am besten vorgehen. Was sollen wir Ihrer Meinung nach tun?«

Es war Lipuchin, der seine Nähe suchte. Der Hauptmann hatte den Wodka aus seinem Magen befördert, und so war etwas Farbe in sein Gesicht zurückgekehrt, obwohl er noch immer den Spritgeruch billigen Alkohols verströmte. Auch wenn er groß gewachsen war, musste Lipuchin den Kopf anheben, um die Frage in Rossels Ohr zu flüstern.

Rossel wusste, was alle dachten. Gratschew, einmal mehr über die Frau gebeugt, der Gesichtsausdruck die übliche Maske an dummdreister Unverschämtheit. Tanejew, die Hände an die Kamera gepresst, mit großen Augen und unverwandtem Blick, verzweifelt darum bemüht, die letzten Wochen bis zum sicheren Hafen des Ruhestands, der Rente und der Anonymität auch noch zu überstehen. Lipuchin, dessen Anmutung eines Filmstars von seiner Trinkerei allmählich zerstört wurde. Hauptmann gegenwärtig nur der Dienstbezeichnung nach, der auf Anweisungen wartete.

Der Gedanke, der alle umtrieb, war: *Ließe es sich vielleicht machen, die Leiche in der MGB-Uniform einfach zu vergessen …?*

Das Spalier der Toten wurde durch Schnee, den ein stärker werdender Wind aufwirbelte, erneut mit Weiß überzogen. Hinter ihnen strahlte der Scheinwerfer der Dampflok. Der Lokführer vertrat sich die Beine in den

Schneewehen und der örtliche Polizist starrte noch immer auf seine Stiefel.

Rossel tippte mit dem Daumen in einem bestimmten Rhythmus auf den Ringfinger und den kleinen Finger seiner linken Hand oder auf das bisschen, was von ihnen noch übrig war, was eine Angewohnheit war, wenn er nachdachte. Die beiden Stümpfe waren ein Andenken, das ihm die Tschekisten, wie man Geheimpolizisten immer noch nannte, hinterlassen hatten. Rossel war sich darüber im Klaren, dass man vor ihnen nichts verbergen konnte. Niemals. Er war wirklich einigermaßen überrascht, dass der MGB nicht schon längst hier war, waren Leichen doch schließlich seine Spezialität.

Nein, ein übereiltes Verscharren oder Vertuschen würde es nicht geben. Sie mussten die Leichen nach Leningrad schaffen, die Kollegen sämtliche Register ziehen lassen, alles in Formalitäten ertränken, bevor der MGB herumschnüffelte und sich vier einsame Angehörige der Volksmiliz griff.

Er konnte sich keinen Zusammenprall mit dem MGB mehr leisten. Nicht nach dem letzten Mal.

Rossel hob den Kopf.

Vielleicht konnten sie es ja doch der Schneekönigin anhängen, überlegte er. Die Festnahme war einfach zu bewerkstelligen, wenn man etwa an ihr legendäres Temperament und die ziemlich offensichtlichen royalistischen Sympathien dachte.

Seine Stimme wechselte in einen verhaltenen Befehlston.

»Der Kerl da soll mal einen Laster auftreiben. Und wir sollten uns warmes Wasser aus dem Zug besorgen, um die loszukriegen …«

Aber Gratschew hatte schon mit einem Bein ausgeholt, sein Stiefel krachte gegen den Kopf des Priesters.

»Schon erledigt«, meldete der Unteroffizier.

# 3

Sie hatten Gratschew und Tanejew zurückgelassen, um einen von der Truppe ausgemusterten ZIS-5 zu beschlagnahmen, den der örtliche Polizist nach einer guten Stunde aufgetrieben hatte – das einzig Sinnvolle, was er die ganze Nacht zustande gebracht hatte. Tanejew hatte noch einmal zwanzig Aufnahmen gemacht, bevor sie die Leichen, in Planen gehüllt, in den Laderaum des ZIS befördert hatten. Gratschew hatte keinen Witz gemacht – die Toten waren so steif wie Baumstämme. In der Leichenhalle würden sie wahrscheinlich etwas auftauen. Allerdings waren sie erstaunlich leicht. Leichen, so der Erfahrungswert, waren normalerweise schwer zu transportieren, nicht aber diese.

Rossel und Lipuchin fuhren im Moskwitsch alleine zurück, Rossel am Steuer, während der Hauptmann das Eis innen von der Windschutzscheibe kratzte, das sofort entstand, wenn ihre Atemluft sich niederschlug und vor ihren Augen winzige Kristalle bildete. Ein zerbrochener Kochlöffel aus Holz und alte *Prawda*- und *Sowjetski Sport*-Ausgaben wurden im Handschuhfach für genau diesen Zweck aufbewahrt.

Die erste halbe Stunde saßen sie schweigend nebeneinander, darauf konzentriert, nicht von der Straße abzukommen. Rossel kämpfte mit dem spiegelglatten Asphalt, während die Winterreifen und Schneeketten auf dem rutschigen Untergrund knirschten und quietschten und Lipuchin Kratzgeräusche machte.

Als sie sich Leningrad näherten, wurde die Straße etwas besser. Der Schnee lag nicht mehr ganz so hoch und war kompakter.

»Was denken Sie, Revol?«

»Nichts Mitteilenswertes, Genosse Hauptmann.«

Lipuchin lächelte.

»Über diesen Fall, meine ich.«

Rossel zuckte mit den Schultern.

»Der ist akkurat, unser Verrückter. Ich meine, so hübsch aufgereiht, als ob sie beim Bolschoi anstehen würden. Wenn ich an Wahnsinn denke, dann denke ich an Chaos, völlig irrationale Handlungen. Aber hier ist das nicht so.«

»Er hat ihnen die Zähne ausgeschlagen und das Gesicht weggeschnitten. Das heißt für mich verrückt. Ein besoffener Bekloppter.«

»Oder er wollte ihre Identität verbergen«, entgegnete Rossel. »Er verfolgt einen Zweck, da regiert der Verstand.«

Lipuchin grummelte etwas und kratzte mit dem Löffel halbherzig auf der Fensterscheibe herum.

»Er oder sie?«, fragte er nach einer Weile.

»Da bin ich mir nicht sicher. Sie?«

Der Hauptmann zögerte etwas mit der Antwort.

»Nein, nicht wirklich. Obwohl das ja schon eine Menge Fleischeinwaage war, eine Menge Aufschnitt für nur eine Person.«

»Dann eben zwei Männer«, schlussfolgerte Rossel. »Sie bringen sie in einem Lastwagen hier raus und schmeißen sie auf die Schienen. Verdrücken sich rechtzeitig, bevor der Zug kommt. Der Neuschnee verwischt ihre Spuren und verdeckt auch die meisten Leichen, bevor der Lichtkegel der Lok sie erfasst.«

»Nun ja, zwei also vielleicht. Aber ich bin mir immer noch nicht sicher. Warum sollten sie so etwas tun? Was könnte das Motiv dafür sein, die Leichen so zu arrangieren? Es wäre ein seltsamer Pakt, den sie da schließen.« Der Hauptmann nahm einen Schluck aus einer imaginären Flasche und sagte dann mit der verwaschenen, übertriebenen Stimme eines Penners, der vom Schwarzmarktfusel schwer gezeichnet ist: »Hast du vielleicht Lust, mit mir zum

Ladogasee rauszufahren, Kumpel? Ich hab da so ’n paar Leichen, die ich in einer ganz bestimmten Haltung auf die Schienen legen will.«

»Es könnte eine andere, einleuchtendere Erklärung geben.«

»Nämlich?«

»Vor Gratschew und Tanejew wollte ich es nicht sagen. Insbesondere vor Gratschew. Er würde für drei Kopeken selbst seine Mutter verkaufen.«

Lipuchin nickte.

»Andererseits ist Tanejew unübersehbar ein Mann von großer Integrität«, bemerkte der Hauptmann. »Die reicht sogar für vier Leute. Aber Ihre Erklärung, Revol, lautet, dass die Tschekisten das verbrochen haben? Aber warum sollten sie eine der ihren umbringen?«

Auf den ersten Blick war das eine einzigartig dumme Frage. Die Tschekisten, ob sie sich nun OGPU, NKWD oder MGB nannten, hatten lange Jahre damit zugebracht, sich gegenseitig zu liquidieren, mit demselben Enthusiasmus, mit dem sie Spione, Saboteure, Faschisten, Schriftsteller, Priester, Kulaken, Trotzkisten, Musiker, Generäle, Ärzte, Polizisten und jeden, der eine fremde Sprache sprach oder im Ausland gewesen war, ganz allgemein antisowjetische Elemente, liquidierten.

Rossel suchte nach einer diplomatischen Antwort.

»Wahrscheinlich nicht. Aber es wäre auch nicht das erste Mal, oder?«, wagte er zu fragen.

Lipuchin schüttelte den Kopf.

»Ich glaube es auch nicht. Nicht hier draußen, so nah am See. Da müssten die Blaumützen zu weit fahren, besonders bei diesem Wetter. Das käme ja harter Arbeit gleich. Ich habe gehört, dass sie eine Lieblingsstelle für so etwas haben, im Wald in der Nähe von Toksowo. Passen Sie bloß auf, wenn Sie da mal Blumen pflücken wollen, Leutnant. Es heißt, jedes Schneeglöckchen, jedes Gehölz dort erblüht aus der Saat eines Hochverräters.«

Rossel trat auf die Bremse. Der Moskwitsch brach bei diesem Manöver auf der vereisten Straße nach rechts aus. Hinter einem Schild, das im dichten Schneegestöber fast unsichtbar war und *Leningrad 35 km* verkündete, bog er links ab. Ein Blick auf die Uhr sagte ihm, dass es schon nach vier Uhr war.

»Ein Verrückter also«, meinte er. »Ich habe aber den Eindruck, dass wir nach einem ziemlich speziellen Ungeheuer suchen. Einem, das seine Opfer erst abschlachtet, ihnen dann die Eier abschneidet, die Kehle herausreißt, die Zähne ausschlägt, das Gesicht zerschneidet, um die Leichen anschließend so abzulegen, als handelte es sich um Seidenstrümpfe in einem gutbürgerlichen Sockenfach. Alle hübsch ordentlich aufgereiht.«

***

In den Außenbezirken der Stadt lag der Schnee weniger hoch, sodass die Reifen leichter Halt fanden. Im Moskwitsch war es warm geworden, Lipuchin hatte es sich auf seinem Sitz bequem gemacht. Rossel war einigermaßen erstaunt, dass es der Kleinwagen bis zum Ladogasee und wieder zurück geschafft hatte, ohne große Anstalten zu machen.

Halb sechs, Leningrad erwachte allmählich aus der Dunkelheit. Gestern war einer dieser typischen Oktobertage gewesen, kalt, aber noch gut zu ertragen. Doch jetzt, nur vierundzwanzig Stunden später, war das »Venedig des Nordens«, wie die Einheimischen ihre Stadt nannten, mit seinen breiten Kanälen, beeindruckenden Palästen und stattlichen Wohnhäusern zu Eis erstarrt. Rossel fuhr den Weg zurück, den sie gekommen waren, den Piskarjowski

Prospekt hinunter, der die Innenstadt im Osten umging, bis er über die Bolscheochtinski-Brücke wieder hineinführte. An einem Straßenbahndepot am Smolny Prospekt machten die Fahrer Feuer unter dem Chassis, um den Treibstoff aufzuwärmen – ein Kniff, den sie wahrscheinlich im Krieg gelernt hatten, als sie T34-Panzer zum Laufen bringen mussten. Hoch über ihnen, von Scheinwerfern angestrahlt, auf einem riesigen roten Plakat, das an den stattlichen Kuppeln der Smolny-Kathedrale festgezurrt war, beobachteten drei Männer die Szene. Einer von ihnen war Stalin. Der zweite, ein rundliches Bürokratengesicht mit herablassendem Blick, war Georgi Malenkow, von dem manche sagten, er werde Stalin beerben. Der dritte, ein Mann in mittleren Jahren mit Stirnglatze und Zwicker, war Lawrenti Beria, Erster Stellvertretender Ministerpräsident, dessen Name gleichbedeutend mit Staatssicherheit war. Die Losung auf dem Plakat lautete: SIEG UND FREIHEIT! Feier zum zehnten Jahrestag der Eröffnung der STRASSE DES LEBENS, 19. November.

Als der Moskwitsch gemächlich an der Kathedrale vorbeirollte, sah Rossel hinauf in die tintenfarbenen Augen, die hinter riesigen Brillengläsern hervorlugten, und fragte sich, ob sie Beria wohl dabei behilflich waren, die Vergehen der zwei Millionen Einwohner Leningrads genauer in den Blick zu bekommen.

Das Polizeirevier Nr. 17 befand sich an der Wosstanija-Straße, Ecke Nekrassowa-Straße. Der Moskwitsch hielt draußen vor dem Eingang, und Rossel stellte den Motor ab. Die beiden Polizisten blieben noch eine Weile schweigend im Wagen sitzen, unwillig, den Tag früher als notwendig zu beginnen, wo sie doch schon nicht zum Schlafen gekommen waren, und ließen die Menschen auf ihrem Weg in die Büros, Fabriken und Schulen an sich vorbeiströmen. Eine Gruppe Bauarbeiter, grölend schon in der beginnenden

Morgendämmerung, passierte sie. Die Belagerung war seit acht Jahren vorüber, und noch immer war die Stadt damit beschäftigt, sich wieder zusammenzuflicken. Für Gratschew und Tanejew war die Schicht zu Ende, sie konnten nach Hause und ins Bett gehen, nachdem sie die Toten ins Leichenschauhaus gebracht hatten.

Zum ersten Mal, seit Rossel gestern früh aufgestanden war, spürte er, wie die Kälte Besitz von ihm ergriff, Lunge, Magen und Wirbelsäule durchdrang. Nach einer Nacht wie dieser konnte es Tage dauern, bis ihm wieder richtig warm wurde. Er gähnte.

»Keine Zeit für ein Nickerchen, Leutnant«, sagte Lipuchin, der jetzt vollständig nüchtern war und versuchte, die Stimmung etwas zu heben. »Ich glaube, wir brauchen einen Tee. Lassen Sie uns reingehen, Hände und Herz wärmen, Lidia wird den Samowar schon befüllt haben.«

Der Hauptmann stieg aus dem Wagen und klopfte anerkennend auf das Dach des Fahrzeugs. Rossel sah ihm dabei zu, wie er die Straße überquerte und die schwere hölzerne Tür öffnete. Bevor er hineinging, nahm Lipuchin die Mütze ab und rubbelte sich ungelenk durch die blonden Haare. Er hätte einen guten Reklamehelden für das Paradies abgegeben, das die Sowjetunion darstellte. Bis er den Fehler begangen hatte, sich dem Rausch zu ergeben.

Fehler.

Jeder hatte einen gemacht. Manchmal waren sie tödlich. Manchmal wünschte Rossel, seine eigenen wären das gewesen. Wenn er den Mund gehalten und sich die neunmalklugen Bemerkungen verkniffen hätte, würde er vielleicht immer noch Violine spielen – ein Auftritt im Kirow-Theater hier, ein Solokonzert da. Im Herzen jung geblieben, würde er dem Publikum ein Lächeln entlocken und es auf ein gelegentliches romantisches Abenteuer mit den Sängerinnen oder Tänzerinnen anlegen.

Er wäre nicht gezwungen, jeden Morgen dem zerfurchten, deprimierten Gesicht entgegenzutreten, das ihn aus dem Rasierspiegel heraus anblickte. *Prisrak*, flüsterte er dann und zeigte mit dem Finger darauf – ein Geist, das Antlitz so weiß wie der Rasierschaum, den er darauf verteilt hatte.

Er zog die Handschuhe aus und betrachtete seine Hände.

Der kleine Finger und der Ringfinger der linken Hand fehlten. Der Mittel- und der Zeigefinger waren unversehrt, aber versteift und leicht verbogen. Seiner rechten Hand war es etwas besser ergangen. Kein Finger fehlte, aber der kleine Finger und der Ringfinger waren ebenfalls gebrochen und deformiert worden.

Wie eine Tonleiter. Rossel hatte die Reihenfolge mit großer Klarheit vor Augen.

*Do* – der linke kleine Finger. Bereits von seinem Vernehmungsoffizier gebrochen, der, als das kein Geständnis zur Folge hatte, zu einem Meißel griff.

*Re* – im Geiste ging er auch die schwierigsten Tonfolgen durch und stellte sich vor, wie seine Fingerspitzen die Saiten genau an der richtigen Stelle herunterdrückten.

*Mi.* Abgetrennt.

*»Wir können das sofort beenden«, sagte der Offizier leise. »Sie müssen nur gestehen.«*

*Fa* – der Ringfinger. Der Meißel sauste nieder.

*Sol* – der Vernehmungsoffizier legte den Meißel weg und griff zum Hammer, mit dem er die rechte Hand traktierte. Symmetrische Qual.

Tonleitern verwandelten sich in Arpeggios, dann in die schwierigsten Stücke überhaupt. Schließlich hatte er doch gestanden, sich antisowjetischer Bestrebungen schuldig gemacht zu haben, wie man ihm später sagte, obwohl er sich nicht genau erinnern konnte, welche Bestrebungen genau es gewesen waren.

Beihilfe zur konterrevolutionären Sabotage vielleicht – während des Krieges sehr beliebt. Oder feindliche Propaganda. Planung von Attentaten auf Parteikader. Faschistische Verschwörung. Schiebergeschäfte. Abriss von Gebäuden. Ablenkungsmanöver. Verbreitung von Gerüchten zur Unterhöhlung der Moral. Spionage. Hamsterkäufe. Wählt aus einem reichhaltigen Menü, Genossen, denn was wir hier in diesen unruhigen Zeiten wirklich im Überfluss haben, ist das Vergehen des Verrats. Sucht euch aus, was ihr möchtet.

Die lange, knochige Nase und das Narbengesicht seines Folterers. Der Gestank in der Zelle. Die modrigen Gurte und kalten, stählernen Fesseln. Die Art und Weise, wie sein Rücken von einer speziell angefertigten Bank gekrümmt wurde. All das stand ihm klar vor Augen wie ein funkelnder Nachthimmel. Aber das Geständnis lag im Nebel.

*La.*

Sie hatten nicht aufgehört. Lange Zeit nicht.

Als sie es taten, wusste Rossel, dass er jemand anderer geworden war. Er fühlte sich wie vor den Kopf geschlagen. Stundenlang starrte er die Stümpfe seiner abgetrennten Finger an. Dann hatte er sich an einen Zellengenossen in dem übelriechenden, überbelegten Verlies gewandt und gesagt: *Sie hätten mir genauso gut die Zunge herausschneiden können.* Er würde niemals wieder auch nur einen einzigen Ton spielen können.

Im aufgeheizten Innenraum des Moskwitsch schauderte es den Leutnant und er beschloss, dass es Zeit war, sich auf die Suche nach dem Tee zu machen. *Verdammte Scheiße.* Er war völlig durchgefroren. Ganz zu schweigen von seinen Händen, die sowieso schon taub waren. Dort spürte er nichts mehr.

# 4

Der Schneesturm, der von der Newa hereinzog, hatte Leningrad in Weiß getaucht, aber alles in dem kleinen Reviergebäude war dunkel. Schwarzer Ruß von den Holzscheiten, die im Kamin brannten, bedeckte in einer dicken Schicht jeden Zentimeter Wand. Die Wosstanija-Straße war Sitz des Polizeireviers Nr. 17, das heruntergekommene Überbleibsel einer vergangenen Zeit, zurückgelassen von den Kaufleuten, die es vor der Oktoberrevolution einmal besessen hatten.

Alles und jeder hatte dort einen Spitznamen. Rossel war »der Geiger«, weil irgendjemand eines Tages seine Personalakte in die Finger bekommen und dort sein Diplom vom Leningrader Konservatorium entdeckt hatte. Manchmal wurde er auch mit dem »verrückten Borja« verglichen, einem gestörten Stadtstreicher, der sich seinen Lebensunterhalt bei jedem Wetter auf den Brücken über den Gribojedow-Kanal im wahrsten Sinne des Wortes zusammenkratzte, indem er mit einem haarlosen Bogen auf einer gebrochenen Violine spielte. »Krächzt wie ein Kater, der seine Eier in eiskalten Wodka getunkt hat«, sagte Gratschew immer.

Die Geige hatte ihn als irgendwie anders hervorgehoben. Insbesondere, weil sie in der Vergangenheit eines Mannes begraben lag, der fast nie seine Handschuhe auszog.

Lipuchin lief unter »Genosse Lenfilm«, weil er eine verblüffende Ähnlichkeit mit Nikolai Tscherkassow hatte, Stalins Lieblingsfilmschauspieler. Gratschew war »Pawel Stalingrad«, weil er unaufhörlich mit seiner Bedeutung für diese Schlacht als Angehöriger der 8. Gardearmee angab. Und Tanejew war einfach »Tanejew«, weil er so fade und langweilig war, dass man niemandem zumuten konnte, sich einen Spitznamen für ihn auszudenken. Sogar das Polizeirevier selbst hatte einen Spottnamen: das Schwarze Haus. Wegen dem Ruß und vielleicht auch wegen der Dinge, die Gratschew dort im feuchtkalten Keller mit Tatverdächtigen anstellte, die etwas Mühe mit ihrem Geständnis hatten.

»Er ist mit irgend so ’ner Nutte vom Sennaja-Platz da unten«, flüsterte Unteroffiziersanwärterin Lidia Geraschwili Rossel zu, den sie in der Mitte des Raumes zwischen all den Stühlen und Schreibtischen der schäbigsten Kategorie abgepasst hatte. Revier 17, das einem Dutzend Milizionären als Dienstgebäude diente, war voll belegt. Wer eigentlich draußen auf Patrouille sein sollte an diesem eiskalten Morgen, hatte plötzlich herausgefunden, dass wichtiger Papierkram unverzüglich erledigt werden musste, während diejenigen, die wirklich dringende Verwaltungsarbeit zu erledigen hatten, sich lieber damit beschäftigten, den Samowar in Gang zu bringen. »Er kam direkt rein und schleppte sie nach hinten, um sie zu vernehmen. Und Sie wissen ja …«

»Ich weiß«, sagte Rossel. »Wie lange ist das her?«

»Erst ein paar Minuten.«

Rossel steuerte auf die Treppe zu.

Fünf Leichen. Fünf blutrote Flecken auf der Seele von Mütterchen Russland. Kaum Schlaf. Eine Tote in der Uniform des Staatssicherheitsdienstes. Er musste nachdenken. Doch vor allem musste er hier erst einmal anpacken.

***

Ohne anzuklopfen, platzte Rossel in den Vernehmungsraum herein. Gratschew hatte die Hand gehoben. Wahrscheinlich hatte er die Frau schon etwas herumgeschubst, aber sie hatte ihre Kleider an und die Hose des Unteroffiziers war noch zugeknöpft. Es hätte viel schlimmer sein können.

Die Frau war wohl erst Anfang zwanzig, sah aber wesentlich älter aus. Ihr kurzgeschnittenes Haar war dunkelrot gefärbt.

Gratschew wollte etwas sagen, hielt jedoch lieber den Mund. Rossel hatte nun einmal den höheren Dienstgrad.

Der Unteroffizier packte die Frau im Nacken und stieß sie zurück auf ihren Stuhl, bevor er sich setzte. Er zog einen Füller und ein Notizbuch aus seiner Tunika hervor. Rossel schloss die Tür und stellte sich daneben. Gratschew zuckte auf seinem Stuhl zusammen, doch Rossel starrte ihn so lange an, bis er den Blick senkte.

»Warwara, so heißen Sie, sagen Sie?«, fing Gratschew an, als er sich der Frau wieder zuwandte.

»Ja.«

Sie wirkte verunsichert, seit Rossel hereingekommen war.

Die Zungenspitze des Unteroffiziers lugte aus dem normalerweise mürrischen Mund hervor und legte sich an die Oberlippe. Er hatte eine Miene aufgesetzt, die Unteroffiziersanwärterin Geraschwili einmal als sein »Muschileckergesicht« bezeichnet hatte.

»Nicht Valentina?« Gratschew grinste höhnisch.

»Nein, wie ich schon gesagt habe. Nein.«

»Ich dachte, man hätte Valentina zu Ihnen gesagt, als Sie aufs Revier gebracht wurden.«

»Ich hab nur undeutlich gesprochen, das ist alles, weil ich ab und zu einen kleinen Wodka trinken muss, um die Kälte in Schach zu halten.«

»Die Kälte in Schach halten, das haben Sie also dort gemacht? Als meine Leute Sie beim Blasen in einer alten Arbeiterhütte hinter dem Hippodrom angetroffen haben?«

»Nein, nein, ich trinke gern, das ist alles«, erwiderte die Frau.

Sie beugte sich vor und lächelte Rossel schüchtern an.

»Vielleicht wäre es ja möglich, hier einen kleinen Wodka zu bestellen, meine Herren? Schließlich war es für mich nicht gerade eine gute Nacht.«

Gratschew zog eine Schublade des Tisches auf und holte eine kleine Flasche mit einer Spirituose unklarer Art hervor, wahrscheinlich selbst destilliert in einem Spülbecken in der Gemeinschaftswohnung des Unteroffiziers. Er stellte die Flasche neben sich auf den Tisch und drehte die Verschlusskappe halb auf. Die Frau sah lächelnd zu, während Gratschew die Flasche etwas zu sich hin zog.

»Immer langsam, Prinzessin. Zuerst ein bisschen Information.«

»Na gut, ja, es stimmt. Ab und zu biete ich diesen besonderen Dienst für eine Kopeke an. Die Zeiten sind hart, und für mich waren sie das schon immer.«

Um Lenins willen, das hier war Zeitverschwendung. Sie hatten Wichtigeres zu tun. Rossel würde Gratschew zurück an seinen Schreibtisch beordern und jemand anderen damit beauftragen, die Frau wegen Erregung öffentlichen Ärgernisses und Verstoßes gegen die sowjetische Moral zu belangen.

Gratschew schraubte den Verschluss wieder zu.

»Hier geht's nicht um dich, Schlampe. Solche wie du sind es nicht wert, dass man Nachforschungen anstellt, weil sowieso jeder weiß, was ihr treibt. Aber dein Freier, Genosse Schewtun?«

Schewtun? Das war etwas anderes.

Rossel öffnete den braunen Umschlag vor sich und las den Namen des Verdächtigen laut vor.

»Schewtun, Dmitri Viktorowitsch. Gesucht wegen Schieberei, illegaler Einfuhr von Waren und verschiedener anderer Schwarzmarktgeschäfte.«

»Nie gehört«, sagte die Frau.

Rossel machte einen Schritt nach vorne, sodass er ihrer beider Gesichter sehen konnte.

»Das ist der Mann, mit dem zusammen sie aufgegriffen wurde?«

Gratschew sah ihn böse an. »Deshalb ist die Akte doch hier, oder?«

»Wir hatten nicht viel Zeit für Geplänkel«, bemerkte die Frau.

»Genosse Schewtun ist jemand, an dem wir schon länger ein Interesse haben«, erklärte Rossel. »Er ist als Schwarzhändler allgemein bekannt.«

Schewtun wurde gesucht im Zusammenhang mit dem jüngsten scharfen Vorgehen gegen diejenigen, »die sich dauerhaft geweigert haben, gesellschaftlich nützliche Arbeit zu verrichten, und stattdessen einen parasitären Lebensstil an den Tag legten«. Erst vor wenigen Monaten hatte das Präsidium des Obersten Sowjet eine Verfügung erlassen, die allen, die wegen Bettelei, Prostitution und Schwarzhandel verhaftet wurden, fünf Jahre Haft oder Verbannung in unwirtliche Regionen androhte. Der Erlass hatte die Reihen der Bettler in Leningrad gelichtet – meistens handelte es sich um Veteranen, die versuchten, ein paar Kopeken für Wodka zusammenzukratzen –, die in öffentlichen Verkehrsmitteln, Geschäften, Parks und Badehäusern zur Plage geworden waren. Und auch ein paar Prostituierte wie diese Frau hier waren davon betroffen. Aber die großen Fische, Berufsverbrecher wie Schewtun, waren schwerer dingfest zu machen.

»Ich nicht. Ich habe ihn heute Abend das erste Mal getroffen.«

Gratschew seufzte und erhob sich von seinem Stuhl. Er ging langsam um den Schreibtisch herum und beugte sich ganz nah zu ihr hinunter, damit sie seinen faulen Atem riechen konnte.

»Hör auf, uns zu verarschen, du kleine Pissnelke.«

Sie drehte den Kopf leicht nach links, sodass ein sich dunkel verfärbender Bluterguss auf ihrer Wange sichtbar wurde, und zog verächtlich die Augenbrauen hoch.

»Na gut, ich habe ihn schon vorher ein paarmal getroffen, immer am selben Ort, in der Nähe des Hippodroms. Was hat er denn ausgefressen? Warum seid ihr alle hinter ihm her? Wird ja wohl kaum so sein, weil er ein paar Seidenstrümpfe an Frauen von Parteibonzen verhökert hat, die gerade aus den Geschäften am Newski Prospekt rausgekommen sind.«

Gratschew setzte sich wieder. Mit einer Hand tätschelte er seine Wampe, mit dem dreckigen Nagel des Zeigefingers der anderen Hand strich er über die zwei Worte eines Graffito, das ein verzweifelter, lange vergessener Häftling in den Schreibtisch geritzt hatte. »*Pomogite mne* – helft mir.« Rossel fiel auf, dass der braune Farbton der Holzlasur sich dort ein wenig gelblich verfärbt hatte. Die Frau spielte mit dem Feuer.

Gratschew grinste und zeigte dabei eine Reihe verrottender grauer Zähne.

»Na schön«, sagte er. »Du kannst es dir ja in der Zelle mit dem Köter noch überlegen.«

»Köter?«

Rossel rollte mit den Augen. Aber möglicherweise war das die schnellste Methode.

»Ich glaube, er ist unten in seiner Lieblingszelle, die mit der toten Ratte neben dem Scheißhaus«, fuhr Gratschew fort. »Ja, du Schlampe, wir haben auch Zellen, die düsterer sind als das hier. Für die richtig Verrückten.«

Die Augen der Frau flackerten in Richtung Rossel, aber er verzog keine Miene. Sie rutschte auf ihrem Stuhl hin und her. Der Fingernagel des Unteroffiziers kratzte wieder rhythmisch an dem Graffito auf seinem Schreibtisch.

»Eine traurige Geschichte«, führte er aus. »Biologieprofessor war er mal, ein brillanter Kopf nach allem, was man so hört. Hatte aber ein paar abwegige Ansichten, sodass die Behörden ihn während der Belagerung nicht zusammen mit den anderen Weicheiern von der Universität evakuiert haben. Haben ihn zurückgelassen, damit er zusammen mit den Verkäuferinnen, Straßenfegern und uns Polizisten Sägespäne fressen konnte. Eine Zeit lang bekam er es ganz gut hin. Aber als sein Hund gestorben ist, na ja, du weißt schon, wie diese verkopften Intellektuellen so sind, wenn im Oberstübchen nichts mehr geht. Meiner Erfahrung nach sind die Verrücktesten genau die, die ein bisschen zu viel Fantasie haben. Ich hab in Stalingrad mal gesehen, wie ein Hauptmann der 51. Armee sich mit der Spitze des eigenen Bajonetts einen seiner Augäpfel rausholte, weil seine Augen, wie er sagte, mehr gesehen hätten, als seine Seele verkraften könne.«

Der forsche Auftritt, den die Frau bisher hingelegt hatte, geriet ins Wanken. Ihr Blick wanderte nervös zwischen der Wodkaflasche und den beiden Polizisten hin und her.

»Dieser Professor, sein Hund ist gestorben?«

Gratschew griff sich die Wodkaflasche und ließ sie in seiner Manteltasche verschwinden.

»Ein Pudel, der Puschkin hieß. Sein ganzer Stolz. Dieser reaktionäre Dreckskerl hatte es sogar hingekriegt, seinem Hund eine eigene Lebensmittelkarte zu organisieren, über irgend so eine andere Schwuchtel im Produktionsministerium, die er kannte. Ist das zu glauben? Alle seine Mitbürger halten sich die leeren Blähbäuche und trinken ihre eigene Pisse und jeder andere Hund in Leningrad ist schon längst gebraten worden, zusammen mit all den Katzen, Ratten und Straßenkindern, und da füttert dieser Bastard seinen unbezahlbaren Hund mit Aufschnitt.«

Die Frau fuhr sich mit der Hand an den Mund und

nagte, nur eine Sekunde lang, geistesabwesend an der Handfläche.

»Bastard«, pflichtete sie ihm bei. »Meine Mutter ist während der Belagerung gestorben. Mein Neffe auch.«

Gratschew schob sein Gesicht dicht an ihres heran.

»Irgendjemand hat es herausgefunden«, zischte er. »Hat das Viech gekocht und es sich dann mit ihm geteilt, zusammen mit einem Topf Brühe. Da hat es angefangen.«

»Es?«

»Das Bellen.«

Die Frau blinzelte sie an.

»Bellen?«

»Und das Geheul«, ergänzte Gratschew und lehnte sich zurück. »Und wenn Vollmond ist, beißt er. Glaubst du an Geister, Prinzessin? Ich glaube, das tut der Hund.«

Es war erstaunlich, wie abergläubisch die Leute immer noch waren, dachte Rossel. Vierunddreißig Jahre nach der Revolution, nach ebenso vielen Jahren marxistisch-leninistischer Erziehung und atheistischer Indoktrination, gab es immer noch Leute, die an Hauselfen, Waldgeister und Magie glaubten.

Das war Gratschews Paraderolle. Er saß kerzengerade, zog die Schultern nach hinten und fing an zu heulen.

Die Frau sah ihm zu wie hypnotisiert, zog ihren billigen roten Mantel vor der Brust zusammen und knöpfte ihn an zwei Stellen zu.

Gratschew hörte auf zu heulen und lächelte sie an.

»Hat sich nie davon erholt, der Hund. Und nicht mal begriffen hat dieser Spinner, dass er soeben die Knochen seines geliebten kleinen Puschkin verspeist hatte. Heutzutage liebt er es, in Blumenbeete zu kacken, an Bäume zu pinkeln und zu heulen wie die Mutter eines wahrhaftigen Märtyrers der Revolution, wenn er im Park einen anderen Pudel sieht.«

»Der Blumenhändler«, sagte die Frau. »Meine Freundin Natascha sagt, dass dieser Schewtun manchmal für einen Mann arbeitet, den er den Blumenhändler nennt. Irgendein hohes Tier, eine große Nummer in der Partei. Sie ist mal mit ihm zu einer Feier in einer hochnoblen Datscha gegangen, draußen, nicht weit vom Ladogasee. Er erzählte ihr, dass der Blumenhändler sie organisiert hätte.«

»Was für ein hohes Tier?«

»Ein sehr hohes Tier, mehr hat sie nicht gesagt.«

»Welche Arbeit?«

Die Frau zuckte mit den Schultern. »Mehr weiß ich nicht, ehrlich. Ich werde doch jetzt nicht da unten rein müssen, zu diesem Hundemenschen, oder?«

Rossel nahm seine Dienstmütze vom Tisch und sah sie unverwandt an. Funktionierte noch jedes Mal, diese blöde Geschichte.

»Ich denke nicht«, erwiderte er.

***

Sie gingen und ließen die Frau schmoren.

»Geben Sie mir zehn Minuten alleine mit ihr, und ich werde alle Informationen über den Blumenhändler aus ihr herauskriegen, die wir brauchen«, sagte Gratschew. »Sie rückt mit irgendwas nicht raus.«

Im Fundament war offenbar ein Leck – seit Jahren hatte sich niemand mehr um das alte Kaufmannshaus gekümmert –, sodass sie sich jeweils auf der entgegengesetzten Seite einer sich langsam ausbreitenden Lache wiederfanden.

»Danke für die Sorgfalt, Genosse. Sie sind uns allen ein Beispiel. Und auch wieder nicht«, erklärte Rossel.

Zehn Minuten alleine mit ihr? Hielt Gratschew ihn für blöde?

Gratschew kniff die Augen zusammen.

»Was finden Sie an ihr? Sie bedient Schwänze gegen Geld.«

»Dann können Sie ja warten, bis Sie Ihren Dienst herumhaben, und sie dafür bezahlen«, erwiderte Rossel und beugte sich vor, sodass Gratschew nach oben schauen musste, wenn er Rossels Blick begegnen wollte. »Sollten Sie das tun, machen Sie sich jedoch der Anstiftung zur Prostitution schuldig, und darauf steht eine Freiheitsstrafe von bis zu fünf Jahren, wie wir beide wissen. Außerdem werden Teile Ihres Besitzes oder gleich der ganze Besitz beschlagnahmt. Lassen Sie sich also besser nicht von mir erwischen.«

Das sowjetische Projekt der Umwandlung der zaristischen Polizei in ein allseits respektiertes Organ der Justiz war längst nicht vollendet, doch Leutnant Revol Rossel – ein Mann, der zu Ehren der bolschewistischen Revolution so genannt worden war – würde den Teufel tun, Leuten wie Gratschew das Feld zu überlassen.

Gratschew verzog sich und ging den Flur hinunter, stieß die Tür zum Treppenhaus auf.

»Zur Hölle mit dir, Genosse«, schimpfte er. »Fahr doch zur Hölle.«

***

Eine Stunde später rief Dr. Wolkowa an, um Bescheid zu geben, dass sie erst am späteren Abend in die Wosstanija-Straße kommen könne, wenn es denn überhaupt machbar wäre. Ein weiterer Rechtsmediziner war drei Tage zuvor verhaftet worden. Jetzt war sie eine von nur noch zweien in der ganzen Stadt und ihre Fallbelastung stieg rapide an. Es hatte Gerüchte über die Verschwörung eines Arztes gegeben, mit dem Ziel, Parteifunktionäre zu ermorden. Rossel hatte junge Beamte, aber auch hochrangige Kollegen strammstehen sehen und sie erklären hören: »Gegen diese verfluchten Intellektuellen muss man ohne Gnade mit der ganzen Härte der sowjetischen Justiz vorgehen.« Woraufhin er zurückgebissen hatte: »Solange sie die Finger von den letzten paar Rechtsmedizinern lassen, die wir noch haben.«

Tanejew und Gratschew gingen ein paar Stunden später, als ihre Nachtschicht üblicherweise dauerte, nach Hause. Gratschew reichte ihm ein paar Zeilen mit hingeschluderten Aufzeichnungen über den Tatort herein, die Rossel nichts sagten, was er nicht sowieso schon wusste. Tanejew hatte seine Fotos in der Dunkelkammer zum Trocknen aufgehängt und dort unten die Anweisung hinterlassen, sie hochzuschicken, sobald sie fertig waren.

Es wurde wieder stockdunkel, das Feuer knisterte im Kamin und verbrauchte die letzten Stückchen Brennholz, die Scheiben beschlugen. Niemand störte sie. Lipuchin nickte als Erster ein. Rossel kämpfte dagegen an, solange er konnte, sein Stift kratzte über das Papier, während er den Umrissen von fünf übel zugerichteten Leichen in makabren Kostümen folgte.

***

Bei dem verzweifelten Versuch, zum Samowar vorzudringen, um sich Tee zu machen, bahnte sich Rossel einen Weg durch die Gemeinschaftsküche seines Wohnblocks – vorbei an Frauen in Schürzen, die ihre Ärmel hochgekrempelt hatten und sich über riesige Schüsseln beugten, in denen sie Buchweizengrütze kochten oder wie besessen ganze Stapel von Gemüse klein schnitten. Der Geruch von Kohl, Roter Bete und Zwiebeln, der hier ohnehin immer in der Luft hing, war intensiv und einladend. Einweckgläser voller eingelegter Gurken und Tomaten, angebaut auf Datscha-Parzellen und für den Winter haltbar gemacht, um sich gegen die unvermeidliche Mangelversorgung zu wappnen, standen Spalier in den Regalfächern. Die umherwirbelnden Dampfwolken verliehen der Szene die einer Fata Morgana nicht unähnliche Atmosphäre einer Badestube.

»Tatjana Borisowna, was ist hier los?«, erkundigte er sich bei einer der Köchinnen.

Die Frau hob den Blick, weg von den Rinderknochen, die in einem Topf vor sich hin brodelten, behielt aber eine kleine Pfanne im Auge, in der sie Hühnerleber briet.

»Die Lieferung kam wieder viel zu spät, sodass sich jeder nach der Arbeit in einer der Schlangen anstellen durfte«, antwortete sie und wischte sich mit dem Handgelenk über eine Augenbraue. »Lange Schlangen auch noch. Wir haben alle gerade erst angefangen. Mich würde es nicht wundern, wenn ich bis Mitternacht hier stehe. Soll ja schließlich nichts umkommen.«

Am Wochenende war immer besonders viel los in den Gemeinschaftsküchen, weil die sowjetische Weiblichkeit – Männer sah man dort kaum einmal – versuchte, das Essen für die ganze Woche vorzukochen. Mikojan, der Volkskommissar für Versorgung während des Krieges und Verfasser des populärsten Kochbuchs im Lande, empfahl sogar die Vorbereitung der Speisen für einen Zeitraum von zehn Tagen. Nun versuchte jede, das sofort zu befolgen. Es lag eine gewisse Spannung in der Luft, angereichert mit allerlei Aromen.

Rossel erreichte den Samowar, fand ein herrenloses Glas und löffelte aus einem Gemeinschaftsbehältnis etliche Teeblätter hinein. Er drehte sich um, lehnte sich an den Tisch und ließ das Schauspiel auf sich wirken. Das Radio war an und er nahm Bruchstücke von Rimski-Korsakows

*Scheherazade* wahr, aber die Musik wurde meist übertönt von metallenem Klappern, dem Austausch kulinarischer Ratschläge und Gelächter.

Am von ihm aus gesehen entferntesten Ende des Raums bemerkte er eine Frau, die er nicht kannte. Noch bevor er ihr Gesicht sehen konnte, sagte ihm etwas an der Art, wie sie sich gab, dass sie attraktiv war. Als sie sich umdrehte, erwischte sie ihn, wie er sie anstarrte, und wandte sich demonstrativ ab.

»Kira, deine Piroschki sind die besten«, machte eine der Frauen am Tisch der anderen ein Kompliment. Rossel betrachtete die Ansammlung von perfekt geformten Teigtaschen, die mit Ersatzkäse oder sogar richtigem Gemüse bestückt waren. Plötzlich war ihm nach einem zweiten Abendbrot. Es war erstaunlich, was man mit äußerst begrenzten Zutaten hinbekommen konnte.

Er setzte sich. Auf der anderen Seite des Tisches wuchs ein Stapel *Golubzi*, Kohlblätter, die mit Reis und Einsprengseln von sorgfältig zerkleinertem Hackfleisch gefüllt waren. Obwohl er auf dem Heimweg bei seinem Stammimbiss bereits Fleischpastetchen und *Kascha*, die traditionelle Grütze, verspeist hatte, lief ihm das Wasser im Mund zusammen.

Verstohlen ließ er den Blick durch die Küche schweifen. Sie trug ein hellblaues Kleid mit gelbem Blumenmuster. Ihr Haar war nachtschwarz, mit Lockenwicklern. Wie alle anderen auch zerkleinerte, briet und kochte sie alles zugleich und schmeckte dann ab. Vorsichtig probierte sie eines ihrer Gerichte und schien unzufrieden, aber auch ratlos, wie es besser zu machen war. Rossel fragte sich, ob sie vielleicht dankbar für einen Hinweis von außen wäre.

Jemand knuffte ihn in die Rippen. Rossel erblickte das sommersprossige, grinsende Gesicht von Lena, eines Teenagers, mit dem er hin und wieder spätabends einen Tee zusammen trank und – was nicht rechtens war – eine rauchte. Lena war siebzehn, hatte dunkles Haar, war klein und jungenhaft mit, wenn sie einen besser kennengelernt hatte und mochte, einem einnehmenden, durch eine Zahnlücke brillierenden Lächeln und der Sprache eines betrunkenen Seemanns. Sie studierte Kunstgeschichte an der Kunstakademie der UdSSR.

»Du hast sie also entdeckt?«, fragte Lena.

»Entdeckt? Wen?«

»Unsere neue Nachbarin. Sie macht *Soljanka*, Fleischbällchen und Kartoffelsalat. Und weil du so ein Hungerhaken bist, glaube ich, sie würde …«

»Ich hab schon gegessen.« Rossel nippte an seinem Tee und versuchte, nicht zu dem blauen Kleid hinüberzusehen.

»Ich kann herausfinden, ob sie verheiratet ist, wenn du willst«, schob Lena hinterher und knuffte ihn erneut in die Rippen.

»Mit einem solchen Ermittlerinstinkt hast du bestimmt einen Platz in der Volksmiliz sicher, Lena.« Rossel versuchte zurückzuknuffen, aber sie wand sich heraus und machte die Biege, nicht ohne sich vorher noch einen Happen vom Tisch zu stibitzen.

Er äugte erneut hinüber, um die Fremde ausfindig zu machen, durchbohrte den Dampf und Rauch, der von einem Dutzend Kochtöpfen aufstieg, mit seinen Blicken.

Doch sie war verschwunden.

# 5

## Sonntag, 14. Oktober

*Die Toten sind vertrauenswürdiger als die Lebenden. Vor allem denunzieren sie dich nicht.*

Die verräterische Wesensart dieses Gedankens verunsicherte ihn. Hast du etwas zu verbergen, das der MGB wissen muss, Genosse?

Diese Frage beherrschte das Denken eines jeden. Die Antwort nicht auszusprechen war die Sicherheitsgarantie. Jedenfalls bis zu dem Tag, an dem die Wissenschaftler des Genossen Beria eine Methode ersonnen hatten, wie sich eine Wanze in das Bewusstsein des Menschen einpflanzen ließ, um die Seele abzuhören.

Rossel saß auf einem Metallstuhl in der Mitte der Leichenhalle und wartete auf Dr. Wolkowa. Die Rechtsmedizinerin war gestern Nacht nicht mehr aufgetaucht und verspätete sich auch an diesem Morgen. Er seufzte und sah sich in dem Raum um, eingekreist von einem stummen Quintett kalter Leichname.

Es war jetzt zwölf Stunden her, seit sie die Leichen an der Bahnlinie entdeckt hatten. Sechs laut seinem vorläufigen Bericht.

Und kein Anruf. Kein Besuch. Nichts.

Das Hauptquartier der Miliz hatte die unerklärliche Verstümmelung und den Mord an fünf Sowjetbürgern, eine von ihnen möglicherweise eine Agentin des Staatssicherheitsdienstes MGB, die Befehlskette hinauf weitergemeldet – und nichts war geschehen. Man ließ sie ungehindert mit den Ermittlungen fortfahren.

Und das konnte nur eines heißen.

Eine Fahrkarte in den Gulag ohne Rückfahrschein ließ

sich auf vielerlei Art lösen: ein Geheimnis, auf einer Feier angetrunken der Geliebten ins Ohr geflüstert, eine unvorhergesehene Denunziation wegen Schwarzhandels durch einen eifersüchtigen Arbeitskollegen, schlechte Produktivität am Fließband einer Panzerfabrik, die ein ehrgeiziger Politkommissar, der auf eine Beförderung spekulierte, als vorsätzliche Sabotage auszulegen geruhte. Jede Woche, jeden Tag, jede Stunde verschwanden Menschen wegen solcher Verstöße.

Rossel wandte sich dem halb gehäuteten Schädel mit dem schlecht gefärbten, gebleichten Haar zu, der zu seiner Rechten lag, nach oben starrte und einer Fliege zusah, die um eine kaputte Glühbirne in einer Deckenlampe aus Metall herumkrabbelte.

Vielleicht war sie seine Fahrkarte. Und nicht nur seine, sondern die des ganzen Reviers. Die Blaumütze, die sie auf den Schienen draußen am Ladogasee entdeckt hatten, fühlte sich an wie eine Falle. Aber sollte es eine sein, hatte er keine Ahnung, wie die Falle gestellt worden war.

***

Rossel hob den Blick von der Leiche ohne Gesicht – die Augen noch in ihren Höhlen wie zwei pochierte Eier –, die auf dem Obduktionstisch lag, und sah Dr. Wolkowa an.

»Irgendetwas Erwähnenswertes, Genossin Doktor?« Er versuchte, seine Stimme fest klingen zu lassen, um ein Gefühl der Übelkeit zu kaschieren.

Rossel war Dr. Wolkowas knalliger Nagellack aufgefallen, bevor sie sich die OP-Handschuhe überstreifte. Sie hatte rote Nägel. Sehr rote. Sie lackierte sie immer so. Als würde die Rechtsmedizinerin gelegentlich um Mitternacht in die Leichenhalle kommen, um ihre gelbliche Nagelhaut in frisches Blut zu tunken.

Sie stand auf der einen Seite des Tisches, Rossel auf der anderen. Zwischen ihnen befand sich Leiche Nummer 5, der fünfte Tote der Reihenfolge nach. Die Blaumütze. Die anderen vier lagen am entgegengesetzten Ende des Raumes.

Das Fleisch an den Oberschenkeln der Frau war etwas aufgetaut, was ihre Beine eine normalere Form annehmen ließ. Irgendwie wirkte sie ein wenig menschlicher, dachte er – und ein wenig weiblicher. Obwohl es schon Stunden her war, dass sie die Frau und ihre vier Begleiter auf den Schienen gefunden hatten, sah sie etwas besser aus als ihre Kumpane. Als ob ihr trotz des unglücklichen Umstands eines fehlenden Gesichts der Tod stünde.

»Geht der Bericht an Sie oder an die Staatssicherheit?«

»Zuerst an mich. Danach werde ich Ihre Erkenntnisse natürlich an die zuständigen Stellen weiterleiten.«

Dr. Wolkowa hatte dunkles, gut frisiertes Haar, das ihre scharfen, neugierigen blauen Augen einrahmte. Sie liebte es, sich Gefechte mit Rossel zu liefern. Und einmal hatte sie auch einen Annäherungsversuch gewagt. Nicht nur einmal, genau genommen. Aber heute war davon nichts zu spüren.

»Wie ist sie gestorben?«, fragte er.

»Für die Antwort auf diese Frage braucht es Geduld«, entgegnete Dr. Wolkowa. »Wenn ein Körper vollkommen gefroren ist, benötigt er einige Tage zum Auftauen, und vorher würde ich nur Mutmaßungen anstellen. Diese dunkelroten Stellen an den Knien und Ellbogen sind typisch für eine längere Einwirkung von Kälte. Sie wurde weder erschossen noch erstochen. Das Gesicht ist auf grobe Art entfernt worden, unprofessionell. Man kann nur hoffen, dass sie zu dem Zeitpunkt schon tot war. Ein Herzinfarkt oder Schlaganfall ist nicht auszuschließen, aber da die anderen vier Toten in einem ähnlichen Zustand sind, halte ich das für unwahrscheinlich. Vergiftet? Überdosis? Das müssen wir sehen.«

Die Ärztin sah blass aus. Es brauchte schon einiges, um Wolkowa in Schrecken zu versetzen, aber fünf Leichen, denen das Gesicht fehlte, gleichzeitig auf dem Obduktionstisch zu haben, schienen auszureichen.

»Nur an diesem Ort fühle ich mich sicher in diesen Zeiten«, sagte sie mit ruhiger Stimme. »Hier, wo ich arbeite, mit Ihnen.«

Das war ebenso schmeichelhaft wie irritierend. *Diese Leichen und ich beruhigen Dr. Wolkowa.* Sollte allerdings der MGB sie als Verdächtige im Zusammenhang mit der gegenwärtigen Ärzteverschwörung abholen, wären die fünf Toten auf den Tischen eine bessere Verteidigung als alles, was er zu tun vermochte.

Rossel wandte sich wieder dem vorliegenden Fall zu.

»Hauptmann Lipuchin war der Meinung, dass unser Mörder ein Verrückter ist«, bekannte er.

Wolkowas Lippen zuckten, aber sie behielt die Kontrolle.

»Dem würde ich zustimmen«, pflichtete sie ihm bei.

»Wirklich? Der Mörder ist methodisch vorgegangen, keineswegs verrückt.«

»Die Zähne. Ich nehme an, sie sind gezogen worden, um eine Identifizierung der Opfer zu verhindern«, sagte die Gerichtsmedizinerin. »Das gilt auch für das Gesicht, die Finger oder die ganze Hand. Für dieses Vorgehen mag es pragmatische Gründe geben, aber die anderen Verstümmelungen … Das ist schlicht nichts anderes als reine Bösartigkeit. Das müssen Sie doch zugestehen.«

»Bösartigkeit, ja. Aber methodische Bösartigkeit«, entgegnete Rossel. Erneut betrachtete er das Gesicht. Von der akkuraten Muskulatur, die er in Wolkowas Büchern gesehen hatte, war nichts zu erkennen. Nur eine Sauerei, die wirkte wie … Er gab sich alle Mühe, keine Vergleiche anzustellen.

»Diese Leichen sind sehr sorgsam auf den Eisenbahnschienen abgelegt worden«, fuhr er fort. Er sah wieder weg, bevor er weitersprach. Die hellgrünen Wände und Metalltische waren makellos sauber gescheuert. Wie die Gäste der Leichenhalle war auch alles andere hygienisch hergerichtet und leblos. »Wir sollten sie so finden. Fünf Tote, auf einen Lkw oder so geladen, dann in einem Schneesturm mitten ins Nirgendwo hinausgefahren. Sorgfältig drapiert, Füße zusammen, den Kopf in eine bestimmte Richtung gedreht, die Kleidung zurechtgemacht. Wer auch immer das getan hat, hatte seine Gefühle komplett unter Kontrolle. Ich bin früher mal in die psychiatrische Klinik von Leningrad gekommen. Ein massiger Georgier mit einer üblen Narbe am Hals deutete auf den Himmel und erzählte mir, dass die Wolken über den Goldkuppeln von Sankt Basilius alle Austern wären und jeder Regentropfen eine Perle. Niemand, der so unterwegs ist, wäre in der Lage, etwas so Durchdachtes wie das hier zu planen.«

Dr. Wolkowa zog die Handschuhe aus und ging zum Waschbecken hinüber.

»So gut wie alle Mordfälle, die ich zu sehen bekomme, sind das Ergebnis spontaner Gewalt. Der Ehemann überrascht seine Frau mit ihrem Liebhaber. Diebe streiten sich mit Dieben, über Ansehen, Geld beim Glücksspiel, den Verdacht, dass jemand ein Informant sein könnte. Der Mörder ist fast immer ein Mann, meistens ein Mann, der getrunken hat. Mehr als ein Opfer ist ungewöhnlich. Und deshalb sind fünf gefrorene Leichen ohne Gesicht möglicherweise nicht das Werk eines unzurechnungsfähigen Verrückten. Aber es sieht auch nicht so aus, als wäre es das Werk der Staats…«

Sie unterbrach sich, fuhr dann jedoch fort.

»Das Werk höherer Mächte. Weder der übliche betrunkene Schläger noch Diebe. Wer auch immer diese Taten begangen hat, mag zwar die Kontrolle über seine Emotionen behalten haben, hatte aber wohl keine sonderlich enge Beziehung zu seiner geistigen Gesundheit. Kommen Sie in ein paar Tagen wieder, dann wissen wir mehr.«

Rossel deutete auf den nackten Körper auf dem Obduktionstisch.

»Ich bin natürlich Laie, aber sie sieht schon ziemlich unterernährt aus.«

»Richtig.«

Wolkowa kehrte an den Tisch zurück und hielt die Nase dorthin, wo die Tote ihren Mund gehabt haben musste. Schnüffelte.

»Noch nichts. Muss noch eine Weile auftauen.«

»Wonach suchen Sie?«

»Nach einem leichten Geruch von Birne, einem sicheren Indiz für den nahenden Hungertod. Während der Belagerung gab es das so häufig, dass wir es *Eau de Bone*, Knochenwasser, genannt haben.«

Rossel betrachtete die Leiche.

»Also, was würden Sie sagen?«

Dr. Wolkowa wischte sich mit dem Ärmel über die Stirn.

»Ich vermute das, ja. Wer auch immer die Tat begangen und ihr das Gesicht weggeschnitten hat, hat sie vorher halb verhungern lassen.«

# 6

Die winzigen Rubine warfen einen funkelnden Kreis rosafarbenen Lichts in die Dunkelheit der Umgebung, als Unteroffiziersanwärterin Lidia Geraschwili zwei Ohrringe etwas höher hielt, damit Rossel sie besser sehen konnte. Selbst in der nur spärlich beleuchteten Wache, inmitten der dichten Rauchkringel, die von den brennenden Holzscheiten im Kaminrost aufstiegen und durch die alten, teils verstopften Schornsteine nicht entweichen konnten, glänzten die Edelsteine.

»Sie passen nicht, Genosse Leutnant«, sagte Geraschwili.

Rossel streckte die behandschuhte Hand aus, und Geraschwili ließ die Rubine auf seine Handfläche gleiten. Er blinzelte.

»Für mich sehen sie gleich aus«, verkündete Rossel.

»Ja, sie sind ja auch exakt gleich«, erwiderte die junge Frau. »Ich habe mich unklar ausgedrückt. Ich meine Leiche Nummer fünf. Sie passen ihr nicht.«

»Da sie kein Gesicht mehr hat, bin ich fest davon überzeugt, dass ein abgewogenes Urteil darüber, ob das Opfer und die Ohrringe zusammenpassen, jetzt nicht möglich ist.«

»Sie passen insbesondere nicht zu dem billigen roten Schlüpfer, den sie anhatte. Selbst eine Hure, die es für drei Kopeken macht, würde die Nase rümpfen. Aber diese Ohrringe hier sind, glaube ich, richtig teuer.«

Rossels Gesicht zeigte keine Regung, als er die Beobachtung der jungen Polizistin auf sich wirken ließ.

»Ich bin natürlich nur die Schreibkraft aus dem Archiv«, sagte Geraschwili, »und entschuldige mich für meine aufdringlichen Spekulationen.«

Ihr Ton strafte die Entschuldigung Lügen. Geraschwilis

rundes, georgisch anmutendes Gesicht rötete sich ein wenig, sie war zu weit gegangen mit ihrem Sarkasmus. Es war stets ein Fehler, die eigenen Vorgesetzten vor den Kopf zu stoßen. Insbesondere, wenn man recht hatte.

Rossels Stimme ließ an Schärfe nach. Geraschwili war fünfundzwanzig Jahre alt, erst ein Jahr bei der Miliz. Und klein war sie, gerade mal etwas über eins fünfzig. Ihr kurzes Haar war wasserstoffblond, wobei sich am Mittelscheitel die Haarwurzeln dunkel abzeichneten. Sie hatte große, runde dunkle Augen, die jedem, der hineinblickte, sofort eine unerwartete, spielerische Vertrautheit nahelegten. Es war keine Koketterie, vielmehr einfach eine Offenheit, dachte Rossel, die es sonst nicht mehr zu geben schien. Eine fast vorrevolutionäre Wesensart sowie eine wache Intelligenz und ein scharfes Auge.

Die Bedeutsamkeit dieses roten Schlüpfers, den selbst Billignutten verschmähen würden, war ihm entgangen.

»Erklären Sie mir doch mal, was genau Sie meinen«, bat Rossel.

Geraschwili deutete auf die beiden Ohrringe in Rossels Hand. Er hob einen hoch und betrachtete ihn eingehend. Es war die Sorte mit Klemmen, die von Frauen getragen wurde, die ihre Ohrläppchen nicht hatten durchstechen lassen.

»In ihren Ohrläppchen sind Löcher. Im rechten jedenfalls. Ich habe mir Tanejews Fotos vom Tatort angesehen, als ich heute Morgen die Akten angelegt habe. Der linke Ohrring ist ordnungsgemäß am Ohrläppchen angebracht worden, deshalb konnte ich nicht erkennen, ob da ein Loch war oder nicht. Aber der rechte war etwas verrutscht, und deshalb konnte ich mit einem Vergrößerungsglas sehen, dass das Ohrläppchen durchstochen war.«

»Aber warum sollte sie dann Ohrringe mit Klemmen tragen?«

Die Klemme war golden, im unteren Teil waren kleine Blumen eingraviert, winzig, zart, exquisit.

»Die Ohrringe sind zwar klein, aber sehr teuer«, erwiderte Geraschwili. »Ich glaube, die Rubine sind echt. Es gibt in ganz Leningrad nur ein einziges Geschäft, in dem man als normaler Bürger solchen Schmuck bekommen könnte: Dschilas, im Kaufhaus Passasch. Und um dieses Geschäft überhaupt betreten zu dürfen, muss man entweder ein sehr prominenter Bürger sein oder ein Freund solcher Leute.«

Rossel hielt den Ohrring näher an seine Augen, um auch Kleinigkeiten erkennen zu können.

»Auf der Klemme findet sich keine Punze. Bei so einem teuren Stück finde ich das ungewöhnlich«, erklärte Geraschwili. Sie nahm ihm den anderen Ohrring ab und deutete auf einen dahinter verborgenen, winzig kleinen, kaum erkennbaren Fleck.

»Dieser hier ist gelötet worden, scheint mir. Es hat dort einen Stempel gegeben, der entfernt worden ist. Der Ohrring, den Sie haben, hat dieselbe Delle, nur noch kleiner. Ich habe mich gefragt, ob sie in Wirklichkeit gar nicht in Leningrad gekauft worden sind, sondern aus dem Ausland stammen.«

Sie verstummte, als er sie mit seinem Blick fixierte. Geraschwili musste schlucken und sagte dann: »Wenn jemand verbergen wollte, woher sie stammen …«

Ausgezeichnete Ermittlungsarbeit, dachte Rossel – die sie mächtig in Bedrängnis bringen würde. *Nicht jeder MGB-Agent durfte ins Ausland reisen.* Nur wenige hatten Zugang zu Reisepässen. Warum zum Teufel hatte niemand nach ihr gesucht?

»Sie haben sich eine Menge Gedanken gemacht, wie es scheint«, stellte Rossel fest, »wo Sie doch aber besser unser Archiv auf Vordermann bringen sollten, indem Sie Meldungen über gestohlene Fahrräder, Schwarzmarktlieferungen von Zigaretten und andere wichtige Bereiche krimineller Aktivitäten korrekt ablegen. Ich frage mich, ob die Archivierung von Aktenmaterial im Revier der Miliz in der Wosstanija-Straße gegenwärtig vielleicht nicht ganz so ist, wie sie sein sollte.«

Geraschwilis Gesichtsausdruck verriet nichts, während sie diese ungerechte Beurteilung über sich ergehen lassen musste. Gut, dachte Rossel – sie wird dranbleiben.

Er gab ihr die beiden Ohrringe zurück, und sie tat sie in eine Asservatentüte.

»Gute Arbeit, Geraschwili. Wie wäre es, wenn Sie mich morgen zum Newski Prospekt begleiten, zu Dschilas, dem Juwelier, um ihm ein paar Fragen zu stellen? Wäre Ihnen das recht, Ihre Zeit mal nicht am Schreibtisch zu verbringen?«

Er sah Geraschwili dabei zu, wie sie den Beutel in die dafür vorgesehene rote Mappe schob.

Sie sah ihn an und versuchte es mit einem zaghaften Lächeln.

»Ja, Genosse Leutnant, das wäre mir recht.«

***

Die Vermissten blickten Rossel unverwandt an, so wie immer – ein wenig verwirrt, ja, sogar verärgert darüber, sich hier eingesperrt in einer staubigen Akte wiederzufinden. Eine wunderliche Sammlung von Schmetterlingen in Vitrinen, unfähig, die seltsame Wendung der Ereignisse zu erfassen, die es mit sich gebracht hatte, dass sie nun an einem solchen Ort ihr Dasein fristeten. Nur wenige erkennungsdienstliche Aufnahmen, wie sie sich in den Akten von Kriminellen und Verurteilten fanden, sondern meistens Familienfotos, die den Behörden übergeben worden waren, um diese bei der Suche nach den geliebten Menschen zu unterstützen. Es hieß, fast eine Million Menschen seien bei der Belagerung der Stadt umgekommen. Aber wie viele waren darüber hinaus verschwunden? Niemand konnte es sagen. Aber ihre Seelen waren hier, in Hunderten von dünnen Akten über Vermisste, in einen ohnehin schon engen Raum gestopft, eingezwängt unter dem Treppenhaus des Polizeireviers, am einen Ende L-förmig abknickend, um noch ein wenig mehr Platz für Aktenschränke und Regale herauszuschinden.

*Niemand kommt auf die Idee, dass er einmal zu den Vermissten zählen könnte*, dachte Rossel. *Bis es dich eines Tages erwischt.*

Er zog an seiner *Belomorkanal*, genoss das scharfe Brennen, als der Rauch ihm in die Lunge zog, und stellte sich den verbeulten Blechkrug mit Wodka so hin, dass er ihn leicht erreichen konnte.

Der Raum war das Reich von Unteroffiziersanwärterin Geraschwili.

Wenn er ihn betreten musste, wartete Rossel ab, bis sie schließlich Feierabend gemacht hatte, aber weil Geraschwili über die Maßen gewissenhaft war, konnte das Stunden dauern. Im Revier waren mehrere hundert Akten gelagert und ab und an kamen weitere hinzu.

Es war jedoch nicht Rossels Ziel, ihr dabei zu helfen, Schritt zu halten mit diesen verlorenen Seelen. Er suchte nach seiner verschollenen Schwester und hoffte, dass er eines Tages eine Akte in die Hand bekäme, aus der heraus Galja ihn anstarren würde.

Es war eher eine verzweifelte Hoffnung als eine Frage logischen Vorgehens, denn er hatte nach ihrer Akte zu suchen begonnen, seit er vor fünf Jahren seinen Dienst bei der Miliz angetreten hatte, nicht lange nach Kriegsende, aber er hatte sie nicht gefunden. Hin und wieder befeuerte er diese Hoffnung mit dem Gedanken, dass sie einen anderen Namen angenommen, dass man sie gezwungen hatte, einen solchen anzunehmen oder dass ihre Fotos mit den Unterlagen von jemand anderem vertauscht worden waren. Vielleicht gab es auch kein Foto, sondern nur den schriftlichen Vermerk, dass eine Frau, geboren 1917, im Revolutionsjahr, am selben Tag, an dem Revol Rossel das Licht der Welt erblickte, am 25. Oktober 1935, mit gerade einmal achtzehn Jahren im Schneegestöber verschwunden war.

Die nächtliche Suche in Geraschwilis Büro war jedoch auch ein Mittel, sich die Welt auf Distanz zu halten und sich stattdessen innerlich der alten Welt anzunähern, die Galja und er hinter sich gelassen hatten. Ein Weg, sich an das Leben mit ihrer Mutter, einer Musiklehrerin, und ihrem Vater, einem Marineoffizier und treuen Anhänger der Partei, in der kleinen, aber gemütlichen Wohnung in Kirowski zu erinnern. Bevor ihre Eltern verhaftet und in ein Arbeitslager gesteckt wurden.

Und eine Möglichkeit, so zu tun, und sei es nur für kurze Augenblicke, als gliche er seinem früheren Ich. Noch einmal Jugendlicher sein. Naiv und geradezu lächerlich hoffnungsfroh. Der über die Maßen talentierte Geiger, der Witze gerissen, getrunken, gesungen und einmal sogar Gedichte von Majakowski von der Anitschkow-Brücke herab in ein Megafon geplärrt hatte: »Friss Ananas, Bürger, und Haselhuhn / Wirst bald deinen letzten Seufzer tun«. Seine Schwester hatte ihn lachend wieder auf den Teppich geholt: »Komm, wir gehen nach Hause, du Genie. Zeit, deinen Rausch auszuschlafen.«

Nach der Verhaftung der Eltern hatte er sich immer von ihr beschützt gefühlt. Und sich für ihren Einsatz auf seine Art bedankt, indem er handgreiflich wurde gegenüber jedem abgeblitzten Verehrer, der Gerüchte über sie in die Welt setzte, und gegen alle Männer in den Kampf zog, die über sie lästerten. Einmal hatte er sogar einen angeberischen Wüstling von der Marine krankenhausreif geschlagen.

Als der Wodka seine wärmende Wirkung tat, zog Rossel erneut an seiner Zigarette und blätterte weiter die Akten durch. Bei jedem Foto hielt er kurz inne, um sich Gedanken über das Leben zu machen, in das er sich gerade einmischte. Wobei er allen Respekt zollte und jedem zehnten Fall mit einem neuerlichen Schluck Wodka zuprostete. Eine flüchtige Ehrerbietung, die eine Gott zugewandtere Seele wohl eher einer Ikone erwiesen hätte. Die korpulente Hebamme aus Pskow mit den dunklen Haaren und stahlblauen Augen, der picklige Automechaniker aus dem Leningrader Stadtbezirk Kalininski, das unscheinbare Teenagermädchen aus dem estnischen Narwa, das auf dem Weg zu einer Tanzveranstaltung verschwunden war und von ihrer Großmutter beschrieben wurde als »nichts Besonderes, außer was ihre Tugend angeht«.

Es war albern, dieses Ritual, diese Zeit, die er mit den Vermissten verbrachte, das war ihm klar.

Von der banalen Tatsache einmal abgesehen, dass seine Schwester nun auch zu ihnen zählte. Wie sollte sie auch nicht? Sie musste irgendwo sein. Wie konnte sie einfach so verschwinden, eines Nachts vom Schnee aufgesogen? Damals hatte es sich angefühlt, als wäre ein unheimlicher Bühnenzauberer bei ihnen eingebrochen, während er schlief, hätte seine Seele in zwei Teile zersägt und sich dann mit der besseren Hälfte davongemacht.

Er hielt das Foto des Mädchens aus Narwa zwischen dem verdrehten, aber sonst intakten Mittel- und Zeigefinger der linken Hand. Führte es ans Ohr, als wolle ihm die junge Frau ein Geheimnis zuflüstern. Er dachte an diese stummen, monochromen Gesichter, Galjas einzige Freunde derzeit, die ihr Gesellschaft leisteten. Bis, eines Tages, ihr

Bruder sie finden und retten würde, wie ein slawischer Ritter, der ans Ende seiner Queste gelangt war und sich Erlösung, vielleicht auch Vergebung, redlich verdient hatte. Jene Vergebung, die er gesucht hatte, seit er sich in dem Bestreben, sie aufzuspüren, der Miliz in Leningrad angeschlossen hatte.

# 7

## Montag, 15. Oktober

Alle seine Finger waren vorhanden und an ihrem Platz, die fehlenden wiederhergestellt, biegsam und formgerecht. Erfreut schlackerte Rossel mit ihnen herum und ließ den neuen Ringfinger der linken Hand gegen den Daumen schnellen.

Er sah wieder hinunter zur Schneekönigin. Sie lag auf den Schienen, aber mit dem Gesicht nach unten. Das war nicht richtig. Rossel kniete sich hin und streckte die Arme aus, um den Leichnam umzudrehen, hielt aber inne, als er seine wunderbar aussehenden Hände erblickte.

»Sind das nicht Stalins Finger?«, lästerte Gratschew. »Haben Sie die Hände unseres großen Führers entwendet? Das heißt zehn Jahre Gulag …«

Rossel drehte die Tote um. Der Kopf bewegte sich schlaff in Richtung der rechten Schulter. Aber statt eines Gewirrs von Muskelsträngen, das flüchtige Eindrücke ihres Schädels preisgab, blickte er in das Gesicht seiner vermissten Schwester.

Von seinem eigenen Schrei geweckt, fluchte Rossel und quälte sich aus dem Bett hoch. Der Albtraum hatte ihn in eiskalten Schweiß gebadet. In dem vergeblichen Versuch, sein Herz zu beruhigen, presste er eine Hand gegen die Brust.

Es war zu spät, um noch einmal in den Schlaf zu finden, aber zu früh, um mit irgendetwas Nützlichem anzufangen. Er rauchte drei Papirossi hintereinander, legte seine Uniform bereit und wusch sich mit dem kalten Wasser in der Schüssel, die in einer Ecke seines Zimmers stand, um den kalten Schweiß aus seinem gestörten Schlaf loszuwerden. Danach zog er sich an, schlüpfte in seine Stiefel, atmete tief durch und kniete sich neben das Bett.

Zuerst zog er einen eselsohrigen Gedichtband hervor, Baudelaires *Blumen des Bösen*. Er blätterte die Seiten eine Weile durch, bevor er die Lippen auf den Buchumschlag presste und das Büchlein dahin zurücklegte, wo er es gefunden hatte. Der Geigenkoffer war unter zwei, drei Säcken mit alter Kleidung und Bettwäsche versteckt, aber er machte ihn ohne Weiteres ausfindig und zog ihn unter dem Bett heraus. Rossel fuhr mit der Hand über das billige, rissige Leder und öffnete die Schnappverschlüsse.

Er nahm den Bogen heraus und spannte das Bogenhaar, führte das trockene, bröckelige Geigenharz genau sechsmal am Bogen hoch und runter – eine Angewohnheit seit den ersten Übungsstunden mit seiner Mutter. Anschließend holte er den Kinnhalter und die Geige selbst aus dem Kasten und legte alles auf das Bett. Reglos stand er da, zum Teil aus Respekt, aber auch um sich ein Stück auszusuchen. Eine Sonate von Brahms? Ein Vorzeigestück von Wieniawski? Nein, dasselbe Stück, das er stets wählte, den Prokofjew, den er immer mit seiner Schwester gespielt hatte, den ersten Satz, *Andante cantabile*.

Rossel griff nach der Violine, fasste sie mit dem Daumen und zwei krummen Fingern der linken Hand und führte sie zur Schulter. Das Instrument fand seinen Platz. Mit der anderen Hand nahm er den Bogen. Sein Peiniger hatte ihm während des Verhörs nur den kleinen Finger und den Ringfinger der rechten Hand gebrochen. Die beiden Finger bildeten eine Art Klaue, die seltsamerweise gut dafür geeignet war, den Bogen zu führen. Er entfernte ein verirrtes Bogenhaar, legte den Bogen auf die A-Saite und gestattete sich ein bitteres Lächeln. All diese nörgelnden Geigenlehrer, die niemals müde geworden waren, die Wichtigkeit der Fingerhaltung zu unterstreichen.

Rossel stand ganz ruhig da, es herrschte völlige Stille. Eine Stille, wie er sie jetzt immer suchte, unfähig, auch nur eine einzige Note zu spielen.

Aber in sich hineinhorchend, die Erinnerung auffrischend.

Rossel legte die Violine, den Bogen, den Kinnhalter und das Geigenharz zurück in den Koffer. Dann schloss er den Deckel, machte die Schnappverschlüsse zu und schob den Koffer wieder unter das Bett. Anschließend setzte er seine Dienstmütze auf, nahm Pistole und Holster vom Nachttisch und machte sich auf den Weg in die Stadt jenseits der Tür.

***

Der Schnee war gnadenlos, ein einziges halluzinatorisches, graues Gestöber. Rossel versuchte, sich die Wangen ein wenig warm zu kneifen. Geraschwili zog den Mantel hoch, bis ihr Kopf darin bis zu den Augen versunken war. Ein paar zähe Einkaufswillige, die einer Menschenschlange, die vor einem Metzgerladen für Schweine- und Hühnerfleisch anstand, den Rücken gekehrt hatten, hasteten an ihnen vorbei, als sie vor der imposanten Sandsteinfassade des Passasch standen, eines vorrevolutionären Monolithen für alles Bürgerliche, mittlerweile ein sowjetisches Musterkaufhaus. Es lag am Newski Prospekt, dem Rückgrat des Stadtzentrums, und verlief an der Sadowaja-Straße entlang.

Rossel schob sich durch die schweren Türen. Geraschwili, die leicht pfeifend atmete, wenn sie die eiskalte Luft einsog, folgte ihm.

Sie betraten den Eingangsbereich der riesigen, glasüberdachten Galerie, die sich bis zur Italianskaja-Straße erstreckte. Sie beherbergte vielleicht vierzig Geschäfte, deren Zugang von zwei Sandsteinsäulen, über denen sich ein weißer stuckbesetzter Bogen wölbte, behütet wurde – alle gleich, auf jeder Seite der Galerie. Das Gestein war schmutzig und an manchen Stellen verfärbt, aber die Nachkriegsreparaturen waren beeindruckend. Ein prächtiges Relikt des *Ancien Régime*, für das die einfachen Leute ein paar Kopeken Eintritt zahlten, nur um einen ehrfürchtigen Blick auf all die Pelzmäntel, die erlesenen Lebensmittel und den exotischen Nippes zu erhaschen, die in den luxuriösen Geschäften präsentiert wurden und nun dem Genuss des sowjetischen Volkes dienten. Jeden Bürger des alten Sankt Petersburg, der auch nur ein wenig Zeit darauf verwendet hatte, sich die Nase an den Schaufensterscheiben platt zu drücken, hätte man zu dem Zeitpunkt, an dem Lenin im Finnischen Bahnhof eintraf, unschwer von der Notwendigkeit einer Revolution der arbeitenden Massen überzeugen können.

Seine Mutter hatte mit ihm einmal über das Passasch gesprochen, als er noch ein kleines Kind war. Sie war selbst eine versierte Violinistin und hatte seiner Schwester und ihm eine Geigenstunde gegeben. Als sie eine Pause machten, erinnerte sie sich an ein Konzert, das sie dort als Mädchen einmal erlebt hatte – im Komissarschewskaja-Theater. Wie gut der Tenor gesungen hatte. Wie schön die weißen Taffeta-Gewänder des Chors waren. Wie wunderbar in dem neuen Gaslicht all die Smaragde und Perlen in den Schaufenstern gefunkelt hatten, als sie auf dem Weg zum Theater war.

Die großbürgerlichen Geschäfte waren alle verschwunden, ersetzt durch Läden für Arbeiter, die Waren aus der ganzen Sowjetunion anboten. Wenn sie denn welche hatten.

Aber für diejenigen, die wussten, wo man zu suchen hatte, und die es auch wagten, dort vorbeizuschauen, gab es ein Geschäft ungefähr auf halber Länge der linken Galerie, mit gedämpftem Licht im Schaufenster und frisch gestrichenen Simsen. Auf einem unaufdringlichen Schild im Fenster stand der Name Dschilas.

Nach ein paar Schritten standen sie direkt vor der Ladentür.

Rossel sah Geraschwili an, die nickte.

Er betätigte einen abgenutzten Messinggriff und hörte das Klingeln der Glocke, die die Kunden begrüßte.

***

Sobald sie das Geschäft betreten hatten, komplimentierte Genosse Dschilas sie aus dem Verkaufsraum gleich wieder heraus, weg von den glänzenden Tresen aus Eichenholz und Glas, weg von den mit Zobel und Nerz behängten Schaufensterpuppen, und geleitete sie in ein enges, kleines Hinterzimmer.

Er setzte die Juwelierlupe ab, mit der er den winzigen Rubin in Augenschein genommen hatte, und legte den Ohrring zurück auf den Tisch.

Dschilas – der Name war nicht russisch, überlegte Rossel. Bulgarisch? Serbisch? Slawisch jedenfalls. Der Juwelier war groß gewachsen und breitschultrig mit ausladenden Wangenknochen und einer hohen Stirn. Sein volles schwarzes Haar war grau gesprenkelt und er hatte dunkelbraune Augen mit einem schwer zu definierenden Ausdruck. Nase und Kinn waren wenig markant, eine Tatsache, die er durch einen Zwirbelbart zu kaschieren suchte.

Er legte eine sorglose, auf Distanz bedachte Art an den Tag. Und das als ein Mann, der ständig mit den Ehefrauen und Verhältnissen der Elite zu tun hatte. Sein Verhalten war darauf angelegt, so unangestrengt wie möglich zu signalisieren, dass zwei Milizbeamte vom Revier in der Wosstanija-Straße ihn nicht würden behelligen können. Mit einem gebieterischen Mittelfinger tippte er oben auf den gläsernen Ladentisch, neben den Rubin in der verzierten, goldenen Klemme.

»Ja, sehr gut. Die Amerikaner nennen das ›Taubenblut‹.«

»Von einer Taube?«, hakte Geraschwili nach.

Er lächelte.

»Ein sattes Rot, genau wie Taubenblut. Diese Steine sind wirklich schön und von höchster Qualität. Möglicherweise aus Birma. Aus den Minen dort, heißt es, stammen die besten Rubine der Welt, obwohl ich persönlich, als guter und loyaler Staatsbürger der Union der sozialistischen Sowjetrepubliken, ja sagen muss, dass ich natürlich die Edelsteine vorziehe, die aus Tadschikistan kommen. Die Bergleute dort erzählen sich öfter einen Witz. Sie sagen, dass die fetten, kapitalistischen Berge von Rushan auf einmal nur noch Diamanten herausrücken wollten. Da haben ihnen die Rubinsucher dann jede Nacht aus *Das Kapital* vorgelesen und alle weißen Steine überredet, sich in rote zu verwandeln.«

Genosse Dschilas, der, sollte er nicht doch Russe sein, tatsächlich nicht den Hauch eines Akzents hatte, schüttete sich vor Lachen über seine eigene Anekdote aus.

Rossel verzog keine Miene. Der Witz war ein Fehler.

»Ich bin etwas erstaunt, dass die tadschikischen Bergleute Gefahr laufen, ihre Planziele durch den Austausch solch belangloser Geschichtchen zu verfehlen. Machen Sie sich doch bitte eine Notiz, Unteroffiziersanwärterin Geraschwili.«

»Eine Notiz?«

Geraschwili wirkte ein wenig unsicher, zückte aber ihren Notizblock.

»Ja, einen Vermerk, den wir unseren geschätzten Kollegen vom Ministerium für Staatssicherheit in Duschanbe übermitteln können, dergestalt, dass ihm Einzelheiten über mögliche antisowjetische Umtriebe bei den Bergleuten in der Region Rushan zu entnehmen sein werden. Über die an Arbeitsverweigerung grenzende Verschwendung von Zeit. Sich solche überflüssigen Geschichten zu erzählen könnte die Pläne des Genossen Stalin hinsichtlich der staatlichen Mineraliengewinnung gefährden, die auch noch durch bourgeoises Gelächter verhöhnt werden. Nennen Sie in diesem wichtigen Vermerk an das Ministerium für Staatssicherheit in Duschanbe daher auch den Namen unserer Quelle: Genosse Dschilas vom Geschäft gleichen Namens im Kaufhaus Passasch in Leningrad. Genosse Dschilas wird sicherlich gerne für weitere Auskünfte zur Verfügung stehen und jederzeit die viertausend Kilometer lange Reise nach Duschanbe antreten, um gegen diese unpatriotischen Bergleute auszusagen.«

Geraschwili legte ihren Block auf den Tresen und fing an, mit ihrem Füller das Papier vollzukritzeln. Dschilas beobachtete, wie die schwarze Tinte die Seite füllte.

Rossel langte hinüber und hielt den Schreibfluss von Geraschwilis Hand an. Anschließend sah er dem Juwelier direkt in die Augen.

»Aber vielleicht muss meine Kollegin ja auch gar keinen Bericht auf den Weg bringen?«

Dschilas befeuchtete Daumen und Zeigefinger mit Speichel, um die gezwirbelten Enden seines Schnurrbarts anliegen zu lassen.

»Darf ich fragen, Leutnant Rossel, ob es vielleicht möglich wäre, zu erfahren, woher Sie diese Ohrringe haben?«

Geraschwili wollte etwas sagen, aber Rossel bedeutete ihr, indem er die Hand hob: *Wir stellen hier die Fragen. So funktioniert das.*

»Haben Sie jemals ein solches Paar Ohrringe verkauft?«

Der Juwelier schüttelte den Kopf.

»Hatten Sie ein solches Paar jemals im Angebot?«

Dschilas nahm die Ohrringe in die Hand, legte sie aber sofort wieder auf den Tresen.

»Diese, nein. Niemals. Die handwerkliche Ausführung ist sehr gut. Ich glaube, sie stammen möglicherweise aus dem Ausland.«

»Woher?«

»Von einer renommierten Adresse. Mehr weiß ich nicht. Van Cleef & Arpels in Paris oder Tiffany in New York.«

»Unteroffiziersanwärterin Geraschwili.«

»Ja, Genosse Leutnant?«

»Haben Sie noch Fragen an den Genossen Dschilas?«

Geraschwili legte ihren Füller hin und ließ den Blick in dem unordentlichen Büro umherschweifen. Möbliert war es nur mit einem Schreibtisch und einem Stuhl, einem Bild von Stalin an der Wand sowie der gerahmten Fotografie einer Familie, vermutlich der von Dschilas, die auf einem grünen Stahlschrank in der Nähe der Tür postiert war. Der Safe war groß, vielleicht zwei Meter hoch und einen Meter breit.

Sie ging hinüber und tippte mit einem Finger die Vorderseite an.

»Bewahren Sie hier drin Ihre Verkaufsdokumente auf?«

Rossel bemerkte, dass Dschilas mit der linken Hand behutsam eine halb offene Schreibtischschublade zuschob, bevor er antwortete.

»Ich habe Ihnen doch gesagt, dass die Ohrringe nicht

hier gekauft worden sind. Höchstwahrscheinlich stammen sie aus dem Ausland.«

Rossel seufzte und wiederholte Geraschwilis Frage.

»Bewahren Sie Ihre Verkaufsdokumente hier drin auf?«

»Nein, die Firma hat noch ein weiteres Büro in der Stadt. Unsere Belege gehen täglich dorthin, die Unterlagen werden zentral aufbewahrt.«

Geraschwili sah Rossel fragend an.

»Dann ist das ja geklärt«, sagte dieser. »Meine Kollegin und ich werden jetzt gehen, aber Unteroffiziersanwärterin Geraschwili wird morgen wiederkommen und die Verkaufsunterlagen der letzten zehn Jahre abholen, Herr Dschilas. Auf eine Benachrichtigung des Ministeriums für Staatssicherheit in Duschanbe hinsichtlich der konterrevolutionären Verräter und Witzereißer inmitten ihrer Reihen können wir unter diesen Umständen verzichten. Und Sie werden nicht viertausend Kilometer anreisen müssen, um auszusagen.«

»Geklärt. Ja, natürlich«, antwortete Dschilas mit matter Stimme. Geistesabwesend befeuchtete der Juwelier erneut Daumen und Zeigefinger, als wollte er seinen pompösen Schnurrbart zurechtmachen. Aber diesmal führte er die Gebärde nicht zu Ende.

# 8

Lipuchin hatte gerade eine *Pastila* aus süßem Apfelpüree gegessen, um seine Wodkafahne zu kaschieren. Aber wie so viele seiner Pläne ging auch dieser nicht auf.

Der Hauptmann hatte in Rossels Büro gewartet, als dieser aufs Revier zurückkehrte. Er las die aktuelle *Prawda*.

Der Leitartikel trug die Überschrift »Saison der Verräter!« und berichtete weitere Details über das sich abzeichnende Ärztekomplott – eine Verschwörung von »Killerärzten«, vornehmlich jüdischer Herkunft, die allem Anschein nach versucht hatten, die oberste Führungsschicht der Sowjetunion auszulöschen.

Der Hauptmann ließ den Blick zu dem gerahmten Stalinporträt an der Wand hinüberschweifen.

»›Karl Marx von der Wand / schaut herab aus dem Bild … / Mit einem Mal / tut er den Mund auf und brüllt.‹ Kennen Sie das Gedicht?«

Rossel nickte. »Majakowski.«

Es war schwierig, aus Lipuchin schlau zu werden. Es gab keinen endlosen Strom an glorreichen Geschichten aus dem Krieg, nicht zuletzt, weil man den schneidigen Hauptmann wegen einer Erkrankung aus Leningrad evakuiert hatte. Kein Stalingrad, kein Kursk, kein Berlin. Nach dem Krieg war er in Rekordzeit zum Hauptmann befördert worden – und auf diesem Rang stehen geblieben. Ein solch schneller Aufstieg legte politische Zuverlässigkeit nahe; ein so plötzlicher Stillstand aber roch nach Stolichnaya.

»Meine Mutter hat mir als Kind aus seinen Werken vorgelesen.« Zur Sicherheit fügte er noch hinzu: »Ein großer Patriot.«

Lipuchin deutete auf das schwarze Telefon auf dem Schreibtisch zwischen ihnen.

»Fünf Leichen, zusammen aufgefunden an einem Ort. Eine von ihnen eine Blaumütze. Das hat es noch nicht gegeben. Gestern haben Sie Ihren Bericht hereingereicht. Schweigen im Walde. Sie werden uns beobachten, doch noch hat niemand aufgeschrien.«

Lipuchin fuhr sich mit der Hand durch das blonde Haar, das so gut zu der Rolle des sowjetischen Goldjungen passte, für die er früher einmal wie geschaffen erschienen war. Doch die einst markigen Gesichtszüge waren nun weicher und schlaffer geworden, seine fein gezeichneten Wangenknochen wiesen schon einen Stich ins Rötliche auf.

»Vielleicht trauen sie uns ja doch, Ilja«, meinte Rossel.

»Sie trauen uns?«

Lipuchin hielt Rossels Blick stand, als er ihm die Frage spiegelte, und wischte sich einen letzten Krümel *Pastila* von den Lippen.

Rossel nahm einen kleinen Stapel Fotos zur Hand, der auf seinem Schreibtisch lag. Tanejew war mit der Entwicklung rechtzeitig fertig geworden. Vor seinem Chef breitete er die Sammlung aus.

»Um unsere Bolschewikenpflicht zu erfüllen?«

Lipuchin nahm eines der Fotos und drehte es um, damit sie es beide betrachten konnten. Ein Mann ohne Gesicht starrte ihnen entgegen.

»Selbstverständlich, unsere Pflicht gegenüber der Partei hat immer Vorrang«, grummelte Lipuchin. »Wer ist das hier?«

Rossel nahm die Fotos genauer in Augenschein und bemerkte, dass sie in der Leichenhalle gemacht worden waren und nicht an der Eisenbahnlinie, wo sie die Leichen entdeckt hatten. Tanejew musste sie für außergewöhnlich interessant befunden haben, wenn er sie auf dem Schreibtisch behielt. Und er hatte recht.

»Der Priester. Der Tote, den wir mit dem Kragen eines Geistlichen aufgefunden haben. Wie von Ihnen angeordnet, haben wir uns als Erstes um die Blaumütze gekümmert, und deshalb habe ich wegen der Ohrringe ermittelt. Der Priester ist wohl das neueste Opfer, mit dem sich Frau Dr. Wolkowa, unsere Rechtsmedizinerin, befasst hat. Die Krankenpfleger haben die Leiche erst vor ein paar Stunden entkleidet und dabei diesen tintenschwarzen Fund gemacht.«

Tätowierungen bedeckten jeden Zentimeter des nackten Torsos. Die Linien waren mit Tinte grob gezogen, aber die Zeichnungen selbst waren detailliert und kunstvoll ausgeführt. Direkt über der linken Brustwarze befand sich ein Bildnis der Gottesmutter mit dem Jesuskind, über der rechten eine zusammengerollte Schlange und darüber wiederum eine Reihe einfacher Punkte. Auf dem Rücken, von einem Schulterblatt zum anderen, ein grinsender Sensenmann. Die Umrisse seines Umhangs waren nicht schwarz, sondern blutrot, und in den Händen hielt er nicht etwa eine Sense, sondern Hammer und Sichel. Nur eine Bevölkerungsgruppe hatte solche Tätowierungen: Diebe.

Lipuchin betrachtete das Foto noch eine Weile. Dann schob er seinen Stuhl zurück und stand auf. Seine Stimme klang kontrolliert, es schwang aber auch ein Unterton von Betretenheit mit.

»Vertrauen, ja. Eine wichtige bolschewistische Tugend, Leutnant Rossel. Und mein Vertrauen in Sie ist wie immer absolut. Ich habe Ihnen daher völlige Handlungsfreiheit in diesem Fall erteilt. Insbesondere weil sich herausstellen könnte, dass er von großer Wichtigkeit für die Partei ist. Ich habe die entsprechenden Mitteilungen heute Morgen schriftlich zu den Akten genommen, damit die zuständigen Stellen von meiner Entscheidung sofortige Kenntnis erhalten.«

Rossel hob den Blick nicht. Er konnte die Angst in Lipuchins Stimme hören, und es bestand keine Notwendigkeit, ihn wegen seines eigennützigen Pragmatismus weiter in Verlegenheit zu bringen. Irgendetwas war geschehen zwischen der Unterhaltung, die sie im Wagen auf der Rückfahrt vom Ladogasee geführt hatten, und dem Hier und

Heute. Vermutlich hatte Lipuchin, was ihr gemeinsames Überleben betraf, eins und eins zusammengezählt und das Ergebnis nicht besonders gemocht. In Leningrad trafen die Menschen jeden Tag solche Entscheidungen – um sich von ihren Frauen zu trennen, von ihren Liebhabern, Freunden oder Kollegen, wenn die eisigen Wasser anzusteigen begannen. Er nahm es Lipuchin nicht einmal übel, wenn dieser versuchte, seine Haut zu retten. Er akzeptierte es einfach als das, was es war: ein banaler, persönlicher Fall von *Realpolitik*.

Rossel hörte das Glas scheppern, als die Tür zugeschlagen wurde. Lipuchins Schritte verhallten allmählich, als er die Treppe hinunterging. Rossel machte aus den Fotos einen akkuraten Stapel und beförderte ihn in den braunen Umschlag mit den Fallunterlagen. Im Kamin leuchtete ein Holzscheit noch einmal auf, bevor es erlosch. Man hatte das Feuer vernachlässigt – oder vielleicht war auch einfach nur das Holz ausgegangen.

Eine Verflossene am Konservatorium war scharf auf Majakowski gewesen. Der Vater des Dichters hatte sich in den Finger gestochen, während er etwas abheftete, erzählte sie ihm, und war in der Folge an Blutvergiftung gestorben. Es war ihm jetzt klar, dass Hauptmann Lipuchin, anders als Majakowski senior, über eine tiefe Einsicht in die Gefahren verfügte, die mit der Büroarbeit einhergingen.

***

Rossel öffnete den Reißverschluss und entleerte seine Blase. Er hatte auf dem Heimweg auf ein Gläschen Wodka bei einer schmuddeligen *Rjumochnaja* haltgemacht – sein liebster Ort, wenn er sich wieder einmal aus der Welt zurückziehen musste. Nachdenken musste. Der erste Stamper hatte nicht viel genützt, also hatte er einen zweiten bestellt.

Das hatte zwar auch nicht geholfen, aber immerhin hatte es ihn etwas gekräftigt für die Tortur einer *Kommunalka*-Toilette.

Kostiuk hatte mal wieder zugeschlagen. Rossel versuchte, beim Pissen die Luft anzuhalten, damit er den Gestank des fest gewordenen Stuhls seines betagten Nachbarn nicht einatmen musste. Leningrad war auf Sumpfgelände erbaut worden, und Tausende waren gestorben, während sie in der fiebrigen, übel riechenden Luft schufteten, um die Vision Peters des Großen Wirklichkeit werden zu lassen. Rossel wusste, wie sie sich gefühlt haben mussten.

Er teilte sich die Wohnung mit fünf anderen Parteien. Alles in allem sechzehn Menschen, in sechs Zimmer gestopft. Alle lebten sie zusammen im vierten Stock eines Häuserblocks mit Blick auf den Gribojedow-Kanal und schätzten sich glücklich, eine solche Unterkunft zu haben. Den widerlichen Geruch von Wladislaw Kostiuks Kackhaufen ertragen zu müssen, war ein geringer Preis dafür, in einer Wohnung wie dieser leben zu können.

Er konnte die Luft nicht länger anhalten. Sobald er ausatmete, drang der toxische Geruch tief in seine Nase ein.

*Heilige Mutter Gottes!*

Ein hartes Trommelgeräusch. Jemand draußen auf dem kalten Korridor klopfte ungeduldig an die Tür.

»Bist du das, Wladislaw Gerasimowitsch? Ja, nicht wahr? Ich kann dein stinkendes Arschloch schon hier draußen riechen. Mach voran, los. Ich muss pissen wie die Wolga …«

Niemand sonst hatte solch ein Mundwerk, und in einer *Kommunalka* hieß das etwas. Es war Lena, die mit ihrer jüngeren Schwester Irina in Zimmer Nummer 3 wohnte.

»Ich bin's«, entgegnete er. »Eine Minute noch, Lenotschka. Kostiuk war vorher hier drauf, und mein Leben ist deshalb nun in ernster Gefahr. Mir bleiben nur noch sechzehn Sekunden, dann bin ich erstickt.«

Auf der anderen Seite der Tür hörte er Lena lachen. »Es war Borschtsch. Frau Fjodorowna kocht ihm am Sonntagabend immer welchen. Ich glaube, die Rote Bete zersetzt ihm die Gedärme. Deshalb versuche ich immer, am Montag überhaupt nicht pinkeln zu gehen. Dieser Tee war ein schwerer taktischer Fehler.«

Rossel betätigte die Toilettenspülung und machte die Tür auf. Er grinste, als er auf den Flur trat und sah, dass Lena so weit weg von ihm stand wie nur irgend möglich; neben dem schwer mit Wintermänteln und Schals behangenen Hutständer in der Nähe der Wohnungstür. Als Kind war sie während des Krieges Botengängerin zwischen verschiedenen Infanteriestellungen gewesen.

Er hielt ihr die Tür auf.

»Na los, Lena. Ich weiß, dass du tapfer bist.«

»Furchtlos, Genosse Rossel, aber nicht lebensmüde.«

Rossel machte einen Schritt in Richtung seines Zimmers, das zweite von rechts am Ende des Korridors. Hinter ihm hatte Lena erkannt, dass sie das Risiko eingehen musste, und schlug die Tür hinter sich zu. Wenn man lange genug in einer *Kommunalka* wohnte, gab es kaum noch Tabus.

Er hielt an und rief laut durch die Tür.

»Hat sie heute Abend gespielt, Lena? Hat sie *Oj, da ne wetscher* gespielt?«

»Nein«, lautete die Antwort. »Gestern Abend nicht, seit einer Woche nicht.« Er hörte sie kichern. »Bist du verknallt, oder was?«

* * *

*Ah, es ist noch nicht Abend.* Oj, da ne wetscher *ist ein wunderschönes Lied.*

Sofia flüsterte manchmal fast, sang dann für ihn dennoch dieses Volkslied der Kosaken, an einem dieser weit zurückliegenden Tage während ihrer Zeit am Konservatorium, als sie zusammen im Bett lagen. Viele Jahre war das jetzt her, aber wenn er die Augen schloss, hatte er immer noch ihr Gesicht vor sich: die olivgrünen Augen, groß und fragend, die schwarze, unordentliche Mähne, lang genug, um den Nacken zu bedecken, die Lippen, viel zu groß und dünn, um sie in den Augen Außenstehender zu einer wahrhaft schönen Frau zu machen – doch für ihn war sie, von dem Moment an, in dem er sie das erste Mal sah, perfekt. Sie ist wie die Frau auf dem Gemälde von Eduard Magnus, hatte er sich gesagt, als sie auf dem Flur fast zusammengestoßen wären, unmittelbar vor ihrer ersten gemeinsamen Unterrichtsstunde. Erst vor Kurzem hatte er in der Eremitage Eduard Magnus' Gemälde der rätselhaften schwedischen Nachtigall gesehen. Das Porträt einer Frau, die lediglich zugelassen hatte, dass der Künstler ein winziges Stück ihres wahren Selbst darstellen konnte. Alles andere hielt sie an einem unerreichbaren Ort vor der Welt verborgen.

Und doch, als sie zusammen waren …

»Du bist mein Rittmeister, mein Kosake«, hatte sie immer zu ihm gesagt, bevor sie sich liebten. »Wer kommt gerannt, um mich zu erretten …«, Sofia drehte sich auf den Rücken, verschränkte die Hände hinter dem Kopf und sah ihm direkt in die Augen, »… und mich danach zu *schänden.*«

Aber oft, wenn er tat, was sie verlangte, und sein tiefes Empfinden dem ihren anpasste, machte sie sich auch über seine Ernsthaftigkeit lustig. Bevor sie beide schließlich in schallendes Gelächter ausbrachen.

Anschließend zog sie sich regelmäßig wieder in sich selbst zurück, nahm die Fragen, die er ihr ins Ohr flüsterte, kaum zur Kenntnis, gab ihm gegenüber so gut wie nichts von sich preis. Dann verwandelte sie sich wieder in die Frau, die Eduard Magnus porträtiert hatte.

Auch Felix war in sie verliebt gewesen, erinnerte er sich. Soweit es Felix Sorokin möglich war, jemand anderen als sich selbst zu lieben. »Ich hätte so gerne, dass diese temperamentvolle Sängerin mit den dunklen Haaren mir ein Gutenachtlied ins Ohr summt«, hatte sein Freund gesagt. »Wie sie singt, wühlt mich auf, weckt in mir den Wunsch, ein Besserer zu sein, als ich bin.«

Aber Sofia hatte nicht für Felix gesungen, sondern für ihren Kosaken.

*Oj, da ne wetscher …*

»Und der Rittmeister war gescheit, wusste, was mein Traum bedeutete. ›Oh, er wird sicher rollen‹, sagte er, ›dein wilder Kopf.‹« Rossel hatte diese Zeile immer gemocht.

Er erhob sich aus dem verschlissenen grünen Lehnstuhl, ging quer durchs Zimmer und entsperrte den gebrochenen Riegel am Fensterrahmen. So konnte er das Fenster weit aufmachen, obwohl es immer noch schneite, um herauszufinden, ob er die Musik des Gitarristen einen Stock höher dann besser hören konnte.

*Oj, da ne wetscher …*

»Ganz sicher wird er rollen«, flüsterte er vor sich hin, »ganz sicher, dein wilder Kopf.«

*Bist du verknallt, oder was?*

War er mal gewesen, ja.

Und es hatte die Welt für ihn bedeutet.

# 9

## Dienstag, 16. Oktober

Geraschwili zog ihre dicken Lederhandschuhe an und setzte die Fellmütze auf.

»Die Kontenblätter, das ist alles, was Sie brauchen, Genosse Leutnant?«

Rossel nickte. Er nahm ein Holzscheit von dem spärlichen Stapel neben dem Feuerrost und warf es in die Flammen. Nach außen hin war er gelassen und mimte den gründlichen, gewissenhaften Ermittler. Aber Lipuchin hatte sich aus der Untersuchung des Falls verabschiedet und Rossel als Verantwortlichen benannt. Deswegen war es schwierig, die Bedrohung durch den MGB aus dem Kopf zu bekommen – jene unsichtbare, aber erbarmungslose Bedrohung, die jeden Sowjetbürger, ob nun pflichtbewusst oder nicht, mit Schrecken erfüllte. Ein Versagen wäre unverzeihlich. Ein Versagen würde nicht nur eine Degradierung nach sich ziehen, sondern eine viel ausgeklügeltere Strafe. Und selbst ein Erfolg könnte nicht erwünscht sein, je nachdem, was er herausfand.

Es hatte jedoch keinen Zweck, Geraschwili mit seinen Befürchtungen zu erschrecken. »Sollte Dschilas die Ohrringe verkauft haben, stehen die Chancen gut, dass sie dort irgendwo aufgeführt sind«, sagte er. »Zusammen mit dem Käufer vielleicht, der für unsere Ermittlungen von Bedeutung sein könnte.«

»Er könnte sie in der Zwischenzeit gefälscht haben.«

»Das ist ja genau die Falle, die ich ihm gestellt habe. Mal sehen, ob er darauf hereinfällt. Gemäß Artikel 58–14 des Strafgesetzbuchs würde man die Fälschung der Kontoblätter als konterrevolutionäre Sabotage einstufen, also als gleichermaßen vorsätzliche wie fahrlässige Durchführung genau definierter Treuepflichten, die darauf abzielt, die Regierungsgewalt und die Funktionsfähigkeit des Staatsapparats zu schwächen. Das würde eine Freiheitsstrafe von mindestens einem Jahr zur Folge haben. Und die Behinderung staatlicher Ermittlungen zieht automatisch eine weitere Freiheitsstrafe von acht Jahren nach sich.«

Doch als Mann, der ohne den geringsten Versuch, dies zu verbergen, mit Luxusgegenständen aus dem Ausland handelte, war Dschilas zweifellos auch ein Mann, der politische Rückendeckung genoss.

»Dschilas kommt mir so vor wie einer, der den schönen Dingen des Lebens zugeneigt ist und sich in Kreisen bewegt, wo er an sie herankommen kann. Ich glaube nicht, dass er etwas tun würde, das zur Gefahr werden könnte. Wenn er seine Unterlagen in Ordnung hält und nichts verändert hat, lässt sich vielleicht etwas herauskriegen.«

Der große Kamin im Hauptraum des Reviers war aus Gusseisen. Seevögel und Handelsschiffe wechselten sich ab in dem Muster, das die Kamineinfassung schmückte. Vermutlich der persönliche Geschmack des Silberschmieds, dem das Haus einst gehört hatte, bevor es nach der Revolution in eine Polizeistation umgewandelt worden war. Rossel sah einer blassblauen Flamme dabei zu, wie sie das Holz umzüngelte und daran leckte.

Geraschwili ging zur Eingangstür, die ins Treppenhaus führte, wandte sich dann aber zu ihm um.

»Ich habe meine Nichte gestern Abend zum Eislaufplatz im Taurischen Garten mitgenommen. Sie ist erst elf, läuft aber sehr gut Schlittschuh. In ein paar Wochen fährt sie zu den sowjetischen Meisterschaften nach Moskau.«

»Das freut mich für Ihre Nichte.«

»Danke, Genosse Leutnant, aber das ist nicht mein Punkt. Mir geht es darum, dass meine Nichte Ohrringe trägt. Mit Klammern. Jana, meine Schwester, meint, dass Ohrlochstechen doch nur etwas für die Flittchen vom Sennaja-Platz ist.«

»Und?«

»Diese Rubin-Ohrringe sind klein. Sehr klein, mit Klammern. Ich habe mich gefragt, ob sie vielleicht einmal einem Kind gehört haben. Vielleicht hat unsere Tote ohne Gesicht eine Tochter?«

Gratschew kam in voller Winteruniform herein und marschierte zu seinem Schreibtisch. Er starrte Geraschwili ungehalten an.

»Immer noch hier, um dich schön zu machen? Rossel und ich haben zu arbeiten. Wir machen uns jetzt auf den Weg, um ein gefährliches, subversives Element zu vernehmen, das schon zehn Jahre in einem Gefängnis des großen sowjetischen Vaterlandes einsitzt.«

Rossel wandte sich wieder Geraschwili zu und rief ihr hinterher: »Danke, Unteroffiziersanwärterin Geraschwili, ein ausgezeichneter Hinweis!«

Er nahm die Handschuhe und seine Mütze aus der Ablage in der Mitte des Raums. Neben dem Kamin stampfte Gratschew mit den Füßen auf. Die Flammen waren erloschen.

»Wer ist Ihre Quelle, Rossel? Wieso kenne ich ihn nicht?«

»Ich denke, man könnte ihn als Leser bezeichnen.«

»Als Leser? Wo treffen wir den Scheißkerl? In der Staatsbibliothek am Newski Prospekt?«

»Er liest keine Bücher, sondern Körper.«

Rossel zog sich den rechten Handschuh und die Mütze zurecht. Einer der Seevögel, die in das Kaminsims gemeißelt waren, wies mattere Farben auf als seine Gefährten, war so etwas wie ein Ausgestoßener. Es erinnerte ihn an ein Gedicht von Baudelaire, *Der Albatros*, eines der Gedichte, die Sofia am liebsten mochte. In der Zeit, als sie zusammen waren, hatte sie es ihm viele Male vorgelesen. Er streckte die Hand aus, wie er es oft tat, bevor er das Revier verließ, und berührte einen der Flügel, damit es ihm Glück brachte.

»Ein Alkoholschmuggler, ich weiß. Und ein gelegentlicher Informant. Kirill Pugatschew ist ein Mann, der Gulag-Tätowierungen lesen kann, wie Universitätsprofessoren sonst *Schuld und Sühne* lesen. Anschließend erklärt er dann solchen Idioten, wie Sie und ich welche sind, Herr Unteroffizier, was der Künstler damit wohl gemeint hat.«

***

Der Mann, der die Körper las, zog an seiner Papirossa, während er mit der anderen Hand um seinen Kopf herumfuchtelte und auf die anderen drei Kunden in der Bretterbude deutete. Sie nippten alle an Blechtassen mit Wodka, während sie um ein kleines Kohlebecken herumstanden, in dem ein schwarz verfärbtes Holzscheit nicht richtig Feuer fing. Dem Geruch nach zu urteilen, hatte man Benzin benutzt, um es zum Brennen zu bringen.

»Ist das zu glauben? In diesem Loch, einer beschissenen *Rjumnochnaja* draußen in Moskowskaja, gibt es armenischen Cognac!«, sagte Pugatschew. »Monate ist das her, seit ich auch nur ein Tröpfchen von diesem Stoff hatte. Sonst bekommt man in Leningrad kaum mal ein Glas Ararat, aber die fette Babuschka, die diesen Laden hier schmeißt, hat das Zeug offensichtlich vom Fass.«

Gratschew blickte ihn zornig an.

»Vielleicht lutscht sie in ihrer Freizeit ja Schwänze bei der armenischen Handelsdelegation.«

Die Babuschka, eine Frau mit den Ausmaßen eines Wals, die in ihrer schmuddeligen Ecke eine Steige mit dreckigen Flaschen hütete, beschimpfte ihn wüst.

Pugatschew leerte sein Glas und rang nach Luft, während das Feuer im Kamin langsam ausging.

»Für Cognac wie diesen hier würde sich das lohnen. Dafür würde ich es glatt auch machen.«

»Die Armenier sind ein schmutziges Volk«, warf Gratschew ein und verzog den Mund.

»Sagt wer?«, hakte Rossel nach.

»In Ihrer Akte steht, dass Sie Lehrer waren?«, fuhr Gratschew unbeirrt fort und ignorierte die Frage.

Pugatschew nickte. Vor dem Krieg hatte er in Moskau Kunstunterricht gegeben, sogar die Kinder einiger Mitglieder des Politbüros hatte er unterrichtet. Die Söhne von Mikojan und Jeschows Töchter. Pugatschew war ein groß gewachsener Mann mit Stiernacken und Glatze. Außerdem hatte er eine platte, gebrochene Nase. Die Augen, mit denen er Rossel und Gratschew über den kleinen Holztisch hinweg ansah, waren durch seine Zeit in den Lagern geschult worden. Sie waren berechnend, verschwiegen und grün wie Wasserflechten.

»Ich war ein guter Lehrer, und meine Schüler mochten mich deshalb auch. Eines Tages kam ich in einen Kurs, und kein einziger Schüler war da. Nur das Modell war erschienen, ein rothaariger Zwerg vom Moskauer Staatszirkus. Die Flügeltür am hinteren Ende des Raumes öffnete sich, und zwei Männer in grauen Mänteln kamen herein. Man verfrachtete mich direkt in die Lubjanka, nach ein paar Wochen dann nach Sibirien, wo ich zehn Jahre im Gulag zugebracht habe. Warum, habe ich niemals erfahren.«

Pugatschew trank noch einen Schluck von seinem Cognac und fixierte dann Rossel mit seinem Blick.

»Gibt es denn einen Grund?«

Rossel hob die Hand und wedelte den Rauch weg. Die Kneipe stank nach billigem Tabak.

»Was wäre denn ein Grund?«

»Meine Akte. Wird in meiner Akte ein Haftgrund genannt?«

Rossel ignorierte die Frage.

»Danke für das Treffen, Genosse Pugatschew«, sagte er. »Ich höre, Sie sind derzeit als Küchenhilfe im Hotel Astoria beschäftigt und bereiten Wachteln zu für die wenigen Glücklichen, denen man – dank ihres außerordentlichen Einsatzes für die Partei – die Gunst erwiesen hat, dort speisen zu dürfen.«

»Was?« Gratschew war erstaunt. »Ich dachte, Diebe dürfen nach den geltenden Bestimmungen nicht arbeiten. Das Astoria? Ziehst du für die Partei die Arschbacken auseinander, Genosse?«

Pugatschew spuckte ins Feuer und starrte Gratschew böse an.

»Sind Sie sicher, dass Sie Polizist sind? Weil Sie Bulle scheiß noch mal alles über jeden Mist wissen.«

Rossel lächelte.

»Pugatschew ist von dieser Regelung befreit«, bemerkte er. »Er liefert dem Hotel illegal hergestellten Wodka und tauscht ihn gegen guten Stoff ein.«

»Unser Stoff ist auch gut, bisher hat sich niemand beschwert«, entgegnete Pugatschew.

»Nimmt also den guten Stoff, um ihn auf dem Schwarzmarkt zum halben Preis zu verkaufen, was aber immer noch das Vierfache der Herstellungskosten für das illegale Zeug abwirft. Im Dienste der guten Sache ist es dem Genossen Pugatschew gestattet, zu arbeiten und den hohen Tieren zu Diensten zu sein, die im besten Hotel der Stadt absteigen.«

»Das beste Hotel? Wissen Sie, dass ihnen letzte Woche das Toilettenpapier ausgegangen ist?«, warf Pugatschew ein. »Ich musste ein paar alte Ausgaben der *Prawda* zerschneiden und auffädeln, so wie wir das auch alle machen.

Im fünften Stock war eine chinesische Delegation zu Gast, irgendein Schwachsinn von wegen militärische Zusammenarbeit und so. Ich mag die Vorstellung, dass sich ihr stellvertretender Vorsitzender mit den neuesten Statistiken über die ukrainische Weizenproduktion den Arsch abwischen musste.«

Er beugte sich vor und nahm einen Zug von seiner Zigarette.

»Wenn die *Prawda* weiterhin all die kriecherischen Artikel druckt, wie ich sie das letzte Mal, als ich mir die Mühe gemacht habe, sie zu lesen, wieder gesehen habe, dann hat er jetzt wahrscheinlich ein Foto des Genossen Beria auf jeder Arschbacke.«

Gratschew pfiff durch die Zähne.

»Und Sie suchen nach einem Grund, weshalb man Sie ins Lager gesteckt hat? Wir sind erst seit fünf Minuten hier, und Sie haben schon genug gesagt, um sich weitere zehn Jahre zu verdienen.«

Pugatschew unterdrückte ein Gähnen.

»Sie haben mich einfach eines Tages abgeholt. Warum, weiß ich nicht. Und dann haben sie mich eines Tages wieder freigelassen. Dito. Ein kleines bisschen Freiheit hat man dabei, Herr Unteroffizier, wenn man es richtig versteht. Denn ich kann mich danebenbenehmen und verhaftet werden, klar. Aber ich kann mich auch richtig verhalten und dennoch verhaftet werden. Warum sich also Gedanken machen? Ich müsste sowieso längst tot sein nach den zehn sibirischen Wintern, in denen ich Kiefernstämme zersägt habe. Im Winter sind es dort minus fünfzig Grad. Wussten Sie das? Ein Mann kann sich da sein bestes Stück abbrechen, nur weil er versucht hat zu pinkeln. An einem solchen Ort ist es klug, sich so viel Schutz wie möglich zu suchen, und in den Lagern heißt das, sich den Dieben anzuschließen.«

Pugatschew drückte die Reste seiner Zigarette aus.

»Das Modell haben sie auch verhaftet, für alle Fälle, nehme ich an. Soweit ich weiß, hat es dieser unglückselige Zwerg nicht zurück in den Zirkus geschafft.«

Er hämmerte mit seiner Blechtasse auf den Tisch. Die Babuschka lugte kurz hinter dem Tresen hervor und nickte.

»Die beiden hier zahlen«, sagte Pugatschew zu ihr.

Er wandte sich zu den beiden Polizisten um.

»Sie sagen, da gibt es etwas, das Sie mir zeigen wollen?«

***

»Interessant.«

Pugatschew deutete auf das Foto, das Gratschew hochhielt. Es zeigte den Priester. Sein vom Nikotin verfärbter Mittelfinger wies auf eine Stelle direkt unterhalb der Schulter.

»Eine Ansammlung von Flecken«, sagte Rossel. »Was ist daran interessant?«

»Das bedeutet, dass er in Einzelhaft in einer Strafbaracke war. Und nicht nur einmal. Jeder Fleck markiert eine Haftzeit. Zehn Flecken, wie bei diesem Mann hier, heißt zehnmal Haft.«

»Ein Unruhestifter? Einer, an den sich das Wachpersonal und die Insassen erinnern?«, fragte Rossel nach.

Pugatschew nickte.

»Man muss schon ein bisschen verrückt sein, um sich immer wieder derart der Gefahr auszusetzen. Bei solchen Aussichten würde selbst ich die Segel streichen.«

»Also einer der Chefs?«, spekulierte Gratschew. Die Diebe hatten ihren eigenen Kodex und ihre eigene Rangordnung. War man im Gulag Chef, hatte man ebenso viel Gewalt über Leben und Tod wie der Staat.

»Nein, es gibt keine Tätowierung, die ihn als solchen

ausweist. Und ein Chef agiert nur selten allein. Für die Drecksarbeit haben sie ihre Leute.«

»Was ist mit dieser hier? Die zusammengerollte Schlange?«, wollte Rossel wissen.

Pugatschew nahm das Foto genauer in Augenschein. Mit einem Finger tippte er auf die Schlange über der rechten Brustwarze des Mannes.

»Gute Arbeit. Aber viele Häftlinge haben so eine«, erläuterte er. »Drogen vielleicht. Oder vielleicht soll sie auch nur höflich die Verwunderung darüber zum Ausdruck bringen, wie sehr man von unserer glorreichen Sowjetunion geschunden worden ist.«

Er zeigte auf den roten Sensenmann, der Hammer und Sichel hielt.

»Diese hier ist ungewöhnlich. Ich habe schon viele Sensenmänner gesehen, aber noch keinen mit Hammer und Sichel. Und auch nicht auf der Schulter und in Rot. Niemals rot. Die Tätowierungen im Gulag sind selten farbig, weil die Tinte in den Lagern selbst hergestellt wird und es zu schwierig ist, die Pigmente zu beschaffen.«

»Wie wird denn in den Lagern die Tinte hergestellt?«, erkundigte sich Rossel.

»Aus Pisse und Asche, verbrannten Reifen und Ruß. Hält ein Leben lang«, antwortete Pugatschew.

Gratschew gähnte.

»Das führt zu nichts, Rossel. Wir haben hier schon eine halbe Stunde zugebracht. Ich geh mal raus, 'ne Runde pinkeln. Wenn ich wiederkomme, wäre mein Vorschlag, dass wir den Genossen Pugatschew zurück in die Wosstanija-Straße schaffen und ihn dazu bringen, irgendwas zu gestehen.«

»Was gestehen?«, fragte Pugatschew. Die grünen Augen, aus denen er Gratschew ansah, ließen nicht das geringste Anzeichen von Besorgnis erkennen.

Gratschew zuckte mit den Schultern und bahnte sich an ein paar Gästen vorbei seinen Weg zur Eingangstür der Baracke.

»Ein zorniger Zeitgenosse, Ihr Kollege«, bemerkte Pugatschew. »Erinnere ich mich richtig, dass Sie eher einer von der geduldigeren Sorte sind, Genosse Leutnant? Geduldig genug jedenfalls, um gelegentlich ein Zeichen Ihrer Anerkennung an meine Adresse zu richten, dafür, dass ich den Ehrenkodex der Diebe verletzt habe.«

Rossel war schon dabei, ihm ein halbes Dutzend Geldscheine in die Hand zu drücken. Üblicherweise nahmen die Diebe für sich in Anspruch, jeden Kontakt mit dem Staat zu meiden, und verachteten jeden, der mit den Staatsorganen zusammenarbeitete. Gelegentlich befand man es jedoch für wert, die Regeln etwas zu strapazieren, um die Verbindungen zur Miliz zu pflegen. Solange man die Diebe grundsätzlich in Ruhe ließ jedenfalls.

»Wenn Sie mir noch etwas sagen möchten – ich höre«, sagte Rossel.

Pugatschew sah die Fotografien durch und strengte sich an, in dem orangefarbenen Dämmerlicht Einzelheiten zu erkennen. Hinter ihm sackte einer der Gäste in sich zusammen und rutschte von seinem Hocker zu Boden, worüber sich die Babuschka lustig machte.

Die restliche Haut des Priesters war ein konfuses Gewusel aus Kuppelgewölben, Engeln und Heiligen im Gebet. Pugatschew runzelte die Stirn, während er die Umrisse mit dem Finger nachzeichnete. »Hier stimmt was nicht«, murmelte er.

Rossel wartete ab und sah zu, wie der Dieb mit dem Finger weiter die Konturen entlangfuhr. Gratschew kehrte zurück. »Also, verhaften wir jetzt dieses Arschloch oder nicht? Das ist doch ein Witz hier, reine Zeitverschwendung.«

Er sagte nichts weiter. Mit einer einzigen Bewegung hatte sich Pugatschew Hemd und Pullover ausgezogen.

Der Schein der Glühbirne, die am einen Ende der Bretterbude von der Decke hing, nur unwesentlich verstärkt von der verlöschenden Glut im Kamin, war schwach, aber ausreichend. Pugatschew stand vor ihnen, über und über von Motiven in Schwarz bedeckt.

»Diese hier.« Er zeigte auf eine Tätowierung. »Ein zaristischer Orden. Habe ich bekommen, weil ich einen Wachmann verprügelt habe. Es war meine erste Tätowierung, und sie bedeutete mein Einverständnis mit den Gesetzen der Diebe. Diese, der Teufelskopf, signalisiert dem System: ›Leck mich.‹ Schwert und Schild bedeuten Treue meinem Chef gegenüber, während das brennende Buch das Leben symbolisiert, das ich hinter mir gelassen habe. Alle sind Symbole eines Diebes, der nach den Gesetzen der Diebe lebt. Ich hab noch mehr«, er deutete mit dem Kopf in die Richtung der Babuschka, »aber hier ist ja eine Dame im Raum.«

Pugatschew zog das Hemd wieder an und betrachtete noch einmal eingehend die Fotografien, die die beiden Polizisten mitgebracht hatten.

»Bei eurem Mann sind Kuppeln zu sehen, aber das könnte alles Mögliche heißen – Glaube oder Atheismus, Haft in den Lagern, die Anzahl der Leute, die er umgebracht hat, wirklich alles. Das kann man nur im Zusammenhang mit den anderen Tätowierungen erkennen, ob er ein Mörder, ein Einbrecher, ein Vergewaltiger oder etwas anderes ist. Er hat kein Kreuz, doch *jeder* Dieb hat eins. Bei jedem erzählt die Tinte eine Geschichte. Nur bei ihm nicht.«

»Also?«, setzte Gratschew nach. »Er könnte auch ein politischer Häftling gewesen sein.«

Pugatschew grinste höhnisch.

»Ein Politischer mit solchen Tätowierungen? Die Diebe hätten sie ihm mit einer beschissenen Käsereibe vom Leib gekratzt. Nein, euer Mann hat fast die komplette Garnitur, vorne und hinten, aber trotzdem ist er kein Dieb. Und das macht aus ihm ein echtes Rätsel.«

Rossel beugte sich vor und zeigte auf den Sensenmann in Rot.

»Und der hier? Können Sie mir irgendeinen Hinweis geben, wie die vollständige Tätowierung aussehen könnte?«

Pugatschew blickte hinunter auf das Foto, sah wieder auf zu Rossel und schüttelte den Kopf.

»Nein«, sagte er. »Aber ich glaube, ich kenne da jemanden, der es vielleicht weiß. Wenn Sie das Risiko eines Zusammentreffens auf sich nehmen wollen?«

# 10

## Mittwoch, 17. Oktober

Das dünne Glasröhrchen, das Dr. Wolkowa aus dem Hals der Leiche gezogen hatte, die »die Schneekönigin« getauft worden war, leuchtete. Rossel zog sich die Schreibtischlampe etwas näher heran. Das Röhrchen lag in einer Metallschale auf einem Tischchen in den Untersuchungsräumen der Pathologie. Es war ungefähr zweiundzwanzig Zentimeter lang, unten etwa drei Zentimeter breit, verjüngte sich nach oben hin, lief spitz zu und war kanneliert. Das Ende, das der »Schneekönigin« in der Kehle gesteckt hatte, war schartig und blutverschmiert.

»Glauben Sie, dass unser Verrückter ein Chemiker sein könnte oder eine andere Sorte Naturwissenschaftler, Doktor?«

Dr. Wolkowa zuckte mit den Schultern.

»Ein Warenzeichen des Herstellers gibt es nicht. Abgesehen davon bin ich zwar nicht in der Forschung, aber bevor ich auf die Rechtsmedizin gekommen bin, habe ich auch Chemie und Humanbiologie studiert, und eine Pipette, Bürette oder ein Messzylinder mit dieser Form ist mir noch nie untergekommen.«

»Bürette?«

»Wird in der analytischen Chemie verwendet, um kleine Flüssigkeitsvolumina chemischer Lösungen zu dosieren.«

Rossel deutete auf das Röhrchen.

»Darf ich?«

Dr. Wolkowa nickte.

Er zog seine Lederhandschuhe aus und griff sich ein Paar weiße Latexhandschuhe, die auf dem Tisch lagen. Aus dem Augenwinkel registrierte er, dass die Rechtsmedizinerin zusah, wie er sich damit abmühte, sie anzubekommen. Schließlich musste er die Zähne zu Hilfe nehmen, um die schlaffen Hüllen über seine krummen, unbeholfenen Finger zu zerren. Er drehte sich um und hob das Glasröhrchen hoch, um es genauer zu betrachten.

»Ist es vielleicht dazu verwendet worden, ein Präparat zu verabreichen?«, erkundigte er sich.

»Das wäre ein ungewöhnliches Behältnis dafür. Abgesehen von Blut und Sputum aus dem Rachenbereich enthält das Röhrchen auch keine anderen Substanzen. Für mich sieht es so aus, als wäre es von einem Meister seiner Zunft in der Gusewskoj-Glasfabrik eigens hergestellt worden, würde also nicht aus der Industrieproduktion für Laborprodukte stammen. Aber Ihre Theorie in Sachen Arzneimittel muss nicht völlig abwegig sein. Unser tätowierter Priester hat eine ganze Reihe von Einstichstellen um den linken Knöchel herum. Dasselbe gilt für die Blaumütze.«

Rossel legte das Röhrchen zurück in die Metallschale und zog die Latexhandschuhe wieder aus.

»Sie haben Autopsien vorgenommen, ohne mich vorher zu informieren?«

Dr. Wolkowa schüttelte den Kopf. »Nein, dafür ist es zu früh. Ich war einmal bei der Autopsie einer gefrorenen Leiche dabei, der man nicht genug Zeit zum Auftauen gelassen hatte. In der Körpermitte war alles noch tiefgefroren. Der Pathologe beharrte aus Sturheit auf der Autopsie, musste aber bald zugeben, dass es so ähnlich war, wie das Eisfach eines Kühlschranks auszukratzen.«

Sie sagte das mit einigem Spott.

»Dieser Fall hier ist jedoch einzigartig, weshalb ich ab und an schon einen Blick auf die Leichen geworfen habe. Wir haben Druckstellen über den Schulterblättern, dem Gesäß und den Fersen gefunden. Auch an manchen Stellen der Wirbelsäule und in einigen Fällen an einem der Knöchel.«

»Was hat das zu bedeuten?«

»Druckstellen entstehen, wenn sich ein Mensch lange Zeit nicht bewegen kann. Das unregelmäßige Muster lässt eine Bewegungseinschränkung unter beengten Bedingungen vermuten, nicht unbedingt auf einer ebenen Oberfläche wie einem Bett oder einer Bahre. Was wiederum eine Sedierung implizieren könnte.«

»Sie wurden unter Drogen gesetzt?« Rossel zog die Augenbrauen hoch. »Womit?«

»Das kann man nicht mit Sicherheit sagen. Eine naheliegende Möglichkeit aus medizinischer Sicht wäre Phenobarbital, ein Barbiturat. Aber ein Opiat würde es auch tun.«

»Können beide zum Tod führen?«

»Ja.«

»Noch etwas anderes?«, erkundigte sich Rossel.

»Wie ich schon gesagt habe, bis ich …«

»Eine eingehende Untersuchung durchgeführt habe, ich weiß. Aber die Zeit arbeitet gegen uns, Doktor. Ich brauche Antworten«, blaffte Rossel.

Wolkowa wirkte gekränkt.

»Unübersehbar sind sie alle dünn. Wir können also von Muskelschwund ausgehen, und wenn ich mich an die Arbeit mache, werde ich wahrscheinlich auch einen Schwund an Körperfett feststellen.«

»Sedierung und Hunger. Das bedeutet einen langen, langsamen Tod. Wobei der Täter den allmählichen Verfall seiner Opfer genau im Auge behält.«

Dr. Wolkowa betätigte einen Schalter, die Schreibtischlampe erlosch. Im Halbdunkeln fühlte sich die Leichenhalle sofort kälter an.

»Ein Mörder, der seine Opfer zunächst hungern lässt, sie dann unter Drogen setzt, bevor er sie umbringt, und sie anschließend verstümmelt«, murmelte sie. »Eine ungewöhnliche Vorgehensweise, meinen Sie nicht, Genosse Leutnant? Abnormal geradezu, selbst für einen Verrückten.«

Im Dämmerlicht rückte sie näher heran.

»Wir leben in einer Stadt, in der erst vor acht Jahren eine Belagerung endete, die fast eine Million Menschen das Leben gekostet hat«, erwiderte Rossel. »In der die Katzen die Ratten ganz runterschlingen mussten, wenn sie gefrühstückt haben wollten, bevor die Bewohner sowohl die Katzen als auch die Ratten und alles andere, was in den Bombenkratern noch kreuchte und fleuchte, verschlangen. In der manche Männer ihre Ehefrauen verspeisten und manche Mütter sich von ihren eigenen Kindern ernährten. In diesen dunklen Jahren haben sich viele Leute von der Normalität weit entfernt. Und es würde mich nicht überraschen, wenn so einige den Rückweg nicht gefunden haben.«

Dr. Wolkowa wandte sich von ihm ab, betrachtete das Glasröhrchen in der Schale und machte das Licht wieder an. Sie deutete auf die dünne, gebogene Glaslippe am größeren Ende des Röhrchens.

»Mein Großvater spielte in der Kapelle der Admiralität. Zu Hause auf dem Kaminsims, neben seiner Marine-Kappe und einer Ordenssammlung, stand ein Kornett. Dieses Röhrchen sieht genauso aus.«

»Ein Kornett? Sie glauben, unsere Schneekönigin hat Kornett in einer Marinekapelle gespielt?«

»Nein, natürlich nicht. Es ist nur die Form des Röhrchens. Und wenn das zutrifft, kommt mir natürlich der Gedanke, ob es dazu gedacht ist, irgendein Geräusch zu verstärken.«

Das zynische Funkeln in Rossels stahlgrauen Augen schwand.

»Was für ein Geräusch?«

Dr. Wolkowa überlegte einen Augenblick und zuckte dann mit den Schultern.

»Sie haben recht. Das ist albern von mir, ich sehe Ähnlichkeiten, wo keine sind. Genosse Leutnant, Sie sind doch eigentlich Musiker und haben Violine an unserem berühmten Konservatorium studiert. Waren zu Großem bestimmt, wenn man den Gerüchten glauben darf.«

Sie blickte hinunter auf Rossels behandschuhte Hände.

»Die Gerüchte sind schon richtig«, entgegnete er. »Aber es kann keine erfüllendere Bestimmung geben als dem sowjetischen Volk zu dienen, die Ordnung der Gesellschaft zu wahren und vor konterrevolutionären Tendenzen zu schützen.«

Er nahm das Glasröhrchen und hielt es so am schartigen Ende, dass die gläserne Lippe des Zylinders sich genau zwischen ihnen befand. Im Halbdunkel sah sie aus wie eine kleine Blume, die zu blühen beginnt.

»Ein Geräusch, Dr. Wolkowa, ich weiß nicht. Aber wer auch immer es hergestellt hat, bezweckte, dass es etwas verstärken sollte.«

Wolkowa richtete den Lampenschirm so aus, dass das

Licht durch das Röhrchen fiel, das sich daraufhin in ein schillerndes Prisma verwandelte. Flirrende Lichtwellen ergossen sich in den Raum, winzige fluoreszierende Blütenblätter sprenkelten die Decke.

Wolkowa runzelte die Stirn.

»Verstärken? Was denn?«

Rossel ließ sich etwas Zeit mit der Antwort.

»Angst. Dem Kopf, der sich dieses seltsame Instrument ausgedacht hat, genügt simple Angst möglicherweise nicht. Der absolute Schrecken muss es sein.«

Ein lautes Klopfen. Rossel und Wolkowa machten beide einen Schritt weg voneinander.

Das graue Gesicht von Unteroffizier Tanejew erschien in der Tür. Seine Schläfen waren verschwitzt, und er sah aufgeregter aus als sonst.

»Der Hauptmann möchte Sie sprechen, Genosse Leutnant.«

»Ich bin in fünf Minuten da.«

»Tut mir leid, aber der Genosse Lipuchin war da sehr nachdrücklich. Er meinte, jetzt sofort.«

Rossel drückte Wolkowa das Röhrchen in die Hand und griff sich seine Mütze vom Tisch.

»Ärger?«

Tanejew nickte. »Es geht um Geraschwili, Genosse Leutnant.«

»Geraschwili?«

»Der Genosse Hauptmann sagt, sie ist verschwunden. Dass sie vermisst wird.«

»Vermisst?«

»Ja, seit gestern. Von dem Luxusjuwelier im Kaufhaus Passasch ist sie nicht mehr zurückgekehrt.«

Rossel setzte seine Mütze auf und rückte sie einen halben Zentimeter nach rechts, damit sie genau mittig saß.

»Ich nehme mir ein Auto und fahre zu ihrer Wohnung.

Ich bin mir sicher, dass es eine einfache Erklärung gibt. Es ist nicht sehr wahrscheinlich, dass sie von ausländischen Agenten entführt worden ist.«

Tanejew zog ein graues Taschentuch hervor und wischte sich damit den Schweiß aus dem Gesicht.

»Nein, Genosse Leutnant, unser Hauptmann glaubt auch nicht an eine Entführung.«

»Was dann?«

»Er glaubt, dass sie verhaftet worden ist.«

# Zweiter Akt

# 11

## Donnerstag, 18. Oktober

Das schwache Licht der Wintersonne sickerte durch zwei düstere Wolken. Auf beiden Seiten des Newski Prospekt drängten sich Scharen von Verkäuferinnen und Büroangestellten, in Pelzmäntel gehüllt, einen Schal umgeworfen, Hut auf dem Kopf. Sie schubsten sich und rempelten einander an, um so schnell wie möglich von der Arbeit nach Hause zu kommen, bevor noch mehr Schnee fiel, wie sie im Radio vorhergesagt hatten. Als ihr Wagen am Museum für Geschichte der Religion und des Atheismus vorbeifuhr, starrte Rossel aus dem Beifahrerfenster hinaus in den Schneeregen, in Richtung des hell erleuchteten gläsernen Globus oben auf dem Haus des Buches. Seine Mutter hatte ihm dort zum Geburtstag einmal eine Biografie von Rimski-Korsakow gekauft. War es sein dreizehnter gewesen? In der Mitte des Buches war ein unscharfes Foto des Komponisten zu sehen gewesen. Dunkle Augen hinter kleinen, runden Brillengläsern. Er hatte den Blick eines Kriminalbeamten, an diesen Eindruck erinnerte er sich – scharfsinnig und stechend. Leutnant Rimski-Korsakow. Vielleicht konnte ihm der Genosse Komponist bei der Aufklärung dieses Falls behilflich sein. Allein fühlte er sich dem nicht gewachsen.

Und jetzt zählte Geraschwili zu den Vermissten.

Lipuchin steuerte den Wagen in eine Seitenstraße hinter dem Kaufhaus Passasch. Das Gesicht des Hauptmanns war noch geröteter als sonst. Er musste seine Wodka-Ration erhöht haben. Als die Nachricht von Geraschwilis Verschwinden zu ihm durchdrang, hatte er gerade den *Prawda*-Artikel mit der Überschrift »Saison der Verräter!« gelesen.

Die beiden Männer stiegen aus dem Auto und standen nebeneinander in der geschäftigen Straße. Rossel schirmte mit seinen behandschuhten Händen die Flamme des Streichholzes ab und steckte sich eine Zigarette an, eine Elbrus.

»In ihrer Wohnung war nichts anders als sonst«, berichtete er. »Sie teilt sich die Wohnung mit ein paar Krankenschwestern vom Hospital 40 in Sestrorezk. Außer natürlich, dass sie nicht da war.«

»Sie ist seit gestern Morgen verschwunden«, sagte Lipuchin, »als sie unterwegs war, um, wie Sie es ihr aufgetragen hatten, die besagten Geschäftsunterlagen zu besorgen. Sie hat sich im Revier um 10:35 Uhr ausgetragen und ist nicht mehr zurückgekommen. Es war ja schon fast Wochenende, daher hat Unteroffizier Tanejew einfach angenommen, dass sie als Verwaltungskraft wohl genauso befähigt ist wie er und heute Morgen quietschfidel wieder auftauchen würde.«

»Geraschwili nimmt es sonst aber immer sehr genau.«

»Richtig.«

»Haben Sie eine offizielle Mitteilung über ihre Verhaftung?«, erkundigte sich Rossel.

»Nein, habe ich nicht.«

»Was macht Sie dann so sicher?«

Lipuchin wandte sich nach rechts und deutete mit einer Kopfbewegung auf den Eingang eines Geschäfts. Rossel folgte ihm. Ihnen gegenüber befanden sich die Metallgestelle eines Zeitungskiosks, vollgeladen mit Exemplaren der *Prawda*, Süßigkeiten für Kinder und Zigaretten. Der Aufmacher in *Trud*, dem Blatt der Gewerkschaften, erregte seine Aufmerksamkeit.

WEITERE VERHAFTUNGEN VON VERRÄTERISCHEN ELEMENTEN. *Genosse Beria mahnt zu unablässiger Wachsamkeit gegenüber konterrevolutionären Verschwörern.*

»Ich habe heute Morgen gleich unsere verehrten MGB-Kollegen im Bolschoi Dom angerufen, um ihr Verschwinden zu melden, wie es sich gehört«, erläuterte Lipuchin.

»Und?«

»Man hat meinen Anruf entgegengenommen und einen Vermerk über den Vorfall gemacht, aber darüber hinaus gab es keine Reaktion. Selbst in einer Woche wie dieser verschwindet aber doch wohl kaum jeden Tag eine angehende Unteroffizierin der Miliz.«

»Nein, nicht wirklich.«

»Der Mann am anderen Ende der Leitung klang nicht im Geringsten überrascht. Er wusste genau, wo sich unsere Kollegin befindet, sagt mir mein Bauchgefühl.«

»In den Zellen im Bolschoi Dom?«

Lipuchin nickte und deutete auf den Eingang des Passasch.

»Ich glaube, dass Sie beide mit Ihrem Besuch bei Ihrem besonderen Freund Dschilas dort drinnen hochstehende Persönlichkeiten gegen sich aufgebracht haben müssen.«

Rossel ließ den Zigarettenstummel in den Schneematsch auf dem Bürgersteig fallen und zertrat ihn mit dem Absatz seines Schuhs.

»Na, dann lassen Sie uns doch diesen aufgeblasenen Scheißkerl einmal mehr in Verlegenheit bringen, oder?«

Lipuchin zögerte, aber Rossel war fest entschlossen.

»Sie könnten die Angelegenheit auch ganz mir überlassen, Genosse Hauptmann. So, wie Sie es gestern schon angedeutet haben.«

Lipuchins Wangen erstrahlten fast dunkelrot.

»Übertreiben Sie es nicht, Genosse Leutnant. Gestern war gestern. Ich kann es mir wohl kaum leisten, mich aus einem Fall zurückzuziehen, der das Verschwinden eines Mitglieds meiner Mannschaft betrifft. Eine grobe Pflichtverletzung wäre das.« Der Hauptmann seufzte und nickte dann. »Wie auch immer, Dschilas muss Serbe sein. Ein ausländischer Name jedenfalls. Und ich habe die Serben noch nie leiden können. Hinterhältige Mistkerle sind das.«

Lipuchin klang beherrscht, aber als er seine Mütze zurechtrückte, zitterten seine Finger.

***

Als sie vor dem Juweliergeschäft eintrafen, waren die Rollgitter heruntergelassen, die Leuchtreklame war abgeschaltet. Der eingeölte Schnurrbart des Genossen Dschilas und sein glitzernder Plunder waren nirgends zu sehen. Rossel und Lipuchin blickten in der fast leeren Ladenpassage um sich. Eine Frau in mittleren Jahren mit dem runzligen Gesicht einer Raucherin, die es auf achtzig Zigaretten am Tag bringt, und unregelmäßig gefärbtem roten Haar, das unter ihrem selbst geschneiderten Kopftuch hervorlugte, schloss zwei Türen weiter gerade einen Blumenladen zu.

Sie gingen zu ihr.

»Dschilas, den Genossen Dschilas, den Juwelier, haben Sie ihn heute irgendwann gesehen?«

»Nein, heute nicht«, entgegnete sie. »Seit gestern nicht, genauer gesagt, als sie ihn mitgenommen haben.«

»Sie?«

Zuerst sah sie Lipuchin an, dann Rossel und schniefte anschließend ein paarmal, als ob ihr nicht behagte, was sie gesehen hatte.

»Keine von euch. Die hatten blaue Mützen auf, mit einem stählernen Stern drauf, und Stiefel, die viel blank geputzter waren.«

Lipuchin besah sich seinen linken Stiefel, auf dem ein Matschfleck prangte.

»Staatssicherheit also?«, resümierte er.

Sie zog das Rollgitter weiter hinunter und drehte einen rostigen Schlüssel in einem Vorhängeschloss, um abzuschließen. Anschließend richtete sie sich auf und schob zugleich den dunklen Haaransatz zurück unter ihr Kopftuch.

»Wie ich schon sagte, ihre Schuhe waren blank geputzter.«

***

Tanejew stopfte sich gerade den Mund mit *Kapusta* und Wurst voll, hereingeschaufelt mithilfe eines Brockens Schwarzbrot, den er unverzüglich auf den Teller fallen ließ, als er sie das Revier betreten sah. Er sprang auf und wirkte fahrig – und alt.

»Wo ist Gratschew?«, befragte ihn Lipuchin.

»Weg, Genosse Hauptmann. Er hat sich vor ungefähr zwei Stunden seinen Mantel geschnappt und ist gegangen, hat aber nicht gesagt, wohin.«

»Irgendeine Nachricht von Dr. Wolkowa?«

»Sie ist im Leichenschauhaus.«

Lipuchin machte auf dem Absatz kehrt und knallte die Tür hinter sich zu. Tanejew wandte sich an Rossel.

»Noch mehr Ärger? Ich kann mich diese Woche bei *Kapusta* mit Wurst nicht beherrschen. Bei mir ist das immer so, wenn die Anspannung wächst. Und dann steht in den Zeitungen auch noch all das Zeug über …«

Tanejews Stimme wurde brüchig. »Warum ist unser Hauptmann so sauer?«

Rossel zog seinen Mantel aus und hängte ihn an den Hutständer neben dem Kamin mit den Seevögeln aus Gusseisen. Er griff sich den Stuhl, der vor Gratschews Schreibtisch stand, drehte ihn um und nahm gegenüber von Tanejew Platz.

»Der Hauptmann ist sauer, Genosse, weil er sich entschlossen hat, die Leitung dieses Falls zu übernehmen und wieder ein ordnungsgemäßer Polizist zu werden. Für den Moment jedenfalls.«

»Oh«, meinte Tanejew nur. »Und wie geht es voran mit dem Fall?«

»Der Juwelier aus dem Passasch, den Geraschwili aufsuchen sollte, ist ebenfalls verschwunden. Wir haben jetzt also fünf Leichen, eine vermisste angehende Unteroffizierin und einen Zeugen, der verschwunden ist wie das Kaninchen im Zylinder bei einer billigen Zaubernummer. Wohl eher verhaftet übrigens. Wie Geraschwili.«

Tanejew schluckte schwer.

»Glauben Sie, dass sie …?«

Rossel holte eine weitere Elbrus-Papirossa aus seiner Jackentasche und fragte sich, wie viele er heute eigentlich schon geraucht hatte. Er steckte sie sich dennoch an.

»Glaube ich nicht. Nicht wegen solcher Sachen.«

»Es ist nur … Ich habe eine Tochter und einen Sohn. Ein talentierter Junge. Zenit sieht ihn sich gerade an. Meinen Ruhestand möchte ich damit verbringen, ihn Fußball spielen zu sehen, und nicht …«

Wieder verlor sich seine Stimme, Tränen standen ihm in den Augen.

Rossel stand auf und ging zum Kamin hinüber.

»Dann würde ich sagen, Sie versuchen das mal.«

»Tut mir leid«, sagte Tanejew. »Ich verstehe nicht ganz.«

Rossel winkte ihm, und der Unteroffizier machte einen Schritt auf ihn zu. Rossel tippte mit der Spitze des Mittelfingers seiner linken Hand auf den verblichenen Metallvogel.

»Mein Vater hat mir mal gesagt, dass Fortuna die Ehrerbietung nicht wert ist, die ihr von verzweifelten Spielern entgegengebracht wird, weil sie eher einer ›reaktionären bürgerlichen Schlampe‹ gleicht, die ihre Gunst nur wenigen und nicht den vielen zuteilwerden lässt. Launisch ist sie und wählerisch, eine vertrackte Kombination. Von Zeit zu Zeit, wenn auch ich nervös bin, versuche ich trotzdem, sie günstig zu stimmen.«

Tanejew betrachtete den Vogel und warf dann einen Blick auf Rossels verkrüppelte Hände.

»Sind Sie sicher, dass es funktioniert?«

»Einen Versuch ist es wert, Genosse Unteroffizier. Ich bin jedenfalls noch hier.«

Als Tanejew der Miliz beigetreten war, handelte es sich um einen revolutionären Mob in Uniform – verrohte Kinder, die kein Zuhause mehr hatten, Proletarier, die noch eine Rechnung mit ihren einstigen Bossen begleichen wollten, Bauern mit einer frappierenden Neigung zur Gewalt. Drei Jahrzehnte hatten die Truppe nur in sehr begrenztem Ausmaß professioneller werden lassen. Wer wusste schon, was Tanejew in all den Jahren zu sehen bekommen hatte? Wer wusste, was er schon alles gemacht hatte, um am Leben zu bleiben?

Der in die Jahre gekommene Unteroffizier starrte wie gebannt den Kamin an.

»Was für ein Vogel ist das?«

»Keine Ahnung«, gab Rossel zu.

Tanejew nickte und rieb sich die Augen, als würde es genau den Sinn ergeben, den er brauchte, damit alles klar war.

»Ich habe einen Namen für Sie, Genosse Leutnant«, sagte er. »Einen Namen von einer der Frauen, der Blaumütze. Ich habe alle Akten über Vermisste durchgesehen, und vielleicht, es könnte sein, habe ich eine Übereinstimmung gefunden, die auf sie passt.«

Rossel setzte ein dünnes Lächeln auf.

»Vielleicht, glaube ich, könnte sein. Welch eine Zuversicht. Und dann warten Sie bis jetzt, um mir das mitzuteilen?«

Tanejew ließ den Kopf hängen.

»Jetzt geben Sie mir schon die Akte«, drängte Rossel. »Ich sehe sie mir an.«

Er deutete auf den Kamin.

»Aber zunächst, launisch und ein wenig bourgeois, wie sie nun mal ist, verlangt die Dame ihren Lohn.«

Tanejew händigte Rossel den braunen Umschlag aus, bevor er die Hand nach dem blassen Seevogel ausstreckte.

Rossel schlug die Akte auf und blickte in das Gesicht einer molligen Frau mit blonden Haaren.

»Nadja?«, murmelte er.

Er hob den Blick und sah Tanejew an, doch es war zu spät – er hatte sich verraten.

Die Akte rutschte ihm aus der Hand, sodass sich der Inhalt auf dem Boden verteilte. Hastig bückte er sich, um die Papiere aufzuheben.

Der alte Unteroffizier sah aus, als würde ihm gleich schlecht werden.

»Sie kennen sie, Genosse Leutnant? Sie kennen das Opfer?«

»Kennen, nein. Ich kannte sie. Sie war nicht mehr als eine flüchtige Bekannte.«

Selbst in Rossels Ohren klang es wie eine Lüge. Als würde er bereits üben, wie er beim nächsten Verhör im Bolschoi Dom die erste Frage parieren könnte. Lässig sollte es klingen. Aber wie jeder andere auch versagte er dabei auf ganzer Linie.

# 12

Auf der Fotografie in der Akte war ihr Gesicht nicht ganz so, wie Rossel es in Erinnerung hatte. Nadja war pausbäckiger und hatte am Hals zugelegt. Ihr blond gefärbtes Haar trug sie in einem eng am Kopf anliegenden Dutt. Sie musste eine der zahllosen sowjetischen Frauen gewesen sein, die Tamara Makarowa in dem Film *Die steinerne Blume* gesehen hatten und diesen Stil nun nachahmten. »Die majestätische Makarowa. Zum allerersten Mal in Farbe!« stand auf den Filmplakaten. Genau das hätte Nadja gemacht, dachte er. Immer schon hatte sie alles daran gesetzt, jemand Bedeutendes zu sein.

Aber der Mund war genau derselbe. Schmal, geheimnisvoll, ernst. »Wie das letzte bisschen Sauerrahm, das der Konditor aus der Spritztülle quetscht«, so hatte sich Felix Sorokin, sein bester Freund am Konservatorium, einmal ausgedrückt.

Rossel blickte von dem Schwarzweißfoto in der Akte auf und brachte seinen Gesichtsausdruck in Form – einerseits sachlich, andererseits entschlossen.

»Ja, ich kenne sie. Kannte sie.«

Lipuchins Miene war steinern.

»So, Sie kannten sie. Wie … interessant.«

Rossel sah Tanejew an, der neben Hauptmann Lipuchins Schreibtisch stand.

»Wie haben Sie die Akte aufgespürt, Genosse Unteroffizier Tanejew?«

Aufgrund der großen Anspannung war Überkorrektheit das Gebot der Stunde.

»Ich habe getan, was Sie mir aufgetragen haben, Genosse Leutnant. Ich meine, ich habe genau dasselbe gemacht, was auch Geraschwili machen wollte. Ich habe alle Örtlichkeiten überprüft, wo Auslandsreisen an der Tagesordnung sind, die Kirow-Werke, Handelsniederlassungen, diplomatische Vertretungen. Ich habe sogar unsere Fußballer einbezogen, weil Zenit dieses Jahr eine Chinatournee absolviert hat. Mein Sohn hatte sich Hoffnungen auf die Jugendmannschaft gemacht, aber …«

Lipuchin schlug mit der flachen Hand auf den Schreibtisch.

»Die sportlichen Leistungen Ihres Sohns sind weder für mich noch für Leutnant Rossel von Belang, Genosse. Fahren Sie fort.«

Tanejew zuckte zusammen.

»Jawohl, Genosse Hauptmann, ich bitte um Verzeihung. Ich bin gründlich vorgegangen, was mich einiges an Zeit gekostet hat. Ich musste noch ein paar Leute ausschließen, aber dann … Unteroffiziersanwärterin Geraschwili hatte schon eine Menge Vorarbeit geleistet. Ich musste nur noch den einen oder anderen Anruf tätigen.«

»Vorarbeit?«

»Geraschwili hatte von jedem Polizeirevier in Leningrad eine Aufstellung der vermissten Personen angefordert«, sagte Tanejew. Er machte eine Kunstpause, um seiner Bewunderung Ausdruck zu verleihen. »Anschließend hat sie eine Liste aller Bürger beschafft, die von der Zentralverwaltung der Leningrader Kommunistischen Partei eine Erlaubnis für Reisen ins Ausland erhalten hatten. Wie sie annehmen konnte, auch tatsächlich an diese Liste zu gelangen, ist mir schleierhaft.«

Wie bei den Ohrringen, dachte Rossel. Eigentlich folgte sie nur einem Gefühl, aber sie stellte es schlau an.

»Dann hat sie die beiden Listen abgeglichen, und am Schluss kamen fünfzehn Namen heraus«, fasste Tanejew zusammen.

Lipuchin wischte sich die Stirn. »Sie wollen mir erzählen, es handelt sich um insgesamt fünfzehn Personen mit Reiseerlaubnis von der Partei, die jetzt alle vermisst werden?«

»Nein, Genosse Hauptmann. Fast alle von ihnen bekamen auch die Erlaubnis, in eine neue Gegend umzuziehen – Moskau hauptsächlich, aber auch Pskow, Kuibyschew, Murmansk und andere Orte. Die Dokumentenlage ist eindeutig, und jede Erlaubnis und Registrierung offiziell. Nur drei Personen waren nicht aufzuspüren, und nur eine von ihnen ist eine Frau. Ich habe das Kirow-Theater angerufen, und sie haben es mir bestätigt. Die Frau wird seit sechs Monaten vermisst, seit Mitte April.«

»Einen Moment.« Lipuchin sah erst über die eine, dann über die andere Schulter. Beide Türen zum Büro waren geschlossen, aber das genügte wohl kaum. »Zehn vor sechs, gleich kommt der Wetterbericht. Die Fahrt bis zu mir nach Hause hat es in sich.« Der Hauptmann ging zur anderen Seite des Raumes und stellte das Radio an. Eine knarzende Tosca begann zu singen. Es war eine berühmte Arie, *Vissi d'arte*, doch jeder Zuhörer dürfte es schwer haben, ihre Worte zu verstehen.

»Sie muss ja nicht jemand von der Liste sein«, wandte Lipuchin ein, während aus dem Radio schrilles Geträller tönte. »Sie könnte in Wirklichkeit eine MGB-Mitarbeiterin sein, und in diesem Fall hätte das übliche bürokratische Verfahren sie nicht auf der Rechnung.«

»Stimmt«, sagte Rossel. »Und was noch schlimmer ist: Selbst wenn es Nadja sein sollte, könnte sie immer noch für den MGB arbeiten. Was ihre Fähigkeit erklären würde, einfach so zu verschwinden, auch wenn ich daran so meine Zweifel habe. Wenn sie tatsächlich eine richtige MGB-Agentin wäre, hätten sie sie dann nicht, fünf Minuten nachdem wir sie eingeliefert hatten, anderswohin verfrachtet?«

Lipuchin fluchte. Er riss eine Schublade auf und entnahm ihr eine Flasche Wodka. Weiteres Herumkramen förderte drei Gläser zutage.

»Es sei denn, sie befand sich ganz unten in der Rangordnung. Eine Informantin ohne große Bedeutung.«

Rossel stand auf, beugte sich über den Schreibtisch, packte die Flasche und verschloss sie in einer der Schubladen. Lipuchin entfuhr ein Protestschrei. Er erhob drohend den ausgestreckten Zeigefinger, um seinen Wodka zurückzufordern, aber dann begriff er, wie das aussehen würde, und sackte in sich zusammen, zurück auf seinen Stuhl.

Tanejews Blick irrte von einem Vorgesetzten zum anderen. »Das ist noch nicht alles, Genossen. Das letzte Mal hat sie jemand im Kirow-Theater gesehen, kurz nachdem die Truppe von einer Auslandstournee zurückgekommen war. Es hatte wohl Streit gegeben zwischen dieser Nadja und einer der Solistinnen, um die sie sich kümmern sollte. Sie war Ankleiderin.«

»Oh, natürlich, Ankleiderin«, bemerkte Lipuchin in einem Ton, der besagte, »*Ankleiderin*, meine Fresse«. Jetzt ergab es einen Sinn, dass Nadja beim MGB war. Ihre Rolle war eindeutig: Sie sollte das Ensemble bespitzeln und ein Auge auf die Truppe haben, wenn ausländisches Recht galt. Und natürlich verhindern, dass jemand sich absetzte. Einer reinen Informantin hätte man diese Aufgabe niemals anvertraut.

»Nadja Basanowa«, sagte Rossel. »Genauso groß wie die Nadja, die ich kannte, ungefähr genauso alt, wenn man Dr. Wolkowa Glauben schenken darf. Eine Klarinettistin. Kein großes Talent, aber eine, die fleißig übte. Wenn alles, was es zum Genie braucht, harte Arbeit wäre, würde die kleine Nadja zu den ganz Großen zählen.«

Lipuchin beugte sich auf seinem Stuhl vor und nahm sich das Foto.

»Klein Nadja ist tot, Revol. Irgendjemand hat deiner Freundin das Gesicht weggeschnitten und sie draußen am Ladogasee auf den Schienen liegen lassen. Ob nun Genie oder nicht, sie wird nie wieder im Maly-Theater auftreten.«

Rossel zuckte mit den Schultern und klappte die Akte zu.

»Sie war keine Freundin. Eher eine Mitläuferin, jemand am Rand des Kreises, den ich mal um mich hatte. So war Nadja, immer am Rand, immer am Überlegen, wie sie sich in das Zentrum des Geschehens befördern konnte. Laut ihrer Akte ist sie nie im Maly-Theater aufgetreten. Sie war, wie der Genosse Tanejew schon gesagt hat, Ankleiderin am Kirow-Theater, einer der Starsopranistinnen zugewiesen. Sie hat es damals immer zu verbergen versucht, aber Nadja war ehrgeizig. Ich kann mir nicht vorstellen, dass Ankleiderin die Arbeit war, mit der sie sich zufriedengegeben hätte. Sie hatte große Pläne. Ich hatte damals einen Freund am Konservatorium, Felix Sorokin, der sie verabscheut hat. Felix sagte immer, dass sie Uriah Heep ähneln würde, nur eben mit Stöckelschuhen.«

Tanejew zückte sein Notizbuch und wollte einen Vermerk machen.

»Juri, wer?«

Lipuchin seufzte.

»Uriah Heep, Genosse.« Er verlieh dem Namen einen gutturalen Klang. »Eine Figur aus einem Roman des englischen Schriftstellers Charles Dickens.« Dickens, einen berühmten Chronisten kapitalistischer Ungerechtigkeit, konnte man immer noch bedenkenlos lesen, obwohl er Ausländer war.

Rossel sah hoch zu Tanejew.

»Fast sechs Monate, sagten Sie? Das ist eine lange Zeit, wenn man vermisst wird. Haben sie das unverzüglich gemeldet?«

»Als sie zurück waren von der Tournee, ja.« Tanejew

schlug die letzte Seite seines Notizbuchs auf. »Sie waren in Spanien und Frankreich, insgesamt sechs Wochen. Mit großem Erfolg, wie mir der stellvertretende Geschäftsführer des Theaters sagte. Zehn Tage lang sind sie in Paris aufgetreten, im Palais Garnier im neunten Arrondissement. Alles lief wie am Schnürchen, aber dann gab es offenbar diesen Streit.«

»Streit?«

»Ja, zwischen dieser Nadja und Marina Morosowa, der Opernsängerin, der sie als Ankleiderin assistierte. Unmittelbar nach der Rückkehr nach Leningrad verschwand Basanowa und wurde seither nicht mehr gesehen.«

Rossel stand auf und schob seinen Stuhl zurück unter Lipuchins Schreibtisch.

*Diedi gioielli della Madonna al manto.*

*E diedi il canto agli astri, al ciel …*

»Worum ging es da? Was hat er gesagt?«, fragte Lipuchin.

Der Unteroffizier steckte das Notizbuch zurück in die Tasche und straffte die Schultern.

»Schmuck. Marina Morosowa, die Primadonna, war der Überzeugung, dass Leutnant Rossels alte Freundin Nadja einen Teil ihres Schmucks gestohlen hatte.«

## 13

Rossel öffnete die Augen, als gerade die letzten Takte der Musik verklangen.

Er kannte das Kirow-Theater genau. Es lag direkt gegenüber dem Konservatorium, und seine Mitstudenten und er waren unzählige Male dort gewesen, um sich Proben und Aufführungen anzusehen. Jewgeni Mrawinski war damals der Maestro gewesen. Inzwischen hatte Mrawinski zu den Leningrader Philharmonikern gewechselt, und der Chefdirigent des Kirow-Theaters war Karl Eliasberg, dessen Aufgabe es war, *Die Blockade* ins Werk zu setzen, eine neue Oper, die Stalin höchstselbst in Auftrag gegeben hatte, um das zehnjährige Jubiläum der Eröffnung der »Straße des Lebens« über den zugefrorenen Ladogasee feierlich zu begehen. Ein Plakat im Foyer verkündete, die Premiere werde am 19. November stattfinden. Es sollte der Höhepunkt von zwei Wochen mit Fachmessen, Konferenzen und Veranstaltungen unter Leitung der Partei werden.

Exakt zehn Jahre zuvor hatten Hauptmann Michail Murow und seine Nachschub-Einheit die ersten Vorräte mit einem von Pferden gezogenen Schlitten über das Eis des Ladogasees transportiert. Über die Straße waren anfangs nur geringe Mengen Mehl in die belagerte Stadt gebracht worden, aber das war unwichtig, denn es hatte den Einwohnern Leningrads eine andere Nahrung verschafft: Hoffnung. Ein rauschhafter Augenblick voller Optimismus, der diejenigen, die in den Kellern der ausgebombten Häuser verhungerten, oder die Elenden, die sich im Fieber in den Betten der wenigen verbliebenen Krankenhäuser wanden, glauben machte, dass etwas anderes als der Tod auf sie wartete.

Felix hatte sich immer ruppig über das Kirow-Theater geäußert. »Innen sieht es aus wie in einem venezianischen Hurenhaus, und von außen wirkt es wie ein Provinzbahnhof, wie diese Dinger, die sie sich in Kasan oder Swerdlowsk hinstellen, damit sie sich genauso bedeutend und weltoffen fühlen können wie Leningrad.« Aber Felix machte schließlich ruppige Bemerkungen über alles und jeden. Das Theater selbst war in der Tat eine schrille Kombination aus Samt und Blattgold. Aber im selben Moment, in dem er damals das Kirow zum ersten Mal betreten hatte, war er ihm auch schon verfallen, und er spürte, wie dieses Gefühl abermals in ihm aufstieg, während ihn die Musik umhüllte. Es war so lange her, dass er die Oper besucht hatte.

Das Orchester hatte Schwierigkeiten mit dem Stück, vor allem die Bläser, die die Hauptlast der Bemühungen vonseiten des Komponisten zu tragen hatten, den zugefrorenen See zu veranschaulichen, das Ächzen des Eises unter den Füßen von Murows Truppe, das Heulen des Windes, der über die Eisfläche strich, schließlich, bereits am Verebben, das ferne Wehklagen eines einsamen Kämpfers. Es war abwechselnd leidenschaftlich und melancholisch und, so wie es sich anhörte, technisch fast unmöglich. Doch in den kurzen Abschnitten, die die Musiker bewältigten, konnte Rossel hören, wie der Komponist das eigentliche Wesen der Belagerung eingefangen hatte, ein Untier mit seinem eigenen Rhythmus, tief verborgen in den Kiefernwäldern um den Ladogasee, das seine Verachtung herausschrie bis über die Dächer der Stadt in der Ferne, bis zur deutschen Heeresgruppe Nord. Obwohl der Saal fast völlig leer war, konnte Rossel spüren, wie Zehntausende sowjetische Patrioten bald aufspringen würden, um Applaus zu spenden.

Das abrupte Verstummen der Pauken ließ eine entnervende Stille eintreten. Dann, das Kinn auf die Hand gestützt, beugte sich eine kolossale Gestalt aus den Schatten einer unbeleuchteten Loge im ersten Rang direkt links von der Bühne vor.

Der Riese mühte sich, auf die Beine zu kommen. Er war fast zwei Meter groß, schätzte Rossel, mit einem Brustkorb wie eine Tonne und Schultern wie Rehkeulen. Sein Gesicht mutete wie eine Bronzebüste an, belebt und monumental zugleich, als ob man den Guss erst wenige Momente zuvor aus der Glut eines Schmelzofens geholt hätte. Schon allein seine körperliche Erscheinung war furchteinflößend; ein Bär im Anzug, den er sich jede Sekunde vom Leib reißen konnte. Noch bevor er auch nur ein Wort gesprochen hatte, erfüllte die bloße Wirkung der Persönlichkeit des Mannes den Saal.

Nikolai Nikolajewitsch Wronski. »Nur noch übertroffen von Schostakowitsch im illustren Pantheon der sowjetischen Komponisten des 20. Jahrhunderts«, wie der Musikkritiker der *Iswestija* ihn einmal eingeordnet hatte. Wronski hatte, so schien es, zu der überragenden Form seiner altklugen Jugendjahre zurückgefunden. Doch im Augenblick wirkte er alles andere als glücklich.

Wronski stand da und sah in den Orchestergraben hinunter – ein Feudalherrscher, der sein Reich inspiziert. Er klopfte mit der Oberseite zweier goldberingter Finger in gleichmäßigem Takt auf das Messinggeländer der Loge, strich einen Augenblick lang seinen Bart. Dann griff er sich von dem Notenständer, der sich direkt vor ihm befand, die Partitur und fing an, sie betont langsam in Stücke zu reißen.

»Ihr elenden Küchenschaben.«

Wronski warf die Papierstücke hoch in die Luft. Die neunzig stummen Gesichter im Orchestergraben starrten nach oben, während die Schnipsel auf sie herabrieselten.

»Ich werde euch alle erschießen lassen! Ist das klar? Nein, nicht erschießen, hängen! Oder nein, köpfen! Aber das ist zu gnädig. Ertränken, ja, das ist es, aber langsam, einer nach dem anderen. Ich rufe die Leute zusammen, die ich dafür brauche, und dann lass ich euch alle am Ufer des Ladogasees kopfstehen. Und dann werde ich mich am Ufer dieses gottverdammten Teichs hinknien und beten, jawohl, beten, dass die Götter des Sees seine Gewässer in Abermillionen Gallonen voller biergesättigter deutscher Pisse verwandeln mögen. Und zu guter Letzt, wisst ihr, was ich dann tun werde? Warten. Mit einem breiten Lächeln auf dem bärtigen Gesicht warten, bis die Flut kommt.«

Wronski zeigte direkt auf einen kleinen, grauhaarigen Mann im Orchestergraben.

»Das werde ich mit dir machen, Karlof, wenn du mir das nächste Mal eine falsche, furzende Note aus deiner Posaune entgegenschleuderst, so abgrundtief armselig, dass selbst ein Taubstummer, der sich das eigene Trommelfell mit einer Hutnadel zerstochen hat, erkennen kann, was für eine Abscheulichkeit das ist.«

Karlofs Gesicht wurde puterrot. Er setzte stammelnd zu einer Entgegnung an.

»Es tut mir leid ... Maestro ... Ich ... habe nicht ... Ich ... ich bin ...«

»Versuch nicht, mir zu erzählen, was du bist, Karlof. Was du bist, bestimme ich. Und wer meine Musik zerstören will, ist ein überdimensionaler, reaktionärer bürgerlicher Idiot. Und wer das versucht, Karlof, weißt du, was der versucht?«

Karlof sah aus, als wäre es ihm das Liebste, wenn der klebrige rote Teppich, mit dem der Orchestergraben ausgelegt war, sich auffalten würde, um ihn zu verschlingen. Er schüttelte den Kopf.

»Er versucht, meinen *Ruf* zu zerstören.«

Eine Frau setzte sich auf den Platz neben Rossel. Ihr Parfüm roch teuer, ungewohnt, stark nach Moschus. In den Geschäften von Leningrad war so etwas nicht zu haben. Der Duft zog ihn an, doch er scheute sich, ihr in die Augen zu sehen. Sie lächelte.

»Kommt mir so vor, als wäre der Maestro heute nervös. Steht sich selbst im Weg. Er kann der liebenswürdigste Mensch überhaupt sein, das können Sie mir glauben.«

Sie streckte ihm eine perfekt manikürte Hand entgegen.

»Marina Morosowa. Der Stellvertreter des Chefs sagte, ein Milizoffizier wäre gekommen ...«

Mitten im Satz hielt sie inne.

»Hallo, Marina«, sagte Rossel.

»Revol?«

Rossel nickte.

Über ihnen gab es einen Tumult, begleitet von einem ängstlichen Gemurmel aus dem Orchestergraben. Rossel und die Sängerin blickten beide nach oben. Mit einer überraschend anmutigen Bewegung für einen solch schweren Mann war Wronski auf einen Hocker gestiegen und weiter auf die Umrandung der Loge. Von dort aus beklatschte er die Musiker, wobei er unter sarkastischem Spott von einem Fuß auf den anderen trat. Dann änderte sich plötzlich seine Laune. Sein ganzer Körper bebte vor Lachen, seine Stimme wurde gedämpfter. Boshaft, voller Selbstironie. Als gäbe es in genau diesem Augenblick nichts, was Nikolai Nikolajewitsch Wronski ähnlich lächerlich gefunden hätte wie seine pompöse Aufgeblasenheit.

»Unnütz«, schrie er. »Unmusikalische Kretins ohne jede Begabung. Ich, Wronski, Dichter der russischen Seele, Erbe Rimski-Korsakows, Mussorgskis und Balakirews, grüße euch!«

***

Die einst glitzernden Kristall-Leuchter waren staubbedeckt, und das Café des Kirow verströmte nun etwas entschieden Proletarisches. Das konnte man von Marina Morosowa, Verdiente Künstlerin der Sowjetunion und Grande Dame des Kirow-Theaters, eindeutig nicht sagen.

Sie tranken Tee zusammen, jeder an seiner Seite eines kleinen Glastischs, der nur dank eines geknickten Bierdeckels unter einem Bein nicht wackelte.

Sie war noch immer eine strahlende Schönheit. Ihre Schönheit war das Erste, was allen, gleich ob Mann oder Frau, bei Marina Morosowa sofort ins Auge fiel. Als sie an ihrem ersten Tag am Konservatorium vor Sorokin und ihm stand, hatte keiner von ihnen seinen Blick von ihr abwenden können. Natürlich war sie eine von Felix' vielen Eroberungen geworden. »Lass dich nicht täuschen von ihrem ebenmäßigen Porzellangesicht«, hatte sein Freund über sie berichtet. »Sie vögelt wie eine Matrosenhure.«

Ihr gegenüber am Tisch sitzend, fiel Rossel etwas anderes auf. Die erlesenen, funkelnden Diamantstecker an beiden Ohren. Die Ohrringe bei der Leiche der Blaumütze, die sie »Schneekönigin« getauft hatten, gehörten zu der Geschichte, die ihn hergeführt hatte.

»Das Konservatorium, oh, wie sehr ich es vermisse«, sagte Marina. »Dort habe ich gelernt, wer ich war. Wer ich bin! Eine gute Bolschewikin, selbstverständlich, aber auch ich selbst. Das steht mir doch zu, nicht wahr? Sicherlich steht mir das zu. Ober?«

Die Sängerin winkte elegant einem Mann in mittleren Jahren in einem schlecht sitzenden schwarzen Anzug zu, der auch sofort an ihren Tisch kam. Sie streckte ihm ihre schadhafte Tasse entgegen.

»Mehr Tee.«

Sie wandte sich Rossel zu.

»Und du, Revol? Darf ich dich so nennen? Ich meine, Leutnant Rossel klingt einfach kalt, zu unpersönlich für alte Freunde wie uns.«

Rossel gab dem Ober seine Tasse und nickte. Anschließend lächelte er die Sopranistin an.

»Ich dachte immer, Felix war dein ganz besonderer Freund, Marina?«

Sie strich sich mit dem Finger über die Stirn knapp unter dem Haaransatz. Ihre Haut war weiß, geradezu durchscheinend, und obwohl sie wie er nun Mitte dreißig war, noch makellos. Glänzende dunkle Locken, zu einem Pagenkopf geschnitten, betonten dies zusätzlich. Aus meerblauen Augen blickte sie ihn zurückhaltend an.

»Felix, mein Gott. Siehst du ihn manchmal?«

Rossel schüttelte den Kopf.

»Ich habe ihn seit Jahren nicht gesehen. In der Zeit am Konservatorium waren wir eng befreundet. Wie das unter Studenten oft so ist. Er ist dann nach Moskau gezogen, glaube ich. Eine Stelle als Privatlehrer bei einem hohen Tier im Politbüro oder im Verteidigungsministerium. Für ein Mädchen, das offensichtlich Talent hatte. Felix hat es irgendwie hinbekommen, dass die Familie ihn mochte. Also wird er nun entweder Swetlana Stalina Prokofjews *Romeo und Julia* nahebringen oder in einem Steinbruch irgendwo östlich von Perm schuften, weil er es nicht lassen konnte, die Frau des Ministers zu betatschen.«

Sie lachte, aber das Lachen klang etwas gequält. Ob dies seine Ursache darin hatte, dass sie nicht gerne über Felix Sorokins amouröse Missgeschicke sprach oder die übliche sowjetische Abneigung gegen Klatsch hegte, war schwer zu sagen.

»Ich kann mich natürlich auch irren«, fuhr Rossel fort. »Felix war in jeder Hinsicht ein unruhiger Geist. Jedenfalls habe ich ihn seit Kriegsende nicht mehr gesehen. Er kämpfte in der 23. Armee gegen die Finnen, glaube ich.«

Der Ober brachte frische Tassen auf einem Silbertablett mit zwei Kannen, eine für den Tee, die andere mit heißem Wasser. Er stellte alles auf dem Tisch ab und ging zurück zum Tresen.

»Ein süßer junger Mann mit roten Haaren war er, mein Felix«, sagte Marina. »Eine Zeit lang standen wir uns sehr nahe, aber ich kann nicht behaupten, dass ich in den letzten fünfzehn Jahren viel an ihn gedacht hätte. Du aber, Revol, du hattest genau das, was wir alle wollten. Und deshalb habe ich mich oft gefragt, was wohl aus dir geworden ist.«

Sie deutete mit der Hand auf die weiße Mütze mit dem roten Hutband, die vor ihr auf dem Tisch lag.

»Das hätte ich nie gedacht.«

Sie nahm die Teekanne und schenkte sich ein. »Begabt, richtig begabt. Auf Augenhöhe mit Oistrach. Jeder hat das damals gesagt.«

»Nicht jeder.«

Sie lächelte.

»Richtig, Revol, sehr richtig. Ich erinnere mich, dass du es nicht gesagt hast.«

»Solche Vergleiche sind albern. David Oistrach ist einer der besten Musiker, der jemals auf der Bühne gestanden hat. Ich hatte nicht einmal eine Anstellung bei einer Volksmusikkapelle.«

Marina nippte an ihrem Tee, griff über den Tisch und berührte den Rücken seiner behandschuhten linken Hand.

»Ich habe vernommen, dass du mit dem Spielen aufgehört hast. Das tut mir sehr leid.«

Rossel entzog ihr die Hand und zuckte die Schultern.

»Der Verlust für das Kirow ist eben ein Gewinn für die Miliz. So versuche ich das zu sehen.«

Marina sah ihn einen Augenblick verblüfft an, bevor sie, nicht ohne Sympathie, lächelte.

»Ich hatte Gerüchte gehört. Warum würde ein brillanter Violinist aufhören, Geige zu spielen?«, fragte sie.

Rossel legte seine behandschuhten Hände auf der gläsernen Tischplatte ab. Der Tisch wackelte, und der Tee in den beiden Tassen schwappte über und lief auf die angeknacksten Untertassen. Zuerst kaum wahrnehmbar, veränderte sich der Tonfall seiner Stimme.

»Die kleine Nadja, Marina. Nadja Basanowa. Erzähl mir von ihr.«

Sie lehnte sich zurück.

»Ach so, deshalb bist du hier. Dann haben sie sich wohl entschlossen, Untersuchungen über diese Frau anzustellen.«

»So ist es.«

»Ist mein Schmuck wieder aufgetaucht?«

»Erzähl mir von Paris und dem Palais Garnier, Marina.«

Kaum hatte er die Frage gestellt, veränderte sich ihre Stimmung. Marina schlüpfte in die Rolle der Primadonna des Kirow-Theaters. Rossel beugte sich noch weiter vor, nun war er Polizist durch und durch, nichts sonst.

»War sie schon länger deine Ankleiderin?«

»Nein, nicht sehr lange. Sechs Monate. Irgendjemand hatte sie empfohlen. Ich habe sie nicht einmal erkannt, als sie dann auftauchte, oder begriffen, dass wir zusammen auf dem Konservatorium waren. Erst später wurde mir bewusst, dass sie deswegen leicht schockiert war. Aber du weißt ja, wie es dort war. Cliquen innerhalb von Cliquen, alle Musiker zusammen, alle guten Kommunisten zusammen, alle gleich, natürlich – obwohl …«

»Manche gleicher als andere.«

Die Sopranistin nickte.

»›Talent, anders als Milch, Brot oder Käse, wird nicht entsprechend den Bedürfnissen des Proletariats mithilfe eines Fünfjahresplans zugeteilt‹, so sieht es unser launenhafter Maestro.«

Sie unterbrach sich.

»Keine Sorge, Genossin«, beruhigte Rossel sie. »Du und ich, wir sind alte Freunde. Ich bin nur hier, um Fragen zu Nadja zu stellen.«

»Zuerst ging alles gut, sie machte ihre Arbeit tadellos. Ich mochte sie nicht besonders, muss ich zugeben, aber sie erledigte alles mit Sorgfalt. Irgendwie hatte ich aber immer das Gefühl, dass alles Berechnung war. Dass alles, was sie sagte und tat, irgendeinem Zweck diente, der für sie vorteilhaft war. Sie hatte einen übergeordneten Plan im Kopf, aber ich habe nie herausgefunden, welchen. Nachdem sie ein paar Monate für mich gearbeitet hatte, war plötzlich das ein oder andere weg.«

»Das ein oder andere?«

»Schmuck nicht, jedenfalls zuerst. Aber ich hatte damals eine absolut göttliche, kleine Hermès-Handtasche, die Nikolai mir mal aus Lissabon mitgebracht hat.«

»Nikolai?«

»Wronski, der Maestro.«

»Ah so.«

Marina Morosowa zog die schmalen Augenbrauen hoch, um dezent zu signalisieren: *Ja, was denkst du denn, natürlich vögele ich mit dem Maestro. So läuft das nun mal auf der Welt, mein liebster Revol.*

Sie lächelte.

»Sie war nicht besonders teuer, glaube ich jedenfalls, aber sie hatte für mich einen großen emotionalen Stellenwert.«

»Weshalb?«

»Sie war ein Symbol.«

»Wofür genau?«

Sie nippte an ihrem Tee. »Nikolais *Inferno*, seine Oper, die auf Dantes Versepos beruht, wurde in der Sommersaison am Teatro Nacional de São Carlos in Lissabon aufgeführt. Er sagte, ich wäre seine Beatrice. *Lasciate ogne speranza, voi ch'intrate. Lasst, die ihr eintretet, alle Hoffnung fahren.* Nikolai macht gerne Scherze. In dieser und auch manch anderer Hinsicht finde ich ihn ganz wunderbar kindlich. Er mag es, mich damit aufzuziehen – den Vers zu zitieren, bevor wir uns lieben, und damit zu betreten, was Dante *il secondo cerchio* nennt.«

»Entschuldigung?«

»Der zweite Kreis. Bei Dante und auch in Nikolais Oper. Wer der Wollust verfallen war, endete im zweiten Kreis der Hölle.«

Marina hielt seinem Blick ein paar Sekunden stand, nahm dann ihre Tasse und nippte erneut daran. Rossel war klar, dass sie ihren Spaß hatte.

Er beschloss, dem ein Ende zu setzen.

Rossel griff in seine Jackentasche und legte ein Foto der Rubinohrringe auf den Tisch.

»Gehörten diese hier zu den Sachen, von denen Sie glauben, dass Nadja sie Ihnen gestohlen hat, Genossin Morosowa?«

Sie blickte hinunter auf das Foto und schüttelte sofort den Kopf.

»Nein, die habe ich noch nie gesehen.«

»Worum handelt es sich dann bei dem Schmuck, den sie Ihnen, von der Handtasche von Hermès einmal abgesehen, angeblich noch entwendet hat?«

»Um einen Armreif, einen Saphir-Armreif. Von einem Juwelier namens Tiffany in New York.«

Rossel nahm das Foto wieder an sich und legte dafür ein anderes auf den Tisch.

»So sah Nadja aus, als wir sie gefunden haben. Ich weiß nicht, welchen Kreis der Hölle sie betreten hat, bevor sie starb, nur dass sie schwer gesündigt haben muss, um sich das hier zu verdienen.«

Marina betrachtete das Foto einen Augenblick lang, sah schnell weg und gab es ihm zurück.

»Wie schrecklich«, murmelte sie. Die Sängerin holte ein kleines Taschentuch aus gelber Seide hervor und trocknete sich eine Träne. »Was ist passiert?«

»Das ist unklar«, entgegnete Rossel. »Aber sie ist zweifellos ermordet worden. Warum, wann und von wem? Nun, deswegen stelle ich dir ja diese Fragen, Marina.«

Die Sopranistin lehnte sich auf ihrem Stuhl zurück, als wäre sie einer Ohnmacht nahe.

»Ein Tier kann niemals so grausam sein wie der Mensch, so ausgeklügelt, so kunstvoll grausam«, bemerkte sie.

Rossel seufzte innerlich. Sie musste ihn für einen völligen Idioten halten. Machte das die Uniform? Einem

MGB-Offizier gegenüber wäre sie sicherlich gesprächiger gewesen, aber die Miliz rief nicht genügend Respekt hervor. Er musste ihr Angst einjagen.

»Ich habe eine Aufnahme von Wronskis *Inferno* zu Hause. Ich besitze auch etliche andere Aufnahmen des Maestros«, fing Rossel an. Das stimmte. Er hatte das Werk des Komponisten immer bewundert. Wronski war vielleicht manchmal »kindlich«, wie sie es genannt hatte, aber er schrieb Sinfonien wie jemand, der schon ein Dutzend Leben gelebt und in jedem von ihnen ewige Wahrheiten ergründet hatte. »Nicht die Aufnahme mit dir als Sopranistin, sondern die mit Ira Malaniuk. Sie ist brillant. Würdest du das nicht auch sagen? Ein Auftritt ohne jede Spur von Oberflächlichkeit. Wenn ich mich recht entsinne, sind es alles in allem neun Kreise. Wollust, wie du schon sagtest, Limbus, Völlerei, Gier, Zorn, Ketzerei, Gewalt, Betrug und Verrat. Unser glorreicher MGB wäre mit unserem Dichter absolut in Einklang, behält er den neunten und schrecklichsten Kreis doch den Verrätern vor.«

Bei der Erwähnung des MGB stellte Marina ihre Tasse auf dem Tisch ab und setzte sich gerade hin. Fast so, als hätte man sie zu einem Verhör beordert.

»Und dann zitierst du auch noch Dostojewski«, sagte Rossel. »Einen Mann, der über Mord viel nachgedacht und geschrieben hat.«

Marina starrte ihn an, als er aufstand, um zu gehen, ohne jede Spur eines Lächelns im Gesicht.

»Dieses neue Stück von Nikolai ist von *Schuld und Sühne* beeinflusst«, entgegnete die Sängerin. »Themen sind enttäuschter Ehrgeiz, Vorsehung und Aufopferung. Er sagt, Dostojewski sei der Dante der russischen Seele.«

Rossel nahm seine Dienstmütze und setzte sie auf. Er deutete einen militärischen Gruß an und nutzte erneut die vertraulichere Anrede.

»Danke, Marinotschka. Ich bin zwar sicher, dass es ihn kaum interessieren wird, aber richte dem Maestro doch bitte meine Bewunderung angesichts seines erhabenen neuen Werks aus.«

Sie nickte.

»Natürlich. Was ist eigentlich mit Sofia, Revol? Habt ihr noch Kontakt? Eine Zeit lang wart ihr ja Tristan und Isolde auf dem Konservatorium.«

Er wurde leicht rot im Gesicht, schüttelte dann aber den Kopf. Warum hatte er nach all den Jahren immer noch seine Schwierigkeiten damit, wenn ihr Name in einer Unterhaltung fiel?

»Verstehe«, meinte Marina. »Vielleicht hatte sie einfach irgendwann die Nase voll von dir.«

***

*»Du!«*

Rossel wandte sich um.

»Ja, du. Komm her.«

Der Maestro saß im Foyer des Kirow-Theaters an der Seite auf einem goldenen Chaiselongue und füllte es mit seinem massigen Körper beinahe aus. Vor ihm stand ein kleiner grauhaariger Mann. Der unglückselige Karlof.

Rossel ging zu ihnen hinüber und stellte sich neben den Posaunisten.

Wronski war anscheinend ausgelassener Stimmung.

»Da ist er ja, unser geheimnisvoller Besucher von der Miliz. Geradezu perfekt.«

»In welcher Hinsicht, Genosse Wronski?«, fragte Rossel.

»Ich hab von der Loge aus gesehen, wie du zugehört hast, tatsächlich zugehört. Ich mag die Art, wie du zuhörst, aufmerksam, mit geschlossenen Augen, mit dem gebührenden Respekt.« Er betrachtete Rossels Schulterstücke mit ihrem schmalen roten Band und den beiden goldenen Sternen. »Bravo, Herr Leutnant.«

Er winkte Karlof herbei.

»Auch wenn seine ganze Ausstrahlung dagegen spricht, glaubt unser Vitali hier, dass er gut genug ist, um in Wronskis Orchester am Kirow-Theater bei den Bläsern mitzuspielen. Stimmt doch, Karlof, oder?«

Karlof nahm die Brille ab und wischte sie mit einem schmuddeligen Taschentuch sauber, bevor er sie wieder aufsetzte.

»Ich habe Familie, Maestro. Ich trage Verantwortung und bitte um eine zweite Chance.«

Wronski lehnte sich auf dem Chaiselongue zurück und legte die Arme auf der goldlackierten Rückenlehne ab, als wäre er, plötzlich zum Leben erweckt, einer der großen marmornen Romanow-Adler, die das Foyer schmückten.

»Vitali hat Familie, Leutnant, und fleht mich deswegen an, ihn nicht rauszuschmeißen. Was halten Sie davon? Irgendeine heldenhafte Tochter der Sowjetunion war so frei, sich von Vitalis bedauernswertem Hängsel schwängern zu lassen. Dafür sollte man ihr den Lenin-Orden verleihen.«

Karlof lief rot an. Er wirkte, Familie hin, Familie her, als wäre er drauf und dran, auf dem Absatz kehrtzumachen und dem Theater den Rücken zu kehren. Das wäre ein Fehler. Ein Wort des Maestros und Karlof wäre noch gut bedient, wenn sein nächstes Engagement eine Volksmusikgruppe in einem sibirischen Dorf wäre. Rossel entschloss sich, das Thema zu wechseln.

»Ich bin ein großer Bewunderer Ihrer Kunst, Genosse Wronski, besonders Ihrer 3. Sinfonie. Sie haben damit Neuland betreten. Und ich wage zu behaupten, dass es dieses Werk war, mit dem Sie sich als Pionier unter den russischen Komponisten erwiesen haben.«

In dem dicht besetzten Feld russischer Genies der Musik, entweder als sowjetische Künstler oder als Exilanten, hatte Wronski irgendwie eine ganz eigene Stimme gefunden zwischen dem gänzlich ungenierten Romantizismus eines Rachmaninow, dem beschwingten Modernismus eines Strawinsky und der überwältigenden Emotionalität eines Schostakowitsch. Wronski nahm das Leid Russlands und ließ es in klanglicher Schönheit erstrahlen.

Wronski grinste.

»Die dritte? Wirklich, die mögen Sie? Im Augenblick spielt sie keiner. ›Zu experimentell für Normalbürger, legt sie ein unsowjetisches Empfinden für zügellose Individualität an den Tag‹, schrieb doch dieser Schwachkopf von Denikin in der *Prawda.*«

Er klopfte mit dem Rücken seiner beiden goldberingten Finger gegen das Chaiselongue und pochte auf dem Sitzmöbel ein paar Noten seiner nicht gelittenen Sinfonie.

»Und völlig zu Recht natürlich. Wir leben schließlich in einem Land, in dem der Wille des Volkes und daher der Geschmack des Proletariats an erster Stelle stehen, auch wenn dieser gelegentlich ein wenig öde ist. Die dritte Sinfonie, soso. Sie kennen sich aus in der Musik, für einen Milizionär.«

»Wir sind uns schon einmal begegnet, Maestro.«

Wronskis Finger verharrten.

»Sind wir das?«

»Ich hatte die Ehre, während des Krieges einmal mit Ihnen aufzutreten. Ein Ensemblestück, eine Probe für etwas, das Sie gerade entwickelten, um der Tapferkeit und dem Edelmut des von der Sowjetunion erbrachten Opfers ein Denkmal zu setzen.«

»Und war ich beeindruckt?«

Rossel schüttelte lächelnd den Kopf.

»Nein, Maestro. Sie sagten uns, dass es eine erstklassige

Komposition sei, unser Spiel jedoch die Unmöglichkeit vollbracht habe, es fünftklassig wirken zu lassen.«

Wronski warf den Kopf nach hinten und lachte. Er erhob sich zu voller Größe, was Rossel und Karlof in Zwerge verwandelte, und schlug dem Posaunisten auf den Rücken, dass ihm beinahe die kurzen Beine wegsackten.

Der Maestro näherte sich Rossel. Mit braunen Augen, das Weiß rauchgelb verfärbt, blickte er ihn an. Rossel spürte ein seltsames Gefühl der Übelkeit, ja, etwas geradezu Klaustrophobisches, das sogar ihn einschüchterte. Als besäße der Komponist die Fähigkeit, eine Röntgenaufnahme der Seele zu machen.

»Wie ich schon sagte, können Sie zuhören, Leutnant. Sie haben unsere Probe heute ja gehört. Also frage ich Sie: Mache ich jetzt weiter mit Karlof hier? Verdient er einen Platz an der Tafel im letzten Akt meiner Oper?«

Rossel dachte einen Augenblick nach. Er wollte nicht, dass der Posaunist seine Stelle verlor.

»Wie könnte er Ihren Ansprüchen gerecht werden? Ihm fehlt Ihr Einfühlungsvermögen, Ihr geniales Gespür für die unbegrenzte Leidensfähigkeit, die das russische Volk vor allen anderen Völkern auszeichnet. Niemand sonst könnte den Triumph bei der Belagerung unserer Heldenstadt so fühlbar machen und umgreifen, wie Sie es getan haben, außer vielleicht noch Schostakowitsch. Geben Sie also dem Genossen Karlof Zeit, und lassen Sie ihm weiterhin die Ehre Ihrer meisterhaften Anleitung angedeihen, dann, vielleicht, wird es schon werden.«

Wronski blickte in Karlofs erwartungsvolles Gesicht. Er seufzte, als wäre er von sich selbst enttäuscht, setzte dann aber ein breites Grinsen auf.

»Vielleicht hat der Leutnant ja recht, Karlof? Na schön, für dieses Mal will ich es gut sein lassen. Aber sehen Sie zu, dass ich es nicht bereue.«

Karlof sah erleichtert aus. Wronski drehte sich zu Rossel um.

»Manchmal frage ich mich, ob ich die Strenge im Denken und die Disziplin besitze, die es braucht, um die harten Entscheidungen zu treffen, die wahre Kunst von ihren Schöpfern verlangt, Leutnant Rossel. Aber gute Antwort, sehr gut sogar. Sie sind in der Tat die Art Zuhörer, die ich suche.«

Der Komponist holte ein Kärtchen aus der Jackentasche und gab es dem Polizisten.

»Mit den besten Empfehlungen, Genosse.«

Er streckte den Arm aus und schlug Rossel und Karlof hart auf den Rücken, bevor er in dröhnendes Gelächter ausbrach.

»Ja, sehr gut. Außer der Bemerkung über Schostakowitsch, diesen wichtigtuerischen Arsch!«

## 14

Draußen auf dem Flur vor seinem Zimmer konnte er eines der Sasonow-Kinder Verstecken spielen hören. In der Nische gegenüber befand sich ein kleiner Schrank mit Vorräten, eines der Lieblingsverstecke.

In einem gläsernen Aschenbecher auf dem Fenstersims stapelten sich die Zigarettenkippen. Daneben, an ein leeres Glas gelehnt, war die goldene Freikarte zu sehen, die Wronski ihm gegeben hatte. Auf dem Kärtchen hieß es:

*Die Blockade* – N. N. Wronski. Eine neue Oper zur Feier der Eröffnung der ruhmreichen »Straße des Lebens« und des Sieges des sowjetischen Volkes im Großen Vaterländischen Krieg.

19. November 1951. Ehrengast.

Sollte die Musik, die er bei der Probe gehört hatte, der Maßstab sein, wäre es ein Privileg, die Premiere besuchen zu dürfen. Ein Talent wie das Wronskis war nur sehr wenigen vergönnt.

Rossel lag auf seinem Bett, eine Zigarette zwischen den Lippen, und betrachtete einen langen, dünnen Riss im Putz. Zwei Stunden lang hatte er die Fakten in dem Fall im Kopf hin und hergewälzt und war zu keinem rechten Ergebnis gekommen. Außer einer Liste mit Fragen, die einer Antwort harrten.

Warum fünf Leichen? Und nicht drei? Oder sechs? Die Art, wie sie abgelegt worden waren, so akkurat auf den Schienen draußen am Ladogasee, erweckte den Eindruck, dass die Anzahl der Leichen an sich eine besondere Bedeutung für den oder die Mörder besaß. Als ob er oder sie eine Botschaft hinterlassen wollten.

Wozu jedoch diese großen Anstrengungen, ihre Identität zu verbergen, um sie anschließend auf einer Eisenbahnstrecke abzuladen, wo sie zwangsläufig entdeckt werden mussten?

Und warum hatte man sie ausgehungert, bevor man sie umbrachte? Wenn Dr. Wolkowas Theorie zutraf, hatte jedes der Opfer vor dem Tod einen katastrophalen Gewichtsverlust erlitten. Wer tat so etwas? Warum erlegte man ihnen absichtlich eine allmähliche Verschärfung der Schmerzen und der Angst auf?

Und die Blaumütze? Welche Art von Mensch war so dermaßen selbstsicher, eine solche Tat zu vollbringen? Eine Funktionsträgerin des Ministeriums für Staatssicherheit umzubringen hieß, alles aufs Spiel zu setzen. Zugegeben, sie war, worauf Lipuchin hingewiesen hatte, eine untere Charge, die ihre Rolle als Ankleiderin dazu nutzte, die Schauspieltruppe im Ausland auszuspionieren. Aber schon das allein zog eine erbarmungslos gründliche Untersuchung nach sich. Es war ein Schlag ins Gesicht der Tschekisten, der nicht ohne Antwort bleiben würde. Die Tatsache, dass man dem Milizposten in der Wosstanija-Straße überhaupt Zeit gelassen hatte, selbst Ermittlungen anzustellen, war, so sah es Rossel, noch immer das größte Rätsel von allen.

Und nun hatten ihn die Rubin-Ohrringe zu Klein Nadja geführt. Zurück zum Konservatorium.

***

Er schreckte hoch. Der Zigarettenstummel hatte ein schwarzes Loch in die Decke gebrannt. Er war sich nicht sicher, wie lange er geschlafen hatte. Wieder begann die Musik. Der geheimnisvolle Gitarrenspieler stimmte sein Instrument. Und diesmal klang es, als würde er erneut *Oj, da ne wetscher* spielen.

Eine Minute später klopfte es an der Tür.

Rossel stand auf und öffnete sie.

Lena lächelte ihn an und zeigte dabei die charakteristische Lücke zwischen ihren Schneidezähnen.

»Mama sagt, sie kann es nicht mehr hören, Rossel. Nicht heute Abend, sie muss zur Frühschicht in die Fabrik. Im fünften Stock könnte praktisch jeder dieser Gitarrenspieler sein, sagt sie.«

Lena verfiel in den bauerntrampeligen Ton des Dialekts ihrer Mutter aus dem Ural.

»Und deshalb fragt sie sich, ob nicht der gut aussehende Milizleutnant in Zimmer 4, der mit den dunklen Augen und dem bezaubernden Lächeln, etwas dagegen unternehmen könnte?«

***

Die Stimme des Sängers klang nicht so, als käme sie aus einer der richtigen Wohnungen im fünften Stock. Es muss wohl eine der sogenannten Portierswohnungen sein, überlegte er. Jede Etage hatte ein kaum schrankgroßes Kabuff, das zum Zeitpunkt der Errichtung des Wohnblocks als Einliegerwohnraum für eine Reinigungskraft gedacht war. Nun lagen sie hoch im Kurs, weil die Zuweisung eines solchen Raums bedeutete, dass man als lediger, kinderloser Sowjetbürger den Luxus, für sich allein zu leben, genießen konnte.

Die Türen der Portierswohnungen, die direkt am Treppenhaus lagen, waren braun und nicht grün gestrichen wie alle anderen Türen auf der Etage. Rossel stellte sich vor die einzige braune Tür auf dem Flur und horchte. Das war sie, genau. Der Gitarrenspieler sang nicht mehr, klimperte aber noch leise auf seiner Klampfe herum. Er klopfte energisch an die Tür – sein Polizistenklopfen.

Das Geklimpere hörte auf.

Er hörte Schritte. *Ah, es ist noch nicht Abend, Oj, da ne wetscher.* Das Lied war das gleiche. Auch wenn die Stimme eine ganz andere war, gönnte er sich einen kurzen Augenblick lang die lächerliche Vorstellung, es könne sich tatsächlich um Sofia handeln.

Ein Schloss wurde entriegelt, und die Tür ging auf.

Vor ihm stand die Frau in dem hellblauen Kleid, mit der ihn Lena unten in der Gemeinschaftsküche aufgezogen hatte.

Sie war Mitte dreißig, klein, trug schwarze Arbeitsstiefel und hatte einen blauen Frottee-Bademantel an, der um die Taille von einer Kordel zusammengehalten wurde. Ihr Haar war dunkelbraun und wurde von einer ganzen Batterie von roten Lockenwicklern und Haarspangen in Form gehalten. Sie hatte blaue Augen, fiel ihm auf, und strahlte Entschlossenheit aus.

»Ja?«

Rossel erwischte sich dabei, wie er sie anstarrte. Er versuchte, seine Verlegenheit zu überspielen, und sah ihr direkt in die Augen. Sie zupfte am Kragen ihres Bademantels herum und zog ihn dort zu, wo nackte Haut zu sehen war. Er bemerkte eine heftige rote Narbe, etwa fünf Zentimeter lang und ebenso breit, zwischen ihrem Nackenansatz und der linken Brust. Sie zog den Bademantel noch weiter zu, um die Narbe zu verbergen.

Rossel riskierte ein Grinsen.

»Ein schönes Lied, und Sie spielen es ganz wunderbar, Genossin. Aber im vierten Stock versuchen so einige Kinder, Schlaf zu finden. Darf ich Sie höflichst bitten, es heute Abend bei dieser letzten Darbietung zu belassen?«

Die Sängerin fasste sich ins Haar und zupfte sich die ein oder andere Klammer aus dem Schopf.

»Es stört die Kleinen, natürlich.«

Sie wollte die Tür zudrücken, aber er hielt mit seinen Fingerspitzen dagegen.

»Haben Sie auch einen Namen, Genossin?«, erkundigte er sich und fragte sich zugleich, wie um Himmels willen er zu diesem Ansinnen kam.

Sie blickte hinunter auf seine Hand, die er sofort zurückzog. Ein leichtes Erröten konnte er nicht vermeiden. Sie sah ihn mit sichtlich entspanntem Gesichtsausdruck wieder an, und er trat erleichtert einen Schritt zurück in den Flur.

Die Tür fiel ins Schloss.

# 15

## Freitag, 19. Oktober

Die blaue Mütze mit dem roten Hutband und dem schimmernden Stern aus Stahl lag auf dem Schreibtisch von Hauptmann Lipuchin, als Rossel den Raum betrat. Tanejew, Gratschew und Lipuchin konnten den Blick nicht davon abwenden.

Sie gehörte einem MGB-Oberst, der Lipuchins Schreibtischstuhl mit Beschlag belegte. Er befand sich in den mittleren Lebensjahren, war korpulent und hatte einen rötlichen Teint. Sein dunkles, aber ergrauendes Haar war ein wenig zu lang und entsprach nicht den Dienstvorschriften, denn es fiel ihm weit in die Stirn.

Rossel hielt einen Becher Tee in der Hand. Er stellte ihn auf einem Aktenschrank in der Nähe ab und salutierte.

»Dann sind wir ja alle endlich glücklich vereint«, sagte der Oberst.

Sein Tonfall war kurz und knapp, dienstbeflissen, und er sah sie an, als wären sie nichts weiter als Papierkram, den er vor dem Mittagessen noch sortieren, aufbereiten und ablegen musste. Er nickte Rossel zu.

»Ich bin Oberst Sarkisow, Fünfte Hauptverwaltung des Ministeriums für Staatssicherheit.« Die Fünfte war die Abteilung, die mit der internen Dienstaufsicht und der Bekämpfung konterrevolutionärer Umtriebe befasst war. »Ich bin von der Dienststelle des Genossen Beria entsandt worden, um mich über den Fall zu informieren, an dem Sie gerade arbeiten. Die Leichen auf den Gleisen.«

»Vom Genossen Beria?«, flüsterte Tanejew und sah aus, als wäre er kurz davor, seine Zunge zu verschlucken.

»In der Tat. Ich nehme an, Sie haben nichts dagegen?«

»Überhaupt nicht«, beeilte sich Lipuchin zu antworten. »Es ist uns eine große Ehre.«

Oberst Sarkisow saß kerzengerade. »Für mich vielleicht nicht unbedingt. Wir werden sehen.« Er ergriff den ledernen Aktenkoffer neben sich auf dem Boden und öffnete ihn. Nachdem er eine Akte hervorgeholt hatte, blätterte er die Seiten durch, machte sich hier und da Notizen. Er hatte es offensichtlich nicht eilig damit, die Unterhaltung wieder aufzunehmen.

»Fünf Leichen also«, meinte er nach einer ganzen Weile. »Ungewöhnlich, oder?«

Die Frage war nicht direkt an einen der vier Polizisten im Raum gerichtet. Daher sagte auch niemand etwas. Jedem Anwesenden war klar, dass sprachliche Äußerungen welcher Art auch immer in Anwesenheit eines MGB-Funktionärs ein hochriskantes Unterfangen waren. Sarkisow wandte sich an Gratschew.

»Was sagen Sie, Herr Unteroffizier? Glauben Sie, dass es sich um einen außergewöhnlichen Fall handelt?«

Gratschew verlagerte das Gewicht von einem Bein auf das andere.

»Was meinen Sie genau, Genosse Oberst?«

»Die Anzahl der Leichen natürlich. Und auch die Art, wie hier ermittelt wird. Oder sollte ich besser sagen, wie hier nicht schnell genug ermittelt wird?«

Lipuchin sah seitlich zu Rossel hinüber, doch als Rossel zurückschaute, versuchte er zu vermeiden, dass sich ihre Blicke trafen. Rossel war klar, dass Lipuchin eine gute Gelegenheit witterte.

»Ich … Falls der MGB Probleme mit der Art hat, mit der die Miliz diesen speziellen Fall angegangen ist«, äußerte Lipuchin, »kann ich mich dafür nur entschuldigen. Das Revier 17 ist eine kleine Station hier im Stadtteil, bei einem solchen Fall wären wir normalerweise nicht einbezogen worden. Wie Sie meinem Bericht sicher entnommen haben, waren die Umstände unseres Einsatzes durchaus ungewöhnlich, aber selbstverständlich werden wir alles unternehmen, um den Mörder dingfest zu machen. Sollten Sie dies vorziehen, bin ich natürlich bereit, den Fall und alles, was wir darüber haben, an höhere Stellen abzugeben. Offen gestanden hatte ich ohnehin angenommen, dass jemand vom MGB dafür abgestellt würde, angesichts der ziemlich außergewöhnlichen Umstände und auch, weil eine der ihren ums Leben gekommen ist.«

»Woher wissen Sie denn eigentlich, dass es sich, wie Sie es formuliert haben, um ›eine der unseren‹ handelt?«, hakte Sarkisow nach.

»Ein weibliches Opfer trug die Uniform einer Beamtin der Staatssicherheit, Genosse. Das können Sie den Akten entnehmen.«

»Es könnte sich um eine Schwindlerin handeln. Ein Trick?«

»Aber Genosse«, wandte Lipuchin ein, »wer würde so etwas wagen? Und wer käme denn an eine MGB-Uniform, es sei denn …«

Lipuchin hielt inne.

»Es sei denn?«, hakte Sarkisow nach. Seine Kiefermuskeln arbeiteten, als würde er beim Frühstück auf einem harten Stück Brot herumkauen.

Es sei denn, der oder die Mörder gehörten selbst dem MGB an, lautete die unausgesprochene Antwort.

»Es könnte sein, dass irgendeine beliebige Person sie angefertigt hat«, warf Sarkisow ein. »Ein geschickter Schneider in Diensten irgendwelcher Krimineller. Vielleicht hätten Sie diese Möglichkeit in Erwägung ziehen sollen? Vielleicht hätten Sie in Textilfabriken Ermittlungen anstellen sollen, bei bestimmten Schneidern oder Kostümbildnern fürs Theater? Vielleicht hätten Sie beim Ministerium für

Staatssicherheit nachfragen sollen? Kurz und gut, Genossen, hier hat es entschieden an Fortschritten gefehlt, an aktiver Zuarbeit und an revolutionärem Geist und Pflichtgefühl gegenüber der sowjetischen Justiz.«

Und dieser Mangel an revolutionärem Geist in einem unbedeutenden Leningrader Stadtteilrevier, das wegen fünffachen Mordes ermittelt, hat uns nun Oberst Sarkisow von der Fünften Hauptverwaltung des MGB beschert, einen Mann, der den Tag damit beginnt, Beria und Stalin über die jeweilige Lage zu informieren, und der uns nun zur Schnecke machen soll, dachte Rossel.

»Wir arbeiten hier unter erschwerten Bedingungen, Genosse Oberst«, begann Lipuchin.

»Erschwerte Bedingungen?«, höhnte Sarkisow. »Ich bin froh, dass Sie während des Großen Vaterländischen Krieges nicht einer unserer militärischen Führer waren, Herr Hauptmann.«

Vielleicht war es möglich, aus Sarkisow etwas mehr über die Gründe für seine Anwesenheit hier herauszubekommen, überlegte Rossel.

Er machte einen Schritt nach vorn und trat dabei auf eine knarrende Bodendiele. Das Geräusch hallte durch den Raum.

»Ich glaube, dass die erschwerten Bedingungen, die Hauptmann Lipuchin anspricht, sich auf den Personalmangel beziehen, der daraus entstanden ist, dass das gesamte Polizeidezernat des Bezirks, in dem sich das Verbrechen ereignete, verhaftet wurde, und auch daraus, dass es äußerst schwierig war, bei Leningrads Rechtsmedizinern mehr als fünf Minuten Zeit eingeräumt zu bekommen«, führte Rossel aus. »Was seinerseits wiederum mit der schändlichen Ärzteverschwörung zu tun haben könnte, der sich anscheinend auch die Pathologen angeschlossen haben und von der in den Zeitungen berichtet wird.

Für normale Milizangehörige ist es nicht einfach, die Identität einer Person festzustellen, wenn diese kein Gesicht, keine Zähne und auch keine Finger mehr hat. Möglicherweise habe ich aber diesen Teil der Ausbildung auch verpasst.«

Sarkisows dünne blaue Lippen zogen sich an den Mundwinkeln nach oben. Sein Lächeln drückte genau das aus, was es war: das strategische Zugeständnis, dass er wohl noch viel mehr üben musste, wenn er auch nur halbwegs überzeugend wirken wollte. Er schloss die Akte und legte sie in den Aktenkoffer zurück.

»Sie neigen zur Aufsässigkeit, Genosse Leutnant. Der NKWD-Offizier, der sie nach ihrer Verhaftung im Mai 1942 verhörte, hat dieselbe Beobachtung gemacht. Es hat Major Nikitin einige Zeit gekostet, scheint mir, Sie fachgerecht von der Notwendigkeit zu überzeugen, der tragenden Rolle, die den Organen der Staatssicherheit im Rahmen der sowjetischen Justiz zukommt, den ihnen gebührenden Respekt zu erweisen.«

*Major Nikitin.* Zum ersten Mal kam Rossel der Name des Peinigers, der seiner musikalischen Karriere ein Ende gesetzt hatte, wieder zu Ohren. Dieser Bastard von einem Tschekisten, der seine Finger verstümmelt hatte. *Major Nikitin.* Er biss sich auf die Lippen und verstaute den Namen genauso sorgfältig in seinem Gedächtnis, wie Sarkisow den Ordner in den Aktenkoffer zurückgelegt hatte.

Das war sein erster Gedanke. Der zweite war, dass der Genosse Sarkisow sicherlich nicht nach Leningrad gekommen war, ohne vorher seine Hausaufgaben zu machen.

»Aber Sie hatten Glück, nicht wahr?« Sarkisows Lächeln wurde breiter. »Schon drei Monate später bot sich die Gelegenheit zur Rehabilitierung. Für Tausende, Leutnant Rossel, kam die Sinjawino-Offensive einem Fleischwolf gleich.

Für Sie war die Zeit bei der 2. Stoßarmee eine Gelegenheit zur Wiedergutmachung.«

Rossel spürte, wie alle ihn ansahen.

»Sie haben an der Sinjawinsker Operation teilgenommen?« Gratschews Blick verriet seine Fassungslosigkeit.

»Viele haben das«, entgegnete Rossel.

»Aber nur sehr wenige haben überlebt und davon berichten können«, schaltete sich Sarkisow ein. »Allerdings hat es den Anschein, als hätten Sie Ihren Kameraden hier nicht allzu viel von Ihrer Vergangenheit erzählt, sowohl von den Auszeichnungen als auch von den Fehltritten. Verständlich, wenn auch bedauerlich. Genossen, vor euch steht ein Mann, der in der Frühphase der Belagerung von einem besorgten Bürger angezeigt wurde. Besorgt war er, so steht es in den Unterlagen, wegen dessen Verachtung und sogar feindlicher Haltung gegenüber dem sowjetischen Staat. Dennoch wurde ihm in Leningrads Stunde der Not die Möglichkeit geboten, sich auf dem Schlachtfeld zu rehabilitieren. Unter anderen Umständen, wäre über seinen Status nicht anders entschieden worden, hätte man ihm wahrscheinlich einen Orden verliehen. Oder auch zwei. Stattdessen war er dankbar dafür, wenn ich das einmal so ausdrücken darf, mit *beiden* Händen die Gelegenheit beim Schopf packen zu können, einen neuen Anfang zu machen.«

Rossel spürte, wie er im Gesicht rot anlief. Mehr als sechs Jahre lang hatte er sich vom einfachen Soldaten zum Leutnant hochgearbeitet und in dieser Zeit seinen Kollegen gegenüber praktisch nichts über seine Vergangenheit preisgegeben. Ausdrücklichen Bemerkungen über die Handschuhe, in denen seine Hände steckten, war er von Beginn an mit vagen Anspielungen auf den Krieg entgegengetreten. Gratschew war ein Maulheld, aber die meisten Überlebenden des Kriegs hielten sich in Bezug auf ihre

Erfahrungen bedeckt, und Rossel hatte allen Nachfragen diesbezüglich mithilfe der notorischen Verschlossenheit des Veteranen eine Abfuhr erteilt. Als junger Violinist hatte er vom Rampenlicht nichts zu befürchten. Für ihn als Gespenst der Wosstanija-Straße war es das pure Gift.

»Das Opfer des Polizisten, der hier vor euch steht«, fuhr der Oberst fort, »verschaffte ihm das Anrecht auf weiteren Einsatz in Diensten des Vaterlands, und zwar in der Arbeiter- und Bauernmiliz – wir nennen das heute möglicherweise nicht mehr so, ich bin mir da nicht sicher –, der er sich laut Akte gegen Ende des Jahres 1946 anschloss. Und nun ist er sogar schon Leutnant. Eine schnelle Beförderung wird denen zuteil, die ihre Verantwortlichkeiten wahrnehmen und deren Loyalität nach harter Prüfung nicht mehr in Zweifel steht. Wahrscheinlich jedenfalls. Aber zurück zu dem Sachverhalt, um den es geht. Ihre bisherige Kollegin, Unteroffiziersanwärterin Geraschwili, hilft uns gegenwärtig bei unseren Ermittlungen in einem ähnlich gelagerten Fall.«

Also hatte man sie doch verhaftet.

»Ein ähnlich gelagerter Fall?«, erkundigte sich Rossel.

»Betrug. Wir haben Grund zu der Annahme, dass sie Einträge in den Verkaufsunterlagen eines bekannten Juweliers aus dem Passasch gefälscht haben könnte.«

»Aber warum sollte Lidia … Warum sollte sie so etwas tun? Sie ist eine vorbildliche Polizistin, niemals würde sie Beweismaterial antasten.« Rossel sprach viel zu laut. »Der eine oder andere, ja, aber doch nicht Geraschwili, Genosse. Das ist kaum zu glauben.«

»Was Sie glauben wollen oder auch nicht, ist hier nicht von Belang, Genosse Leutnant«, hielt ihm Sarkisow entgegen. »Es kommt einzig und allein auf revolutionäre Justiz an. Und für mich liegt auf der Hand, dass Geraschwili, um auf der Karriereleiter voranzukommen, Beweismaterial fingiert hat, das eine prestigeträchtige Verhaftung herbeiführen sollte. Eine der Krankenschwestern, mit denen sie sich in ihrer Wohnung ein Zimmer teilt, ist eine verlässliche Informantin, die uns bestätigt hat, dass Geraschwili unzufrieden war mit ihrer Aufgabe als Archivkraft hier in der Wosstanija-Straße und der Meinung anhing, nehme ich doch an, Besseres verdient zu haben. Eine sehr bürgerliche Auffassung. Viele bedeutende Parteimitglieder haben Schmuckstücke in diesem Geschäft erworben, und sie versuchte dann, diese Leute mithilfe von Lügengeschichten zu erpressen. Der Juwelier, Dschilas, hatte sich darauf eingelassen, ihr Komplize zu sein, wenn sie im Gegenzug über einige Ungereimtheiten in seinen Geschäftsgepflogenheiten hinwegsah. Der Mann war ein Schwarzhändler. Es hat ein bisschen gebraucht, aber schließlich hat er doch gestanden. Wir vermuten, dass noch andere darin verwickelt sind, und werden sicher bald heraushaben, wie verästelt dieses Komplott ist.«

Rossel wollte sich erneut für Geraschwili einsetzen, doch als er dazu ansetzte, beugte sich Lipuchin vor.

»Als Sie anriefen, Genosse Oberst, sagten Sie, dass diese Angelegenheit mit den Morden in Verbindung stünde. Wie kommen Sie darauf?«

Sarkisow nahm seinen Aktenkoffer und stand auf.

»Verrat natürlich. Wenn ich einmal Leutnant Rossels Wachsamkeit als Richtschnur nehmen darf, dann haben Sie alle die Berichterstattung in der Presse aufmerksam verfolgt. Sowohl diese Morde als auch Geraschwilis ausgeklügelter Plan mit den Juwelen sind das Werk von Aufrührern und subversiven Elementen. Wie sollten sich derart verwerfliche Handlungen sonst in der Sowjetunion ereignen? Wie könnten *Sie* das zugelassen haben? Das hier ist nicht Amerika, meine Herren, wo die Menschen aufgrund der schändlichen, ausbeuterischen Gesellschaftsstruktur des

Kapitalismus in New York, Chicago und Washington auf der Straße verhungern und folglich Mord an der Tagesordnung ist.«

Er griff sich seine Dienstmütze und setzte sie auf. Auf Lipuchins Schreibtisch lag ein Briefbeschwerer aus Plastik, ein Geschenk seiner Schwester, das sie ihm von einem Urlaub in Khosta am Schwarzen Meer mitgebracht hatte. Darin versiegelt war ein weißes Segelschiff zu sehen, und auf dem Fuß stand *Segelklub Khosta* geschrieben.

Sarkisow zeigte auf den Briefbeschwerer.

»Kompletter Beschiss, dieses Khosta. Ich bin dort mal auf einer Konferenz der Armee gewesen. In der ganzen Stadt bekam man nicht ein einziges gescheites Gericht. Nichts zu essen die ganze Woche außer Fischsuppe. Sie hatten gerade eine Lieferung mit Hechten bekommen, aber ich kann Hecht nicht ausstehen. Ich konnte gar nicht schnell genug wieder zurück nach Leningrad fahren.«

Er nahm den Briefbeschwerer in die linke Hand, warf ihn in die Luft und fing ihn mit der rechten wieder auf.

»In wenigen Wochen stehen die Feierlichkeiten zu Ehren der Eröffnung der ›Straße des Lebens‹ an, und Leningrad wird viele hochrangige Mitglieder der Partei als Ehrengäste begrüßen können. Stalin selbst, sagt mir Genosse Beria, ist es ein Anliegen, alle störenden Angelegenheiten des Gesetzesvollzugs, der Staatssicherheit und der sowjetischen Justiz bereits deutlich vorher zum Abschluss zu bringen. Genossen, ich räume euch noch ein paar zusätzliche Tage ein, mehr nicht, um Fortschritte in diesem Fall zu erzielen. Was diese Spione und Verräter angeht, oder wen auch immer Sie der Täterschaft bei diesen schrecklichen Verbrechen verdächtigen, durchforsten Sie Ihre Unterlagen, und Sie werden herausfinden, dass einige Ihrer üblichen Verdächtigen in den Fall verwickelt sein könnten. Nehmen Sie diese fest und bringen Sie sie dazu, ein

Geständnis abzulegen. Wie Sie wissen, ist ein einfaches, ehrliches Geständnis eine Schlüsselkomponente unseres unübertroffenen sowjetischen Justizwesens – also entlocken Sie ihnen eines. Lösen Sie den Fall, und lassen Sie uns alle neue Aufgaben in Angriff nehmen. Das ist die Botschaft, die ich für Sie habe.«

Oberst Sarkisow stopfte eine kleine Haarsträhne zurück unter seine hellblaue Mütze und ließ den Briefbeschwerer auf den Schreibtisch fallen.

»Wie ich schon gesagt habe, Genossen, ist Khosta ein einziger Dreckhaufen. Ich kann mir allerdings üblere Orte vorstellen. Und das können Sie, glaube ich, ebenfalls.«

***

In dem Moment, als Oberst Sarkisow das Gebäude verließ, ging es los.

»Du Bastard«, fauchte Gratschew. »Ich habe dich schon immer für verdächtig gehalten. Denunziert, verhört, dem Tod geweiht, und du hättest uns allen wirklich einen Gefallen getan, wenn du dir dein verdammtes Hirn weggeschossen hättest. Und jetzt das. Du eingebildeter Schnösel, du Dreckskerl von einem Kulaken.«

Die Worte waren heraus, und Gratschew wusste sehr genau, dass es nur Worte, laut genug ausgesprochen, brauchte, um komplett als Verräter dazustehen. Deshalb hatte Gratschew auch eine weitere Bezeichnung für Rossel: »unser Kulakenleutnant«. Ein Landbesitzer, Unterdrücker, Ausbeuter. Eine geflüsterte Beleidigung. Nur heute nicht gerade geflüstert. Ein Klassenfeind, weil er aufrecht gehen konnte, Bücher lesen und mit Prostituierten umgehen konnte, ohne sie zu vergewaltigen, was in Gratschews Welt unbegreiflich war.

Aber der Unteroffizier war noch nicht fertig.

»Erst schicken Sie Geraschwili los, um eine Aufgabe zu erledigen, die Männer erledigen sollten, und hetzen uns damit die Blaumützen auf den Hals. Und wenn sie dann auftauchen – ein MGB-Oberst direkt aus Berias Dienststelle, leck mich am Arsch –, werden Sie auch noch pampig, obwohl wir, und zwar alle, dafür bezahlen werden. Außerdem stellt sich heraus, dass Sie eines der Opfer kannten, wirklich ein nettes Detail, aus dem der MGB, da bin ich mir sicher, Kapital schlagen wird, wenn sie uns dann auf dem Boden des Bolschoi Dom festgenagelt haben. Was glauben Sie eigentlich, wer Sie sind?«

Lipuchin stand neben seinem Schreibtisch und beobachtete leicht geduckt die Szene, offenbar bereit, dazwischenzugehen. Tanejew sah einfach nur zu, das Klügste, was er tun konnte.

Gratschew und Rossel standen sich mittlerweile Auge in Auge gegenüber. Rossel machte einen winzigen Schritt zurück, woraufhin Gratschew, die Kapitulation witternd, höhnisch grinste und nachsetzte, sein Gesicht nun unmittelbar vor Rossels. Nichts, glaubte er, konnte den Unteroffizier aufhalten, der sich seinen Weg von den brennenden Kratern Stalingrads bis zum Reichstag gebahnt hatte und am liebsten die Schädel toter Deutscher an seinem Tornister baumeln gesehen hätte, wenn denn genug Platz dafür gewesen wäre. Als Hüter seiner eigenen Legende hatte Gratschew so viel Garn über seine Heldentaten im Krieg gesponnen, dass jeder Neuling auf dem Revier seinen Kampfgeist mit Ehrfurcht betrachtete. Ein paar Hartgesottene hatten über die Jahre geradezu einen Kult daraus gemacht, mit Begeisterung den Methoden nachzueifern, mit denen er bei den Männern und Frauen in ihren Zellen Willfährigkeit erzwang. Gratschew hatte auf dem Revier durchaus seine Anhänger gehabt. Zeitweise hatte es an Aufruhr gegrenzt. Man konnte ihm nichts anhaben.

*Insbesondere nicht dieser musikalische Krüppel mit den fehlenden Fingern und der angeberischen Art.*

Gratschews Gesicht befand sich nun dicht vor Rossels. Er holte zu einem Faustschlag aus. Flink machte der Leutnant einen Schritt zur Seite, wich aus und versetzte Gratschew seinerseits einen Hieb.

Der Unteroffizier regte sich nun erst recht auf, mit grauen, bloßgelegten Zähnen und aufgerissenen Augen, aber sein linkes Knie hatte für den Bruchteil einer Sekunde nachgegeben.

Rossel ließ seine rechte Faust folgen.

Gratschew taumelte, hielt sich aber noch auf den Beinen.

Sag das noch mal, dachte Rossel, und zwang ihn zum Wegsehen. Sag es, flüsterte er sich selbst im Kopf zu, aufgebracht von Gratschews Verachtung.

»Sag das noch mal«, schrie er.

Die dicken, höhnischen Lippen des Unteroffiziers formten ein Wort, aber es drang kein Laut heraus. Schließlich zog der Held von Stalingrad eine Grimasse und schüttelte den Kopf.

Er straffte sich und stakste zur Tür hinüber.

»Bleiben Sie, wo Sie sind, Genosse Unteroffizier«, rief Lipuchin. »Ich habe Sie noch nicht wegtreten lassen.«

Gratschew hievte seinen massigen Körper durch die Tür und schlug sie hinter sich zu.

***

Lipuchin stellte das Radio an. Es knarzte und knisterte, bevor es einen zünftigen Marsch fand, den es in den Äther hinausposaunen konnte.

Tanejew hatte sofort um Erlaubnis gebeten, Gratschew folgen zu dürfen. Lipuchin entließ ihn mit einer Handbewegung, und fort war er.

»Er wird dich denunzieren, Revol. Dass er dir nicht die Stirn geboten hat, bedeutet, dass er etwas gegen dich im Schilde führt.«

Lipuchin griff nach einer Streichholzschachtel und schüttelte sie.

»Wir werden nur noch ein paar Tage auf der sicheren Seite sein«, sagte Rossel. »Berias Scherge hat uns gerade befohlen, diesen Fall zu lösen. Unsere Anweisungen bekommen wir nun direkt vom Politbüro.«

»Mist«, knurrte Lipuchin, steckte sich eine Zigarette an und schüttelte den Kopf, während er das Streichholz ausblies. »Ist das gut?«

Der Hauptmann sank zurück auf seinen Stuhl.

»Waren Sie wirklich bei der Sinjawino-Offensive dabei?«

»Eine Zeit lang.«

»Ich habe nie geglaubt, dass viele das überlebt haben.«

Rossel zuckte die Schultern.

»Es waren nicht mehr viele übrig, als sie zu Ende war. So viel steht fest.«

»Scheißdreck.« Lipuchin mühte sich mit einem Streichholz ab. »Was hat Sarkisow mit ›Gelegenheit zur Wiedergutmachung‹ gemeint?«

»Der Genosse Oberst könnte mit dem zeitlichen Verlauf durcheinandergekommen sein«, entgegnete Rossel. »Im Mai 1942, wie seine Unterlagen besagen, bin ich in der Tat zu Verhören einbestellt worden. Obwohl die Verhörmethoden reichlich robust waren, endete das Ganze abrupt, als die Rote Armee die Gefängnisse leer räumte und wir an die Front geschickt wurden. Manchen wurde sogar eine Waffe in die Hand gedrückt. Einige wenige Überlebende wurden rehabilitiert. Ungewöhnlich war, dass die Tschekisten nicht viel zu melden hatten. Wenn ich mich recht erinnere, war mein Vernehmungsoffizier enttäuscht, mich ziehen lassen zu müssen. Aber das waren eben Zeiten der Verzweiflung.«

Lipuchin starrte in das Feuer.

»Ich wünschte, ich hätte gegen die Faschisten kämpfen können«, sagte er mit leiser Stimme.

»Diejenigen von uns, die das mussten, sind mehr als froh, dass die nächste Generation damit nichts zu tun haben wird«, bemerkte Rossel.

»Aber woher wissen Sie, ob …«

Lipuchin schweifte ab. Rossel hätte ihm am liebsten einen Drink spendiert, aber er wusste, wo das hinführen würde.

Der Hauptmann warf seine Zigarette in die Flammen.

»Ich kann mir hier wirklich keinen Reim auf irgendwas machen«, meinte er.

»Dieses Verbrechen hat viele Aspekte, die keinen Sinn ergeben, Genosse Hauptmann«, führte Rossel aus. »Und dafür müssen wir noch nicht mal unser Gespräch mit dem guten Oberst Sarkisow einbeziehen. Fünf verstümmelte Leichen. Es handelt sich hier nicht um einen Streit im Suff, der damit endete, dass der Mörder verkatert aufwachte und sich kaum erinnern konnte, seinen besten Freund am Küchentisch erstochen zu haben. Es ist, jedenfalls für mich, auch keine MGB-Geschichte. Der MGB würde hundert Leute in den Bolschoi Dom pferchen, und wir würden nie wieder etwas von ihnen hören. Die Staatssicherheit gibt sich nicht mit Kleingruppen von fünf Leuten ab, Genosse. Kriminelle machen so etwas, aber ein Revierkampf hätte sein Ende gefunden, indem man die Leichen unter tausenden Tonnen Beton begraben oder sie gleich in den Fluss geworfen hätte, nicht aber darin, dass man die Leichen auf Eisenbahngleisen verteilt hätte, und das noch verkleidet wie Figuren aus einem barocken Märchen, das Majakowski gerade neu erzählt hat.«

Er lief unruhig auf und ab, während er im Geiste seine Argumente ausbreitete. Saboteure und Umstürzler? Unsinn – was richteten sie denn zugrunde? Antisowjetische Agenten lenkten doch nicht die Aufmerksamkeit auf sich selbst, indem sie die Leichen in Kostüme steckten und sie offen herumliegen ließen. Aber das war der Schlüssel zu diesem Verbrechen, dachte er – bemerkt zu werden.

»Die ganze Angelegenheit ist unsowjetisch, ja. Aber warum das einen persönlichen Besuch von Oberst Sarkisow wert ist, entzieht sich im Moment meinem Begreifen.« Rossel nahm seinen Dienstmantel und seine Mütze. »Dennoch werde ich seinen Rat beherzigen.«

»Welchen genau?«, fragte Lipuchin nervös.

»Den mit der aktiven Zuarbeit.«

# 16

## Samstag, 20. Oktober

Das Hospital 40 in Sestrorezk, einer Satellitenstadt in Leningrads Westen, war nur noch halb so groß wie vor der Blockade. Es war von der deutschen Luftwaffe auf dem Höhepunkt der Belagerung schwer bombardiert worden. Nach Kriegsende gab es mehr Bombenkrater auf dem ehemals mit viel Grün bepflanzten Gelände als Betten, Stationen und Operationssäle.

Als Rossel den Gang zur Entbindungsstation hinunterging, hörte er aus einem nahe gelegenen Gang das Geräusch von Hämmern und Bohrmaschinen. Sieben Jahre nach Ende der Belagerung wurde das Hospital 40 noch immer wiederaufgebaut. Er nahm in einem kleinen Raum neben der Station Platz, verfolgte etwa zehn Minuten lang das Quäken der Neugeborenen und die Beruhigungsversuche der Mütter und wartete auf den Schichtwechsel bei den Krankenschwestern.

Schließlich erklang ein Klingelton, und wenig später eilten zwei junge Schwestern an ihm vorbei, die über ihre Eroberungen auf einem Tanzabend schwatzten und kicherten, während sie sich ihre Mäntel zuknöpften.

Dann, wie er sich mit einem Blick auf die kleine Schwarzweißaufnahme in seiner Brieftasche vergewisserte – ja, sie war es definitiv –, erschien Schwester Durowa.

Jetzt ist es an der Zeit herauszufinden, ob dieser dämliche Seevogel wirklich Glück bringt, dachte er. Er hatte extra einen Abstecher zu dem Kamin gemacht, bevor er das Revier verließ. Eine von Geraschwilis Mitbewohnerinnen musste eine Informantin sein. Vielleicht sogar beide?

»Schwester Durowa?«

Die junge Frau, vielleicht achtzehn Jahre alt, mit dunklem Haar und einem hübschen Gesicht, wandte sich zu ihm um.

Sie betrachtete seine Uniform.

»Ja.«

»Ich habe eine Frage an Sie. Können wir hier irgendwo sprechen?«

Die Frau blickte sich auf dem leeren Korridor um.

»Ich habe den anderen schon alles gesagt, was ich weiß.«

»Eine Minute, länger brauche ich nicht. Es könnte Lidia Geraschwili helfen.«

»Ich weiß nichts.«

Sie war äußerst nervös. Und das war gut so. Er hatte die Richtige herausgepickt, nahm er an. Die Informantin hätte ihn erwartet, wäre vielleicht sogar erfreut über ein Treffen gewesen. Ein ausführlicher Bericht über seinen Besuch wäre eine weitere Gelegenheit gewesen, dem MGB zu zeigen, wie wertvoll sie war. Der üble interne Umgang miteinander war legendär. Nur weil Rossel nun mehr oder weniger der Fünften Hauptverwaltung unterstand, hätte das die Zweite Hauptverwaltung nicht unbedingt daran gehindert, ihn ihrerseits zu verhaften. In nur einer Woche gleich zwei Milizbeamte zu verpfeifen, hätte ihr womöglich sogar eine Belohnung verschafft.

Doch diese hier stand nicht auf der Gehaltsliste.

***

Dicke Tränen liefen Schwester Durowa über beide Wangen. Rossel und sie saßen nebeneinander auf zwei grünen Stühlen ungefähr auf halbem Weg den Gang hinunter.

»Dominika, die andere Schwester, mit der ich zusammengewohnt habe, hat gesagt, man könnte Lidia nicht trauen. Schließlich sei sie …«

Sie unterbrach sich.

»Bei der Miliz«, vollendete Rossel den Satz.

»Ja.«

»Erzählen Sie mir doch bitte noch einmal genau, was in der Nacht passiert ist, in der Lidia verhaftet wurde.«

»Ich mochte Lidia. Sie war freundlich, *ist freundlich*, hat mir vor ein paar Wochen für eine Verabredung ihr bestes Kleid geliehen. Das macht nicht jede. Es ist grün mit einem wunderhübschen Muster am Kragen. Sie hat gesagt, ich sehe darin aus wie Ljubow Orlowa. Mir ist schon klar, dass ich nicht wie ein Filmstar aussehe, aber manchmal sah sie so aus. Dominika sagt, dass sie ein bisschen rundlich ist, aber meiner Meinung nach ist sie wirklich hübsch. Dominika ist viel zu dünn. Sie würde glatt durch einen Spalt in diesen Dielen hier passen. Bei den Männern kommt das nicht so gut an. Sie ist, glaube ich, bloß eifersüchtig.«

»Bitte noch etwas zu der Nacht, in der sie verhaftet wurde. Das würde mir weiterhelfen.«

»Manchmal essen wir drei zusammen. So auch in dieser

Nacht. Lidia war spät wieder zu Hause, ungefähr um halb acht. Als sie kam, hatte sie einen Packen Bücher dabei, in Packpapier eingewickelt.«

»Wie viele Bücher?«

»Das habe ich denen doch schon gesagt«, protestierte Schwester Durowa.

»Dann erzählen Sie es mir eben noch mal.«

»Drei, es waren drei.«

»Und was hat sie mit den Büchern gemacht?«

»Sie hat sie in ein Schränkchen neben ihrem Bett getan. Anschließend haben wir alle drei um den Tisch in der Mitte des Zimmers herum gesessen und haben gequatscht, geraucht und die Piroschki gegessen, die ich gemacht hatte.«

»Hat eine von Ihnen den Raum verlassen, bevor die Leute von der Staatssicherheit kamen?«, erkundigte sich Rossel.

»Nur Dominika, für etwa zehn Minuten, um zu telefonieren.«

»Hat Lidia irgendetwas über die Bücher gesagt?«

Schwester Durowa schüttelte den Kopf.

»Nein, Dominika fragte sie, was das da in dem Packen wäre, aber Lidia sagte nur, es sei nichts Wichtiges, nur Arbeitsmaterial.«

»Und was passierte, als der MGB kam?«

»Wir haben uns alle über diesen alten Kerl aus dem zweiten Stock, Wolodja, amüsiert, der ein Auge auf Lidia geworfen hat und manchmal Blumen vor unsere Wohnungstür legt. Es klopfte an der Tür, und wir haben alle ›Wolodja kommt zur Brautwerbung‹ gerufen. Und dann …«

Die Krankenschwester holte ein Taschentuch aus ihrer Handtasche und tupfte sich damit die Tränen ab.

»Ja?«

»Dominika hat aufgemacht, und die Leute sind reingekommen. MGB, das hat man sofort gesehen. Einer von ihnen las Lidias Namen aus seinem Notizbuch ab. Sie haben gesagt, sie müssten mit ihr über eine Angelegenheit der Staatssicherheit sprechen. Lidia ist vom Tisch aufgestanden und mit ihnen rausgegangen. Sie hat nichts gesagt, weder zu uns noch zu ihnen. Nicht ein einziges Wort. Es war fast, als hätte sie gewusst, dass sie kommen würden. Sie war überhaupt nicht überrascht.«

»Und die Bücher?«

»Das war das Merkwürdige. Sie haben die Bücher nicht einmal erwähnt. Oder Lidia danach gefragt. Aber einer der Männer ging direkt dorthin, wo sie waren, zu dem Schränkchen neben ihrem Bett, und nahm sie mit.«

»Sonst nichts? Sie haben das Zimmer nicht durchsucht?«

Schwester Durowa zuckte mit den Schultern.

»Nein, und ich, na ja.« Sie sah weg. »Ich war froh, dass sie nicht wegen mir gekommen waren.«

Rossel überlegte einen Moment.

»Ist irgendetwas ungewöhnlich gewesen, als Sie drei zusammensaßen, bevor der MGB kam? Hat sie irgendetwas Eigenartiges gemacht? Oder gesagt?«

Die junge Frau wollte schon den Kopf schütteln, hielt dann aber inne.

»Wissen Sie, da war eine Sache. Ich habe mir zuerst nicht viel dabei gedacht, aber …«

»Ja, weiter.«

»Pskow, sie erkundigte sich nach Pskow. Dominikas Oma stammt irgendwo aus der Gegend. Als ich die Teller mit Blinis auf den Tisch stellte, fragte sie Dominika, ob sie schon einmal ein paar der berühmten Kirchen dort besucht hätte. Ich meine, Lidia war überhaupt nicht religiös, absolut nicht.«

»Und was hat Dominika geantwortet?«

»Eigentlich nichts. Nur, dass sie meine, man hätte die meisten von ihnen in Lagerstätten, Büchereien oder Museen umgewandelt. ›Gibt es denn keine Priester mehr in Pskow?‹, fragte Lidia sie daraufhin. Dominika hat nur gelacht und gesagt: ›Viele nicht. Sobald Gott weg war, waren auch die meisten Priester weg.‹«

Er stand auf.

»Das war's? Keine weiteren Fragen?« Sie klang verwirrt.

Rossel lächelte und deutete in Richtung der Entbindungsstation.

»Sie kümmern sich um die Babys dort, nehme ich an?«

Schwester Durowas Gesichtsausdruck entspannte sich.

»Wenn die Kinder zu früh gekommen sind und ich Nachtschicht habe, dann gibt es auf der Brutstation nur sie und mich. Es ist so still und dunkel, dass man nur ihren leisen Atem, ihr Husten und Wimmern hört«, erzählte sie. »Nach einer gewissen Zeit kann man allein schon aufgrund der Art, wie sie atmen, sagen, ob etwas nicht ganz in Ordnung ist.«

Rossel entfernte sich allmählich, blieb dann aber stehen.

»Dominika, ist sie eine gute Freundin von Ihnen?«

»Ja, ich denke schon.«

Er nickte.

»Ja, davon bin ich auch überzeugt. Genauso, wie Sie auf die Kleinen aufpassen, genauso aufmerksam, da bin ich mir sicher, passt Ihre Freundin Dominika auf Sie auf.«

***

Rossel saß im Archiv auf Geraschwilis Bürostuhl. Vor ihm lagen siebzehn Akten. Es waren alle Akten, die er auf Geraschwilis Schreibtisch vorgefunden hatte, exakt die Unterlagen, die sie kurz vor ihrer Verhaftung in Augenschein genommen hatte. Er hatte sie rasch durchgesehen und fünfzehn auf die eine Seite des Schreibtischs gepackt, zwei auf die andere. Alle dokumentierten Fälle von Priestern und Geistlichen, die in den letzten fünf Jahren in den Verwaltungsbezirken rund um Leningrad verschwunden waren.

Als er sich hinsetzte, um die Akten genauer zu sichten, stellte er das Radio an, über einen An/Aus-Schalter, der zu einem an der Wand befestigten Lautsprecher gehörte. Es war das Allunionsradio, sonst gab es keinen Sender. Er brauchte einen Augenblick, um das Stück zu erkennen, das gerade gespielt wurde – den zweiten Satz von Schostakowitschs 7. Sinfonie, ungefähr in der Mitte. Weil die Feiern zur Eröffnung der »Straße des Lebens« anstanden, spielten sie dieses Stück häufig, war ihm aufgefallen. Der Komponist hatte dieses Mammutwerk seiner Heimatstadt Leningrad gewidmet, die damals dem Würgegriff der deutschen und finnischen Blockade ausgesetzt war. Neunhundert Tage die reine Hölle. Rossel machte eine kurze Pause, um zuzuhören. Als im August 1942 in Leningrad endlich die Premiere stattfand, war die Sinfonie schon überall auf der Welt gespielt und als klanglicher Ausdruck des sowjetischen Widerstandswillens gefeiert worden. Aber bei denen, die die Belagerung erduldet und überlebt hatten, rief das Stück auch viele schreckliche Erinnerungen wach.

Rossel schaltete das Radio aus und wandte sich wieder den Akten zu. Die fünfzehn Akten auf dem einen Stapel hatte er schon aussortiert. In den übrigen beiden fanden sich Verbindungen zu Klöstern in der Umgebung von Pskow. Laut Schwester Durowa schien diese Stadt Geraschwilis Interesse auf sich gezogen zu haben.

Die erste der beiden Akten zu Pskow war die eines früheren Erzbischofs, der vor der Revolution Patriarch der Kathedrale St. Johannes des Täufers gewesen war. Im fortgeschrittenen Alter hatte er zu trinken begonnen und war von einem alten Gemeindemitglied vor vierzehn Monaten als vermisst gemeldet worden. Der Pfarrangehörige hatte sich gefragt, ob er möglicherweise entführt worden sei. Gemäß Aktenlage vermutete die örtliche Polizei, dass er sich mit schwarzgebranntem Fusel habe vollaufen lassen, dann im Wald am Peipussee herumgeirrt und schließlich erfroren sei.

Die zweite Akte war wesentlich interessanter.

# 17

## Sonntag, 21. Oktober

Im Dämmerlicht stiegen die hohen Mauern des Pskow-Petschorsker-Mariä-Entschlafen-Höhlenklosters steil empor, um dann ebenso steil wieder abzufallen wie eine gigantische weiße Schlange in irgendeinem wilden slawischen Märchen. Auf abschüssigem Gelände erbaut, waren die Mauern über Jahrhunderte hinweg errichtet, durch Angriffe beschädigt und wiederaufgebaut worden. Nun unterlagen sie diesem Prozess erneut, und Rossel konnte bei einem Rundgang sehen, wie wackelige Gerüste an den dicken Festungsmauern lehnten. Es war immer noch kalt – minus zwanzig Grad hatte er jemanden im Bus von Pskow hierher sagen hören –, und dicke Wolken tauchten den Tag in Dunkelheit. Die Stadt lag ungefähr dreihundert Kilometer von Leningrad entfernt. Eine lange Fahrt, selbst bei gutem Wetter, aber in diesem strengen Winter eine wahre Odyssee. Die Fahrt mit dem Zug hatte ihm Gelegenheit zum Nachdenken gegeben, bevor der scheppernde Bus ihn wieder nervös gemacht hatte.

Ab und zu, in regelmäßigen Abständen, passierten sie inmitten der Schatten ein großes Holztor, dessen spitz zulaufendes Dach an die Hütte von Baba Jaga erinnerte, der alten Hexe mit den Eisenzähnen, die immer Appetit auf Menschenfleisch hatte, wenn auch ohne die stämmigen Hühnerbeine, auf denen ihre Hütte der Legende nach stand. Seine Mutter hatte ihm diese Märchen vorgelesen, als er noch klein war. »*Weißt du, was es zur Folge hat, wenn du böse Gedanken in dein Herz lässt? Der böse Gedanke wächst die ganze Zeit wie eine giftige Pflanze, die langsam alle guten Gedanken umbringt.*« Rossels Mutter hatte oft diese Zeilen aus dem Volksmärchen vorgetragen. Sie sah von ihrem Buch auf und guckte bedeutungsschwer, damit er die Wichtigkeit begriff. Sie hätte sich gar nicht so anstrengen müssen. Stalin und Beria legten immerfort genau diese Haltung an den Tag, in der Zeitung, im Radio und auf den Propagandaplakaten. Außerdem hatten ihn die Jahre, in denen er es mit den Erpressern, Ganoven, Prostituierten und korrupten Polizisten vom Sennaja-Platz zu tun gehabt hatte, von deren Richtigkeit überzeugt.

Er warf die Zigarette weg, die er im Licht einer flackernden Straßenlaterne geraucht hatte, und ging, begleitet von einzelnen Schneeflocken, auf dem gepflasterten Weg auf das St.-Nikolaus-Tor des Klosters zu. Er hoffte sehr, an weitere Informationen über Vater Tichon zu gelangen, den problembeladenen Priester, der Geraschwilis Aufmerksamkeit erregt hatte.

***

Archimandrit Pimen saß an einem ausladenden Schreibtisch und schnitzte mit einem kleinen Taschenmesser mit Perlmuttgriff an einem Stück Fichtenholz herum. Er hatte lange gelbliche Fingernägel, die Finger selbst waren krumm und knorrig. Das Stück Holz ließ die Konturen eines kleinen Vogels erkennen.

Es gab nicht mehr viele Örtlichkeiten in Stalins Reich, wo man noch dem Glauben anhängen konnte, die Revolution habe niemals stattgefunden. Die Höhlen des Pskow-Petschorsker-Mariä-Entschlafen-Klosters waren jedoch definitiv eine von ihnen. Fünfzig Kilometer westlich von Pskow errichtet, befand es sich am äußersten Rand der Russischen Sozialistischen Republik, nur einen Steinwurf von Estland entfernt. Seine blaugoldenen Kuppeln ragten stolz auf über die Mauern und das umliegende Gelände. Unter den Kirchen lag ein Labyrinth miteinander verbundener Höhlen, in denen einst die heiligen Männer gelebt hatten, die die Gemeinschaft begründeten. In den Höhlen war es eiskalt, und die feuchtkalte Luft durchdrang alles, was sich Rossel zu ihrer Abwehr angezogen hatte. Wie der Archimandrit dies mehr als ein, zwei Stunden ertragen konnte, war jenseits seines Begreifens. Doch Pimen zog es vor, hier unten zu arbeiten, hatte man ihm gesagt.

Überall hingen Ikonen an der Wand, erleuchtet von Kerzen in Mauernischen. Alle Ecken und Enden beherbergten ein goldenes Bild Jesu Christi, der heiligen Katharina oder eines anderen Heiligen. Penetrant lag der süßliche Geruch von Weihrauch in der Luft. Aus irgendeiner nicht auszumachenden Richtung drang der Cantus planus der Mönche an sein Ohr.

»Meine Vorgänger im Amt haben es im Allgemeinen vorgezogen, im eigentlichen Kloster zu leben und zu arbeiten, aber ich liebe das Alleinsein in den Höhlen. Ich bin hier in Pskow seit 1915 Archimandrit, und davor war ich bereits zwanzig Jahre lang einfacher Mönch. Diese Schnitzarbeiten sind eine Gewohnheit, die ich mir zugelegt habe, um meine mitunter sorgenschwere Seele zu beruhigen, Leutnant Rossel.«

»Sie haben turbulente Zeiten durchlebt, Vater.«

Rossel saß gegenüber dem Mönch auf einem niedrigen Hocker, zwischen ihnen der Tisch.

Der Archimandrit, der selbst auf einem verzierten, gepolsterten Sessel thronte, wo er die Arme von hohen Lehnen baumeln lassen konnte, nickte. Er legte den unvollendeten Vogel, wenn es das werden sollte, auf der Bank ab und zupfte an einer Strähne seines langen grauen Bartes, um sie mit den Fingern zu zwirbeln, bis sie allmählich glatt und gerade wurde. Obwohl gut in den Achtzigern unterwegs, wirkte er deutlich jünger, nicht älter als fünfundsechzig. Aber sein Gesicht war hager, die Wangen waren eingefallen.

»Vor dem Krieg hatten wir viele Sorgen. Alle Kirchen und Klöster wurden aufgelöst, die Gebäude dem Staat einverleibt, doch in der Stunde größter Not hat unser Großer Führer, von Gott geleitet, die Gläubigen zurück zu sich in den Schoß der Gemeinschaft gerufen, sodass wir dazu beitragen konnten, die russische Seele gegen die Aggression der Nazis zu stärken. Ich habe kürzlich eine Figur der heiligen Katharina geschnitzt. Kennen Sie ihre Geschichte?«

Rossel schüttelte den Kopf.

»In der Schule hat man mich gelehrt, nur vor Statuen von Marx oder Lenin ehrerbietig niederzuknien«, sagte er.

Pimen ließ seinen Bart los.

»Eine umwerfende Schönheit war sie, die heilige Katharina, heißt es. Der römische Kaiser Maxentius begehrte sie, und er brachte die junge Frau mit den berühmtesten Philosophen seiner Zeit zusammen, um ihren Glauben durch die Kraft der Vernunft zu brechen. Doch sie erschütterte unglaublicherweise die weisen Häupter. Einige von ihnen führte sie auf den einen wahren Pfad, doch Maxentius ließ sie alle auf der Stelle töten. Und weil er nicht in der Lage war, sie von seiner Denkweise zu überzeugen, ließ er sie schließlich rädern.«

Im Kerzenlicht erschienen die grauen Pupillen des Archimandriten unnatürlich groß.

»Wenn der irdischen Gewalt die Anerkennung versagt wird, wenn sie völlige Unterwerfung nicht erreichen kann, gibt es kein Erbarmen.«

»Ist das die Moral Ihrer Geschichte?«, fragte Rossel. »Ich hätte etwas Erbaulicheres erwartet.«

»Ich mache so meine Beobachtungen, Herr Leutnant.«

»Über unsere große und edle Sowjetunion?«

»Über die menschliche Natur.«

Der Mönch nahm das Messer wieder zur Hand und begann erneut mit dem Schnitzen.

»Sie hatten sich nach Vater Tichon erkundigt«, sagte er. »Ja, ich erinnere mich an ihn, so wie wir alle. Wie Sie schon angemerkt haben, hatte er zahlreiche Tätowierungen am ganzen Körper – aus seiner Zeit im Lager, haben wir vermutet, wo alle erdenklichen Laster und Schlechtigkeiten an der Tagesordnung sind –, aber ich kann nicht beschwören, dass es dieselben waren wie auf der Fotografie, die Sie mir gezeigt haben. Ich kann jedoch mit einiger Sicherheit sagen, dass er ein Mensch war, der schwer an seinen Sorgen getragen hat.«

»Weil er trank, und wegen der Frauen?«

Der Archimandrit zuckte die Schultern.

»Wegen allem, glaube ich. Irgendwann, nehme ich an, hat er sich dem Laster ergeben. Eine Dunkelheit tief in seinem Inneren, irgendein Geheimnis konnte man erspüren, aber selbst im Rahmen des verbindlichen Sakraments der Beichte weigerte er sich, es mir mitzuteilen.«

»Abgesehen von der Vermisstenmeldung, die mich hergeführt hat, konnte ich keine anderen Dokumente über einen Priester namens Tichon finden«, bemerkte Rossel.

»Daher nehme ich an, dass dies nicht sein echter Name ist.«

»Es ist der Name, den er angegeben hat, als er hier im Kloster eintraf.«

»Und Sie haben das nicht überprüft?«

»Gott ist nicht an Namen interessiert, sondern an der Seele.«

»Wie lange ist er hier in Ihrem Kloster geblieben?«

»Insgesamt etwa drei Jahre. Anfangs war er so etwas wie der perfekte Novize. Er kam immer als Erster zum Gebet, war besonders eifrig in seiner Andacht. Aber nach einer Weile fingen diese Vorkommnisse an.«

»Vorkommnisse?«

Der Archimandrit schloss einen Augenblick lang die Augen. In dem flackernden Licht und der schonungslosen Kälte konnte Rossel erkennen, wie beim Ausatmen Dunstschwaden aus der Nase des alten Mannes strömten. Pimen öffnete die Augen und sah Rossel direkt an.

»Es war klar ersichtlich, dass er nicht mehr zur Kommunion ging.«

»Klar ersichtlich? Wie meinen Sie das?«

Erneut griff Pimen zum Schnitzmesser. Zwei schnelle Bewegungen mit dem kleinen Messer ließen auf der Tischplatte tiefe Furchen entstehen.

»Unser Tag ist gut beschrieben in einer Zeile aus Psalm 119: ›Siebenmal am Tag singe ich dein Lob wegen deiner gerechten Urteile.‹ Tichon fing an, unaufhörlich zu beten, auch wenn er allein war. Beständig sprach er Troparia, begleitet von Fürbitten an die Adresse der Himmlischen Heerscharen. Doch eines Nachts hörte ihn einer unserer Novizen etwas ganz anderes vor sich hin murmeln. Ein gottloses Gebet.«

»Und was besagte dieses Gebet?«

Der Priester stand auf und ging zu einem kleinen

Schreibpult an der Wand. Dort zog er eine Schublade auf und entnahm ihr einen Ordner.

»Wir haben seine Unterlagen aufbewahrt«, sagte Pimen.

»Sie führen Akten über Ihre Mönche? Ich dachte, sie sollten ihr altes Leben hinter sich lassen und ein neues anfangen«, erwiderte Rossel erstaunt. »Gott interessiert sich doch nicht für Namen.«

»Gott interessiert sich nicht für Namen, aber der Kreml ist sehr interessiert an Schriftstücken, und jeder, der hier ein neues Leben anfängt, lässt auch eine neue Akte entstehen. Insbesondere, wenn Disziplinarmaßnahmen verordnet wurden. Als man mir sagte, ein Milizoffizier käme zu uns, habe ich mir diese Akten bringen lassen. So viel steht nun auch wieder nicht darin. Wir legen sie zwar von Grund auf neu an, aber wir sehen keinen Grund zu besonderer Gewissenhaftigkeit. Aber hier habe ich ein Blatt Papier, das Sie sich anschauen sollten.«

Er schob den Ordner zu Rossel hinüber. Als er ihn aufschlug, waren dort nur zwei kleine Papierstücke zu sehen. Ein auf das Gröbste beschränkter Lebenslauf listete das exakte Datum auf, an dem Vater Tichon angekommen war, ebenso das genaue Datum seines Ausscheidens aus dem Kloster.

Das zweite Stück Papier war leicht vergilbt und zerknittert, mit Kritzeleien und verstreuten Schriftzeichen versehen – kleinen Punkten aus schwarzer Tinte, die zwischen die Wörter geträufelt waren.

*Meine Begierde war die Sünde, und aus der Sünde machte ich ein Fest.*
*Und durch dieses Fest begegnete ich Dir.*
*Du bist der Herr der Schatten.*
*Und nun muss ich für alle Ewigkeit am Fuße Deiner überreichen Tafel sitzen.*

Rossel nahm den Papierfetzen und legte ihn auf die Tischplatte. Der alte Mönch heftete seinen Blick darauf.

»Wir haben seine Zelle durchsucht und zahlreiche Stückchen Abendmahlbrot gefunden, die vor schwarzem Schimmel nur so starrten. Er hatte die Hostien offenbar in den Mund genommen, aber nicht heruntergeschluckt, sie in ein Taschentuch gespuckt und anschließend in seiner Zelle versteckt. Eine schreckliche Sünde. Und dieses Gebet war es, das der Novize ihn auf Griechisch hatte skandieren hören. Ich habe das Stück Papier, auf dem er diese Zeilen aufgeschrieben hatte, beschlagnahmen lassen, aber es machte keinen Unterschied. Er hörte nicht auf mit seinen Beschwörungen. Auch andere sonderbare Verse gab es. Zu guter Letzt musste ich Patriarch Nikon in Moskau konsultieren, der den Ausschluss aus der klösterlichen Gemeinschaft empfahl.«

»Aus welchen Gründen?«

»Gotteslästerung natürlich. ›Herr der Schatten‹ ist keine Bezeichnung, die jeder Angehörige der Kirche leichthin zu tragen vermöchte. Unter den Novizen ist Gerede an der Tagesordnung, und es war unter ihnen bereits zum festen Glaubenssatz geworden, dass Vater Tichon wie besessen Fürbitten an eine Art Teufel richtete, den er selbst herbeifantasiert hatte.«

Der Mönch hörte auf zu schnitzen und legte das kleine Holzstück mit der gestalteten Seite nach oben auf den Tisch. Es handelte sich nicht um einen Vogel, sondern um einen Engel mit Flügeln, der eine winzige Harfe in den Armen hielt. Mit einem gebogenen, gelblichen Fingernagel tippte der Archimandrit auf die Harfe.

»Ich verstehe es so, dass es die Liebe zu unseren Gesängen war, die Vater Tichon zu uns führte und ihn hier bleiben ließ. Musik war das Einzige, was ihm ein Lächeln entlocken konnte. Und ihn sogar zum Weinen brachte. Von

Zeit zu Zeit, wenn ich ihn bei der Vesper beobachtete, sah ich, wie ihm Tränen über das Gesicht liefen, während er die Worte des Chorals mit den Lippen formte. Ihn trieb eine verzehrende Leidenschaft für religiöse Musik an.«

»Sie wissen also schlicht nicht, was einen so tiefgläubigen Menschen wie ihn dazu gebracht hat, sich von seinem Gott abzuwenden?«

Der alte Priester schüttelte den Kopf, wobei die widerborstige Bartsträhne, die er zuvor zu glätten versucht hatte, wieder hervorsprang und sich erneut krümmte.

»Nein, aber wir gelangten schließlich zu der Auffassung, dass er den Schimmel, den wir auf den Überresten der Eucharistiefeier bei ihm fanden, mit voller Absicht selbst herangezüchtet haben muss.«

»Warum hätte er das tun sollen?«

»Warum?« Der Blick des Archimandriten verschleierte sich. Was seine Augen tatsächlich sahen, blieb verborgen hinter den Kerzenflammen.

»Ich weiß nicht, warum. Aber aus irgendeinem Grund, der nur ihm selbst bekannt war, vergriff er sich zunächst am Leib des Herrn, um ihn anschließend allein heimlich zu verzehren, während er dabei sein perverses Gebet rezitierte. Möge Gott sich seiner Seele erbarmen.«

***

Rossels Begleiter, ein Novize, hatte die zwanzig noch nicht erreicht. Abgesehen von dem dünnen, zaghaften Bart, an dem alle jungen Priester und Mönche leicht zu erkennen waren, hatte er einen blassen Teint, blondes Haar, hellblaue Augen und über Stirn und Wangen verstreute Pockennarben. Archimandrit Pimen hatte Rossel die Erlaubnis gegeben, sich anzusehen, wo Vater Tichon gelebt und gearbeitet hatte, darüber hinaus auch jeden anderen Teil des Klosters, den er zu besuchen wünschte. Sie hätten keine Geheimnisse, sagte der Archimandrit, was Rossel bezweifelte.

An Tichons Zelle war nichts Auffälliges zu erkennen. Düster, spartanisch und kalt, wie auch alle anderen Zellen im Wohntrakt der Mönche. Offenbar hatte er im Garten jenseits der Klostermauern gearbeitet, Gemüse und Kräuter für das Refektorium angebaut. Und alle Beete lagen verborgen unter tiefem Schnee.

Der Novize griff in die Tasche seiner schwarzen Soutane und holte einen Bund schwerer eiserner Schlüssel hervor. Er wählte den größten aus und steckte ihn in das wuchtige alte Schloss des Tors in der Klostermauer.

Rossel fischte beim Warten in seiner eigenen Manteltasche herum und fand seine Zigaretten. Er probierte gerade eine neue Marke, *Jubiläum*. Er nahm eine und schob sie sich zwischen die Lippen.

»Nicht auf dem Klostergelände«, sagte der Novize. »Das ist verboten.«

Rossel steckte die Zigarette zurück in die Schachtel und fragte sich, ob die Kraft des Gebets und die Befolgung religiöser Regeln göttliche Eingebungen nach sich ziehen könnten. Noch immer wusste er so gut wie nichts. Der tätowierte Leichnam auf den Steinplatten in der Wosstanija-Straße könnte durchaus Vater Tichon sein, aber entweder hatte der Archimandrit, der eindeutig ein gewiefter Politiker war, nicht die Wahrheit gesagt, als er behauptete, die Vergangenheit der Neulinge, die in den Orden aufgenommen wurden, werde unter die Lupe genommen, oder es hatte sich aus irgendeinem unerfindlichen Grund niemand die Mühe gemacht, Tichons wahre Identität zu ergründen. Das Klosterleben war nichts für jedermann, und so nahm man offenkundig, wen man kriegen konnte. Wie auch immer, die Zeit verging schnell, und die Reise nach Petschory hatte kaum Fortschritte gebracht. Hätte Vater Tichon doch nur sein Geheimnis offenbart. Beichtgeheimnis hin oder her, er war sicher, dass der Archimandrit es ihm gesagt hätte. Nach der Revolution war die Orthodoxe Kirche fast vollständig ausgelöscht worden, doch dann hatte Stalin ihr Potenzial erkannt – Geschichte, Nationalismus und religiöser Eifer. Genau das, was die Armee brauchte. Um die Moral zu heben, hatte er während des Krieges einen ultrapragmatischen Kurs gefahren und die Kirche verschont. Danach, nun ja, hatte der Geheimdienst seine Finger überall im Spiel. Ihm war klar, dass der alte Mönch ein praxisbezogener Mann war, der wusste, wen er rufen musste, wenn er Orientierungshilfe brauchte. Und was nötig war, um dem Kloster den MGB vom Hals zu halten.

Der Schlüssel des Novizen steckte im Schloss.

»Es tut mir leid, Herr Leutnant, aber manchmal will er einfach nicht. Ich habe es gleich.«

»Haben Sie Vater Tichon kennengelernt, als er hier im Kloster war?«, erkundigte sich Rossel.

Der Novize fummelte am Schloss herum. Mit einem plötzlichen Klicken ließ sich der Schlüssel drehen. Er trat einen Schritt zurück, drückte die eiserne Klinke hinunter und stemmte sich dagegen, bis sich das Tor öffnete.

»Ja.«

»Kannten Sie ihn besser?«

Der Novize seufzte und nickte.

»Wir haben eine Zeit lang sogar in derselben Zelle gewohnt.«

Rossel war erstaunt. Dann begriff er, dass der bauernschlaue alte Archimandrit den Novizen nicht zufällig als Führer erwählt hatte.

»Sind Ihnen die Tätowierungen an seinem Körper aufgefallen?«, wollte Rossel wissen.

Der junge Mann schüttelte den Kopf. »Er hat sich niemals vor mir ausgezogen, da war er äußerst vorsichtig.

Normalerweise schlief er voll angekleidet in seiner schwarzen Soutane. Die anderen Mönche hielten ihn für exzentrisch und machten Bemerkungen über seine zerknitterten Roben, aber zumindest eine Zeit lang schien der Archimandrit es hinzunehmen. Die Leute dachten einfach, er wäre ein bisschen eigen, aber ich war mir da nicht so sicher. Ich hatte den Eindruck, dass er etwas versteckte.«

»Was versteckte?«

»Ich habe es nie herausgefunden.«

»Sind Vater Tichon und Sie gut miteinander ausgekommen?«

»Ja, gut, die erste Zeit. Er war still, fromm, in sich gekehrt.«

»Die erste Zeit?«

Selbst spät am Nachmittag, unter tief herabhängenden Wolken, war es heller, sobald sie aus dem Schatten der Klostermauern traten. Der Novize folgte nicht der Straße in die Stadt Petschory, sondern den Befestigungsmauern bis hinab in eine Senke. Die Dunkelheit kehrte zurück. Er trat hinter ein paar Bäume und hielt an.

»Könnte ich eine Zigarette haben?«, bat er Rossel. »Es ist verboten, aber ich gewöhne mich erst langsam an das Leben hier und, na ja, ich bete zu Gott, dass er mir diesen Fehltritt verzeihen wird angesichts der Tatsache, dass ich der Miliz behilflich bin, die Wahrheit über einen wahrlich diabolischen Mann herauszufinden.«

Er bekreuzigte sich dreimal.

»Hier.« Rossel steckte eine Zigarette an und gab sie ihm. Der Novize führte sie hingebungsvoll an die Lippen und blies den Rauch genussvoll in die Luft. Rossel fragte sich, was aufzugeben ihm wohl sonst noch schwerfiel.

»Seit wann sind Sie Novize?«

»Seit zwei Jahren.«

»Und ist es das Richtige für Sie?«

Der Novize schüttelte den Kopf.

»Es ist schwer, das gebe ich zu«, sagte er. »Ich habe an der Universität Literatur studiert. Aber man hat mich hinausgeworfen, weil … nun ja, spielt keine Rolle. Also bin ich hergekommen. Es gibt zu essen, Frieden und gelegentlich etwas Alkohol. Ich ziehe den Kopf ein.«

»Sie wollten mir etwas über Vater Tichon erzählen.«

Der junge Mann nahm einen weiteren Zug und nickte zustimmend.

»Nachdem er das Kloster verlassen hatte, waren Geschichten im Umlauf, denen zufolge er draußen im Wald, am Ufer des nördlichen Teils des Peipussees, eine eigene Gemeinde gegründet hätte. Es gibt dort einen großen, flachen Felsvorsprung. Die Einheimischen nennen ihn Newskis Kopfkissen, denn manche sagen, Alexander Newski habe dort übernachtet, in der Zeit, als er in Pskow lebte. Ich glaube aber nicht, dass Vater Tichon dort seine Zelte aufgeschlagen hatte.«

»Was dann?«

Der Novize zitterte, und Rossel war nicht sicher, ob dies nervlich oder von der Kälte bedingt war.

»Der Archimandrit hat versucht, die Angelegenheit zu vertuschen. Er macht sich Sorgen, dass der Patriarch in Moskau es erfahren könnte. Schließlich muss die Kirche die Partei glücklich machen. Ein Skandal wie dieser hier, und sie werden wieder ein paar Klöster zumachen.«

»Ein Skandal?«

»In der Nähe von Newskis Kopfkissen gibt es eine Höhle. Tichon hat sich dort niedergelassen, nachdem er hier raus war. Und er fand Jünger, wenn auch zuerst nur wenige. Ein paar dumme Mädchen und einen Jungen, einen jugendlichen Trottel von einem der Bauernhöfe in der Umgebung von Petschory. Fast sofort setzten Gerüchte ein.«

»Welcher Art?«

»Die Leute erzählten sich, dass Tichon den Ort als eine Art Altar nutzte. Den Jungen, den Schwachkopf, fand man tot am Seeufer. Er hatte in der Wildnis wohl Fuchseisenhut gegessen. Es war schrecklich, was sich die anderen Novizen erzählten, nachdem man seine Leiche gefunden hatte.«

Rossel ließ seine Zigarette auf den verschneiten Boden fallen und trat sie aus.

»Und weiter?«

Der Novize nahm einen Zug aus seiner Zigarette und blies stilvoll eine Rauchwolke in die Luft.

»Ich war nicht dabei, Herr Leutnant, deshalb kann ich Ihnen nur das sagen, was die Leute sich so erzählt haben.«

»Und das wäre?«

»Als man seine Leiche fand, war er schon über eine Woche tot. Auf seinem Bauch waren kleine Schnitte zu sehen. Kleine Haut- und Muskelstückchen fehlten. Das Gerücht ging, dass Vater Tichon diese Trophäen auf seinem Altar segnete und sie dann seinen verbliebenen Jüngern bei einem perversen Abendmahl mit Menschenfleisch darbot.«

Rossel überlegte einen Augenblick.

»Eine Leiche, die eine Woche lang so im Wald liegt, würde sicherlich von Tieren angefressen, zum Beispiel von Wölfen und Füchsen«, sagte er dann. »Wie Sie sagen, neigen die Novizen zum Tratschen. Auch der Archimandrit hat mir so etwas gesagt. Ihre Version ist blutig, die Art Geschichte, die die Leute gerne glauben. Sie appelliert an ihre niederen Instinkte. Was macht Sie so sicher, dass da etwas dran ist?«

Der Novize zog ein letztes Mal an seiner Zigarette und warf sie dann zwischen ihren Füßen auf den Boden. Die heiße Spitze glühte im Dunkeln und brachte ein wenig Schnee um sie herum zum Schmelzen. Er sah Rossel mit angstgeweiteten Pupillen direkt in die Augen.

»Wie ich schon sagte, haben Vater Tichon und ich uns eine Zelle geteilt. Eines Nachts bin ich schlagartig aufgewacht. Den Raum beherrschte ein eigenartiges Fluidum, ein seltsamer elektrischer Puls. Ich habe mich umgedreht, und Tichon saß kerzengerade auf seinem Bett und starrte mich an. Seine Robe war heruntergezogen, sodass ich ein paar seiner Tätowierungen sehen konnte. Eine von ihnen stellte den Tod dar. Seine Augen glichen zwei dunklen Monden voller Begierde.«

»Er war also schwul?«

Der Novize schüttelte den Kopf.

»Nein, nicht mich sah er so an.«

»Was dann?«

Der junge Mann zog den Kragen seiner Soutane hoch.

»Er betrachtete mich, als wäre ich eine Schweinehälfte im Schaufenster eines Metzgers.«

# 18

## Montag, 22. Oktober

Hauptmann Lipuchins dunkle Augenringe ließen Rossel an den Riesenpanda denken, der, ein Geschenk der Maoisten aus China, ein paar Wochen zuvor in Moskau eingetroffen war. Dort endete die Ähnlichkeit aber auch. Lipuchins Atem stank nach muffigem Tabak und billigem Wodka. Der Hauptmann saß auf der einen Seite des Schreibtischs, Rossel, Gratschew und Tanejew besetzten zusammen die andere. Gratschew und Tanejew hatten ihre Stühle enger zusammengerückt, sodass zwischen Rossel und ihnen eine Lücke klaffte. Sie vermieden jeden Blickkontakt.

Die dünne, offizielle Milizakte über Vater Tichon, die auch die Vermisstenmeldung enthielt, lag auf dem Tisch. Eine dickere Akte über Nadja, die MGB-Agentin, befand sich darunter.

»Ich nehme an, Sie sind zu diesem Felsen gefahren, Newskis Kopfkissen?«, wollte der Hauptmann von Rossel wissen.

»Natürlich.«

»Und?«

»Ich habe mich mit der örtlichen Miliz in Pskow in Verbindung gesetzt, und wir sind zusammen hingefahren. Gefunden haben wir wenig. Die Höhle war leer, obwohl die Überreste eines Lagerfeuers zu sehen waren, darum herum zerbrochene Wodkaflaschen und leere Konservendosen. Sonst fand sich auf dem Felsen jedoch nichts Auffälliges. Alle Mitglieder von Tichons finsterer Gemeinde – niemand scheint so recht zu wissen, wie viele es gewesen sind – waren verschwunden. Wahrscheinlich schon Monate zuvor.«

Tanejew beugte sich auf seinem Stuhl nach vorne und wandte sich an Lipuchin.

»Glauben Sie, das könnten sie sein, Herr Hauptmann, unsere fünf Toten? Alle Anhänger dieses Kults, den Vater Tichon ins Leben gerufen hatte? Er überredet die anderen, sich in den Wald außerhalb von Petschory zu begeben, bringt sie um und legt sie ein paar hundert Kilometer entfernt auf den Schienen ab, als wäre es eine Art verrücktes Opfer.«

Gratschew warf Tanejew einen vernichtenden Blick zu.

»Unwahrscheinlich, meinen Sie nicht? Jedenfalls, solange er sich nicht gleich auch selbst das Gesicht verstümmelt und sich neben sie auf die Gleise legt.«

Lipuchin ließ ein paar Aspirintabletten in ein Glas Wasser gleiten und seufzte.

»Was meinen Sie, Revol? Sie waren ja schließlich draußen in Pskow.«

Rossel schob seinen Stuhl zurück und stand auf. »Ein Totenkult?«, begann er. »Ich bin mir da nicht so sicher. Tichon hatte den Novizen, mit dem ich gesprochen habe, sicherlich zu Tode erschreckt. Er machte den Eindruck, als würde er alles glauben, was ihm irgendjemand über die Ereignisse draußen in der Höhle berichtete. Und dann war da noch die Sache mit dem jungen Kerl, der dort gestorben und angeblich teilweise verspeist worden war. Ich habe das mit der örtlichen Miliz besprochen, und sie hielten es für wahrscheinlicher, dass die Bisse von Tieren stammten. Was den Fuchseisenhut betrifft, wäre er nicht der Erste, der im Wald die falsche Wurzel oder Pflanze gegessen hätte und dann die Folgen zu spüren bekam. Die Leute reden viel, und auf der Grundlage des dummen Zeugs, das sie daherschwatzen, machen andere große Gedankensprünge, die oft reinen Unsinn hervorbringen. Das war jedenfalls mein erster Gedanke.«

Lipuchin trank das Glas Wasser mit den Aspirin in einem Zug aus und knallte es anschließend auf die Tischplatte.

»Aber?«

Der Ton, den Rossel seiner Stimme verlieh, war wohlüberlegt.

»Niemand weiß, was mit Vater Tichon geschehen ist, nachdem er die Gegend verlassen hat. Anfang 1949 schlägt er seine Zelte am Seeufer auf und fängt damit an, Jünger um sich zu versammeln, wenngleich die örtliche Polizei sagt, sie hätten sich zerstreut, sobald die Kälte einsetzte. Er selbst aber harrt den ganzen Winter dort aus. Wer weiß denn, wer ihn dort aufsucht und auf welche Weise er überlebt? Im Frühjahr ist er jedenfalls immer noch da. Dann findet man die Leiche. Weitere Gefolgsleute tauchen auf und sind ebenso schnell wieder weg. Vater Tichon selbst verschwindet im Juni desselben Jahres, in der Jahreszeit also, wenn die Tage am längsten sind und sich verblendeten Geistern zahlreiche Gelegenheiten bieten, sich auf dem platten Land zu vergnügen. Warum sollte er ausgerechnet dann verschwinden?«

Rossel bezog direkt hinter Gratschews Stuhl Stellung. Der Unteroffizier verzog keine Miene.

»Nehmen wir einmal an, der Archimandrit hat die Wahrheit gesagt und Vater Tichon war besessen davon, Fleisch zu verzehren. Bereits im Kloster entwickelt er Fantasien, wie das Sakrament der Kommunion pervertiert werden könnte, und gibt ihnen auch nach, anfangs indem er die geweihten Hostien verschimmeln lässt, bevor er sie zu sich nimmt. Doch das genügt ihm nicht. Der Vorfall mit dem Novizen zeigt, wie seine Vorstellungen fortschreiten. Nun möchte er ein Abendmahl mit echtem Menschenfleisch feiern. Als er aus dem Kloster ausgeschlossen wird, begibt er sich deswegen zu Newskis Kopfkissen und setzt seine Pläne um. Der Dorftrottel ist vielleicht nur sein erstes Opfer. Schließlich führt er die ihm Ergebenen wie ein verderbter Moses zur Eisenbahnlinie und entledigt sich ihrer dort auf noch unbekannte Weise.«

Laut ausgesprochen klang diese Theorie sogar noch stärker an den Haaren herbeigezogen als zuvor in seinem Kopf. Doch dann erinnerte er sich an den Novizen, der sich mit Tichon eine Zelle geteilt hatte. Die Angst des jungen Mönchs war echt gewesen.

Gratschew schnaubte.

»Jetzt spinnen Sie schon das gleiche Zeug zusammen wie Tanejew. Wenn dieser Tichon nicht ein richtiger Teufel war, ist es völlig unmöglich, dass er sich auf diese Weise umgebracht hat. Nicht mit diesen Verletzungen.«

Lipuchin seufzte erneut.

»Gratschew hat recht, Revol. Niemand kann sich selbst das Gesicht wegschneiden und sich anschließend noch zur Eisenbahnlinie begeben, um sich neben seine Opfer zu legen.«

»Dann hat er eben einen treuen Gefolgsmann dazu gebracht, ihn zu töten, zu zerstückeln und alles verschwinden zu lassen«, entgegnete Rossel und nahm die Hände von Gratschews Stuhl. »Das macht mir aber nicht so sehr Kopfzerbrechen.« Er beugte sich über den Tisch und nahm Nadjas Akte.

»Ich kenne sie. Sie war nicht der Typ, der einem okkulten Totenkult verfällt. Nadja hatte es mit der realen Welt und damit, wie man es in ihr zu etwas bringt. Eine Verbindung gibt es aber. Der Archimandrit sagte, dass Vater Tichon eine Leidenschaft für religiöse Musik hegte und beim Vespergottesdienst tatsächlich weinte. Vielleicht verbindet die Musik die beiden. Was sonst?«

»Wie genau soll die Musik sie denn verbinden?«, wandte Gratschew ein. »Sie war Klarinettistin, die ihr Instrument einmottete, nachdem die Tschekisten sie als Informantin am Kirow-Theater gewonnen hatten, die offiziell als Assistentin einer der führenden Opernsängerinnen der Sowjetunion firmierte. Das Einzige, was wir über den Mönch und die Musik wissen, ist, dass er immer feuchte Augen bekam, wenn der Chor ein Halleluja anstimmte. Das ist nicht viel, um einen ganzen Fall daran aufzuhängen. Wie sollen wir für Oberst Sarkisow und den MGB ein Geständnis daraus machen? Indem wir sämtliche Mönche, die dem Chor in Pskow angehören, zusammentreiben und sie dazu bringen einzugestehen, dass sie alle die dicke Klarinettistin gevögelt haben? Dass sie Vater Tichons Schwanz so heftig lutschte, dass sein breites Grinsen sein Gesicht in zwei Hälften gespalten hat? Wohl kaum. Einen Totenkult andererseits würde uns der MGB vielleicht abkaufen. Zuerst müssen wir aber jemanden finden, der ein Geständnis ablegt.«

Rossel ließ die Akte mitten auf den Schreibtisch fallen.

»Jemand wie wer? Der was gesteht?«

Gratschew konnte sich ein boshaftes Grinsen nicht verkneifen. »Ich habe da schon jemanden im Sinn.«

Rossel setzte sich und bewegte den Stuhl ein wenig nach links, um die Lücke zwischen sich und den Stühlen, auf denen Gratschew und Tanejew saßen, zu verringern. Er streckte den Arm aus und tätschelte Tanejew behutsam den Rücken. Anschließend lehnte er sich zu Gratschew hinüber und sagte mit sanfter, schmeichlerischer Stimme: »Wer ist es denn, Pawel Konstantinowitsch? Wollen Sie mir den geheimnisvollen Namen nicht verraten?«

Tanejews Wangen röteten sich. Gratschew verschmähte den Köder, drehte sich weg und wandte sich an Lipuchin.

»Kann ich Sie mal sprechen, Chef?«

Lipuchin zuckte die Schultern.

»In welcher Angelegenheit?«

Gratschew erhob sich und nahm seine auf dem Tisch liegende Mütze an sich. Verächtlich blickte er auf Rossel herab, um sich daraufhin wieder dem Hauptmann zuzuwenden.

»In einer privaten.«

## 19

Lipuchins Gemeinschaftswohnung befand sich in Pulkowo, unweit des *Schossejnaja*-Flughafens. Er war dorthin gezogen, als seine Ehe zerbrach. Seine Eltern und zwei seiner drei Schwestern waren während der Belagerung ums

Leben gekommen, durch den Volltreffer einer deutschen Bombe. Die andere Schwester, eine Ärztin, hatte überlebt und wohnte mit ihm zusammen. Rossel war einmal zuvor dort gewesen, als Lipuchin und er vor ungefähr fünf Jahren gemeinsam zu einem Fußballspiel gingen. Zenit hatte Traktor Leningrad 1:0 geschlagen. Anschließend hatte der Hauptmann ein bisschen zu sehr gefeiert und sich am Straßenrand übergeben, sodass Rossel ihn zurück zu seiner Wohnung begleiten musste. Wie der Zufall es wollte, hatte Zenit heute auch wieder gespielt, auswärts gegen Daugava Riga. Im Radio hatte Rossel gehört, dass sie 2:0 verloren hatten.

Es war dunkel, als er die Wohnung erreichte. Er klopfte an die Tür. Keine Reaktion. Er klopfte noch einmal. Immer noch nichts. Dann hörte er schlurfende Schritte und das Scheppern mehrerer Schlösser. Die Tür öffnete sich einen Spaltbreit, und das Gesicht eines Kindes war zu erkennen. Ein kleines Mädchen mit blonden Haaren. Es war Darja, Lipuchins sieben Jahre alte Nichte.

»Ich heiße Revol, Darja. Erinnerst du dich an mich? Ich arbeite mit deinem Onkel zusammen. Ist er da?«

Sie nickte.

»Mama ist im Krankenhaus«, sagte sie. »Onkel Ilja hat auf mich aufgepasst, aber er ist eingeschlafen.«

»Kann ich reinkommen?«

Das Mädchen machte die Tür auf, um ihn vorbeizulassen.

»Onkel Ilja hat eine Flasche gegen das Kaminsims geschleudert, und es ist in tausend Stücke zerbrochen. Er hat das schon mal gemacht. Mama wird gar nicht glücklich sein, wenn sie zurückkommt.«

***

Aus dem Schlaf gerissen, saß Lipuchin auf einem niedrigen Sofa im Gemeinschaftsraum und sah noch aufgedunsener aus als sonst. Seine Haare waren zerzaust, seine Kleidungsstücke zerknittert. Seine Nichte spielte hinter dem Vorhang, der den Schlafbereich ihrer Mutter von dem ihres Onkels abgrenzte, mit einer Puppe.

Rossel fegte die letzten Scherben auf ein Kehrblech und ging damit zum Mülleimer in der kleinen Küche, die zur Wohnung gehörte.

»Nein, nicht da rein, Rossel.«

Rossel blickte um sich.

»Wo dann?«

Lipuchin steckte sich eine Zigarette an.

»Sie müssen sie mitnehmen.«

»Mitnehmen?«

Der Hauptmann nickte.

»Neben dem Spülstein liegt eine *Prawda*. Wickeln Sie alles darin ein.«

Rossel entfaltete die Zeitung und schüttete das zerbrochene Glas auf das Papier.

Lipuchin unterdrückte ein Rülpsen.

»Raisa wird um zehn von der Arbeit kommen. Meine Schwester hat ein Mundwerk wie eine rostige Säge. Sie soll nicht erfahren, dass ich wieder gesoffen habe, denn eigentlich hätte ich ja auf Darja aufpassen müssen.«

»Die eigene Familie zu verlieren ist für jeden hart«, sagte Rossel. »Und dass es während des Krieges so vielen passiert ist, macht es auch nicht leichter für Sie.«

»Manchmal wünschte ich, die Bombe, die meine Eltern tötete, hätte auch noch einen weiteren Lipuchin dahingerafft. Raisa ist in dieser Hinsicht stärker als ich. Sie kommt besser zurecht.«

Rossel knüllte das Zeitungspapier zusammen, in das er die Glasscherben eingepackt hatte. Eine Scherbe schnitt durch das Papier und die dünne Fingerspitze eines Handschuhs. Er unterdrückte einen Fluch.

»Wollen wir vielleicht ein wenig Musik hören?«, fragte er.

An der Wand stand ein Radio mit Holzverkleidung. Lipuchin drückte mit ausgestrecktem Arm eine Taste. Das Radio konnte nur einen Sender empfangen, der gerade aufwühlende Marschmusik spielte. Er stellte die Lautstärke auf genau den Pegel ein, den sich alle sowjetischen Haushalte angewöhnt hatten – gerade so laut, dass eine Unterhaltung nicht mitgehört werden konnte.

Rossel nahm auf dem Sofa Platz.

»Gratschew will, dass Sie mich bei Sarkisow melden, richtig?«, begann er. »Weil ich angeblich die Verbindung zu den Leichen auf den Bahngleisen bin. Und zwar aufgrund der fadenscheinigen Annahme, dass ich, nur weil ich eines der Opfer kenne, die anderen auch umgebracht haben muss. Nicht zuletzt auch, weil alle in der Wosstanija-Straße gerettet sind, wenn Sie mich preisgeben.«

»Na ja, Sie haben doch am Konservatorium zusammen mit ihr studiert, oder?«, entgegnete Lipuchin.

»Das dürfte nicht ausreichen, um mich zu verdammen«, erwiderte Rossel. »Gratschew schon, sicherlich, aber Ihnen?«

Darja war aus ihrem Schlafbereich gekommen und hielt die Puppe im Arm, die jedoch in zwei Teile zerfallen war. Sie hielt sie hoch.

»Sie ist schon wieder zerbrochen, Onkel.«

»Gib sie mir mal, meine Süße.«

»Ich möchte Sie um mehr Zeit für die Ermittlungen in diesem Fall bitten und darum, dass Sie mir gegenüber dem MGB den Rücken freihalten. Das ist alles«, sagte Rossel. »Würden Sie das für mich tun, Ilja?«

Lipuchin fuhr sich mit der Hand durch das ungepflegte

Haar. »Das ist alles, sagen Sie. Als ob das so einfach wäre. Wir schweben alle in Gefahr, Rossel. Alle.«

»Es gab Zeiten, da hätte Sie das in Wallung gebracht, Ilja. Da hätten Sie sich an dem Fall festgebissen.«

Lipuchin setzte sich gerade hin, zog Darja zu sich und schloss sie fest in die Arme. Das Kind ließ es sich wenig begeistert gefallen. Er ließ sie los, woraufhin sie sich in ihre Ecke des Raumes zurückzog, die zerbrochene Puppe, die ihr Onkel längst wieder vergessen hatte, an sich geklammert.

»Warum haben Sie mir nie gesagt, dass Sie während der Sinjawinsker Operation in der 2. Stoßarmee waren?«, schleuderte Lipuchin ihm an den Kopf. Er klang beinahe verärgert.

Rossel zuckte die Schultern. »Wir leben in einer Welt, in der man viele Dinge besser nicht sagt.«

»Das macht ein Wunder aus Ihnen. Die 2., mein Gott, das ist legendär. Ich weiß, dass Sie nicht gerne über die Vergangenheit sprechen. Aber wenn Sie von mir verlangen, dass ich Ihnen vertraue, muss ich ein wenig mehr wissen.«

»Meine Karriere beim Militär war kurz und höchst durchschnittlich«, bemerkte Rossel knapp. Ihm war klar, dass es damit nicht genug sein würde. »Als der Krieg begann, war ich beim Zivilschutz, habe Gräben ausgehoben, Panzerfallen an den richtigen Stellen gelegt, Brände gelöscht. Dann wurde ich im Mai 1942 plötzlich verhaftet. Bei dieser Aktion wurden meine Hände … Doch im Juni desselben Jahres, als sie auf einmal jeden Mann brauchten, der irgendwie ein Gewehr halten und hundert Meter laufen konnte, ohne umzufallen – ganz im Ernst, daraus bestand unser Training –, haben sie mich verarztet und an die Front geschickt.«

Er hielt seine rechte Hand hoch.

»Einen funktionsfähigen Finger, um den Abzug zu betätigen, hatte ich ja noch. Wie Sie zu Recht vermuten, konnte ich durch diesen Stellungsbefehl meinen Kopf aus der Schlinge ziehen. Sie brauchten wirklich jeden Mann für die Sinjawinsker Offensive, und zu diesem Zeitpunkt war ihnen Linientreue in Bezug auf die marxistisch-leninistische Lehre völlig egal. Der Plan war, dass die Deutschen bei den ersten Angriffswellen so viel Munition wie möglich verbrauchen sollten, sodass man bei späteren Angriffen die Chance auf einen Durchbruch hatte. Hat nicht funktioniert. Nichts hat funktioniert.«

»Dumme Puppe!« Darja schleuderte die Puppe frustriert zu Boden.

»Sei still, Daschenka«, ermahnte Lipuchin sie. »Lass Onkel Revol weiter erzählen.«

»Die nächsten paar Wochen verbrachte ich damit, dreckiges Wasser aus einem Graben zu trinken und zuzusehen, wie meine Kameraden in Stücke geschossen wurden«, fuhr Rossel fort. »Ich war einer von nur wenigen Dutzend Männern unseres Bataillons, die lebend aus dieser Scheiße wieder herauskamen, und mit Heldenmut hatte das alles nichts zu tun. Wenn es Ihnen um eine Mutprobe geht, dann braucht es für diesen Fall – den Mörder verfolgen, nicht alles unter den Teppich kehren – wesentlich mehr Courage.«

Lipuchin blickte hinunter auf seine Füße. Die Marschmusik hörte auf, und einen Moment lang drang kein anderer Laut aus dem Radio als ein leises Zischen. Darja summte ein Lied in einer Tonlage, die Rossel durch und durch ging.

»Und dann haben wir da noch Gratschew, der sich die ganze Zeit mit seinen Skalps brüstet«, sagte der Hauptmann mit leiser Stimme. »Aber heilige Scheiße, der Mann war echt bei der 2. Stoßarmee. Und anschließend?«

Die Augen der Kleinen weiteten sich vor Vergnügen wegen der Gossensprache ihres Onkels, doch bevor sie ihn nachäffen konnte, ging es im Radio weiter.

*Liebe Genossen, und nun unser Abendkonzert mit Liedern und sinfonischen Werken zu Ehren unserer geliebten Kolchosen …*

»1943, bei Gefechten in der Nähe von Schlüsselburg, habe ich im hinteren Lendenbereich ein Schrapnell abgekriegt«, fuhr Rossel fort. »Als ich wieder auf dem Posten war, habe ich die restliche Zeit des Krieges dann bei einer Flugabwehrbatterie zugebracht. 1946 bin ich schließlich in die Miliz eingetreten. So war das.«

Lipuchin räusperte sich.

»Dank Sarkisow wissen Sie jetzt wieder seinen Namen«, bemerkte er.

Verwirrt von diesem Einwurf folgte Rossel dem Blick des Hauptmanns und stellte fest, dass dieser seinen behandschuhten Händen galt.

»Ja, Nikitin. Major Nikitin«, sagte er.

Rossels Stimme verriet nichts. Aber er schob die Hände tief in die Manteltaschen.

Einen Augenblick lang begegneten sich ihre Blicke. Lipuchin gab als Erster auf und sah zu seiner Nichte hinüber. Ein kurzes Schniefen war zu hören.

»Daschenka, meine Kleine, bring mir doch mal die Puppe her«, bat er sanft. Er nahm dem Mädchen die beiden Teile aus der Hand und begann, sie wieder zusammenzufügen.

»Da ist gar nichts gebrochen. Sie wird wie die anderen einfach fest zusammengeklemmt. Ich repariere sie dir, aber nur, wenn du deiner Mama nichts von der zersprungenen Flasche und den Scherben erzählst. Abgemacht?«

Mit einem Klicken wurde aus den beiden Hälften wieder eine ganze Puppe.

»Du weißt schon, was eine Abmachung ist, Daschenka, nicht wahr?«

Das kleine Mädchen streckte die Hände aus und nickte.

»Du tust, was ich will, solange ich tue, was du willst. Das hast du mir über Abmachungen erzählt, Onkel Ilja.«

Lipuchin tätschelte seiner Nichte den Kopf.

»So ist's richtig, Dascha, genau richtig. Du und ich, wir haben jetzt eine Abmachung.« Er sah zu Rossel hinüber. »So wie Onkel Ilja und Onkel Rossel.«

Rossel nickte zur Bekräftigung. Das Gespräch hatte ihn erschöpft. Er wollte nur noch nach Hause in sein Bett.

Er stand auf, die in Zeitungspapier eingewickelten Glasscherben in beiden Händen.

»Eine Sache noch«, sagte Rossel. »Pugatschew hat sich gemeldet.«

»Pugatschew?«

»Der Mann, der aus Leichen allerlei herauslesen kann. Der Dieb, der sich die Tätowierungen des Priesters angesehen hat.«

»Und?«

»Er hat ein etwas ungewöhnliches Ansinnen.«

# 20

## Dienstag, 23. Oktober

Die Leiche des Priesters war von Kopf bis Fuß in eine schwarze Plane gehüllt. Lipuchin öffnete die rückwärtige Tür des Lieferwagens. Rossel hielt das Kopfende der Leiche fest, Pugatschew das Ende mit den Füßen.

»*Ras, dwa, tri …*«

Lipuchin gab ihnen den Takt vor. Beide brachten gleichzeitig Schwung in das Bündel und ließen dann los. Mit einem hörbaren Aufprall landete Vater Tichons Leiche im Laderaum des Lieferwagens.

Mit starrem Blick sahen die drei Männer sie an.

»Der fängt jetzt nicht gleich an zu verwesen, oder?«, fragte Lipuchin.

Pugatschew klatschte die Handschuhe zusammen, um seine Hände zu wärmen, und blies dampfigen Atem in die eiskalte Luft.

»Glaube ich nicht, Herr Hauptmann. Nicht bei diesen Temperaturen, wir haben siebzehn Grad unter null. Hinten im Lieferwagen ist es kälter als in einem der Fächer, aus denen wir ihn gerade geklaut haben. Hoffen wir, dass diese verrosteten Schneeketten noch durchhalten, bis wir ankommen.«

Lipuchin schlug die Tür des Laderaums zu. »Am liebsten würde ich mitkommen.«

»Tut mir leid, Genosse. Wie ich schon gesagt habe, nur ein Offizier unserer ehrwürdigen Miliz, hat Gubas gemeint. Nur einer. Und er ist ein Mann, mit dem man es sich nicht verscherzen sollte.«

»Wie lange dauert das?«, wollte Lipuchin wissen. Den ganzen Tag hatten sie sich beim Warten auf Pugatschews Anruf die Beine in den Bauch gestanden. Der Hauptmann hatte es nicht geschafft, seine Ungeduld im Zaum zu halten.

»Eine halbe Stunde hin, eine halbe Stunde zurück. Der Rest hängt davon ab, ob Gubas gerade nach Reden ist. Ich werde versuchen, unseren guten Leutnant hier bis Mitternacht nach Hause zu schaffen, wie bei Aschenputtel«, entgegnete Pugatschew.

Die drei Männer gingen nach vorne zum Fahrerhaus des Wagens. Rossel und Pugatschew stiegen ein. Rossel drehte den Zündschlüssel.

»Weshalb hat Kerselidse gemeint, er müsse die Leiche des Mönchs sehen?«, wollte Lipuchin wissen.

Pugatschew zuckte mit den Schultern.

Lipuchin zog den Kragen seines Uniformmantels bis zu den Ohren hoch.

»Und Sie sind nicht darauf gekommen, ihn zu fragen?«

Pugatschew beugte sich nach vorn und begann, das Eis von der Windschutzscheibe zu kratzen.

»Natürlich nicht. Über die Jahre hat es ziemlich viele Leute gegeben, die dachten, dass es eine gute Idee wäre, Gubas Kerselidse dumme Fragen zu stellen«, antwortete er. »Und heute blicken die meisten von ihnen sicherlich weit weniger optimistisch auf das Leben als der Eisklotz, den wir gerade in den Laderaum geschafft haben.«

»Wir sehen uns morgen Vormittag, ich werde berichten«, sagte Rossel zu Lipuchin. Der Hauptmann nickte und wandte sich ab.

Pugatschew schnaubte.

»Da haben wir aber einen Genossen, der sich ein bisschen viel vorgenommen hat. Los, Leutnant, lassen Sie uns loslegen und ein wenig ermitteln.«

***

Der Hutständer war eine geniale Konstruktion. Zwei von Kerselidses Schergen hatten ihn sich zunutze gemacht, um Vater Tichon in Position zu halten, indem sie ihn dort mit alten Kabeln festgebunden hatten. Der nackte Körper des toten Priesters stand kerzengerade neben einem rotledernen Frisierstuhl. Neben dem Stuhl befand sich ein Mann, von dem Rossel annahm, dass er der Inhaber des Salons war, ein kleiner, dunkelhäutiger Mensch in mittleren Jahren, der einen fleckigen blauroten Fes trug und georgischer oder türkischer Herkunft sein mochte oder einer

Kombination beider mit noch zwei weiteren Nationalitäten entstammte. Auf dem Frisierstuhl direkt neben ihm saß Gubas Kerselidse selbst, riesig groß, grüblerisch, mit schütter werdendem grauen Haar. Der Gangster aß eine Pastete, aus der heißes Fett auf den verblichenen gelben Linoleumboden tropfte.

Auf Kerselidses Stirn und Wangen waren dicke weiße Narben zu erkennen. Seine Nase war vielfach gebrochen, sodass sie nicht mehr einem Gesichtserker glich, sondern einer Ansammlung von Knochenfragmenten, die von einem dünnen Hautsack zusammengehalten wurden. Der Hals des Verbrechers erinnerte an den fleischgewordenen Reifen eines Kamaz-Lastwagens. In gotischer Schrift waren mit Tinte Wörter eingeritzt. Aber es waren die restlichen Tätowierungen, die wirklich auffielen. Fast jeder Zentimeter Haut auf seinem Körper war von krakeligen handgezeichneten Figuren bedeckt – Sensenmännern, Satyrn oder dem gekreuzigten Christus –, die im Gulag dazu dienten, sozialen Status zu signalisieren und Angst zu verbreiten. Mitten auf der Stirn prangte ein drittes Auge, das einen unverwandt anstarrte. Es erzeugte einen eigenartigen, irreführenden Eindruck: ein menschlicher Zyklop, allsehend und monströs.

Rossel stand im Zentrum des Raumes, gegenüber von Kerselidse, dem Friseur und dem Hutständer. Das kleine Geschäft hatte zwei Türen, die beide von Dieben bewacht wurden. Rossel hatte den Eindruck, dass es Russen waren und keine Leute aus dem Kaukasus. Kerselidse stopfte sich den Rest der Pastete in den Mund und leckte sich das Fett von den Fingern. Dann stand er auf und machte einen Schritt auf den toten Mönch zu.

»Der letzte Milizionär, der mir so nah gekommen ist, war ein Unglücksrabe, den sie, vor dem Krieg, während des Großen Terrors eingesammelt und in ein Arbeitslager,

Kilometer-34, im nördlichen Ural verfrachtet hatten, wo ich nach allgemeiner Auffassung als ›König der Wölfe‹ galt. Ein hübscher Junge war er, also habe ich ihn aufgetakelt wie eine Ballerina mit Tanzröckchen und ihn den Schwuchteln im Lager zum Fraß vorgeworfen. Erst haben sie sein Arschloch zu Brei gefickt und ihm dann die Kehle aufgeschlitzt. Hässliche Sache. Du bist aber auch recht hübsch, Bulle.«

Kerselidse hob den Fes des Friseurs hoch, drückte ihm einen fetten, feuchten Schmatzer auf den kahlen Schädel und knallte den Hut dann wieder drauf.

»Loma hier war in seiner Jugend mal ein *Kosjol.* Ist doch richtig, Loma, oder? Bis Gubas ihn fand.«

Ein Kosjol war ein Häftling, der als Schwächling aussortiert und als Belohnung für sexuelle Dienstleistungen herumgereicht wurde. Loma fasste nach oben und richtete seinen Fes wieder her. Er wirkte, als hätte er lange Zeit damit verbracht, zu lernen, wie man auf Zehenspitzen über Eierschalen läuft, wenn Gubas Kerselidse in der Nähe war.

Der Friseur grinste dümmlich.

»Alles ist genau so, wie du gesagt hast, Papa Gubas. Die Dinge sind immer genau so, wie du sagst. Loma ist gerne zu Diensten, wie immer, denn natürlich ist er dein *Kosjol.*«

Er nahm seinen Fes ab und vollführte eine ausladende Verbeugung.

Kerselidses Wangen röteten sich, als er in schallendes Gelächter ausbrach. Doch fast im selben Augenblick, er stand inzwischen unmittelbar neben dem toten Priester, wurde er wieder vollkommen ernst. Mit dem fleischigen Mittelfinger tippte er auf das dritte Auge mitten auf seiner Stirn.

»Ein Leutnant, soso. Ich hoffe, du hast mir einen Mann gebracht, der mein Problem lösen kann, Pugatschew, sonst schlitze ich dir deine gottverdammte Gurgel auf und bastle aus deinem hässlichen ukrainischen Arsch eine Mitra für diesen toten Priester, hast du mich verstanden?«

Rossel trat vor.

»Ein Problem, Herr Kerselidse? Wie können wir behilflich sein?«

»Ich habe einen Freund, Major Timoschenko. Er leitet die Milizstation hier im Bezirk Frunsenski.«

»Und dieser Freund hat ein Problem?«

Kerselidse schüttelte den Kopf.

»Nein, ich habe ein Problem mit meinem Freund.«

»Und das wäre?«, erkundigte sich Rossel.

»Er ist nicht mehr mein Freund. Timoschenko, dieser Scheißkerl, ist ohne mich ein Niemand, verstehen Sie? Ein Niemand. Doch nun erzählt er meinen Leuten, dass er Herrn Gubas nicht mehr helfen könne. Ich habe diesem Drecksack alles gegeben, verstehen Sie? Schmiergeld, Muschis, Kaviar. Eine nette Portion von dem Heroin, das mir nun ausgeht … Nicht Ihr Problem, schon klar. Ich habe ihm im Wald in der Nähe des Ladogasees sogar eine Datscha hingestellt, wovon er jetzt nichts mehr wissen will. Normalerweise schneide ich so einem Arschloch das Herz raus und lasse es mir mit etwas Weißkohl servieren. Aber wenn ich einen von euren Jungs umbringe, habe ich gute Chancen, dass bald die Kacke am Dampfen ist.«

Wieder tippte der Gangsterboss mit seinem Finger gegen das dritte Auge.

»Aber Gubas ist ja nicht blöd. Er sieht die Zukunft, noch bevor die Zukunft sich selbst gesehen hat. Wenn also Freund Pugatschew mir erzählt, dass die Miliz von Leningrad jemanden braucht, der eine zehn Tage alte Leiche liest, als wäre es *Krieg und Frieden*, mache ich mir da natürlich so meine Gedanken.«

Kerselidse lächelte. »Denn wer könnte schon die Miliz besser in die Pfanne hauen als die Miliz selbst? Ich kann ihn nur umbringen. Aber der Staat kann ihn verschwinden lassen. Eine Akte über dieses Arschloch anlegen. Ich kann Ihnen alle Informationen liefern, die Sie dafür brauchen, und wenn Sie ihn in den Gulag schicken, werden ihm meine Freunde dort einen warmen Empfang bereiten.«

Rossel wünschte Pugatschew zum Teufel. Hätte er nur gewusst, dass dies der Deal sein sollte. Aber es gab einfach Grenzen, die er nicht überschreiten würde.

»Nein«, sagte er.

Der Gangster starrte ihn an. »Was kann es schaden? Der Major ist ein Schurke. Die sowjetische Justiz wird ihn sich holen, wen kümmert's schon, wie.«

»Sie überschätzen meinen Einfluss, Herr Kerselidse.«

»Mir ist schon klar, dass Sie nur ein kleines Licht sind, ein *Kosjol* in einer dämlichen Uniform. Aber finden Sie doch einfach heraus, wer seine Rivalen sind, und dann lassen Sie die Akte mit dieser Liste eben zufällig irgendwo liegen. Tatsächlich würden Sie sich doch jetzt, wo Sie wissen, dass Major Timoschenko ein Verbrecher ist, strafbar machen, wenn Sie das nicht melden.«

»Ich habe keine Beweise.«

»Scheiß drauf, *Kosjol*! Niemand in diesem Land hat Beweise!« Kerselidse trampelte auf ihn zu. »Die braucht auch keiner, und wenn man welche braucht, erfindet man sie eben.« Der Gangsterboss schob Rossel seine ramponierte Visage direkt vor die Nase. »Sie glauben, Sie stehen auf der Seite des Gesetzes? Sie stehen auf der Seite der Lügner und Mörder!«

Rossel ballte die Faust.

»Ich sage Ihnen, warum ich es nicht tun werde«, entgegnete er. Im ganzen Raum herrschte Stille. Kerselidses Männer sagten keinen Ton, waren aber bereit zuzuschlagen.

»Ein Informant hat das hier auf dem Gewissen.«

Er hielt die linke Hand hoch, ohne den Handschuh, und

wedelte mit den zwei verbliebenen, krummen Fingern in der Luft herum, um die Aufmerksamkeit auf die Finger zu lenken, die es nicht mehr gab.

»Sie können ja dieses Fischmesser benutzen, wenn Sie wollen.«

Kerselidses Blicke flackerten hinunter zu der Waffe, die nur wenige Zentimeter von Rossels Bauch entfernt war. Dann wanderten sie wieder hoch, um bei Rossels Hand Station zu machen.

»Sie können diese Idioten hier ja ihre Spielchen mit mir spielen lassen und mir ein kühles Bad auf dem Grund der Newa bereiten«, fügte Rossel hinzu. »Aber die Antwort ist immer noch nein.«

Der Gangster bleckte die Zähne, sodass eine Reihe zerborstener Grabsteine inmitten geschwollenen, rosafarbenen Zahnfleischs sichtbar wurde.

»Ich mag Sie«, bemerkte der Gangster. »Aber Sie stehen auf der falschen Seite.«

»Ich stehe auf der Seite, die herausfinden will, wer dieses arme Schwein dort drüben umgebracht hat«, hielt Rossel dagegen und zog seinen Handschuh wieder über. »Wenn Sie mich also weder ermorden noch mir helfen wollen, hätte ich gerne meinen Priester zurück.«

Der Herr der Diebe machte auf dem Absatz kehrt, ging hinüber zu Loma und schlug diesem so heftig auf den Rücken, dass dem Friseur der Fes über das linke Auge rutschte.

»Hast du deine Scheren dabei, Loma?«

Loma zog die Stirn kraus.

»Möchtest du, dass ich dem Bullen die Haare schneide?«

Kerselidse klatschte mit der Miene kindlichen Entzückens die Hände zusammen.

»Nicht seine.«

Er deutete auf die am Hutständer festgezurrte Leiche ohne Gesicht.

»Seine.«

Der Gangster kratzte sich.

»Wie ich schon sagte, sieht Gubas Kerselidse die Zukunft, noch bevor diese sich selbst erkannt hat. Du bist handwerklich sehr geschickt, Loma. Ein Haarschnitt von dir, ein wenig veilchenblaue Pomade, und ich denke, du kannst diesen kleinen Scheißer hier wie einen Filmstar aus Hollywood aussehen lassen.«

Loma nahm seine Friseurscheren von einem Silbertablett auf einem Tischchen.

»Keiner kennt sich mit hübschen Jungs so gut aus wie Loma, Papa Gubas. Hier wird jetzt ein ganz neuer Filmstar geboren!«

***

Haarsträhnen flogen durch die Luft und landeten auf dem Linoleumboden. Während Loma auf zwei metallenen Trittleitern stand und die Mähne des toten Priesters beschnitt, umrundete der Gangster den nackten Körper und deutete auf einzelne Motive auf dem Torso. Kerselidse war mit dem Thema bestens vertraut.

»So frisch ist das nicht. Die Tinte ist ein bisschen verwischt, wo die Haut anfängt, aufgedunsen auszusehen. Gut, die Schlange um seinen Hals deutet auf einen Drogenabhängigen hin. Das hier«, er zeigte auf Vater Tichons linke Seite, »der Ring mit dem kleinen runden Auge in der Mitte, bedeutet, dass er Waise war, allein im Lager ankam, ohne Beschützer. Nicht gerade der beste Ort. Sie sagen, die anderen Mönche hätten berichtet, er sei total am Arsch gewesen? Gut so. In der Welt des Gulag ist es am besten, am Arsch zu sein. Es macht die anderen Geier vorsichtig, lässt sie zweimal überlegen. Sollten sie dreimal überlegen, umso besser.«

Rossel trat an die Leiche heran und deutete auf den roten Sensenmann mit Hammer und Sichel, der in die rechte Schulter des Toten geätzt worden war.

»Was ist mit dem hier, Genosse Kerselidse?«

Kaum war der Begriff Genosse gefallen, lief der Ganove im Gesicht rot an. Er spuckte auf den Boden, direkt neben Rossels Füße.

»Ich bin nicht dein Genosse, Milizionär. Ich bin der König der Wölfe, hier und im Lager, und kein Dieb in Leningrad oder Kolyma kennt jemanden, der mächtiger wäre als Gubas Kerselidse. Nicht mal der scheiß Generalissimus Stalin.«

Kerselidses Hand schloss sich um den weißen Griff des Messers, das an seinem Gürtel angebracht war. Rossel sah zu den Schlägern in der Nähe der Tür hinüber, die sich zu ihnen umwandten, als sie hörten, wie ihr Meister die Stimme erhob. Rossel nahm die Mütze ab und machte eine Verbeugung.

»König der Wölfe, ganz wie Sie sagen.«

Kerselidses höhnischer Gesichtsausdruck entspannte sich. »Du musst ja Eier so groß wie abchasische Wassermelonen haben, du Jagdhund, hier einfach hereinzuspazieren und so zu tun, als wolltest du dich einschmeicheln.«

Rossel unternahm einen zweiten Versuch.

»Der rote Sensenmann auf der rechten Schulter.«

Der Gangster richtete den Blick gen Himmel und gab vor, nachzudenken, schüttelte aber schließlich den Kopf.

»Meistens ist die Tinte im Gefängnis farblos. Tinte wird aus Blut hergestellt, aus Pisse, der Asche verbrannter Reifen, Stiefelleder und was die Leute sonst noch in die Finger kriegen. Deshalb habe ich gleich an jemanden denken müssen, als Freund Pugatschew hier«, Kerselidse tätschelte Pugatschew die Schulter, »mir von einer auffälligen Tätowierung mit einem roten Gevatter Tod erzählte. Es ist nicht so, dass farbige Tätowierungen nicht vorkommen, aber sie sind selten. Besonders, wenn es sich nicht um einen Dieb handelt. Wer weiß, wo er ihn sich hat stechen lassen. Aber ich erinnere mich an einen Mann mit einem roten Tod auf der Schulter, ja.«

Rossel versuchte, ruhig zu bleiben.

»Erinnern Sie sich an einen Namen?«

Wieder spuckte Kerselidse auf den Boden.

»Ich bin nicht nur Herr in einem Lager, Herr Milizoffizier. Männer in sechs, sieben oder acht Lagern hören auf mein Kommando. Und Freunde habe ich in zwanzig. In den vergangenen Jahren, seit der Krieg zu Ende ist, haben manche Vollidioten Stalin und den Tschekisten geholfen, nennen sich aber immer noch Diebe.« Erneut spuckte er aus, diesmal jedoch mit besonderer Gehässigkeit. »Volltrottel, nicht zu fassen. Aber ja, ich höre alles Mögliche. Und so höre ich eben auch von diesem Verrückten mit der roten Tätowierung, der nur Gott im Sinn, aber zwei Dieben die Kehle aufgeschlitzt hat. Deshalb bin ich mir fast sicher. Eine Sache aber noch, und ich werde Bescheid wissen. Loma«, befahl er, »tu, was Papa Gubas gesagt hat.«

Dem Friseur war es bereits gelungen, mit seinen Scheren genug verfilztes schwarzes Haar wegzuschneiden, um nun eine Haarschneidemaschine einsetzen zu können. Er betätigte einen Schalter an der Wand, und die Klingen fingen an zu vibrieren. Kerselidse zeigte auf eine Stelle mitten auf dem Hinterkopf des Toten.

»Genau da, Loma, genau da.«

Rossel, Pugatschew und sein Boss sahen zu, wie die Klingen des Apparats am Hinterkopf des Priesters entlangfuhren und ein akkurates Kreuz auf die Kopfhaut zauberten. Rossel hörte Schlurfgeräusche und begriff, begleitet von einem Krampfen seines Magens, dass die anderen Männer sich rund um sie versammelten, um einen Blick auf das Geschehen zu erhaschen. Die freigelegte Kopfhaut war, trotz einer leichten Verfärbung durch den einsetzenden Verwesungsprozess, weißer als die Haut am restlichen Körper. Abgesehen von einer deutlich erkennbaren, mehrere Zentimeter langen Stelle in der Mitte des Kreuzes. Rossel besah sich den Hinterkopf genauer und schreckte hoch. Die schwarz eintätowierten Buchstaben waren Latein.

Großbuchstaben, groß genug, um lesbar zu sein, sauber gestochen – nur drei Wörter:

HOMO HOMINI LUPUS

Pugatschew stieß einen Pfiff aus.

»Das Schullatein, das ich in einem früheren Leben gelernt habe, taugte zu nicht viel, aber ich glaube, es heißt ›Der Mensch ist des Menschen Wolf‹. Was soll das bedeuten?«

Kerselidse klatschte freudig in die Hände.

»Das ist er tatsächlich. Hab ich's doch gewusst. Die rote Tätowierung auf der Schulter und irgend so 'n Geschwätz auf dem Kopf. Keine Haare im Gulag, einfach zu viele Flöhe. Und eine Tätowierung, die Diebe nicht tragen. Bei so einem Mann macht der Name schnell die Runde.«

»Und er heißt?«, wollte Rossel wissen.

Kerselidse deutete auf die Leiche, die am Hutständer schlaff in ihren Riemen hing und deren graues Fleisch langsam nachgab.

»Awdejew, Maxim Awdejew. Das war der Name, auf den er beim Appell hörte. Awdejew – immer der erste Name auf der Liste. Dann ergriff die Religion Besitz von ihm, und er gab sich einen anderen Namen. Als wäre er tatsächlich ein Priester …«

»Maxim.«

Irgendetwas an Rossels Ton brachte alle Männer dazu, den Blick auf ihn zu richten. Kerselidse musterte ihn eingehend.

»Irgendwas nicht in Ordnung, Schweißhund?«

Rossel antwortete nicht gleich.

»Ein Bekannter?«, beharrte der Ganove.

Rossel nickte. Das Gesicht des Priesters, die Gesichtsknochen, die Knorpel grinsten ihn anzüglich an. Ihm wurde schlecht.

Kerselidse brüllte vor Lachen und klopfte ihm auf die Schulter.

»Bist du jetzt am Arsch, Meister? Na klar, das seh ich doch.«

Die Gefolgsleute des Gangsters unterhielten sich nun alle, manche auf Georgisch, manche auf Russisch, aber alle in einem Jargon, von dem er höchstens die Hälfte verstand.

»Im Gulag überlebt keiner zwanzig Jahre oder mehr, wenn er nicht die Scheiße schon aus einer Entfernung von einer Million Kilometern kommen sieht.«

Die Diebe kicherten. Auch Kerselidse lachte in einem fort und hatte seinen Spaß daran.

»Ich sag ja schon die ganze Zeit, dass Gubas die Zukunft schon sieht, bevor die sich überhaupt selbst sieht!«

***

Pugatschew fuhr den Transporter zurück nach Leningrad und redete unaufhörlich. Rossel saß schweigend neben ihm.

»Dann war das also ein ganz besonderes Wiedersehen?«, brabbelte Pugatschew vor sich hin. »Ist ja ’n Ding, Herr Leutnant. Na, warten Sie mal ab, bis Ihre Vorgesetzten

Wind davon bekommen.« Er machte eine Handbewegung in Richtung der Leiche des Priesters hinter ihnen. »Dass Sie und dieser bunte Vogel alte Bekannte sind.«

Pugatschew drehte das Lenkrad, sodass der Wagen um eine Kurve schlitterte. »Wenn ich das mal so sagen darf, Sie sehen aus wie ein Mann, der einen Hechtsprung in einen Eimer voller Scheiße macht, um dann festzustellen, dass es ein ganzer Ozean ist.«

Rossel wandte den Blick ab und sah zum Fenster hinaus in die Dunkelheit.

»Ich meine, da liegen haufenweise Tote mitten auf einem Feld herum, und Sie kennen wirklich einen davon? Und dann noch einen, der offensichtlich verrückt ist und sich für einen Heilsbringer hält. Sind vielleicht noch andere der Toten Freunde von Ihnen? Vielleicht ist ja eine Ihre Mutter? Oder Tschaikowski eine andere? Eine alte Freundin, oder eine alte Flamme?«

Rossel packte Pugatschew beim Kragen und brüllte ihm einen Befehl ins Gesicht.

»Halten Sie auf der Stelle an!«

»Schon gut, schon gut. Musst du mal pissen? Warum sagst du das nicht gleich?«

»Halt einfach an!«

Pugatschew trat auf die Bremse, und der Transporter rollte am Straßenrand aus.

Rossel zog am Türöffner, riss die Tür auf und sprang hinaus in tiefen Schnee. Sein Herz hämmerte, und er rang nach Luft. Panische Angst überrollte ihn und machte ihn kopflos. Er sank auf die Knie, raffte ganze Hände voll Schnee zusammen und rieb sie sich ins Gesicht, schrie auf vor Entsetzen, versuchte verzweifelt, seine Gedanken zu ordnen, damit sein Verstand nicht völlig außer Kontrolle geriet. Der Schnee blieb an der Haut kleben und rutschte ihm unter den Kragen. Ein heftiger Hustenanfall schüttelte ihn durch, doch als er vorbei war, hatte er die Kontrolle über sich wiedergewonnen.

Ohne ein Wort stieg der Leutnant wieder ins Führerhaus und schlug die Tür zu. Er zeigte nach vorne. Pugatschew, der klug genug war, den Mund zu halten, legte den Gang ein und fuhr los.

# Dritter Akt

# 21

## Mittwoch, 24. Oktober

O*j, da ne wetscher …*
Das Lied – Sofias Lied – schwirrte ihm disharmonisch im Kopf herum; schnell, viel zu schnell. Ein perverses Schlaflied, das seiner brüchig gewordenen geistigen Gesundheit hohnlachte.

Als er in die Wosstanija-Straße zurückkehrte, war er davon überzeugt, dass seine schlimmsten Befürchtungen sich bewahrheiten würden.

»Ich habe es auf sechs Fälle eingeengt.« Tanejew drückte Rossel eine Kollektion von sechs neuen Aktenordnern in die Hand. »Das hier sind sechs Frauen, die vermisst werden und so ungefähr zu der Beschreibung passen, die Lipuchin und Sie von der Schneekönigin abgegeben haben.«

Rossel nahm den kleinen Stapel an sich.

»Wie sieht es mit ihrem Kleid aus?«

»Ich habe mich bei allen Theatern in Leningrad umgehört, um herauszufinden, ob ihnen irgendwelche Kostüme fehlen, so wie Unteroffizierin Geraschwili es vorhatte.«

»Und?«

»Wie Geraschwili schon gesagt hat, handelt es sich um eine sehr gute Qualität. Es ist schwierig, so etwas in den üblichen Geschäften zu finden. Und es ist natürlich auch kein Artikel für Werktätige. Ein Kindergarten oder eine Schule könnte so etwas für eine Neujahrsfeier oder Ähnliches im Fundus haben, aber bei einem Theater wäre das wesentlich wahrscheinlicher«, führte Tanejew aus.

»Das sehe ich genauso. Vielleicht sollten Sie es bei den Opernhäusern auch mal probieren.«

Rossels Stimme war matt, ausdruckslos.

»Wollen Sie nicht erst mal einen Blick in die Akten werfen, Genosse Leutnant?«, erkundigte sich Tanejew. Ein wenig Anerkennung wollte er für seine Arbeit schon ernten. Obwohl Rossel fürchtete, ihren Namen – Sofias Namen –, festgehalten mit der Schreibmaschine einer Büroangestellten, auf einem nüchternen Blatt Papier niedergeschrieben zu sehen, nickte er.

»Sechs Frauen, ungefähr gleich groß, einen Meter siebzig, alle zwischen dreißig und vierzig Jahre alt. Alle kürzlich als vermisst gemeldet in unserer Gegend, aber auch weit darüber hinaus. Ich musste sogar in Moskau anfragen«, erläuterte der Unteroffizier.

Rossel schlug die Akten eine nach der anderen auf und zog jedes Mal die erste Seite mit dem Foto heraus. Bei der vierten Seite hörte er auf.

»Alles in Ordnung, Genosse Leutnant?«

Nummer vier blickte durch rätselhafte olivgrüne Augen über Wangenknochen, so weiß und kräftig wie Stein, zu ihm auf. Wieder und wieder las er den dazu gehörenden Namen.

*Sofia Fedotowa …*

Als wäre es ein Zauberspruch, ein heiliges Mantra. So, wie er das einmal gewesen war.

Rossel holte tief Luft und gab die restlichen fünf Akten zurück. »Danke, Genosse Tanejew.«

Tanejew nahm sie in Empfang.

»Brauchen Sie denn nicht alle, Genosse Leutnant?«, fragte er, während Rossel schon zur Tür strebte. »Warum nur diese eine? Ist sie das? Sofia Fedotowa? Reinigungskraft im Krankenhaus von Iwangorod. Sie kann doch wohl kaum Ihre Schneekönigin sein?«

***

*Tanz mit mir, Sofia.*

*Sie hatte ihn überrascht angesehen.*

*»Ausgerechnet mit dir?«*

*Alle Männer am Konservatorium waren ein wenig in Sofia verliebt – manche auch mehr als nur ein wenig –, und weil sie viele anlächelte, dachten etliche, sie hätten Chancen. Sie hatte einen festen Freund, einen großen, öfter mal die Töne verfehlenden Posaunisten aus Estland, der entweder sehr tolerant war oder ihre gelegentlichen nächtlichen Abenteuer gar nicht bemerkte. Man konnte sie schon haben, aber sie war wählerisch. Es wurmte und verunsicherte Felix gleichermaßen, dass er noch nie zu sehen bekommen hatte, was sich unter Fräulein Fedotowas Unterkleid verbarg.*

*Tanz mit mir, Sofia.*

*Auf einer dieser Partys, auf denen viel getrunken wurde, konnte er einfach nicht länger an sich halten. Eigentlich bestand seine Strategie darin, abzuwarten, bis sie ihrer Verehrer überdrüssig geworden war und die wie immer geartete Beziehung mit dem Posaunisten sich erledigt hatte. Dann würde ihre Freundschaft sich in etwas anderes verwandeln – Liebe natürlich! –, und sie würde ihn mit ganz anderen Augen sehen. Heute Abend jedoch konnte er nicht widerstehen, nahm seinen ganzen Mut zusammen, wartete auf eine dieser seltenen Sekunden, in denen sie einmal allein war – geheimnisvoll, dunklen Blickes, verlockend, makellos –, und sprach sie an.*

*Sofia nahm seine Hand und stand auf, während jemand auf dem Klavier einen melancholischen Walzer anstimmte und jemand anderer nach mehr Wodka verlangte. Weitere Paare schlossen sich ihnen an in der Mitte des Raumes, einem dieser staubigen Zimmer im Studentenwohnheim, in denen es nach Rauch stank, nach gutem proletarischen Essen und schlechten proletarischen Getränken. Die Betten hatte man einfach an einer Wand zusammengeschoben, die*

*Tanzfläche war voll. In dem Augenblick, als ein Tenor ein Lied anstimmte, lehnte Sofia den Kopf an Revols Schulter. Auch sie war aus dem Gesangsfach, allerdings Mezzosopran.*

*»Diese Nacht gehört Revol, dem verdammten Glückspilz«, hatte er das Gefühl, eine Stimme in der Dunkelheit sagen zu hören, aber er war sich nicht sicher. Ihre Brüste drückten gegen sein wie wild schlagendes Herz.*

*Sie tanzten inmitten flackernder Kerzen und eng umschlungener Paare, leerten Glas auf Glas, die ein oder andere Flasche. Revol hielt Sofia in den Armen, als wäre sie eine Porzellanpuppe. Erst als das Lied zu Ende ging, näherten sich seine Lippen den ihren.*

*Danach … wunderbare Nächte voller billigem Wodka und noch billigerem Tabak, Konzerte im Kirow-Theater, Picknicks im Primorski-Park, Leidenschaft. Ungeheure Leidenschaft. Sie schenkte ihm ein Exemplar von Baudelaires* Die Blumen des Bösen *und las ihm daraus wieder und wieder das Gedicht »Der Albatros« vor: »Des Dichters Ebenbild ist dieser Fürst der Wolke / Im Sturm ist er behaust, verlacht des Schützen Strang«. Für Musiker gilt das Gleiche, sagte sie. Einmal wachte er auf und hörte sie leise dieses Volkslied der Kosaken singen.*

*Aber dann.*

*»Nein, Revol, nicht mehr«, hatte sie eines Abends geflüstert, als sie nebeneinanderlagen, und ihm mit unerklärlicher Distanziertheit erklärt, dass es vorbei sei.*

*»Nicht deinetwegen, sondern weil …«*

*»Warum denn?«*

*Sie hatte sich stets geweigert, einen Grund zu nennen.*

***

Dr. Wolkowa sah ihn mit einem Gesichtsausdruck an, der bereits verriet, dass sie nicht daran glaubte, er könne verkraften, was jetzt käme.

»Machen Sie nur, Doktor«, sagte er, aber seine Stimme war zittrig.

Rossel klopfte seine Taschen ab, um die beruhigende Form der Zigarettenschachtel zu ertasten. Und auch, um die Melodie zum Verstummen zu bringen, die noch immer in seinem Kopf herumgeisterte. Streichhölzer – *Scheiße, wo sind meine Streichhölzer?*

Die Rippen der Schneekönigin – *Sofias Rippen* – standen hervor, als wäre es ein Xylofon. Ihr langes dunkles Haar wallte hinter ihrem Kopf, in scharfem, aber dennoch elegantem Kontrast zu dem violetten und schwarzen Pudding, der einmal ihr Gesicht gewesen war.

»Aufgrund der Ermittlungen im Rahmen der Ärzteverschwörung bin ich jetzt eine von insgesamt nur noch zwei verbliebenen Rechtsmedizinern in ganz Leningrad, Herr Leutnant. Meine Zeit ist deshalb kostbar. Aber weil ihre inneren Organe mittlerweile aufgetaut sind, bin ich in der Lage gewesen, eine Untersuchung der Leiche vorzunehmen und Beweismaterial zu sichern«, erläuterte Dr. Wolkowa. Sie ging die amtliche Prüfliste durch.

»Dental konnte nichts festgestellt werden, auch Fingerabdrücke konnte ich nicht nehmen, genau wie bei den anderen Toten. Unser Mörder hatte diesen Strang der Ermittlungen bereits lahmgelegt.«

Die Ärztin hatte die Leiche vom unteren Ende des Brustkorbs bis unterhalb des Unterleibs geöffnet und die inneren Organe entfernt.

»Wie bei der anderen Frauenleiche war auch bei dieser kaum noch Blut und kein Urin mehr vorhanden. Fettgewebe war praktisch auch nicht mehr festzustellen.«

Rossel suchte immer noch nach seinen Zigaretten. Er

spürte, wie ihm Magensäure bis in die Kehle hochstieg, und hatte das Gefühl, sich übergeben zu müssen. Aber er war entschlossen, diesem Drang nicht nachzugeben.

»Was sind das für Male dort?«

Dunkelgrüne Verfärbungen zogen sich über Sofias gesamten Körper, und ihre Haut warf Blasen und begann, sich zu schälen.

»Wenn ein Körper aufgetaut ist, setzt die Verwesung sehr schnell ein«, erklärte ihm Dr. Wolkowa. »Diese Verfärbung verbreitet sich über die Blutbahn. Ich sollte mich mit der Untersuchung beeilen und zum Abschluss kommen, bevor unangenehme Flüssigkeiten aus allen Körperöffnungen austreten.« Sie bemerkte seine Miene. »Entschuldigung.«

»Können Sie bestätigen, dass der Mörder seine Methode, die Opfer auszuhungern und zu sedieren, auch in diesem Fall angewendet hat?«, fragte Rossel.

»Absolut«, bestätigte die Rechtsmedizinerin. »Druckstellen, fehlendes Fettgewebe, nichts mehr im Magen-Darm-Trakt, Muskelschwund – all das liegt hier vor. Meine Untersuchungen haben auch ergeben, dass dem Körper ein Opiat zugeführt wurde, also kein Schlafmittel, aber eine Sedierung ist auf jeden Fall gegeben. Riechen Sie das?«

Er überwand sich. Ja, eine schwache Duftwolke.

»Birne, genau, wie Sie gesagt haben.«

Dr. Wolkowa nickte. »Knochenwasser, *Eau de Bone*. Der Geruch nach Birne wird noch deutlicher, je näher Sie an die Leiche herankommen, aber das empfehle ich Ihnen nicht. Besonders deutlich war dieser Geruch, als ich ihre Lunge komprimiert habe. Charakteristisch ist der Geruch von Aceton, ein Keton, das der Körper produziert, wenn ihm die Glukose ausgeht und er Fett verbrennen muss. In höherer Konzentration findet sich das bei Menschen, die verhungert sind. Jedem, der während der Belagerung in einer Leichenhalle gearbeitet hat, dürfte das bekannt vorkommen.«

Rossel musste schwer schlucken. In dem Bemühen, seine Aufmerksamkeit von der Leiche abzulenken, ertappte er sich dabei, wie er auf die vollen, roten und leicht zuckenden Lippen der Ärztin starrte.

*Endlich!*

Seine Finger schlossen sich um die Zigarettenschachtel in der Manteltasche. Er fischte sie heraus und machte sich an die komplizierte Prozedur, für die er beide Hände brauchte, eine einzelne Zigarette aus der Schachtel zu ziehen und diese dann in eine Position zu manövrieren, wo er sie anstecken konnte. Zwei fielen zu Boden, bevor Streichholz, Schachtel und Zigarette dort waren, wo sie dafür sein mussten.

Sein Blick glich einem Flehen. »Sie war bewusstlos dabei? Ein Opiat, sagen Sie?«

»Das kann ich Ihnen nicht garantieren. Wir haben nur den Befund für Blutungen, nachdem das Gesicht weggeschnitten wurde.«

»Könnte das nicht später passiert sein?«

Dr. Wolkowa senkte den Blick. »Nein. All das bei einer gefrorenen Leiche vorzunehmen, ist unmöglich. Die ganzen Verstümmelungen müssen kurz nach dem Tod passiert sein. Oder eben … kurz davor.«

Die Rechtsmedizinerin ging zu ihrem Schreibtisch hinüber und kam mit einem Blatt Papier zurück.

»Das hier sind die grundlegenden Fakten. Größe: 178 Zentimeter. Haarfarbe: schwarz. Alter: Anfang bis Mitte dreißig. Bei gefrorenen Leichen ist es leider sehr schwierig, den Zeitpunkt des Todes zu bestimmen.«

Rossel nahm das Blatt entgegen und dankte ihr.

Dr. Wolkowa streckte den Arm aus und schnappte sich Rossels Zigarette, während sie ihm noch von den Lippen hing. Sie machte zwei Züge zur Beruhigung ihrer Nerven und gab sie Rossel dann zurück.

»Ich habe gehört, wie Hauptmann Lipuchin diese Tote ›Schneekönigin‹ genannt hat«, sagte sie und glättete mit der Hand eine Falte am Revers ihrer Uniformjacke.

»Ein Scherz. Gewissermaßen.«

»Kennen Sie das Märchen?«

Rossel nickte. »So ungefähr. Irgendwas mit einem Zauberspiegel?«

»Ja, ein Teufel und sein Zauberspiegel«, erläuterte Wolkowa. »Ein Spiegel, der das Spiegelbild aller, die hineinblicken, verzerrt, und zwar so, dass alles, was hässlich ist, verstärkt wird, während alles Schöne verborgen bleibt.« Sie widmete sich nun einer Falte in ihrer Bluse, wie er bemerkte, und sah ihn kaum noch an.

»Er zersprang, der Spiegel zersprang, und seine winzigen Scherben verteilte der Wind überall auf der Welt, blies sie an jedem Ort in die Augen, die Herzen und den Verstand von Männern und Frauen, Jungen und Mädchen. ›Und dabei ließ er die zerbrechlichen Herzen aller Kinder von Mütterchen Russland erstarren‹, sagte meine Großmutter jedes Mal dazu, wenn sie uns Kleinen die Geschichte erzählte.«

Dr. Wolkowa hörte auf, an der Falte herumzunesteln, und sah Rossel an.

»Sie hatten alle ein eisiges Herz«, sagte sie. »Die vergifteten Scherben ließen sie gefrieren, ganz so gefrieren, wie es mit unserer Schneekönigin hier geschah, sodass alle um sie herum nur das Hässliche sehen.«

Sie seufzte.

»Richtig hübsch war sie, scheint mir. Nicht unbedingt eine derjenigen, nach denen man sich umdreht. Aber von innen, aus der Seele heraus. Manchmal, ist mir aufgefallen, sind es genau diese Frauen, von denen die Männer geradezu besessen sind. Ein bestimmter Typ Mann jedenfalls.«

Rossel versuchte, seine Stimme unbeteiligt klingen zu lassen, doch es misslang ihm.

»Besonders gut sieht sie im Moment ja nicht gerade aus, Doktor. Ich kann nicht ganz nachvollziehen, wie Sie zu solchen Schlussfolgerungen kommen«, hielt er dagegen.

Dr. Wolkowa sah ihn eindringlich an.

»Nicht, indem ich die Tote betrachte, Genosse, sondern wenn ich Sie mir so anschaue. Ihre Hände zittern, und Sie sind so bleich, wie ich es bei Ihnen noch nie gesehen habe.«

## 22

### Donnerstag, 25. Oktober

Mit jedem Klappern der Zugräder verstrich die Zeit. Nachdem sie an ein paar Bahnhöfen angehalten hatten, stieg ein etwa zehn Jahre altes Mädchen mit seiner Mutter zu. Sie nahmen gegenüber von Rossel Platz. Dem Mädchen fehlte ein Bein, ihr Gesicht war von Narben übersät. Unaufgefordert verkündete die Mutter, das Ungemach ihrer Tochter sei auf eine deutsche Brandbombe zurückzuführen. Es dauerte nicht lange und sie war in vollem Gange über das Unglück des Krieges, die Strafen, die dem deutschen Volk bis in alle Ewigkeit auferlegt werden sollten, und dass es eine Schande sei, dass letztlich das halbe Land ungestraft davongekommen sei. Das Mädchen schwieg, bedrückt und peinlich berührt, weswegen Rossel den linken Handschuh auszog und ihr die zwei Stümpfe mit ihren glatten weißen Spitzen zeigte, dort wo eigentlich Finger sein sollten. Sie schaute darauf ohne jegliche Regung, bis er so tat, als würde er Klavier spielen, und die dümmste Grimasse zog, die er im Repertoire hatte. Er erntete ein Kichern, während die Mutter keine Miene verzog. Als der Zug den nächsten Bahnhof erreichte, war eine gesunde Verbindung zwischen dem Mädchen und ihm entstanden, und er hatte beschlossen, sich nicht mehr ganz so leidzutun.

Die Reise wurde durch den Fluss unterbrochen, der die Grenze zur Estnischen Sozialistischen Sowjetrepublik bildete. Auf der russischen Seite lag Iwangorod, auf der gegenüberliegenden die Schwesterstadt Narwa. Beide hatten eine Festung, mittelalterliche Bauwerke, die sich über das dunkle Wasser hinweg finstere Blicke zuwarfen. Eine rostige Brücke spannte die beiden verwahrlosten Siedlungen zusammen. Wäre Sofia tatsächlich eine Märchenkönigin gewesen, dachte er, dann wäre dies für einen Unmenschen der ideale Ort gewesen, um sie gefangen zu halten.

Das Polizeirevier von Iwangorod war leicht zu finden, ein niedriges Gebäude aus roten Klinkern im Schatten der Burg. Rossel stieg die Steinstufen hinauf und trat ein.

Leutnant Juri Schumilow war hinreichend freundlich zu dem gleichrangigen Besucher aus der großen Stadt, vermittelte aber dennoch den Eindruck, Wichtigeres zu tun zu haben, obwohl schwer vorstellbar war, was dies in einer verschlafenen Außenstelle wie dieser sein könnte.

»Dies ist ihre Akte bei uns hier am Ort, Genosse Leutnant. Sofia Semjonowna Fedotowa. Wir haben einige Dinge aus dem Zimmer aufgenommen, in dem sie sich in der Zeit aufhielt, als sie zuerst als vermisst gemeldet wurde – Briefe, Zeichnungen, Rechnungen, ihre Arbeitserlaubnis.«

Rossel fragte sich, wie es sich wohl anstellen ließe, an einen vergleichbaren Ort versetzt zu werden – bestens aus der Schusslinie, wo niemand einen mit Leichen auf Eisenbahngleisen behelligte.

»Es gibt auch noch ein paar Gedichtbände, ein Skizzenbuch und ein paar Fotografien, alles in diesem Beutel hier«, fuhr Schumilow fort. »Verwandte konnten wir nicht finden. Wissen Sie, ob es welche gibt? Die Kleidung haben wir zusammengepackt, sie geht als Spende an Fabrikarbeiter. Auf die Papiere, dachte ich mir, werden Sie wahrscheinlich einen Blick werfen wollen. Nehmen Sie sie gerne mit, ich brauche sie nicht mehr.«

Rossel sah sich um im Revier und bemerkte, wie drei weitere Milizionäre irgendwelche sinnlosen Büroarbeiten verrichteten. Ihm wurde bewusst, dass eine Versetzung ein Fehler wäre. Hier draußen starb man vermutlich vor allem an Langeweile.

Das Radio lief. Ein abgehackter, patriotischer Marsch, nicht zu unterscheiden von all den anderen, schmetterte sich dem Schluss entgegen, und eine sich vor Begeisterung überschlagende Stimme kündigte die Übertragung einer Rede »unseres geliebten, größten Führers, des bedeutenden Begründers des Kommunismus und Generalsekretärs des Zentralkomitees der Kommunistischen Partei der Sowjetunion, unseres verehrten Genossen Stalin« an.

Kurz darauf war eine sanfte, unverwechselbare Stimme zu vernehmen, ein angenehmer Tenor mit einem leichten georgischen Akzent, der die Delegierten aus allen Republiken der Sowjetunion sowie aus den kommunistischen Parteien in aller Welt zu den anstehenden Feiern willkommen hieß.

Schumilow und seine Kollegen erstarrten.

»Genossen!«, knisterte die Stimme des Generalsekretärs aus dem Lautsprecher. »Das ganze Land feiert diese Zusammenkunft, den ersten Kongress seit unserem Sieg über Nazi-Deutschland, Japan und andere faschistische Mächte im Großen Vaterländischen Krieg. Seit 1945 haben sich neue Fronten gegenüber neuen Feinden eröffnet, die zerstören wollen, was wir in Kultur, Wissenschaft, Gesellschaft und auf anderen Gebieten mit friedlichen Mitteln erreicht haben. Doch dank des Zusammenhalts unserer kommunistischen Gemeinschaft haben wir den Sieg davongetragen, im Inland wie im Ausland. Wir stehen …«

Schumilow sah Rossel an. Beide beeilten sich, aufzustehen und Haltung anzunehmen, die anderen drei Milizionäre taten es ihnen gleich.

»… imperialistischen Kräften gegenüber, die uns schwächen, sabotieren und provozieren wollen, damit wir uneins werden und im Zwist versinken und nicht in ein neues Zeitalter des Wohlstands und der Glückseligkeit eintreten. Doch wir müssen so wachsam bleiben wie zuvor gegenüber diesen Schlangen und Teufeln der kapitalistischen Ausbeuter und ihrer fünften Kolonne. Sie und mit ihnen alle Verräter, die ihnen zu Hilfe kommen, müssen ohne Erbarmen vernichtet werden zum Wohle des Staates.«

Stalin sprach selten mit erkennbarem Zorn in der Stimme. Seit Kriegsende hatte er immer weniger Ansprachen gehalten, und wenn er dies tat, klang er pragmatisch und nüchtern, als gebe er die Zahlen der landwirtschaftlichen Produktion des jeweiligen Monats bekannt.

Doch diesmal war die Bösartigkeit in seinen Worten nicht zu überhören.

»Wir müssen die infizierten Stellen innerhalb der Partei herausschneiden, um sie vor Krankheit zu bewahren. Wir werden voranschreiten unter Lenins Banner und Marx' Führung und alle niederwalzen, die es wagen, sich uns in den Weg zu stellen. Verräter, Umstürzler und Kollaborateure der fünften Kolonne – wir müssen wachsam bleiben. Beteiligt euch ohne zu zögern an dem nun folgenden Kampf, packt unsere Feinde bei der Wurzel und reißt sie heraus, wo auch immer sie sich zeigen. Unterstützt furchtlos die Hüter des Bolschewismus. Spürt die Trotzkisten auf. Enttarnt die konterrevolutionären Ärzte, die sich gegen die

Regierung verschworen haben. Isoliert und vernichtet die Verschwörer. Denn wie ihr im Krieg gegen Hitlers faschistische Aggressoren gelernt habt – und was wir jetzt wieder an den imperialistischen Ambitionen der Vereinigten Staaten und ihrer europäischen Lakaien sehen –, kann man nicht als selbstverständlich voraussetzen, und jenen Niederträchtigen, die sich als Verbündete ausgeben, ist nicht zu trauen.«

Rossel sah stur geradeaus auf die holzverkleidete Wand des Polizeireviers und wagte keinen Seitenblick. Besser in Ausübung seiner Pflichten sterben als an Langeweile. Am besten aber gar nicht sterben.

Als die Rede zu Ende war, brüllte Leutnant Schumilow *»Ein dreifaches Hurra auf unseren geliebten Führer Stalin!«*, und alle auf dem Revier klatschten eifrig, schrien ihren Jubel hinaus und lächelten verzückt. Ihr Applaus hörte drei, vier, fünf Minuten nicht auf. Da ein Fremder unter ihnen war, wagte es niemand, als Erster innezuhalten. Erst als Schumilow schließlich ausrief: »Genossen, trinken wir auf unseren großen, mächtigen Stalin!«, und eine Flasche Wodka irgendwo aus seinem Schreibtisch hervorholte, ließen sie ihre schmerzenden Hände sinken.

Man musste dem Vorgehen des Leutnants Bewunderung zollen. Die einzig sichere Methode, den Beifall für Stalin zu beenden, war, das Glas auf ihn zu erheben.

***

Rossel schlug die Akte auf und betrachtete erneut das Foto. Sofia Fedotowa. Vierunddreißig Jahre alt. Geboren ein Stück weiter östlich in Kingisepp, zur Schule gegangen in der Bildungsanstalt Nr. 22 und anschließend ausgebildet an einer speziellen Musikschule, bevor sie einen Platz an der Fakultät für Oper des Leningrader Konservatoriums ergatterte. Die meiste Zeit des Jahres 1942 arbeitete sie als Krankenschwester in der Stadt, bevor sie nach Kasachstan evakuiert wurde.

Das war ihm alles bekannt. Was er nicht wusste, war, was nach dem Krieg mit ihr geschehen war.

Sie war nach Leningrad zurückgekehrt, aber schon im August 1946 war sie hierher, nach Iwangorod, gezogen, hatte Böden gewischt und Bettpfannen geleert und offenbar keine Anstrengungen unternommen, als Sängerin weiterzumachen.

»Sie wurde Ende Juli, also vor drei Monaten, als vermisst gemeldet, laut Aussage ihrer Kolleginnen in der Poliklinik«, berichtete Schumilow. Er hatte einen schwachen baltischen Akzent, sodass Rossel vermutete, dass er trotz des russischen Namens estnischer Herkunft war. »Sie sagte, sie wollte in Leningrad jemanden besuchen, aber sie kam nie zurück.«

»Wo ist die Poliklinik?«, erkundigte sich Rossel.

»Auf der anderen Seite des Flusses. Hier und drüben in Narwa arbeiten viele in der einen Stadt und wohnen in der anderen. Diese Sofia, nach der Sie suchen, wohnte in einer *Kommunalka* in Iwangorod. Die Adresse finden Sie in der Akte. Sie können gerne hingehen, aber es ist schon jemand anders dort eingezogen.«

Rossel sah ihn erstaunt an.

»So schnell?«

Sein Gegenüber zuckte mit den Schultern. »Wir sind eine Kleinstadt mit zu vielen Leuten. Wohnraum zu finden ist nicht einfach. So was spricht sich schnell herum. Außerdem war sie seit Monaten nicht dort gewesen, da werden die Leute langsam ungeduldig, es gibt immer eine Warteschlange.«

Die Unterlagen enthielten drei unvollendete, an Freunde gerichtete Briefe – mit geringfügigen Klagen über ihre Arbeit, spöttischen Bemerkungen über Ärzte, die versucht hatten, sie ins Bett zu kriegen, Schilderungen einer Urlaubswoche in Tallinn. Alle drei Briefe waren nicht einmal eine Seite lang, und es war unerfindlich, warum sie diese aufgehoben, aber nicht zu Ende geschrieben hatte. Ihre Personalakte war fast leer – keine Belobigungen, keine Beschwerden.

Rossel sah die Bücher durch, holte sie im Zweier- oder Dreierpack aus der Tasche. Puschkin, Lermontow und Baratynski. Nichts Brisantes, bisher hatte noch niemand Puschkin geächtet. »Eine Illusion, die uns schmeichelt, ist uns lieber als zehntausend Wahrheiten.« Sie hatte diese Zeile aus Puschkins Gedicht *Der Held* geliebt, hatte sie eines Abends, als sie von einem Konzert nach Hause gingen, auch laut vor sich hin gesprochen, während die Sirenen gerade heulten und Luftalarm gaben. In ihrer Stimme schwang nicht ein Hauch Angst mit, erinnerte er sich.

Zuletzt war noch ein grünes, in Leder gebundenes Skizzenheft übrig, das Rossel durchblätterte. Zeichnungen von Bäumen, Katzen, Straßenszenen, der sich windenden Narwa. Ein prachtvolles Gebäude mit Kuppel, das wie der Landsitz eines Adligen im 19. Jahrhundert wirkte, sagte ihm nichts. Dreimal aus unterschiedlichen Blickwinkeln hatte sie es gezeichnet.

Er stieß auf die Zeichnung eines Innenraums. Hinter einem Bett war ein Tisch mit einer Vase zu sehen. Verstreut daneben lagen einige Spielkarten, kein kompletter Satz, ja nicht einmal eine komplette Farbe. Vor dem Bett auf dem Boden war etwas anderes dargestellt: eine Partitur mit ein paar darauf gekritzelten Noten. Wo eigentlich der Titel stehen musste, war handschriftlich *Thanatos und H…* festgehalten. Das zweite Wort war unvollständig.

Schließlich eine Zeichnung, die sich von allen anderen unterschied. Eine schattenhafte Gestalt lag auf einer Seite des Bettes, in Laken gehüllt. Rossel betrachtete die Schraffur auf der Seite eingehend, konnte jedoch keine klaren Linien erkennen. Es war lediglich auszumachen, dass die liegende Gestalt ein Mensch war.

Sofia war eine versierte, wenn auch nicht unbedingt brillante Zeichnerin gewesen, doch diese Skizze hatte eine Intensität, einen Bedeutungsgehalt, der den anderen Zeichnungen fehlte, als ob sie auf persönlichem Erleben beruhte, nicht lediglich auf Beobachtung oder Vorstellungskraft.

Und dann war da noch etwas anderes.

Eine zweite rätselhafte Kritzelei. Ein kruder Versuch, das erstere Bild zu verunstalten. Der Stift war so stark auf das Papier gepresst worden, dass er ein kleines Loch hinterlassen hatte.

Wer auch immer dieser Schemen war, er hatte sie vor Angst erstarren lassen. Diese Gewissheit fühlte sich an, als würde ihm eine eiskalte Klinge von der Kehle abwärts in die Gedärme getrieben.

***

Rossel überquerte die Brücke nach Narwa, begleitet von den gleichgültigen Blicken der Grenzposten und einer nachlässigen, fast schon dummdreisten Ehrbezeugung. Schumilow hatte ihm einen Passierschein ausgestellt, um die nur auf dem Papier existierende Grenze, die Russland von der Estnischen Sozialistischen Sowjetrepublik trennte, hinter sich lassen zu können. Die Stadt mochte in einem anderen Land liegen, aber es bestand keine Notwendigkeit, sich mit der Sprache näher zu befassen: Jeder hier war entweder Russe oder sprach Russisch.

Als er die Poliklinik erreichte, hielt er jede Schwester an, die ihm begegnete und ungefähr in Sofias Alter war. Die dritte, die er fragte, eine verhärmte Dreißigjährige mit kurzen dunklen Haaren und jungenhaften Gesichtszügen, kannte sie. Ja, sagte sie, wir waren befreundet, aber Sofia war schwer zu fassen, gab nicht allzu viel von sich preis.

»Was hat sie in ihrer Freizeit gemacht?«, wollte Rossel wissen.

»Oh, ich weiß es wirklich nicht«, antwortete die Schwester. »Sie hat auf der anderen Seite des Flusses gewohnt. Manchmal ist sie in den Fabrikkantinen der Arbeiter aufgetreten und hat gesungen, sich so etwas dazuverdient. Sie hatte eine schöne Stimme, war klassisch ausgebildet worden, wissen Sie. Aber das hat sie alles aufgegeben.«

»Hat sie jemals gesagt, warum?«

»Ja, ein einziges Mal«, erzählte die Krankenschwester. »Sie war in Leningrad, während der Blockade. Und dieser ganze Schrecken …«– sie machte eine kurze Pause und schnippte mit den Fingern einer Hand, als wollte sie Fliegen von einem Schälchen mit Marmelade verscheuchen, eine Geste, die offenbar die langen Monate des Gemetzels und Elends zum Ausdruck bringen sollte – »… hinterließ eine Narbe. In ihrem Inneren, meine ich. Wir sind einmal zusammen losgegangen, einen trinken, nur dieses eine Mal. Und da platzte es aus ihr heraus: ›Man kann *all das* nicht singen, kann es nicht ausdrücken. Ein Genie könnte es vielleicht, aber warum sollte es das tun?‹ Sie weinte. Was ihr gar nicht ähnlich sah. Sie war also aus Leningrad weggelaufen. Es muss schrecklich für sie gewesen sein, im Krieg ausgerechnet hier zu landen. Wissen Sie, wo sie jetzt ist, Genosse Leutnant?«

»Ja«, entgegnete Rossel. »Hat sie mal was von einer Familie erzählt oder von Beziehungen?«

»Ihre Eltern sind im Großen Vaterländischen Krieg ums Leben gekommen. Alle Ärzte«, sie senkte die Stimme, »wollten mit ihr zusammen sein. Aber entweder waren sie schon verheiratet oder zu alt. Es hat nicht gepasst. Sie hat niemanden gefunden, glaube ich. Jedenfalls niemanden, von dem sie gesprochen hätte. Trotzdem hat sie auf sich geachtet, wissen Sie, hat so einiges Geld für ihr wundervolles, langes dunkles Haar ausgegeben. Viel zu viel, wenn Sie mich fragen.«

»Und da war niemand sonst?«, hakte Rossel nach. »Sind Sie sicher?«

Die Schwester überlegte. »Bevor sie schließlich wegging, erwähnte sie mal einen alten Freund in Leningrad, mit dem sie sich treffen wollte. Das war seltsam, wissen Sie. Sie ist nie dorthin zurückgegangen, berichtete nicht viel über ihre Zeit dort. Doch eines Tages hat sich wohl jemand gemeldet, worüber sie zunächst sehr glücklich zu sein schien. Ich habe gemerkt, wenn sie glücklich war, denn dann wurde sie etwas gesprächiger. Wenn sie durcheinander war, wurde sie sehr, sehr still. Wer auch immer es war, sie hat sich ein paarmal mit ihm getroffen, glaube ich. Aber es ging nicht gut aus.«

»Wie kommen Sie darauf?«

»Eines Tages bin ich ihr zufällig begegnet und fragte sie, wie es so ginge. Sie hat mich nur mürrisch angesehen, wollte nichts erzählen … Steckte sie in Schwierigkeiten? Ich hoffe nicht. Um Frauen wie sie schlagen sich alle Männer. Die tun alle so, als wären sie Dichter oder irgend so was, bis sie schließlich das erste Mal ihre Hose aufknöpfen. Mein Eindruck ist, dass solche Frauen sich nicht groß nach Kummer umsehen müssen. Der kommt ganz von selbst. Arme Sofia, von sich aus wäre sie nie auf die Idee gekommen, Streit anzufangen. Da bin ich mir sicher.«

# 23

Es war schon nach sechs, als der Zug aus Iwangorod in Leningrads Baltischem Bahnhof zum Stehen kam. Rossel stieg aus und beeilte sich, die Straßenbahn zum Theaterplatz zu erwischen.

Durch das Fenster sah er die ersten Flocken neuerlichen Schneefalls im Licht der Straßenlaternen tanzen. Als er Stalins Stimme vernahm, hielt er das für einen Streich seines müden Verstands. Er hörte sorgfältig hin, und, nein, es war tatsächlich so. Der große Führer ermahnte ihn weiterhin, wachsam zu sein, Spione, Umstürzler, konterrevolutionäre Rechtsabweichler und kapitalistische Blutsauger zu entlarven. So wie schon im Radio in Iwangorod.

Rossel presste die Nase gegen das Glas und sah nach oben. Auf Laternenmasten und Gebäuden konnte er Lautsprecher erkennen, die gestern noch nicht dort gewesen waren. Unauffällig angebracht zwischen Fahnen und Bannern, bejubelten sie die anstehenden Feierlichkeiten. Es war noch nicht so lange her, da hatten zusätzliche Lautsprecher an den Laternenmasten auf eine landesweite Krise schließen lassen. Nun stimmten sie die Bevölkerung auf einen nationalen Triumph ein. Manchmal ging auch beides Hand in Hand, wie die Leute wussten.

Die Straßenbahn hielt am Theaterplatz, und Rossel stieg aus. Die riesigen Eingangstüren des Kirow-Theaters waren verschlossen, also ging er nach hinten zum Künstlereingang, beachtete den Pförtner nicht weiter und erkundigte sich, wo Marina Morosowa zu finden sei. Er wolle sofort zu ihr gebracht werden. Ein junger Mann im Kostüm eines Troubadours zeigte ihm, in welcher Richtung ihre Garderobe lag. Er hämmerte gegen die Tür und hoffte, dass der aufgeschreckte Wachmann, der ihn bis hierher begleitet hatte, sonst aber nichts Hilfreiches beizutragen hatte, sich endlich davonmachen würde.

Sie war nicht da. Mit einer wachsenden Entourage aus Bühnenarbeitern und Chormitgliedern, die sich der Suche nach ihr verschrieben hatten, stolperte Rossel durch das Gewirr der Gänge, bis er sich schließlich in der Kirow-Oper im hinteren Bereich der großen Bühne wiederfand. Alles war ein pulsierender Wirrwarr, ein verschwommenes Durcheinander von Lichtern, aufeinanderprallenden Akkorden und hektischen Aktivitäten.

»Sie proben«, bemerkte der Wachmann mit unüberhörbarem Vorwurf in seiner dünnen Stimme.

Tatsächlich war gerade Pause. Inspizienten schrien herum, Männer und Frauen in Lumpen oder Uniformen der Roten Armee unterhielten sich, während Männer im Overall zerschmetterte Mauern und von Kugeln durchsiebte Fahrzeuge bewegten, sich schwere Maschinengewehre auf die Schulter luden und in die Dunkelheit entschwanden.

Wronskis Oper *Die Blockade*, die allgemein für sein bestes Werk gehalten wurde, war annähernd bereit zur Aufführung, mit, wie es den Anschein hatte, Tausenden von Mitwirkenden. Es sollte ein Meisterwerk sein, jenem trotzigen Aufschrei und jener Feier der Widerstandskraft der Stadt ebenbürtig, der Leningrader Sinfonie von Dmitri Schostakowitsch, des einzigen sowjetischen Komponisten, von dem man annehmen durfte, dass er Wronski übertraf.

Während Rossel noch grübelte, wie er sie in diesem Chaos finden sollte, kam Marina direkt auf ihn zu. In dem groben Hemd und den Hosen eines Helden der Arbeit und des antifaschistischen Abwehrkampfs wirkte sie völlig anders als die elegante Gestalt, mit der er wenige Tage zuvor gesprochen hatte.

Marina wich einen Schritt zurück und schalt ihn wegen seines unbeholfenen Auftritts, hörte aber auf damit, als sie seine Uniform bemerkte.

»Das ist nicht für die Oper gedacht«, erkannte sie. »Ah, Revol, du bist das.«

»Marina«, begann er und nahm sie beiseite. Die Menge an Menschen auf der Bühne hatte deutlich abgenommen. Ein Bühnenarbeiter rief: »Fünfzehn Minuten, noch fünfzehn Minuten!«

»Marina«, fuhr Rossel fort. »Marina, ich glaube, dass …«

Er hielt inne. Was genau glaubte er denn? Dass ihr Leben in Gefahr war? Dass der Anführer eines verbrecherischen orthodoxen Totenkults Musiker ermordet hatte? Dass dieser verrückt gewordene Priester noch aus dem Grab heraus Morde begehen könnte? Natürlich nicht, das war lächerlich. Aber was dann?

»Bei unserer letzten Begegnung haben wir über Felix gesprochen, richtig?«

»Ja, stimmt.«

»Hat er Kontakt zu dir aufgenommen? War er hier? Oder bei dir zu Hause?«

Sie lief rot an.

»Worauf willst du hinaus?«, entgegnete sie. »Ich habe Felix Sorokin lange nicht gesehen. Seit Jahren nicht.«

»Seit wie vielen Jahren genau?«

Sie überlegte. »Seit drei oder vier Jahren nicht, vielleicht sogar noch länger. Er ist einfach aus meinem Blickfeld verschwunden. Er muss mich leid gewesen sein.«

»Was ist mit Maxim?«, hakte Rossel nach. »Maxim Awdejew?«

»Max? Seit dem Konservatorium nicht mehr. Er war nicht in meiner Clique.«

In der Tat nicht, dachte Rossel.

»Suchst du ab und zu einen Priester auf?«

Marina blitzte ihn an. »Du meinst wegen meiner vielen Sünden?«

Rossel hielt ihrem Blick stand. »Aus was für Gründen auch immer.«

»Zu Ostern habe ich mit Priestern zu tun, und wenn ich Blumen auf dem Friedhof niederlege«, sagte sie mit angespannten Zügen. »Sonst nicht.«

»Wo liegt deine Wohnung?«, fragte er sie.

Marina lachte wenig belustigt. »Herr Leutnant werden immer persönlicher.«

»Mein Interesse gilt deiner Sicherheit, Marina. Verzeih die Übergriffigkeit. Also, wo?«

»In der Nähe der Nikolaus-Kathedrale«, antwortete die Sängerin amüsiert. »Nur einen Steinwurf entfernt. Wieso?«

»Wie sieht es mit der Sicherheit aus? Welchen Schutz genießt du dort?«

»Genosse Leutnant, das ist geradezu ein Melodram für die große Bühne. Was ist los?«

Rossel rieb sich die Augen. Es war gefährlich, zu viel preiszugeben … *Auf welcher Grundlage haben Sie wichtige Erkenntnisse in einer Mordermittlung, die auch Mitarbeiter der Staatssicherheit betreffen, an die Primadonna der Kirow-Oper weitergegeben, noch bevor Sie den MGB darüber informiert haben, Genosse?*

Insbesondere, falls sie eine Informantin war.

Er musste Schritt für Schritt vorgehen und darauf achten, ob das Eis unter seinen Füßen brüchig wurde.

»Sofia Fedotowa«, sagte Rossel. »Als wir uns zuletzt gesprochen haben, hast du sie erwähnt.«

Marina nahm die flache Leinenkappe ab und lockerte ihr Haar. »Sofia? Ja, natürlich. Eine Seele von Mensch. Sie hatte einfach nur nicht das, was es braucht. Vielleicht hätte eine gute Nachwuchssängerin aus ihr werden können.«

»Und Maxim Awdejew?«

»Was hast du im Sinn, Revol? Dass wir wieder zusammenkommen? Geht es dir darum?«

»Wann hast du Maxim zuletzt gesehen?«, beharrte Rossel.

Sie dachte einen Augenblick nach. »Seit dem Krieg nicht mehr. Du warst viel enger mit ihm befreundet als ich. Ihr habt doch zusammen im Orchester des Konservatoriums gespielt, wenn ich mich recht erinnere. Warte mal, habt ihr nicht sogar bei der Leningrader Sinfonie zusammen gespielt? Als sie hier aufgeführt wurde, meine ich.«

Rossel schüttelte den Kopf.

»Max vielleicht, ich aber nicht. Ich war an der Front.«

Er holte Sofias grünes, in Leder gebundenes Skizzenbuch hervor und fand die Zeichnungen des Hauses und des Zimmers. »Sieh mal«, sagte er. »Das hat Sofia gezeichnet. Sagt dir das etwas? Erkennst du vielleicht irgendetwas?«

Marina nahm ihm das Buch aus der Hand und hielt es hoch, damit das Bühnenlicht alles etwas sichtbarer machte.

»Das Einzige, was ich erkennen kann, ist ein schwach schraffierter Schatten. Eine Skizze des Schlafzimmers, über die sie dann hinweggekritzelt hat. Na ja, wenn ich mich nicht irre, war sie klug genug, so einige Liebhaber zu haben.«

»Weißt du, was das Gekritzel zu bedeuten haben könnte?«

»Thanatos oder irgend so was? Keine Ahnung. Griechisch? Bei der Oper muss man Italienisch können, Deutsch und etwas Französisch, Herr Leutnant. Aber griechische Meisterwerke sind mir bisher verborgen geblieben.«

Rossel blätterte um.

»Wie sieht es mit diesem Gebäude mit Kuppel aus?«

Marina betrachtete die Seite. Das Licht fiel von hinten auf sie, sodass er ihr Gesicht nicht richtig sehen konnte, aber er hörte sie abrupt einatmen. Die Sopranistin blätterte weiter und sah sich die anderen Zeichnungen des Hauses an.

»Wann hat sie das gezeichnet?«, fragte Marina mit belegter Stimme.

»Erkennst du es?«

Sie beugte sich erneut über die Seiten und blätterte das Skizzenbuch bis zum Ende durch.

Rossel fragte noch einmal, ob sie den Ort wiedererkennen würde. Marina schlug das Buch zu und gab es ihm zurück. Sie wollte gerade zu einer Antwort ansetzen, als hinter ihr eine riesige Gestalt auftauchte und das Licht beinahe vollständig verdunkelte. Marina wirbelte herum und prallte direkt auf Wronski, diesen Koloss.

Der Komponist war in einen Mantel aus Wolfsfell von beträchtlicher Größe gehüllt, wie ein General der Roten Armee, der nach einer Schlacht mit der Wehrmacht das verwüstete, eisbedeckte Terrain in Augenschein nimmt. Er sah exzentrisch und einschüchternd zugleich aus. Keine Spur seiner früheren charmanten Umgänglichkeit war geblieben. Marina sank in sich zusammen, verneigte sich und entschwand ohne ein weiteres Wort in den Seitenflügel.

Wronski blieb wie ein Turm eine halbe Minute einfach neben Rossel stehen, kostete das Schweigen geradezu aus, als wollte er den Milizionär vor sich zu einer Äußerung provozieren. Schließlich stolzierte er an ihm vorbei.

Im Kirow-Theater war der Komponist das Gesetz.

***

Rossel wurde zum Foyer und dann zum Ausgang eskortiert. Er hatte jedoch nicht die Absicht, zu gehen.

Er machte vor der massiven Schwingtür halt, drehte sich um und ging zurück in Richtung Zuschauerraum.

»Genosse Polizist, Sie können dort jetzt nicht hinein«,

plärrte der Inspizient, der seinen Abgang sicherstellen sollte. »Wir stehen unmittelbar vor dem Abschluss der Proben. *Die Blockade* ist nahezu vollendet. Maestro Wronski ist es nicht recht, wenn bei der Probe heute Beobachter zugegen sind.«

Rossel ließ ihn stehen und riss die Tür auf, die in das prächtige Innere des Kirow-Theaters führte. Ohne sich beirren zu lassen, marschierte er durchs Parkett bis ganz nach vorne. Scheiß auf Wronski. Scheiß auf Oberst Sarkisow und den MGB.

Ihm war jetzt so ziemlich alles egal. Sofia war weg. Und jemand sollte dafür bezahlen.

Rossel sah in den Orchestergraben hinunter, wo die Musiker sich nach der Pause wieder versammelten. Es war ein sehr großes Ensemble. Er zählte dreißig Violinen, jeweils zwölf Bratschen und Cellos, so viele Kontrabässe wie irgend hineinpassten, jeweils vier der einzelnen Holzblasinstrumente einschließlich Kontrafagott, Bassklarinette und Englischhorn, sechs Hörner, fünf Trompeten, vier Posaunen, eine Tuba und genügend Schlaginstrumente, um eine ganze Armee nach Berlin zu führen und den Großen Vaterländischen Krieg noch einmal zu gewinnen – Pauken, Xylofone, Basstrommeln, Schnarrtrommeln, Gongs, Zimbeln, Glocken. Die Musiker saßen dicht beieinander, blafften sich gegenseitig an, gefälligst aufzupassen, während sie sich zu ihren Stühlen durchschlängelten, blätterten in ihren Noten, um sich Notizen zu machen oder sich eine Erinnerung hineinzukrakeln, das Tempo korrekt zu wechseln oder die Dynamik zu verbessern. Das Orchester war ungefähr doppelt so groß wie üblich, wenn man ein- oder zweimal im Monat eine Vorstellung von *Der Nussknacker* hinter sich brachte. Es war zugleich eine lärmende, anarchische Truppe und ein elitärer Verein. Rossel fühlte sich wie ein Almosenempfänger, der Prinzen beim

Spielen zusah. Im Vergleich dazu erschien jedes andere Dasein trostlos. Wie sehr er das vermisst hatte.

Plötzlich fädelte sich ein Mann in den Vierzigern, Karl Eliasberg, der Dirigent, ein Urgestein des Kirow-Orchesters, eleganter Stil, mit nach hinten gekämmtem, nikotingrauen Haar, blassen froschähnlichen Wangen und verkniffenem Mund, durch die zweiten Geigen in Richtung Pult. Auf halbem Weg die Stufen hinauf hielt er an, begegnete für den Bruchteil einer Sekunde Rossels Blick und quittierte das mit einem knappen Nicken.

Er war der Mann, der inmitten der Blockade, als das Schlimmste noch bevorstand, Schostakowitschs Leningrader Sinfonie dirigiert hatte. Er hatte aus halb verhungerten Musikern, die er gezwungen hatte, ihren Entbehrungen zu trotzen, ein Orchester zusammengestellt, um Schostakowitschs gigantisches Werk zu meistern und es den deutschen Belagerern ringsum ins Gesicht zu schleudern. Wronski hatte von der geistigen Härte gesprochen, deren es bedürfe, »um die strengen Entscheidungen zu treffen, welche die wahre Kunst ihren Schöpfern abverlangt«. Eliasberg war verschrien dafür, seinen Musikern die Hälfte ihrer mageren Brotration zu verweigern, bis sie seinen Forderungen nachkamen. Er zerrte sie aus dem Bett und verlangte, dass sie den Bogen auf die Saiten legten, die Lippen an das Mundstück und weiterspielten.

Eliasberg wandte sich dem Orchester zu und brachte es mit einem durchdringenden Blick zur Ruhe.

Bei der zweiten Hälfte der Probe an diesem Abend verkündete der Dirigent, werde ihnen eine große Ehre zuteil: Der berühmte Komponist höchstselbst, Nikolai Nikolajewitsch Wronski, »Volkskünstler der Sowjetunion, Träger des Stalinpreises, Träger des …«, werde seine Oper dirigieren.

Träger welcher Orden und Ehrenzeichen der Maestro

noch war, ging in frenetischem Applaus unter, als Wronskis wuchtiger Körper, nun ohne Wolfsfellmantel, im dunklen Dreiteiler, durch den Orchestergraben stapfte, um seinen Platz am Dirigentenpult einzunehmen. Eliasberg, begierig, etwas zu lernen, oder einfach auch nur aus Berechnung, um seine Reverenz zu erweisen, suchte sich einen Platz am Fuß der Stufen, die zum Pult führten.

Wronski zeigte auf die Oboen, die den Kammerton A angeben sollten, und das Orchester begann mit dem Einstimmen. Auf der Bühne versammelte sich ein Chor von nicht weniger als hundert Sängern in den Ruinen Leningrads, um die Toten zu beerdigen und dem »Führer« die Faust entgegenzurecken.

Daraufhin ließ Wronski den Blick leicht nach hinten wandern, die vorderste Sitzreihe entlang auf Rossel zu. Falls er das missbilligte, gab er dies nicht zu erkennen. Sein Blick ruhte stattdessen auf den Händen des Leutnants, die in ihren Handschuhen steckten. Rossel hatte sie auf dem Messinggeländer vor der ersten Sitzreihe abgelegt. Er zog sie schnell zurück, wusste jedoch nicht, wo er sie lassen sollte, stopfte sie dann in die Manteltaschen. Wronski lächelte.

»Wir fangen jetzt an«, murmelte er.

Das Licht im Zuschauerraum wurde langsam abgedunkelt, als ob der berühmte Mann selbst dem Himmel gebot, und Stille legte sich über die Bühne und den Orchestergraben, als er die Arme hob.

Bei den Bratschen und Violinen setzte ein Wogen und Pulsieren ein, das eine düstere Kargheit vermittelte, einen gestörten Frieden. Die Tonart war Es-Dur – die Tonart des Helden. Ein abruptes Crescendo und ein unvermutetes Zurück zum Pianissimo waren vielleicht sechzehn Takte lang die einzigen Veränderungen, bevor eine Klarinette einen leicht dissonanten Ton spielte, ein F, wie ein Tropfen Farbe in klarem Wasser.

Weitere Streicher stimmten ein, in einem etwas härteren Puls. Ein Fagott versuchte sich an einem kräftigen A – *sforzato, subito diminuendo*. Wronski bewegte die Hände kaum. Er gab einem der Waldhornisten mit einem Blick das Zeichen zum Einsatz – ein Es, der beherrschende Ton. Der Klang schwoll nun an, die Cellos und Kontrabässe mischten mehr Dissonanz hinein, doch erst allmählich, in Schichten, als die Tonart, auf ein deutliches Ballen der Faust durch den Dirigenten hin, von Dur nach Moll wechselte.

Auf der Bühne erhoben sich die Sänger des Chors aus dem Schutt der dem Erdboden gleichgemachten Stadt. Rossel hielt nach Marina Ausschau, aber die Überlebenden der Blockade, die Monteure der Panzer, die Rüstungsarbeiter, die Feuerwehrleute, die Arbeiter, die Gräben aushoben, die Soldaten und die Lastwagenfahrer, die das Risiko auf sich nahmen, die »Straße des Lebens« über den zugefrorenen Ladogasee zu befahren, um Vorräte in jene Stadt zu schaffen, die Lenins Namen trug – sie waren alle eins. Das Volk.

Die Oboe spielte ein B, lang anhaltend diesmal, in einem süßlichen, seichten Vibrato, und der Chor stimmte einen sanften Gesang an.

*Männer arbeiten ohne Unterlass, Ruhe und Schlaf sind vergessen – angstbeladen, geplagt von Furcht …*

War das Marina? Eine schlanke weibliche Gestalt trat hervor, begleitet von der ersten Trompete mit einem G im Stakkato. Wronski wandte sich den ersten Geigen zu, und nun wurde die Musik erhaben, geradezu episch. Rossel spürte, wie er in der Manteltasche seine versehrte linke Hand vorsorglich zur Faust ballte.

*Und ist auch unser Haferschleim nichts weiter als pures Wasser, das Brot uns mehr ist als Gold, wie Männer aus Stahl werden wir es ertragen …*

Er sah Wronski an, der Orchester und Chor zu immer neuen Höchstleistungen trieb, und fühlte, dass der Maestro auf irgendeine Art und Weise erspüren konnte, dass sein Blick auf ihm ruhte. Und in genau diesem Augenblick legte der Komponist noch mehr Ausdruck in das Stück, noch mehr Leidenschaft, spornte die Geiger zu neuerlicher Exzellenz an, zwang ihnen ein Niveau auf, dass Rossel einst auch meistern konnte, von dem er aber jetzt weit, weit entfernt war. Die Musiker wurden bis an die Grenze ihrer technischen Fähigkeiten belastet. Manche klammerten sich an das Auf und Ab der Melodie, andere versuchten sich an einem furiosen *Moto perpetuo*, das diesem Abschnitt zugrunde lag. Alle spielten, als hinge ihr Leben davon ab.

Als die Lautstärke nachließ, drang Marinas nicht völlig kristallklarer Sopran durch – sein Gehör registrierte eine nicht ganz zu voller Stärke gelangte, kaum wahrnehmbare emotionale Anspannung –, eine Notenlinie ohne gesprochene Worte folgte zunächst Es-Dur, um dann auf einem ätherischen A zu enden. Rossel schloss die Augen und ließ den Rest dieses Abschnitts über sich hinwegbranden, bis schließlich die Musik an Intensität abnahm und nur der regelmäßige Rhythmus der Kontrabässe und Pauken blieb – der Klang eines Trauerzugs.

Der Leutnant öffnete die Augen wieder und bemerkte, wie Wronski die letzten Takte mit kleinsten Gesten seiner enormen Pranke dirigierte.

Er selbst, Rossel, war es, der sie alle miteinander verband. Nadja, Max und jetzt Sofia – alle waren sie mit ihm zusammen aufs Konservatorium gegangen. Lipuchin und Tanejew arbeiteten weiter hart daran, die beiden anderen Leichen zu identifizieren, er hatte aber keinen Zweifel, dass auch sie – um wen auch immer es sich handeln mochte – in seine Vergangenheit führen würden. Leutnant Revol

Rossel. Er war der wichtigste Anhaltspunkt in seinem eigenen Fall.

Als er hinunter in den Orchestergraben blickte, bemerkte er, dass Eliasberg, der noch immer zu Wronskis Füßen saß, zu ihm aufblickte. Eine Art unbekümmertes Lächeln huschte flüchtig über seine Lippen. Dann senkte er den Blick wieder auf die Partitur.

Wie konnte er, Rossel, nur so töricht gewesen sein?

Die Verhaftung aller Polizisten der örtlichen Milizstation draußen am Ladogasee hatte ihn glauben lassen, dass er rein zufällig in den Fall verwickelt worden war. Diese Inhaftierungen waren mehr als plausibel – ein einziger Versprecher konnte hundert Freunde und Kollegen ins Verderben stürzen. Deshalb war es glaubwürdig erschienen – einfach wieder einer dieser Unglückstage –, dass das Revier in der Wosstanija-Straße, weit weg vom Tatort, bloß den Kürzeren gezogen hatte, was eine nächtliche Fahrt im Winter in die Wildnis Kareliens anging. Nun aber war dieser wehleidige Anruf direkt bei Rossel im Revier so verräterisch wie eine Blutspur im Schnee. Der Mörder hatte ihn arrangiert. Da war er sich sicher.

In der Manteltasche versuchte er, seine gebrochenen Finger zu bewegen, sie dazu zu bringen, dem Ton zu widerstehen, dem Rhythmus, seinen eigenen erschreckenden Schlussfolgerungen. Doch sie wollten ihm nicht gehorchen.

***

Wronskis rechter Arm war ausgestreckt, ragte hinaus aus dem Lichtkegel in die Dunkelheit, die ihn umgab. Als die Musik verklang, ließ er ihn ein letztes Mal sinken.

»Nur ein sowjetisches Orchester konnte solche Höhen erklimmen«, erklärte er. »Ich fühle mich geehrt, dass Sie mein Werk spielen.«

Der Komponist lächelte milde über den ganzen Trubel, während das Orchester – einige steckten sich eine Zigarette an, andere machten sich Komplimente, wieder andere zogen ihre Pelzmäntel an und setzten ihren Hut auf – sich aus dem Graben herausbewegte und der Chor die Bühne räumte.

Kurze Zeit später befanden sich nur noch zwei Männer in dem großen Raum.

Rossel hatte abgewartet. Marina hatte das Gebäude in der Zeichnung erkannt. Da war er ganz sicher. Es schien eine Bedeutung für sie zu haben. Und letzten Endes schlief sie mit dem Maestro. Wronski könnte es daher ebenfalls erkennen.

Der Komponist schlüpfte in seinen Mantel aus Wolfsfell und nahm dann eine grüne Mappe an sich, die an seinem Pult gelegen hatte und vor Papieren überquoll. Seine Stimme dröhnte von der Bühne herab. Die Stille im Auditorium brachte das aggressive, selbstherrliche Zischen in ihr noch zusätzlich zur Geltung.

»Diesmal hast du nichts gehört, mein Zuhörer. Ich hatte Bescheid gegeben, dass du zu verschwinden hast.«

Rossel saß auf einem der mit rotem Samt bespannten Plätze mitten im Parkett. Er stand auf und ging den Gang hinunter auf die Bühne zu, wobei er zu reden anfing.

»Marinas hohes A ist ein bisschen flach, nicht wahr, Maestro?«

Wronski quittierte die Frage mit einem Augenzwinkern. Wie beim letzten Mal erwartete Rossel einen Moment lang beinahe, dass der Komponist, einem plötzlichen Stimmungsumschwung folgend, in Gelächter ausbrechen würde. Aber der Augenblick verstrich.

»Deine Hände mögen verdreht und verkrüppelt sein, aber deine Ohren sind in Ordnung. Die Leute hier erinnern sich an dich. Sie haben gesehen, dass wir uns unterhalten haben, und haben sich gedacht, dass sie dein Gesicht von irgendwoher kennen. Und Marina kann sich nicht beherrschen und redet immer vom ›jungen Rossel‹. Wie deine Professorin immer zu ihr sagte, du wärst der beste Student, den sie jemals gehabt hätte. Dass du bei deinem ersten Auftritt im Konservatorium schon das Violinkonzert von Tschaikowski so gut spielen konntest, dass die Leute dir zu Füßen lagen. Ein geradezu überbordendes Talent, wie es nur einmal in jeder Generation vorkommt. Und dazu auch noch gut aussehend.«

Der Komponist machte mit seiner riesigen rechten Hand eine Geste in Richtung der Kulisse von *Die Blockade*. »Ein winziger Bruchteil dieses Werks ist teilweise von einem meiner früheren Stücke inspiriert worden, das auf *Schuld und Sühne* basierte. Und du bist mit jedem Zentimeter deines Körpers ein junger Raskolnikow, wie Dostojewski ihn beschreibt. ›Überdurchschnittlich groß, schlank, gut gebaut, mit schönen dunklen Augen und dunkelbraunem Haar.‹ Das hat jedenfalls Marina immer gesagt. Aber du weißt ja, wie die Frauen sind. Sie neigen dazu, allzu sehr ins Schwärmen zu geraten über jede exotische Frucht, von der sie den Eindruck haben, die Natur hätte sie ihnen vorenthalten.«

Rossel stand neben der Bühne und blickte hinauf zu dem Hünen.

»In ihrer Stimme lag eine gewisse Anspannung. Meinen Sie nicht auch, Maestro? Es klang so, als wäre Marina vielleicht nicht ganz bei der Sache gewesen.«

Wronski strich sich mit den Fingern durch seinen dichten schwarzen Bart und nickte.

»Ja, es gab da eine gewisse Unvollkommenheit im Ton, Leutnant, eine kaum wahrnehmbare Spur derselben. Ich neige ebenfalls zu der Auffassung«, seine Stimme wurde spöttisch, »dass ich ein Ohr dafür habe. Kurz vorher hatten wir uns in der Wolle. Ihr Bestes nicht zu geben ist dann immer Marinas Art, Rache zu üben. Sich etwas zurückzunehmen, um ihre Bewunderer zu peinigen. Das macht sie auch, wenn sie flach auf dem Rücken liegt, ein billiger Winkelzug aller Kurtisanen, um sich einen höheren Lohn zu verschaffen. Ein geschmackloses Gezerre um das Maß an Aufmerksamkeit, das sie, wie sie glaubt, ihrer Schönheit schuldig ist. Das Dumme ist nur, dass ich sie schon so oft gehabt habe, dass es mir allmählich auf die Nerven geht. Besonders in den Weißen Nächten, wenn die Sonne durch die Vorhänge schlüpft und die Fältchen um ihre Augen herum zum Vorschein kommen lässt. So ist das Leben, oder, Herr Leutnant? Sobald ein Mann die Möglichkeit hat, jeden Abend *Foie gras* zu genießen, träumt er schon bald von einem einfachen Frühstück mit Buchweizengrütze und Schwarzbrot.«

Rossel erklomm die Stufen zur Bühne und befand sich nun kaum zwei Meter entfernt von dem Komponisten. Aus der Nähe, in seiner monströsen Hülle aus Fell und angestrahlt von den Bühnenscheinwerfern, war Wronskis Gegenwart einschüchternder denn je.

Rossel schlug Sofias Buch auf und zeigte es vor, damit der Komponist einen gründlichen Blick auf die Zeichnungen werfen konnte. »Erkennen Sie hier vielleicht etwas wieder, Maestro? Bei Marina war das möglicherweise so.«

Wronski nahm das Buch und blätterte es beiläufig durch, als würde es ihn nicht sonderlich interessieren. Anschließend seufzte er tief.

»Herr Leutnant enttäuschen mich wirklich. Ich sehe dich in der Rolle von Dostojewskis berühmtestem Geschöpf, Raskolnikow, einem außergewöhnlichen Individuum, das die Kühnheit besaß, alles in die Tat umzusetzen, was für die Durchsetzung seines Willens in der Welt notwendig ist, und du offenbarst dich aufgrund dieser aufdringlichen, mühseligen Befragung als nichts weiter als sein scheinheiliger, törichter Ermittler Porfiri Petrowitsch.«

»Sie erkennen also in diesem Skizzenbuch nichts?«, beharrte Rossel.

Wronski schüttelte den Kopf. »Nein, mein schwerfälliger Porfiri, das tue ich nicht.«

»Sind Sie sich da sicher, Maestro? Ist wirklich nichts dabei, was möglicherweise auch entfernte Erinnerungen anstoßen könnte?«

Der Komponist klappte das Skizzenbuch zu und gab es ihm zurück. »Hast du mal einen Falter in der Nähe einer Kerze beobachtet?«, fragte Wronski. »›Ganz so wird auch er immerzu, immerzu um mich wie um eine Kerze herumkreisen; die Freiheit wird ihm zuwider werden; er wird melancholisch und konfus werden, sich selbst wie in einem Netz verwickeln und sich zu Tode ängstigen!‹«

Der Maestro sah Rossel eine Sekunde lang direkt in die Augen.

»So die Worte des schwerfälligen Porfiri. So sicher ist er sich, dass er seinen Mann zu Fall bringen wird. Aber das wussten Sie sicher schon.«

Wronski beugte sich vor zum Hals des Ermittlers. Der Leutnant bewegte sich nicht und ließ den Komponisten eine erhabene braune Stelle an der linken Seite unter dem Ohr berühren. Viele Geiger hatten sie, hervorgerufen durch viele Jahre, in denen sie das Instrument zwischen Schulter und Kinn gehalten hatten. Selbst nach all der Zeit war sie bei ihm nicht verschwunden. Einer der Gründe, weshalb er darauf achtete, seine Uniform stets zuzuknöpfen, damit man diese Stelle nicht sah. Manchmal verrutschte der Kragen jedoch ein wenig. Der Komponist berührte sie sanft, als streichle er ein Kätzchen.

Rossel machte einen Schritt zurück und zog den Kragen so weit hoch, wie es nur möglich war. Während er das tat, war hinter den Kulissen ein Klicken zu vernehmen. Ein Bühnenarbeiter hatte das Licht ausgemacht, sodass sie beide in Dunkelheit getaucht waren. Inmitten der Schatten hörte Rossel Wronskis Stimme wieder sanfter werden, aber auch spöttischer.

»Herr Leutnant belieben, sein Geigermal zu verbergen, hab ich recht? Muss sein. *Nicht* vor anderen, nein, sondern vor sich selbst. Ist das der Grund, warum Sie das Violinkonzert von Tschaikowski nicht mehr so spielen, wie Sie das einmal vermochten, und stattdessen dazu verdammt sind, Ihr Leben lang den armen, verlorenen Porfiri Petrowitsch zu geben?«

***

Rossel nahm das Holster mit der Pistole ab und ließ es auf seinen Nachttisch fallen. Er griff nach dem Exemplar von *Die Blumen des Bösen*, das aufgeschlagen dort lag, und wendete sich dem Gedicht *Der Albatros* zu. Baudelaire verwendete den Vogel in seinem Poem als Symbol für einen Künstler, Dichter oder Musiker. Jemand, dessen Begabung ihn aus der Menge heraushebt, ihn zugleich aber auch von den Menschen trennt. Was solche Menschen zur Zielscheibe des Spottes macht, sie stets tölpelhaft erscheinen und sich in Gesellschaft unbehaglich fühlen lässt. Am Rand stand eine handschriftliche Bemerkung: *Der bin ich. Immer. Denk daran, was auch immer geschieht. Alles Liebe S x.*

Rossel klappte den Gedichtband zu und legte ihn zurück auf den Nachttisch. Dann kniete er sich hin und zog seinen alten Geigenkasten unter dem Bett hervor. Er musste die Veränderung spüren, um sich selbst zu beweisen, dass er nichts verbarg.

Er öffnete die Verschlüsse und nahm den Bogen, das Instrument und den Kinnhalter heraus. Er spannte den Bogen, bearbeitete das Haar mühsam mit Geigenharz. Schließlich nahm er die Violine in die gebrochene linke Hand und brachte sie in Position, klemmte sie sich unter das Kinn, spürte, wie die Kante des Korpus auf die Reste der besagten Stelle am Hals drückte.

In seinem Kopf hämmerte es.

»Herr Leutnant belieben, sein Geigermal zu verbergen, hab ich recht? Muss sein. *Nicht* vor anderen, nein, sondern vor sich selbst.«

*Leck mich doch, Wronski*, dachte er.

Aber im Grunde seines Herzens wusste er, dass der Maestro recht hatte.

# 24

## Freitag, 26. Oktober

Und dann kamen sie schließlich.

Ein Dutzend von ihnen oder mehr. Befehle wurden gebrüllt, automatische Gewehre über den Köpfen geschwungen, Milizionäre zu Boden gedrückt und getreten. Rossel und Tanejew hielten sich zusammen mit zwei jungen Polizisten im Erdgeschoss auf und sahen Vermisstenmeldungen durch. Sie versuchten, die beiden verbliebenen Opfer zu identifizieren, den älteren Mann, der kastriert worden war, und den jüngeren, der zumindest diesem Schicksal entgangen war. Wer von vorneherein nicht infrage kam – »zu jung, zu alt, zu groß, zu … nein …«, den sortierten sie aus. Plötzlich flog die Tür auf. Ein MGB-Sturmtrupp, mindestens zehn Mann, gefolgt von einem Offizier, der einen Nagant-Revolver in der Hand hielt.

Der Offizier stand in der Mitte des Raumes und wartete ab, bis seine Leute alle Polizisten überwältigt hatten. Es dauerte nicht lange. Rossel nahm ihn in Augenschein. Das Gesicht des Mannes bestand fast nur aus wucherndem Narbengewebe, das sich hinauf über sein linkes Auge bis zur Schläfe erstreckte. Die Nase ein einziger Verhau, als hätte man sie mit der einen Seite ins Feuer gehalten. Das verbliebene Auge war so grau wie Stahl aus Magnitogorsk, sein Blick tastete alles ab.

Rossel hatte dieses Gesicht schon einmal gesehen.

Vor langer Zeit, fast ein Jahrzehnt zuvor, aber das war ein Gesicht, das er nicht vergessen hatte, niemals vergessen würde.

Man musste sich ruhig verhalten, durfte sich nicht bewegen. Neben sich hörte er Tanejew immer schneller atmen. Rossel streckte den Arm nach ihm aus, aber es war zu spät. Der ältere Mann verließ die Deckung des Schreibtischs und ging auf den Anführer der MGB-Truppe zu.

»Nein«, sagte Tanejew. »Bitte nicht. Ich habe eine …«

Ein Schuss ertönte und blitzte durch die dunklen Räumlichkeiten von Revier 17, und Tanejew taumelte. Beim Austritt aus dem Rumpf hatte die Kugel ein Loch in seinen Rücken gerissen. Er fiel zu Boden und blieb dort liegen, keuchend und allein.

»Unteroffizier Pawel Gratschew«, brüllte der Offizier.

Keine Antwort.

»Findet Gratschew, diesen konterrevolutionären Abschaum. Und packt die anderen in die Lkws.«

Als Bewegung in die Milizangehörigen kam, ging Rossel schnell zu Tanejew und hievte ihn auf einen Stuhl. Sein Kollege sank in sich zusammen wie ein Sandsack, mit dem Kopf nach hinten, eine kleine Blase aus blutigem Schaum auf den Lippen. Von seinem rasselnden Atem befüllt, blähte sich die Schaumblase kaum merklich auf, um dann wieder zu schrumpfen, was sie wie eine winzige, allerdings makabre Christbaumkugel wirken ließ, nicht unähnlich denen seiner Großmutter, die in ihrer alten Datscha den Weihnachtsschmuck immer in einer Schachtel unter der Treppe versteckte. Der Revolver schwenkte herum zu ihm, und Rossel erstarrte. Tanejew versuchte, ihm etwas zuzuflüstern. Einen Namen – *Artjom*. So hieß sein Sohn, der für Zenit spielte.

Es sagte es zweimal. Dann platzte die Blase.

Über ihren Köpfen ertönten ein Schrei und dumpfe Geräusche. Lipuchin war klug genug, sich zu ergeben, doch Gratschew war so verrückt, dies nicht zu tun.

Sie könnten die Nächsten sein, die sterben mussten.

Der MG-Offizier meldete sich wieder zu Wort. »Ich teile hiermit, ohne Ausnahme, allen Angehörigen dieses Reviers der Volksmiliz, Station 17 in der Wosstanija-Straße, mit, dass sie verhaftet sind, und zwar weil sie einem reaktionären Verräter an der bolschewistischen Sache und Mitglied der fünften Kolonne Unterschlupf gewährt und mit ihm zusammengearbeitet haben. Wer Widerstand leistet, wird erschossen. Ich rate Ihnen, sich schon einmal Gedanken über Ihr Geständnis zu machen, denn dies ist in aller Ausführlichkeit handschriftlich erforderlich. Hinaus mit euch!«

Von oben war weiteres Protestgeschrei zu hören. Irgendjemand, wahrscheinlich einer der Dienstälteren, erstmals seit Wochen aus der Routine gerissen, drohte damit, sich bei Stalin persönlich zu beschweren. Stalins Posteingangskorb musste schier überquellen vor lauter Eingaben empörter Bürger, die fest davon überzeugt waren, dass er ihnen helfen würde, wäre ihm doch nur das in seinem Namen begangene Unrecht bekannt.

Wäre es eine Einheit der Armee gewesen, deren Offiziere die Staatssicherheit hassten und wo selbst ein gewöhnlicher Hauptmann glaubte, er stünde höher im Rang als alle beim

MGB – außer vielleicht Beria –, wäre es möglicherweise zum Kampf gekommen. Doch die Miliz war der Staatssicherheit nicht gewachsen. Kleinlaut und schweigend trottete ein Dutzend Polizisten durch die Flügeltür zu den draußen wartenden Transportern und Lkws. Rossel hielt kurz inne, betrachtete das vernarbte Gesicht und fragte sich, ob er ihn wohl seinerseits erkannt hatte. Oder ob er schon so viele Menschen gefoltert und gebrochen hatte, dass es auf ein Opfer mehr, an einen Stuhl gefesselt, dem er die Finger mit einer Zange zerquetscht oder mit einem Meißel abgetrennt hatte, nicht ankam.

»Was wird Unteroffizier Gratschew denn vorgeworfen?«, erkundigte sich Rossel bei dem narbengesichtigen Offizier.

Einer der Geheimdienstleute wollte Rossel seinen Gewehrkolben in den Bauch stoßen, doch er war auf einen solchen Angriff vorbereitet. Er machte einen Schritt zur Seite und parierte den Stoß mit dem Unterarm. Der Geheimdienstler fluchte und richtete den Lauf des Gewehrs jetzt direkt auf Rossels Gesicht – doch genau in diesem Moment stürzte Gratschew kopfüber die Treppe hinunter, unmittelbar gefolgt von den MGB-Soldaten, die ihn aus dem oberen Stockwerk vertrieben hatten.

Gratschew hatte dieselbe Frage wie Rossel.

»Was soll ich denn verbrochen haben?«, schrie er, als die Soldaten ihn hochzogen und wieder auf die Beine stellten. »Ihr blöden Wichser, was habe ich denn Falsches gesagt?«

Man hatte ihm Handschellen angelegt, und er hielt die Kette vor sich hoch, als wäre es eine Beleidigung von Lenin persönlich.

Der MGB-Offizier musterte ihn von oben bis unten und rümpfte die Nase. »Wir betrachten nicht nur die gegenwärtigen Worte oder Taten eines Menschen, sondern auch die gesellschaftliche Klasse, der er angehört, seine Ideologie und seine Vergangenheit«, erklärte er. »Und du gehörst zur

Klasse der treulosen Imperialisten. Du bist als früherer Kämpfer für die imperialistische Sache im Bürgerkrieg enttarnt worden. Und als Jugendlicher hast du dich in der Provinz Charkow General Kornilows Vipern angeschlossen und gegen die Bolschewiken gekämpft. Deine Vergangenheit hat dich gerade eingeholt, Genosse Gratschew.«

»Ich bin ein sowjetischer Arbeiter, und das schon immer, Genosse.« Gratschew kämpfte und kassierte dafür einen Schlag in die Nierengegend. Er zuckte lediglich etwas zusammen. »Und wenn ihr meine Taten in der Vergangenheit überprüft«, stieß er hervor, »werdet ihr ja sehen, dass ich in Stalingrad gekämpft habe und in Kursk. Ich habe in Preußen gekämpft und in Berlin. Ich habe mir nichts zuschulden kommen lassen.«

Der MGB-Major sah ihn gelangweilt an.

»Das sagen sie alle.«

Gratschew machte ein langes Gesicht, denn besser als die meisten anderen wusste er natürlich, dass alle das sagten.

Sie wurden nach draußen geführt, Hauptmann Lipuchin als Letzter. Er blickte in den grauen Himmel hinauf und seufzte. Als bedauerte er am meisten, dass er an diesem Morgen nicht gleich eine zweite Flasche Wodka aufgemacht hatte.

Rossel kletterte auf die Ladefläche des niedrigen Lasters und setzte sich auf der Bank zwischen Lipuchin und einen pickligen, zitternden Milizionär, der erst vor fünf Wochen zu ihnen gekommen war. Wie gottergeben sie doch alle ihr Schicksal hinnahmen. Aber anders als Rossel hatten die meisten eben keine Vorstellung davon, wozu ein Folterknecht des MGB fähig war, welche Schmerzen er einem bereiten konnte und wie erbarmungslos und genüsslich er sie einem auferlegte. Sicherlich hatte jeder schon Geschichten über »die Kreuze« gehört, das heruntergekommene, eiskalte und brutale Kresty-Gefängnis mit seinen beiden in

Kreuzform errichteten Hauptgebäuden. Sie wussten, wie schnell die Arbeitslager im Norden und Osten den Körper und die Seele eines Menschen zerstören konnten. Dennoch würden sie zu ihren überfüllten Zellen trotten, in den Gerichtssaal, um sich dort von einem geifernden Ankläger niedermachen zu lassen, und an die Stelle, an der sie ihr eigenes Grab schaufelten. All das ohne Murren. Weil sie noch nicht am eigenen Leib verspürt hatten, was ein Vernehmungsoffizier des MGB dem Fleisch eines Menschen antun konnte.

Angst kroch in ihm hoch wie Galle. Besser im Kugelhagel der Tschekisten sterben als noch einmal erdulden müssen, was er damals bereits ertragen hatte. Selbst nach einem Jahrzehnt suchte ihn der Schrecken dieser Tortur heim. Doch es war zu spät. Die Fahrzeuge hatten sich in Bewegung gesetzt, und sowohl Lipuchin als auch der einfache, junge Milizionär ergriffen Rossels Arm, um sich in dem schwankenden Lkw irgendwo festzuhalten.

Er sehnte sich nach dem Vertrauen, das die Gläubigen aufbrachten. Vielleicht konnte es ihn trösten, in den Zellen, im Verhörzimmer oder wenn sie ihn hinrichteten. Um ihn herum murmelten Männer und Frauen Gebete, vergossen Tränen. Aber der Glaube war für ihn niemals leicht zu erlangen gewesen. Auch nicht in der 2. Stoßarmee.

Er kämpfte gegen die Erinnerung an, versuchte, sie zu unterdrücken, und konzentrierte sich deshalb auf Gratschew. War er ein Weißer gewesen? Schon möglich. Gratschew war schon gewalttätig auf die Welt gekommen und würde für gleich welche Seite Partei ergreifen, solange sich ihm dabei die Gelegenheit bot, Menschen zu töten. Rossel wusste nichts über dessen Leben vor dem Großen Vaterländischen Krieg, aber Gratschew fühlte sich nur sich selbst verpflichtet, nicht dem Bolschewismus, und falls er nach der Revolution 1917 eine Zeit lang in der monarchistischen

Weißen Armee gedient und für den Zaren gekämpft haben sollte, wäre das keine Überraschung.

Oder hing die Razzia vielleicht mit ihren Ermittlungen zusammen? Es schien völlig übertrieben, wenn es lediglich darum ging, eine Anklage gegen Rossel zu konstruieren. Aber es gab immer Dinge, von denen man keine Ahnung hatte, Feinde, von denen man nicht einmal wusste, dass es sie überhaupt gab, und Verschwörungen, die man erst entdeckte, wenn man bereits in sie verwickelt war.

Die Fahrzeugkolonne rollte durch das bogenförmige, aus roten Ziegeln errichtete Eingangstor des Kresty-Gefängnisses. Sie mussten alle raus aus den Lkws, wurden in die riesige Gefängniskirche gebracht und unter deren weißer Kuppel sorgsam in ordentlichen Reihen aufgestellt.

Natürlich war Rossel der Name des Mannes mit dem Narbengesicht wieder eingefallen. Dieser Mann hatte damals, all diese Jahre zuvor, Tonleitern gesungen, während er Rossels Finger misshandelte. Nikitin.

Sein Gesicht jagte ihm mehr kalte Schauer den Rücken hinunter, als es selbst der härteste Winter in Leningrad vermocht hätte.

Instinktiv sah Rossel links hinüber zu einer kleinen Gruppe seiner Kollegen aus Revier 17. Gratschew blickte ihm direkt in die Augen, mit hassverzerrtem Gesicht, und er begriff, dass der Unteroffizier glaubte, er wäre für dieses Desaster verantwortlich, dass Rossel ihn denunziert hätte. Rossel erwiderte seinen Blick und schüttelte den Kopf, doch Gratschew spuckte in seine Richtung.

Verborgen hinter der Angst, die Rossel in die Eingeweide gefahren war, entspann sich jedoch ein neuer Gedanke. Die Vorstellung, dass er seinem Peiniger wieder nahekommen konnte. Sich die Chance bieten könnte, sein eigenes Lied zu singen. Eine Chance zur Abrechnung.

***

*Er würde nicht schreien. Diese Genugtuung gönnte er ihnen nicht.*

*Nach dem ersten Finger, als er begriff, dass er nie wieder Sonaten von Mendelssohn, Tschaikowski oder Beethoven spielen würde, auch nicht die Capriccios von Paganini, tat der Schmerz nichts mehr zur Sache.*

*Such dir ein Konzert aus, dachte er. Zum Beispiel den alten Brahms. Fang mit dem zweiten Thema an. Leg Leidenschaft hinein. Er hörte den Tadel seines Professors … Revol, du lieber Himmel, warum diese Eile? Lass jeder Note ihren Raum, Revol, behandle jede so, als wäre sie dein eigenes, kostbares Kind. Technisch gesehen ist das einer der einfacheren Abschnitte, aber alle preschen da immer gleich bis zum Ende durch. Und beklagen sich dann, wie schwierig der Rest des Stückes ist. Was hat Brahms am Anfang vorgegeben?*

*Allegro non troppo, Herr Professor.*

*Allegro non troppo. Non. Troppo. Noch einmal, bitte.*

*Allegro non …*

*Im Geiste versuchte er, seine Violine zur Hand zu nehmen, doch seine Arme wollten nicht reagieren.*

*Weiter, sagte der einäugige Major, während er den Meißel sorgfältig auf den Knöchel von Rossels linkem Ringfinger drückte. Wir haben* do *gesungen, und* re. *Was kommt als Nächstes?* Mi? Do, re, mi …

*Aus der Ferne ertönte ein Schrei. O Gott, war er das? Nein, ein anderes unglückseliges Opfer. Jemand, der hoffnungslos falsch sang. Wenn er doch nur an die Wirbel kommen könnte, um das Instrument ein wenig zu stimmen …*

Do, re, mi, fa …

*Nein, er würde nicht schreien.*

*Später jedoch, als er aus dem Schlaf hochschreckte und die blutroten Spritzer auf dem Zellenboden bemerkte, starrte er seine beiden verstümmelten Finger an und umklammerte die übrigen, die ihm gnadenlos Schmerzen bereiteten.*

*Er fluchte jetzt, schluchzte. Bis von ihm nur noch ein einziges animalisches Geräusch blieb.*

*Nicht wegen des Blutes. Oder des Schmerzes.*

*Die Musik war es.*

*Ohne sie, das wusste Rossel, würde er nie wieder er selbst sein – sein wahres Selbst verkörpern. Nie wieder.*

# 25

## Montag, 29. Oktober

Major Nikitin ließ seinen Füllfederhalter etwa einen Zoll über dem Papier verharren. Als wäre er Buchhalter in einer Fabrik und würde sich in den wenigen Minuten, die ihm noch bis zum regulären Arbeitsbeginn blieben, einem besonders kniffligen Problem beim Schach widmen.

Ohne Hemd – ein anderer MGB-Scherge machte sich gerade daran, die Quälerei mithilfe eines Gummiknüppels und mehrerer Rollen Draht fortzusetzen – fror Rossel in dem feuchtkalten Verhörraum. Er hing, an den Handgelenken festgekettet, von einem Balken, der unter der Decke über die gesamte Länge der Zelle verlief, und konnte mit den Zehenballen gerade so den Boden berühren.

*Such dir ein anderes Konzert aus. Etwas Leichteres. Ein Violinkonzert von Bruch. Da geht es ganz um die Schönheit des Klangs.*

Nikitin schraubte mit zwei langsamen Bewegungen die Kappe auf seinen blauen Füllfederhalter und steckte ihn in die Brusttasche. Er hob den Kopf – im Dämmerlicht der Zelle zeichneten sich die Brandnarben und das transplantierte Hautgewebe, das sich von der Schläfe bis zum Hals herunterzog, deutlich ab – und betrachtete Rossel mit dem einen intakten Auge.

»Jetzt erinnere ich mich an dich«, sagte er. »Gestern hast du mich auf dem falschen Fuß erwischt. Ehrlich gesagt, habe ich keine Erinnerung an unsere frühere Begegnung. Aufgrund einer Brandbombe gleich zu Beginn des Großen Vaterländischen Krieges«, er betastete seine vernarbte Wange, »ist es schon schwierig genug, mein eigenes Gesicht zu vergessen. Aber du hast eine ganz bestimmte Art, diese Halsstarrigkeit bei Verhören. Ja, jetzt klingelt's. Ich bitte um Entschuldigung, Leutnant Rossel, falls der Eindruck entstanden sein sollte, ich wäre unhöflich. Aber Sie wissen ja, wie das ist. In meinem Alter fließen die Jahre so dahin, und die Gesichter der Leute, mit denen wir bei unserer Arbeit zu tun haben, verschwimmen.«

»Ich bin mir sicher, dass Ihnen meine Akte vorliegt, Herr Major. All das dürfte Ihnen bekannt sein«, entgegnete Rossel.

Nikitin seufzte. »Nein. Die Akte aus dem Kresty-Gefängnis ist bedauerlicherweise nicht aufzufinden. In den letzten Tagen der Blockade sind eine Menge Unterlagen verloren gegangen. Ein deutsches Artilleriegeschoss hat das Verwaltungsgebäude getroffen. Das macht aber nichts. Ich brauche von Ihnen eine Aufstellung Ihrer eigenen Vergehen sowie eine Liste mit den Gesetzesverstößen aller Milizangehörigen von Revier 17. Werden Sie diesmal geständig sein?«

»Ich kann nur gestehen, meine Aufgaben erfüllt zu haben«, antwortete Rossel.

Der Major nickte dem Wachsoldaten zu, der in einer Ecke der Zelle bereitstand. Der Gummiknüppel traf ihn rechts, direkt unter dem Brustkorb. Er stöhnte auf und spuckte frisches Blut auf den Steinfußboden.

»Wir können mehrere Tage so zubringen, Leutnant, Wochen sogar, wenn es sein muss«, erklärte Nikitin und sah zu, wie der Schmerz das Gesicht seines Opfers verzerrte. »Dieser Junge, einer der unteren Ränge, hat Sie bei allen Straftaten, die Gratschew begangen hat, ebenfalls belastet. Ich musste mich lediglich zu ihm herunterbeugen und sanft einen dieser hässlichen Pickel im Gesicht ausdrücken, und schon hat er sich die Hosen vollgeschissen. Äußerst widerwärtig. Es wäre am klügsten, wenn Sie seiner Version der Geschichte folgten und sich weitere Unannehmlichkeiten ersparen.«

Rossel kämpfte gegen die Qualen an.

»Als Angehöriger der Volksmiliz bin ich natürlich gerne bereit, mit unserem ruhmreichen MGB über jeden Kriminalfall zu sprechen«, sagte Rossel keuchend. »Ich kann Ihnen schildern, was die Ermittlungen bisher ergeben haben. Bei der ersten Leiche handelt es sich um Nadja Basanowa, eine ehemalige Studentin am hiesigen Konservatorium. Sie hat Klarinette studiert, wurde dann aber Ankleiderin am Kirow-Theater. Sie war eine von Ihnen, eine MGB-Mitarbeiterin unteren Ranges, deren Aufgabe es war, bei Auslandstourneen ein Auge auf die berühmten Solisten zu haben. Es haben sich wohl zu viele abgesetzt, nehme ich an.«

»Das kann ich alles den Unterlagen entnehmen, die wir aus der Wosstanija-Straße mitgenommen haben«, unterbrach ihn Nikitin. »Für Ihr Geständnis ist das nicht von Bedeutung.«

»Sie war klein, ein rundliches Pummelchen«, fuhr Rossel fort. »Hatte Probleme mit Schuppen. Plapperte wie eine betrunkene Babuschka. Am Konservatorium war sie mit allen gut Freund, hatte aber keine Freunde. Es hat mich nicht überrascht, dass sie einen Weg gefunden hatte, ins Ausland zu reisen. Sie hatte einen Minderwertigkeitskomplex, war eine dieser durchschnittlichen Musikerinnen, die dick auftragen und sich dann zum Ausgleich an die richtigen Leute heranwanzen.«

Nikitin nickte. Die Wache schlug Rossel auf die Schulterblätter. *Eine gute Stelle, um ihnen einen zu verpassen*, hatte Gratschew einmal einer kleinen Gruppe junger Polizisten erklärt, bevor Rossel die Veranstaltung abgebrochen hatte. *Brennt wie der Teufel.* Damit hatte er absolut recht, wie Rossel erfahren musste.

Rossel krümmte sich vor Schmerz, machte aber weiter und stieß die erstbesten Gedanken hervor, die ihm in den Sinn kamen. Es half ihm dabei, zu vergessen, wo er sich befand, trotzdem aber sinnvolle Erkenntnisse zu äußern.

»Leiche Nummer zwei. Maxim Awdejew, Waldhornist aus Pskow, trug immer Schwarz und verbarg sein blasses, geheimnisvolles Gesicht unter schlaff herabhängendem Haar. Ich habe ihn nie betrunken gesehen, nicht ein einziges Mal. Er war älter als wir, weil er zwei Jahre aussetzen musste, um seine Mutter zu pflegen. Konnte jeden am Konservatorium beim Schach schlagen, selbst die Professoren. Sie werden tonnenweise Unterlagen über ihn haben. Er hat Jahre im Gulag zugebracht. Als er entlassen wurde, war mehr Tätowiertinte als Haut zu sehen. Ist dann fanatisch religiös geworden, prophezeite die Apokalypse und behauptete, die Juden wären erst der Anfang, und wir würden alle noch dahin kommen. Gut möglich, dass er Menschenfleisch verspeist hat. Er hat es zuerst gesegnet und dann heruntergeschlungen, als wäre es eine Art schwarze Eucharistie.«

Was kam als Nächstes?

Bitte nicht die Finger.

Nicht ein zweites Mal, bitte.

»Drei der Opfer waren Ihnen bekannt, drei!«, rief Nikitin. »Sie können sich an fünf Fingern abzählen, auf welchen Gedanken mich das bringt.«

»Nummer drei, Sofia Fedotowa, Sängerin. Sie wollte unbedingt ans Kirow, hat immer davon geträumt, ins Ausland zu gehen. Fortzusegeln. Von Seen und dem Meer. Sie liebte das Meer. Und französische Lyrik. Sie hat ihre Eltern gehasst. Ich glaube, ihr Vater hat sie manchmal geschlagen, aber sie hat nie irgendwas in der Richtung gesagt.«

»Wenn Sie sie alle so gut kennen, Leutnant, warum wissen Sie dann nicht auch, wer sie umgebracht hat?« Nikitin zeigte mit dem Finger auf ihn. »Wenn Sie es nicht selbst waren. Natürlich. Ist *das* also Ihr Geständnis?«

»Eine Zeit lang habe ich Maxim für den Täter gehalten«, sagte Rossel und drehte sich langsam zu Nikitin um wie ein Tierkörper an einem Metzgerhaken. Er musste den Kopf stark verdrehen, um Nikitin anzusehen. »Er war besessen vom Tod. Ich habe geglaubt, er hätte einen starken Groll gegen die anderen gehabt oder wäre einfach verrückt geworden. Oder beides. Ich dachte, dass er seine Anhänger dazu gebracht hätte, vier Menschen zu entführen und sie abzuschlachten, dann ihn selbst, um Buße zu tun, Rache zu nehmen oder was auch immer. Aber das denke ich jetzt überhaupt nicht mehr. Es ist irgendetwas anderes. Jemand anderer. Dessen Motive noch seltsamer sind. So pervers, dass ich sie mir einfach nicht vorstellen kann.«

Erneut schwang der Wachsoldat seinen Gummiknüppel, doch diesmal gebot Nikitin ihm Einhalt.

»Ersparen Sie mir die zusammenhanglosen, unbedeutenden Einzelheiten Ihrer nicht existenten Ermittlung, Leutnant. Verschwenden Sie weder meine noch Ihre Zeit. Bekennen Sie sich einfach der Aufwiegelung schuldig sowie der Beherbergung eines Verräters. Letztlich werden Sie das sowieso tun.«

»Kurz bevor Sie uns verhaftet haben, war es Dr. Wolkowa möglich, eine der verbliebenen beiden Leichen zu untersuchen«, sagte Rossel daraufhin. »Den älteren Mann. Er war das einzige der fünf Opfer, das vorher nicht hungern musste. Dr. Wolkowa stellte in seinem Blut Spuren von Alkohol fest, und in seinem Mund fanden sich Reste von Kaviar, genauer gesagt, Beluga.«

Nikitin nahm der Wache den Knüppel ab und vollführte in der Luft ein paar Übungsschläge.

»Sie werden gestehen. Oberst Sarkisow ist der Meinung, dass es so sein muss, also wird es so sein. Denn der Oberst hat das Ohr des Genossen Beria. Die Milizstation 17 ist eine konterrevolutionäre Bande von Verrätern, korrumpiert von dem imperialistischen Gratschew, der der fünften Kolonne angehört. Geben Sie es zu.«

Nikitin hob ein drittes Mal den Gummiknüppel und zielte auf Rossels ohnehin schon mit blauen Flecken übersäten Bauch.

»Gestehen Sie«, verlangte er, während er ausholte. »Los!«

Jemand klopfte an die Zellentür. Eine junge Geheimdienstlerin trat ein und salutierte.

»Nicht jetzt«, zischte Nikitin. »Sehen Sie denn nicht …«

»Ein Anruf aus Moskau für Sie, Major. Oberst Sarkisow. Er sagt, es wäre dringend.«

***

*Wie sehr wir doch alle am Leben hängen*, dachte Rossel. *Wir sollten alle gegen sie aufstehen, sie zum Teufel schicken und ihnen ins Gesicht spucken. Stattdessen klammern wir uns an jeden Fetzen Hoffnung, den sie uns hinwerfen.*

Ungezählte Stunden später. Besinnungslos zugebrachte Zeit. Bewusst, aber nur zögerlich auf diese Weise zugebrachte Zeit – Zeit der Sehnsucht nach dem Tod, nicht so sehr, um die Qualen zu mindern, obwohl das mehr als willkommen wäre, sondern vor allem, um weitere Verhöre abzuwenden. Zeit, mit geschwollener Zunge Feuchtigkeit vom Zellenboden zu lecken. Zeit für den Versuch, aufzugeben und alles hinter sich zu lassen – und, falls das nicht glückte, Zeit für mildes Erstaunen über die eigene Gleichgültigkeit, was das Überleben betraf.

Türen in Korridoren, die sich öffneten. Gesprochene Worte. Noch mehr einsam zugebrachte Zeit. Schließlich das grauenerregende Geräusch des rostigen Riegels an der Zellentür, der zurückgeschoben wurde …

***

»Ihre Uniform, Genosse Leutnant.«

Rossel saß auf der einen Seite eines kleinen Holztischs, Nikitin auf der anderen. Mit seinem Blick deutete der Major in Richtung einer niedrigen Bank rechts von Rossel. Dieser Verhörraum war kleiner, dunkler. Seine Milizuniform lag gefaltet auf der Bank, seine Stiefel standen direkt davor.

»Ihre Papiere.«

Nikitin schob sie ihm über den Tisch. Rossel betrachtete sie mit geschwollenen Augen.

»Was?«, stammelte er, konnte aber nichts weiter sagen.

Nikitin stemmte beide Fäuste auf den Tisch, als wolle er aufstehen. »Oberst Sarkisow hat angerufen. Er sagt, in Moskau redet man bereits über die Morde am Ladogasee. Auch darüber, dass Leningrad, die Stadt, die man seit den Tagen Trotzkis, dieses menschlichen Abschaums, immer schon für eine Brutstätte von Dissidenten und Reaktionären gehalten hat, außer Kontrolle zu geraten droht. Die Beschützer unserer Stadt in den höchsten Kreisen, und zwar den allerhöchsten, möchten, dass dieser Fall gelöst wird. Und trotz Ihres bisher jämmerlichen Scheiterns, so würde ich es jedenfalls nennen, glaubt jemand, dass Sie, als der ranghöchste *nüchterne* Ermittler in diesem Fall, weiterhin am besten dafür geeignet sind, diese Aufgabe zu meistern. Wie Sie wissen dürften, steht der Parteitag in Leningrad unmittelbar bevor, der den Auftakt zu zweiwöchigen Feiern bildet, mit denen der zehnjährigen Eröffnung der ›Straße des Lebens‹ gedacht werden soll. Es wird Paraden und Konzerte geben. Ich hörte, dass Sie mit Ihrem Auftritt im Kirow-Theater zum Ärgernis geworden sind. Maestro Wronskis große Oper *Die Blockade* wird die Feierlichkeiten eröffnen. Stalin persönlich wird erwartet. Genosse Beria möchte, dass alles glatt läuft. Weder die Leningrader Parteiorganisation noch deren Fürsprecher in Moskau können in dieser Zeit irgendwelche Störfaktoren gebrauchen. Und sicherlich auch keine neuerlichen Morde.«

Das war es also. Irgendwelche Widerwärtigkeiten sollten den Parteitag auf keinen Fall beeinträchtigen, Gerüchte über außer Kontrolle geratene Kriminalität zum Beispiel. Die sowjetische Justiz und die Verfechter von Recht und Ordnung mussten die Oberhand behalten.

»Ich werde Unterstützung brauchen«, stellte Rossel fest.

Nikitin schüttelte den Kopf. »Genosse Leutnant, ich bin etwas erstaunt, dass Sie in diesem besonderen Moment auch noch Forderungen an mich richten.«

»Minister Beria, sagen Sie, ›möchte, dass alles glatt läuft‹. Haben Sie sich schon einmal gefragt, Major, ob Sie nicht vielleicht genau der Mann sind, der verhindert, dass Beria seinen Willen bekommt?«

Ein gewisses Erstaunen breitete sich auf Nikitins Gesicht aus. So ähnlich, als hätte jemand in einem Boxkampf mit einem schwächeren Gegner unerwartet einen Treffer kassiert, hätte aber dennoch sein Vergnügen an dem Brennen, das der Schlag hinterließ. Der Major lächelte verkniffen, wobei seine Lippen, dünn wie Rasiermesser, von den wild wuchernden Narben im Gesicht kaum mehr zu unterscheiden waren.

»Sie können zwei Mitstreiter benennen«, erklärte er. »Für mehr halte ich meinen Kopf nicht hin. Haben Sie schon jemanden im Blick?«

Rossel hatte noch immer den Geschmack von Blut im Mund. Als er sich auf dem Stuhl etwas anders hinsetzte, schoss ein stechender Schmerz seine rechte Seite hoch und setzte sich hinter der Augenbraue fest. Er seufzte, fühlte sich erschöpft und schwach.

»Ja, habe ich.«

***

Schnee klebte ihm im Gesicht, als er der Newa in westlicher Richtung folgte. Der Sturm war heftig, und Rossel verließ sich zur Orientierung auf die Ufermauer. Zwei MGB-Leute hatten ihn zum Gefängnistor eskortiert und auf die Straße hinausgeschubst – bekleidet und mit Schuhen an den Füßen, aber ohne einen Mantel, der ihn vor dem scharfen Wind hätte schützen können. Fassungslosigkeit angesichts dieser schicksalhaften Wende mischte sich mit den qualvollen Zuckungen seines gemarterten Körpers. Ein Auge war fast vollständig zugeschwollen.

Während eine dieser flüchtigen weißen Flocken auf seiner Zunge zerschmolz, fühlte es sich einen kurzen Augenblick lang so an, als stünde er kurz davor, jedenfalls so kurz, wie es einem ehemaligen Angehörigen des Verbandes der kämpfenden Gottlosen möglich war, einen Kelch mit Weihwasser zu leeren. Die Temperatur fiel weiter, sie bekamen es mit einem heftigen Wettereinbruch zu tun. Wenn das im Oktober so blieb, dann könnte ihnen einer der härtesten Winter seit dem Krieg bevorstehen. Und doch war jeder Schritt berauschend. Wie alles, was den wenigen

Glücklichen, wiedergeboren und ins schwache Morgenlicht blinzelnd, die es hinaus geschafft hatten aus dem dunklen Schoß des Kresty-Gefängnisses, zu denen er sich wundersamerweise ein zweites Mal zählen durfte, Freiheit verhieß.

Sofia. Er konnte den Alkohol in ihrem Atem riechen. Er konnte sehen, wie sie den Blick senkte, die Hand spüren, die sie ihm auf die Brust legte.

*Nein, Revol, weil …*

»Weil was, Sofia?«

Als er sie beschwor, es ihm zu sagen, drehte sich die alte Frau vor ihm um, zog den Kragen hoch und entfernte sich schnell. Eine Antwort bekam er nicht. Eine Weile später, warum, begriff er nicht, spukte ihm Wronskis außerweltliche Musik, eine gespenstische Melodie aus der Szene, die er im Kirow gesehen hatte, im Kopf herum. Und Eliasbergs düsteres, höhnisches Gesicht starrte ihn von der Bühne herab an. Die Schneewehen wurden immer höher, vom Ostwind über jedes Hindernis hinweggepeitscht. Seine Sinne stumpften mit jedem Schritt ein wenig mehr ab, und trotzdem genoss er gleichzeitig das Gefühl, einfach nur zu *sein*, den eigenen Gedanken nachhängen zu können, wie ein Kind durch den Pulverschnee zu stapfen.

Er hielt an. Eigentlich müsste er jetzt schon die Liteiny-Brücke erreicht haben. Wenn er nach Süden ging, konnte er von dort aus das Revier 17 in der Wosstanija-Straße erreichen und versuchen, Feuer zu machen. Aber das musste schnell gehen. Der Schock angesichts all dessen, was er aufgedeckt hatte, und die Schläge, die er erdulden musste, hatten ihn fertiggemacht. In nördlicher Richtung konnte er in weiteren zwanzig Minuten zu seiner Wohnung gelangen, in der Küche Zuflucht suchen, sich an Lenas Witzen erfreuen und an einem leckeren Teller dampfenden

Borschtsch mit Speck, den ihre Mutter gekocht hatte. Aber wo war die Brücke?

Vor sich, am Rande des Gesichtsfelds, das ihm der Schneesturm ließ, konnte er gerade noch die schwachen Lichter eines Autos ausmachen, das die Brücke überquerte. Er versuchte, schneller zu gehen, stolperte, stürzte und musste sich mit den restlichen Fingern seiner linken Hand im Schnee abstützen. Es war das erste Mal seit Monaten, sogar Jahren, dass er Schnee auf der tauben, narbigen Haut spürte. Nikitins Schergen hatten vergessen, ihm seine Handschuhe wiederzugeben, oder, was wahrscheinlicher war, es eben nicht vergessen. Er wühlte sich tiefer in das pudrige Weiß hinein, packte zu, wollte, dass es ihn heilte. Irgendwo, am Rande seines Fühlens, war Kälte. Aber sie kam nicht nah genug an ihn heran. Er hatte das Bild der fünf Leichen auf den Schienen vor Augen. Nur dass er sie diesmal ganz neu wahrnahm, als ob er nun über ihnen schweben würde wie der Albatros in dem Gedicht von Baudelaire, das Sofia ihm gegeben und so geliebt hatte. Er wurde zu diesem Vogel, ein Herr »des Himmels und der Wolken«. Fühlte sich wahrhaft lebendig – so wie früher einmal, wenn er Geige spielte. Unter ihm erstreckte sich der Schienenstrang in die Ferne, kohlrabenschwarz hob er sich von dem unwirklichen Weiß des Schnees ab und glitzerte im Mondlicht. Parallele Linien, in den Erdboden geätzt, bestückt mit fünf geschundenen Leichen.

Nun fühlte er sich, wie diese verlorenen Seelen sich gefühlt haben mussten in den wenigen Augenblicken vor ihrem letzten Atemzug.

Rossel begriff, dass er so schnell wie möglich nach Hause in sein Zimmer und sein Bett musste, wenn er nicht mit gebrochenem Willen und misshandeltem Körper hier liegen bleiben wollte, kurz vor der Liteiny-Brücke, und den

Schnee sein Werk verrichten ließ. Er wandte sich gen Norden. Der Schnee peitschte ihm ins Gesicht, und Wronskis eindringliche Musik und die Erinnerung an Sofia umwirbelten ihn.

In seinem Kopf tobte noch immer ein Schneesturm völlig eigener Art.

# 26

## Dienstag, 30. Oktober

Mit verquollenen Augen, den Schlafsand noch in den Lidern, blinzelte er in das graue Morgenlicht. Er fühlte sich, als hätte er tausend Jahre geschlafen. Die Rippen schmerzten ihn, aber fast schien es, als hätte sie jemand über Nacht versorgt und gerichtet, sodass er in der Lage war, sich umzudrehen. Da war sie, ein weicher, warmer Körper direkt neben seinem. Er küsste von hinten ihren Hals.

»*Sofia*«, flüsterte er. »*Sofia.*«

Die Frau setzte sich im Bett auf. Das weiße Laken rutschte nach unten und offenbarte eine Gestalt, die über einem dicken Morgenmantel, darunter mehrere Schichten Unterwäsche, noch in eine Decke gehüllt war.

»Nein, ich bin nicht deine verehrte Sofia«, sagte Tatjana Wasilijewa, seine Nachbarin von oben mit der Gitarre und der verführerischen Stimme.

Rossel machte große Augen. Unter den Laken tastete er sich ab, absurderweise um seine Anständigkeit besorgt. Aber auch er war mit einem Morgenmantel bekleidet und darüber noch in etliche Decken gehüllt.

»Du hast die halbe Nacht immer wieder ihren Namen

geflüstert. Ich mag dich, Genosse Polizist, denn obwohl wir uns noch nicht so lange kennen, habe ich den Eindruck, dass du verhältnismäßig ehrlich bist. Außerdem weiß eine Frau bei dir dann von Anfang an gleich, wo sie steht in der Hackordnung.«

Rossel setzte sich auf.

»Wie bin ich …?«

Alles tat weh. Die Rippen schmerzten ihn so heftig, dass es ihm den Atem verschlug, aber die Schläge hatten so gründlich gesessen, dass auch jeder andere Körperteil seinen ganz eigenen Schmerz zu vermelden hatte, als er zurück auf die Matratze sank.

Sie verließ das Bett und nahm die Decke ab, zog ihren Morgenmantel aus und die allermeiste Unterwäsche. Ihre Kleidung lag auf einem kleinen grünen Sessel. Obwohl es im Zimmer so kalt war, dass ihr Atem in der Luft gefror, zog sie sich ohne große Eile an und hielt seinem Blick dabei stand.

»Ich habe dich heute Nacht vor dem Wohnblock gefunden, du hast auf der Straße gelegen. Ein streunender Hund hat an deinen Fersen herumgeschnüffelt. Jeder hier im Block weiß, dass du im Kresty gewesen bist. Also konnte ich mir ausrechnen, dass mindestens fünf oder sechs unserer lieben Freunde und Nachbarn schon über dich hinweggestiegen waren, bevor dann ich kam. Noch eine Stunde, denke ich mal, und das wäre es gewesen. Wenn du Lepra oder die Beulenpest gehabt hättest, hätten sie dich vielleicht trotzdem mitgenommen, vor den Ofen gesetzt und dich ins Leben zurückgeholt. Aber eine Runde im Gefängnis ist offenbar genauso ansteckend, und davor haben sie noch weitaus größere Angst.«

»Du nicht?«

Sie knöpfte den letzten Knopf ihres schlichten weißen Hemdes zu.

»Es ist kalt«, sagte sie. »Ich mach uns einen Tee.«

Rossel versuchte noch einmal, sich in eine halbwegs sitzende Position zu bringen, und hatte sogar etwas Erfolg. Er betrachtete die zerwühlten Laken und seine auf dem Fußboden verstreute Uniform.

Dann sah er sie an. Es war eigentlich nicht denkbar, wenn man seinen Zustand bedachte, aber …

Sie schüttelte den Kopf.

»So viel Glück hast du nun auch wieder nicht gehabt, Kamerad. Du hast am ganzen Leib gezittert und warst kaum bei Besinnung. Ich habe mich dann neben dich ins Bett gelegt, um dich durchzuwärmen. Warst du im Krieg?«

Er nickte.

»Dann weißt du ja, dass das die einzige Methode ist, die funktioniert. Abgesehen davon mache ich das normalerweise aber lieber mit Leuten, die wenigstens meinen Namen richtig hinkriegen.«

***

Sie machte ihm Spiegeleier, mehr war nicht da, und servierte sie ihm auf einem angeschlagenen blauen Teller zusammen mit zwei Scheiben Schwarzbrot. Er schlang sie herunter.

Obwohl sie über den Luxus eines eigenen Zimmers verfügte, war sie gezwungen, die Küche auf dieser Etage mitzunutzen. Zurück in bekannten Gefilden spürte Rossel, wie der Appetit wiederkam. Wassja – sie wollte lieber so genannt werden, ein Spiel mit ihrem Nachnamen – stand auf und ging zum Fenster. Sie setzte sich mit dem halben Hintern auf die Fensterbank und blies auf ihren heißen Tee, um ihn abzukühlen. Rossel lehnte sich zurück und stellte fest, dass er sich schon etwas wohler fühlte mit ihr, sich über ihre Natürlichkeit freuen konnte. Ein lose sitzender

Lockenwickler – sie hatte sich welche ins Haar gedreht – fiel herunter und rollte unter den Tisch.

»Wo wir gerade von Namen sprechen«, sagte Wassja. »Deine Eltern müssen wirklich überzeugte Bolschewiken gewesen sein, wenn sie ihren Sohn nach der Revolution nennen.«

»Den Namen hat mein Vater ausgesucht«, erwiderte er. »Ich bin ein paar Wochen nach der Erstürmung des Winterpalais zur Welt gekommen. Den Neugeborenen hat man alle möglichen revolutionären Namen gegeben, in meinem Fall sogar wörtlich. Hätte schlimmer kommen können. Wladlen, Barrikad oder Spartak. Elektrofikatsija oder Oktjabrina bei den Mädchen. Ein paar von denen sind mir schon untergekommen.«

»Eine eindrucksvolle Ergebenheitsadresse deines Vaters an die kommunistische Sache.«

»Hat sich etwas abgekühlt.«

Nach einer Weile fing Wassja an zu erzählen.

Im Krieg war sie Pilotin gewesen. »Wir haben den Motor ausgemacht, wenn wir uns dem Ziel näherten«, berichtete sie. »Doppeldecker hatten wir, das lahmste Ding am Himmel, langsamer noch als eine fette mongolische Wildgans, also haben wir die Maschine abgestellt, um so leise wie möglich anzufliegen. Aber natürlich pfeift der Wind um diese schweren Flügel und die Drahtverspannung. Die Deutschen sagten immer, es hätte geklungen wie Hexen, die durch den Nachthimmel sausen. Außer dass wir Bomben abgeworfen statt Zauber gewirkt haben.«

Rossel hatte die Geschichte von den Nachthexen schon oft gehört, ein Klassiker der Kriegspropaganda, aber er ließ sie reden, während er an seinem Tee nippte.

Jede Frau im Nachtbombergeschwader hatte hunderte Einsätze geflogen, Waffendepots bombardiert, Versorgungslinien, Lagerhallen, Flugplätze. »Die Flugzeuge der Nazis waren einfach zu schnell. Wenn sie uns sahen, mussten wir nur voll in die Eisen steigen, damit sie direkt an uns vorbeirasten. Aber die Flak und das Feuer vom Boden, dafür waren wir nicht zu langsam. Wenn du in den Lichtkegel der Scheinwerfer geraten bist, dann haben sie ziemlich schnell Hackfleisch aus dir gemacht, wenn du nicht genau wusstest, was zu tun war.«

Sie wirkte traurig.

»Was hast du vor dem Krieg gemacht?«, fragte Rossel.

»Studiert. Ingenieurwesen. Ich war erst im zweiten Jahr, als ich zum ersten Mal ein Flugzeug geflogen habe.«

»Nicht einfach, weg vom Ingenieurstudium und zu den Bombenwerfern wechseln.«

»Nicht einfach?« Wassja schüttelte den Kopf. »Schön war es. Ich habe mich lebendig gefühlt, richtig lebendig. Verstehst du das?«

Sie sah ihn an, als würde er es nicht verstehen. Aber er hatte auch einen ganz anderen Kampf ausgefochten.

»Deshalb, und das unterscheidet dich von unseren Nachbarn, mache ich mir wegen dir und dem Bolschoi Dom auch keine Sorgen, mein Milizionär. Da hast du gelernt, deine Chance zu nutzen. Du hast ziemliches Glück gebraucht, um da raus und wieder nach Hause zu kommen. Zuerst hatte ich jedes Mal Angst vor dem Abheben. Aber dann habe ich mir einen Trick ausgedacht und mir vorgestellt, ich wäre schon tot. Also macht es nichts, habe ich mir eingetrichtert, wenn dich eine Kugel oder ein Stück Metall aus einem Schrapnell erwischt. Die Toten sind tapferer als die Lebenden. Sie haben schon alles verloren, was es zu verlieren gibt. Wir waren keine Hexen. Wir waren Geister.«

»Warum bist du nach dem Krieg nicht dort geblieben?«, wollte Rossel wissen.

»Bei der Luftwaffe? Als der Krieg vorbei war, haben die Männer wieder alles übernommen und uns rausgeschmissen. ›Du hast einen Schoß, Genossin, sieh mal zu, dass er gefüllt wird‹, hat ein Stabsoffizier zu mir gesagt. Er hat auch freundlichst angeboten, mir dabei behilflich zu sein, aber ich habe dankend abgelehnt. Ich bin wählerisch bei den Kerlen, die ich in mein Bett lasse.«

»Letzte Nacht nicht unbedingt«, meinte Rossel.

Wassja versuchte, ein Lächeln zu unterdrücken. »Es war schließlich kalt«, erwiderte sie.

»Und was machst du jetzt?«

»Jetzt arbeite ich als Ingenieurin für den Genossen Samodurow, der gerade die U-Bahn baut.« Das Fenster war völlig beschlagen. Sie fuhr mit dem Finger durch das Kondenswasser.

Rossel erhob sich vom Tisch. Gerade jetzt wollte er um alles in der Welt bleiben.

Aber er musste gehen.

## 27

Ein Licht glomm durch die schmierigen Fensterscheiben der Milizstation. Der Schnee vor dem Haupteingang war vor Kurzem beiseitegeräumt worden. Rossel betrat das Gebäude.

Er hatte Nikitin um zwei Beamte gebeten, obwohl er nicht unbedingt erwartet hatte, sie auch zu bekommen. Unteroffiziersanwärterin Geraschwili und Hauptmann Lipuchin, denen sich Dr. Wolkowa angeschlossen hatte – die zum Zeitpunkt der Razzia nicht auf dem Revier gewesen war, aber den Mut besessen hatte, die Leichenhalle aufzusuchen –, bildeten ein kleines, verschrecktes Empfangskomitee.

In nur zwei Wochen hatte sich Geraschwili in ein Gespenst verwandelt. Ihr Kopf war kahl geschoren, sie war dünn wie Draht geworden und einem ihrer Vorderzähne fehlte ein Stück, sodass es leicht pfiff, wenn sie redete. Was sie selten tat, und dann in langsamen, zögerlichen Sätzen, die sich verloren, bevor sie in der Lage war, sie zu vollenden. Alle drei umarmten ihn, selbst Lipuchin. Wie auch immer dieses Wunder zustande gekommen war, in ihren Augen hatte Rossel es bewirkt. Und welche Gründe es auch immer für ihre Freiheit geben mochte, sie gingen auf Rossel zurück. Es hatte den Anschein, als hätte der MGB nachgegeben, einen Gesinnungswandel durchgemacht. Oder ihnen auch einfach eine längere Leine gelassen, damit sie sich jetzt durch eigenes Scheitern weiter reinreiten konnten. Wer wusste das schon?

»Was haben sie euch gesagt?«, fragte er sie.

»Nichts weiter«, berichtete Lipuchin. »Sie sind gekommen, haben mich aus der Zelle geholt, uns hierhergebracht und nur gesagt, dass wir dir jede Unterstützung zukommen lassen sollen. Also gehen die Ermittlungen weiter? Muss irgendjemandem ja verdammt wichtig sein.«

Die neue Führungssituation war befremdlich. Verantwortung, Pflicht, Autorität – damit war er vertraut. Vorher war Hauptmann Lipuchin verantwortlich gewesen, formal jedenfalls. Rossel hatte sozusagen nicht von vorne, sondern von der Seite geführt, die Dinge so unaufdringlich wie möglich geregelt, war nur eingeschritten, wenn er den Eindruck hatte, es wäre absolut notwendig. Es war anders, wenn aller Augen auf einen gerichtet waren, wenn erwartet wurde, dass man alle Entscheidungen traf, weil die Leute nicht in der Lage waren zu handeln, wenn es nicht vorher abgenickt wurde.

Der MGB war gegangen, aber für den Fall, dass sie Wanzen installiert hatten, wählte er seine Worte mit Bedacht.

»Genossen, lasst uns vorgehen, wie Lenin es uns geraten hätte«, sagte er zu seinen neuen Schützlingen. »›Auf Handeln zu verzichten ist gleichbedeutend mit dem Tod.‹ Er mag das nicht auf Ermittlungen in einem Mordfall bezogen haben, aber wir müssen unsere bolschewistische Pflicht erfüllen.«

Lipuchin seufzte. »Wir sind lediglich zu viert.« Er griff sich an den Kopf, betastete einen gelblich verfärbten Bluterguss auf seiner linken Wange und sah dann zu Geraschwili hinüber. »Und keiner von uns ist in bester Verfassung.«

Rossel beschrieb mit dem Zeigefinger einen Bogen, der den ganzen Raum umfasste und bei der verdreckten Deckenleuchte endete. Der Hauptmann nickte. Und alle wussten, was gemeint war.

»Lenin hat auch gesagt, dass ein Marxist nicht von dem ausgehen darf, was möglich ist, sondern von dem, was Wirklichkeit ist«, erklärte Rossel. »Wir folgen diesem Rat und gehen nun hinunter in die Leichenhalle.«

***

Drei erledigt, zwei noch offen. Wenn sie die Identität der beiden verbliebenen Leichen klären konnten, würde das Rätsel für Rossel vielleicht so weit durchschaubar sein, dass er in der Lage war, die Intention hinter den Morden zu begreifen. Der Polizeioffizier in ihm brannte darauf, Fortschritte zu erzielen.

Aber die urtümlicheren Teile seines Gehirns setzten ihn unter Spannung und machten ihn argwöhnisch wie einen Hasen, der im Unterholz einen Zweig hat brechen hören. Er war darauf gefasst, dass die beiden noch ausstehenden Toten ihm etwas offenbaren könnten, aber es würde die Angst nicht geringer machen, wenn das, was alle vermuteten, Bestätigung fand.

Er hatte keine andere Wahl, er musste es herausfinden. Die einzige Richtung war vorwärts.

Lipuchin sah ein wenig grün im Gesicht aus, schien aber bereit, das Leben, oder besser, den Tod, aus einer ganz neuen Perspektive zu sehen. Schließlich hatte er einen Vorgeschmack auf die Gastfreundschaft des MGB genießen dürfen und war nun, wie durch ein Wunder, raus aus dem Gefängnis, hatte Gelegenheit, Zeuge einer Autopsie zu sein, die nicht seine eigene war.

»Geht es Ihnen gut, Genossin Unteroffiziersanwärterin?« Dr. Wolkowa war sichtlich bemüht, in ihrem Umgangston Geraschwilis niederen Rang anklingen zu lassen. Die Frage war völlig überflüssig. Es war offensichtlich, schon allein an ihrem Äußeren abzulesen, dass Geraschwili in keiner Weise mehr ihr früheres Selbst war.

»Ich werde hier sitzen bleiben und Witze erzählen, damit mir leicht ums Herz ist, während Sie den Leichnam sezieren«, entgegnete Geraschwili. Die Ausdruckslosigkeit ihrer Stimme nahm ihren Worten jedoch jegliche Bedeutung. Als ob die Leichtigkeit des Herzens ein Begriff wäre, den sie einfach nicht erfassen konnte.

Wassja hat recht, dachte Rossel, wir sind alle Geister. Sieh dir doch nur Geraschwili an. Ein Schatten in menschlicher Gestalt. Kam es noch darauf an, vorsichtig zu sein?

Dr. Wolkowa beugte sich über den von Totenflecken gezeichneten Körper und nahm die übliche äußerliche Untersuchung vor, stellte Körpergröße, Gewicht und andere äußere Merkmale fest. Als sie inspizierte, was von den Genitalien übrig war, schnalzte sie mit der Zunge. »Ich hoffe, dass unser Freund nicht mehr am Leben war, als man ihm die Eier abgeschnitten hat, denn wer auch immer das ausgeführt hat, war sicher kein Chirurg«, bemerkte sie.

»Danke, Doktor«, sagte Rossel laut, um weitere Kommentare gar nicht erst aufkommen zu lassen. Mit leiserer

Stimme ergänzte er: »Alles in Ordnung, Genosse Hauptmann?«

Selbst in der Kälte des Obduktionssaals stand Lipuchin der Schweiß im Gesicht.

»Genosse Lipuchin, bitte schreiben Sie mit«, forderte ihn Dr. Wolkowa auf. »Ich habe die äußerliche Untersuchung abgeschlossen und werde nun mit der Autopsie beginnen. Ich fange an mit einem Schnitt von den Schultern zum Brustbein und dann hinunter in die Schamgegend.«

Lipuchin nahm Papier und eine Schreibunterlage zur Hand und geriet angesichts seiner neuen Pflichten in dieser Ausnahmesituation in leichte Panik. Die Geräusche waren schrecklich. Wenn man die Wand anstarrte, konnte man vermeiden, der Ärztin bei der Arbeit zuzusehen, doch zugleich brauchte man Ohrstöpsel, um das Reißen und Schneiden auszuschalten. Es nützte nichts. Die Vorstellungskraft vollführte blutigere Schnitte noch als die Pathologin, allein aufgrund dessen, was zu hören war.

»Keine Abnormalitäten in der Brusthöhle«, diktierte Dr. Wolkowa. »Genosse Hauptmann, diese längliche Schale dort, bitte.« Ein Scheppern. »Wir betrachten jetzt den Bauchraum. Das kann dauern, Genosse Hauptmann. Nehmen Sie also bitte Platz und rauchen Sie so viele Zigaretten, wie Sie können.«

Lipuchin ließ sich in einen alten grünen Ledersessel in einer Ecke des Raumes fallen. Die Freiheit, so kam es ihm vor, war nicht immer das, was er sich erhofft hatte.

***

Man kann Freude kaschieren oder Hass unterdrücken. Angst jedoch, unablässige, hochgradige Angst, kann ein Gesicht genauso zeichnen wie der Tod. Geraschwili – die Wangen eingefallen, die Augen schreckgeweitet – schien seit ihrer Rückkehr aus dem Kresty-Gefängnis nicht mehr in der Lage zu sein, einen vollständigen Satz zu formulieren. Aber sie konnte zuhören. Und alle hörten sie Rossel zu. Ihr Leben hing jetzt von ihm ab. Eine zusätzliche Bürde für seine Seele, das war ihm klar, wenn sie schließlich doch in den Uranminen in der Region Kolyma landen sollten. *Was sollen wir jetzt machen?* hing als Frage in der Luft.

Sie hatten sich in das hintere Treppenhaus des Reviers zurückgezogen, damit Dr. Wolkowa bei ihrer grausigen Arbeit eine Pause einlegen konnte. Sonst war es still im Gebäude. Schriftstücke, um die sich bisher niemand gekümmert hatte, lagen herum, Anzeigen waren nicht aufgenommen worden. Dass man auch hier Mikrofone installiert haben könnte, war nicht auszuschließen, daher sprach Rossel mit leiser Stimme. Alle beugten sich zu ihm vor, um ihn zu verstehen.

»Ich kann nicht erklären, warum Major Nikitin uns hat gehen lassen, um die Ermittlungen weiter voranzutreiben«, begann er. »Aber er hat es getan, und er hätte das ohne guten Grund bestimmt nicht gemacht. Die Identifizierung jeder einzelnen Leiche bringt uns einer Antwort näher. Dr. Wolkowa, ich brauche von Ihnen alle Informationen, die Sie den letzten beiden Opfern entlocken können.«

»Genosse Leutnant«, sagte Dr. Wolkowa. »Die vierte Leiche hat sehr ähnliche Resultate zutage gebracht. Aber meine Arbeit wird immer schwieriger, weil die Leichen jetzt schnell in den Verwesungszustand übergehen und giftige Flüssigkeiten absondern.«

»Ich bin wie immer sehr dankbar für Ihre gründliche Arbeit, Doktor. Manchmal würde es aber ausreichen, wenn Sie einfach ›Das Gleiche wie bei der letzten Leiche‹ sagen«, bemerkte Rossel.

»Entschuldigung«, erwiderte die Pathologin mit ernster Miene. »Ich werde mir gleich die fünfte Leiche vornehmen.

Ein ganz offensichtlicher Unterschied ist allerdings sofort zu erkennen: Der Mann war ungefähr zwanzig Jahre älter als die anderen.«

»Woran können Sie sich bei diesen anderen erinnern, Revol?«, schaltete sich Lipuchin ein.

»An nicht viel.« Rossel versuchte, ruhig zu bleiben, in ein inneres Gleichgewicht zu kommen, damit er über die Toten als rein berufliche Fälle sprechen konnte. »Die ersten drei Opfer besuchten vor dem Krieg alle das staatliche Leningrader Konservatorium, so wie ich auch. Ich kannte sie alle von der Hochschule. Ich wette deswegen, dass auch der Tote, den Dr. Wolkowa gerade untersucht, jemand ist, den ich von damals kenne. Ich sehe nämlich gerade in Dr. Wolkowas Bericht, dass sie sein Alter mit dreißig bis fünfunddreißig Jahren angegeben hat – wie bei den anderen und bei mir ebenfalls.«

»Wenn es aber alles Mitstudenten waren, dann müssen Sie doch mittlerweile eine Vorstellung haben, um wen es sich handelt. Mit wem waren Sie damals befreundet?«

Rossel schüttelte den Kopf.

»Ich habe nicht von Freunden gesprochen, sondern von Bekannten. Allein mein Jahrgang bestand aus hundertfünfzig Kommilitonen, von überall her aus der Sowjetunion. Manchmal kennt man Leute vom Sehen, weiß aber sonst nicht viel über sie. Nadja, Max, Sofia – ja, die kannte ich, aber in unterschiedlichem Maße.« Vorläufig würde er auf Nummer sicher gehen und sich über den wahren Charakter seiner Beziehung zu Sofia ausschweigen. »Dass sie mich kannten, und ich sie, hat mit Sicherheit eine Bedeutung. Viel hängt daher von Ihnen ab, Dr. Wolkowa. War das alles, was Sie mir über das vierte Opfer sagen können?«

Dr. Wolkowa richtete sich auf. »Eine Sache ist da noch. Sein Kopf war geschoren. Ich fand das seltsam, und ich hätte mir so etwas eigentlich auch schon denken können, jedenfalls habe ich ein kleines Stück Haarfollikel entfernt, eines der wenigen, das dem Rasiermesser entgangen war. Ich habe es dann unter dem Mikroskop angesehen.«

Sie hielt inne.

»Was also?« Lipuchins Stimme klang müde. »Heraus damit. Ganz egal, wie trivial es ist, Hauptsache, es ist besser als das, was wir bisher haben.«

»Unser Toter war ein Rotschopf«, sagte Dr. Wolkowa.

Rossel ließ sich nichts anmerken. Er nahm lediglich einen langen Zug aus seiner Papirossa, bevor er tief ausatmete.

Alle Blicke waren auf ihn gerichtet.

»Lidia, sieh mal nach, ob du eine Akte findest, auf der der Name Sorokin steht«, bat er. »Felix Sorokin.«

»Eine Akte?« Die Art, wie Geraschwili das Wort aussprach, erweckte den Eindruck, als wäre eine Akte ein geheimnisvolles Artefakt aus einer anderen Welt.

»O Gott, nicht schon wieder«, entfuhr es Lipuchin.

»War er ebenfalls einer Ihrer Bekannten?«, wollte Dr. Wolkowa wissen.

Wieder schüttelte Rossel den Kopf. Seine Stimme war bleiern.

»Nein, er war mein bester Freund.«

***

*»Glücksspiel ist Müßiggang und bourgeois. Du läufst wirklich Gefahr, ein Konterrevolutionär zu werden, Felix.«*

*»So ein Quatsch, Revol. Die Glücksfee hebt einfach immer ihr Röckchen für mich an. Wie alle Damen.«*

*»Nimmst du deine Bekanntschaften immer noch in den Jussupow-Palast mit?«*

*»Natürlich. Das ist eine Frage der Rettung der weiblichen Moral in Zeiten einer nationalen Krise.«*

*Eine Explosion erschütterte den Boden und die Parkbank, auf der sie in der Sonne gesessen hatten. Zu spät. Die Sirenen kündigten mit ihrem Heulen einen Luftangriff an.*

*»Abhauen, los.«*

*Eine weitere Explosion, und noch eine.*

*»Also wirklich, Felix, nur du bringst es fertig, einfach so zum Luftschutzkeller rüberzuschlonzen, als wärst du vom Führer auserwählt, sodass seine Bomben Bescheid wissen, dass sie dich am Leben lassen sollen …«*

***

Von Zeit zu Zeit erschien Dr. Wolkowa am Nachmittag, um ihnen Informationen über den fünften Toten, den Mann mit Belugafleisch im Magen, zu liefern.

»Er weist keine Würgemale auf. In seinen Augen fand sich jedoch ein enorm hohes Niveau an abnormal mit Blut gefüllten Zellen, obwohl die Abdrücke in der Halsregion eher schwach waren.«

»Worauf deutet das hin, Doktor?«, hakte Rossel nach.

»Auf jemanden, der seine Freude daran hat, Menschen zu töten. Es braucht viel weniger Gewalt, als es einem durchschnittlichen Mörder klar ist, um jemanden zu erledigen. Die meisten Opfer weisen massive Quetschungen im Halsbereich auf, ganz egal, ob die Strangulation nun von Hand oder durch den Strick erfolgt ist. Aber das hier lässt auf ein zunehmend forciertes Ersticken eines wehrlosen Opfers schließen, unter Anwendung minimaler Gewalt. Auf einen Gefangenen also, der jedes Mal betäubt wurde, wenn dem Mörder danach war. Er hat mit dem Mann regelrecht gespielt.«

Der restliche Tag verstrich in ähnlicher Weise, mit Telefonanrufen, die weitere Anrufe nach sich zogen, während Dr. Wolkowa mit der Sektion fortfuhr, die Leichen einschätzte und analysierte und Lipuchin an ihrer Seite blieb, um Aufzeichnungen anzufertigen.

Um etwa acht Uhr abends ließ Lipuchin zwei säuberlich erstellte Berichte auf Rossels Schreibtisch fallen und nahm gegenüber Platz.

»Ich habe Geraschwili nach Hause geschickt. Sie braucht mehr Zeit für sich. Ich wollte mir die Akte mal ansehen, um die du sie gebeten hattest. Ich habe überall gesucht. Die Akten von Vermissten zirkulieren in allen möglichen Behörden dieser Stadt, aber es gibt keine über Sorokin.«

Rossel seufzte.

»Felix stand einfach dauernd im Mittelpunkt allen Gemunkels und jeder Party. Er war immer am Flirten und Lachen.«

»Das tut mir wirklich sehr, sehr leid mit deinem Freund. Wie alles, was damit zusammenhängt«, sagte Lipuchin.

»Lass gut sein. Nur weil es keine Akte gibt, heißt das ja nicht, dass niemand wusste, dass er vermisst wurde«, überlegte Rossel. »Sondern lediglich, dass sein Verschwinden nicht gemeldet worden ist. Und der Grund dafür, vermute ich mal, war entweder, dass er weiterhin bei der Armee geführt wurde, oder beim Verteidigungsministerium. Wenn er vermisst wurde, war es Aufgabe der Armee, ja sogar des MGB, nach ihm zu suchen, nicht jedoch der Miliz.« Er dachte an sein Gespräch mit Marina in der Oper. *Ein süßer junger Mann – eine Zeit lang standen wir uns sehr nahe, aber …*

»Ruf gleich mal das Ministerium in Moskau an«, verlangte Rossel. »Nicht nur, um herauszufinden, ob er dort wirklich gearbeitet hat. Sammle einfach so viele Informationen wie möglich. Wo er gewohnt hat, wohin er in Urlaub gefahren ist, wo seine Familie sich aufhält, ob von der Familie noch jemand am Leben ist.«

Der Hauptmann nickte und akzeptierte damit sowohl

seine Aufgabe als auch die Tatsache, dass sie die Rollen nun getauscht hatten. Er deutete auf die Karte, die Rossel auf seinem Schreibtisch ausgebreitet hatte.

»Was ist das?«

Rossel zeigte mit dem Finger auf die Stelle, an der man die Leichen gefunden hatte.

»Warum dort? Haben wir genug darüber nachgedacht?«, sinnierte er laut vor sich hin. »Wir wissen von dreien, um wen es sich handelt, und haben jetzt einen brauchbaren Kandidaten für den vierten Toten. Die Identität des fünften Opfers werden wir hoffentlich auch bald kennen. Aber vielleicht habe ich die ganze Zeit die falschen Fragen gestellt. Wir haben uns zu sehr darauf konzentriert, *wer* es ist, auf Kosten des *Wo*. Normale Linien für Personenverkehr verlaufen parallel zueinander, aber alles, was auf den Gleisen zu liegen käme, würde innerhalb von ein oder zwei Stunden überfahren werden. Ich habe mir die Karte gründlich angesehen, und es gibt nur zwei Stellen in diesem Gebiet, am Westufer des Ladogasees und fünfzig Kilometer landeinwärts, an denen zwei Eisenbahnlinien, die aus unterschiedlichen Richtungen kommen, sich treffen und einige Meter direkt parallel zueinander verlaufen, nebeneinander wie hier, bevor sie wieder auseinanderführen. Das sind alte Frachtrouten. Eine in der Nähe von Sosnowo, bei einer Ziegelbrennerei, die andere, weiter nördlich, genau dort, wo wir die Leichen gefunden haben.«

»Glaubst du, dass der Ort möglicherweise eine persönliche Bedeutung hat, für den Mörder, meine ich?«

Rossel sah von der Karte auf und stieß eine Rauchwolke aus.

»Es gibt nichts dort außer diesen beiden Bahnlinien und einer Straße, die eine Biegung macht. Nach weiteren fünfundfünfzig Kilometern führt diese Straße jedoch zu einigen großen Datschas, was wiederum auf die zumindest gelegentliche Anwesenheit so mancher wichtiger Personen schließen lässt.«

»Parteifunktionäre. Glaubst du, deshalb hat Nikitin uns rausgelassen?«

Rossel seufzte.

»Ich bin mir nicht sicher. Es ist auch möglich, dass er schlicht nicht weiß, wer die armen Schweine umgebracht hat, und es tatsächlich herausfinden möchte. Er will nur nicht direkt damit zu tun haben.«

## 28

Wassja zu fragen, ob sie nicht mit ihm einen Cognac in der Gemeinschaftsküche trinken wolle, war in etwa das, und zwar seit einer ganzen Weile, was in Rossels Leben einem Rendezvous noch annähernd gleichgekommen wäre. Trotz seiner bedrohlichen Lage kam er sich immer noch ein wenig albern dabei vor.

Was die Anwesenheit eines Fremden in ihrer Küche möglicherweise bedeuten konnte, blieb den anderen Bewohnern des vierten Stocks nicht verborgen. Die meisten steckten nur kurz den Kopf hinein. Entweder aus Scham, weil einige von ihnen draußen auf der Straße einfach über ihn hinweggestiegen waren, oder weil er kürzlich im Gefängnis gewesen war, was infektiöse Folgen haben konnte. Nur Lena, die Studentin der Kunstgeschichte, die ihre Nachbarn für ihr Verhalten verachtete, machte Anstalten, sie von hinten bis vorne zu bedienen. Sich in Gegenwart einer grinsenden, Grimassen schneidenden jungen Frau zu unterhalten war natürlich schwierig, sodass er sie schließlich wegschickte.

Kaum war sie zur Tür hinaus, sagte Wassja: »Das wird nicht funktionieren.«

»Was wird nicht funktionieren?«

»Dass du mich dafür heranziehst, alles normal erscheinen zu lassen. Um den Eindruck zu erwecken, alles könne wieder so sein wie vorher, bevor du draußen am See diese Leichen entdeckt hast. Dass du meine Musik durch den Dielenboden hindurch hörst und wir uns dann irgendwie treffen und Gefallen aneinander finden könnten, Tee trinken, so wie jetzt, ein, zwei Konzerte im Maly-Theater anhören, um dann in mein Zimmer zu gehen und den unterhaltsamen Abend zu komplettieren. Wie du es mit Sofia immer gemacht hast, nehme ich an.«

Rossel griff über den Tisch und berührte ihre Hand. Sie sah zu Boden und war dennoch neugierig auf seine ungelenke Art und die Beulen und merkwürdigen Verbiegungen seiner Finger.

Doch dann erbebte die Eingangstür der *Kommunalka* unter heftigen Schlägen von außen.

Wassja entzog ihm ihre Hand. Beide starrten einander an. Das Hintergrundgeschnatter und die von einem halben Dutzend Familien erzeugte Unruhe fielen in sich zusammen.

Der oder die Besucher setzten ihren Sturmlauf auf die Tür fort. Nicht aufzumachen würde zu nichts führen. Außerdem hatte so gut wie jeder, unter dem Bett verstaut, sein Bündel geschnürt, für den Fall, dass eine unvorhergesehene Reise in die Arbeitslager ihren Anfang nahm. Fast jeder war vorbereitet. Nur Rossel hatte sich dazu nie aufraffen können.

Er ging den Flur hinunter.

»Wer ist dort?«, fragte er durch die Tür hindurch.

»Staatssicherheit«, kam prompt die Antwort. »Öffnen Sie die Tür!«

***

Major Nikitin in vollem Harnisch.

Rossels Magen rebellierte. Es musste einen Sinneswandel gegeben haben.

Aber es war nur der Major allein, ohne einen MGB-Trupp im Gefolge, der die entsprechenden Listen schon parat hatte.

»Soll ich noch kurz was zusammenpacken, Herr Major?«

Nikitins Mundwinkel zuckten. »Sie missverstehen mich. Ich möchte lediglich, dass Sie mich kurz auf den neuesten Stand bringen, das ist alles. Darf ich hereinkommen?«

Es war eigentlich nicht die Art des MGB, mit seinen Opfern noch groß herumzuspielen oder gar um Erlaubnis zu bitten. Dazu hatten sie gar nicht die Zeit. Nikitins Höflichkeit brachte ihn aus dem Konzept.

Rossel trat zur Seite. »Bitte.«

Der Major trat über die Schwelle, zog seine Stiefel aus und legte die Mütze ab. Rossel spürte, wie er unwillkürlich die Faust ballte. Sie werden nicht nur mich abholen. Sie werden sich Wassja greifen, die ganze *Kommunalka*. Würde es auffallen, wenn Major Nikitin am Morgen nicht zum Dienst erschien? Wenn Rossel seiner Wut nachgeben und Nikitin zu Brei schlagen würde, so wie es der Major mit zahllosen anderen gemacht hatte?

In geduckter Haltung, das Fleisch im Nacken quoll dabei über den Uniformkragen, verstaute der MGB-Mann seine Stiefel in der langen Reihe von Schuhwerk entlang des Korridors und warf seine blaurote Mütze oben auf den kleinen Hügel aus Fell und Wolle, der sich auf dem Hutständer gebildet hatte. Diese Nettigkeiten waren ein Schock. Sein Folterer tat das jeden Abend, wurde Rossel klar – er trat die Schuhe auf der Fußmatte ab, hängte seine Mütze auf und wusch sich vor dem Abendessen die Hände, als wäre er ein ganz normaler Mensch.

Natürlich würde ihnen das auffallen. Und dann würde

man den ganzen Wohnblock zusammentreiben und alle Bewohner verschwinden lassen. Rossel lockerte die Faust. Fürs Erste. *Aber eines Tages*, schwor er sich. *Eines Tages*.

Nikitin ging den Flur hinunter und wäre fast mit Lena zusammengestoßen, die nachsehen wollte, wer denn der neue Gast war. Ein Zwerg im Vergleich zu Nikitins bulligem Körper, blickte sie ihm von unten direkt in das vernarbte Gesicht, erbleichte und blieb wie angewurzelt stehen.

»Guten Abend«, sagte Nikitin.

Lena murmelte einen Gruß, bevor sie schleunigst kehrtmachte und den Korridor hinunter entschwand. Rossel hörte viel Geflüster, Türen wurden ins Schloss geworfen. Noch bevor Rossel darüber nachdenken konnte, wie er ihn ablenken und Wassja aus der *Kommunalka* herausschleusen konnte, war der Major schon in der Küche angelangt. Rossel folgte ihm eilends.

»Ein nervöses Kind. Trotzdem ist es immer gut, junge Leute um sich zu haben. Ich habe selbst einen Sohn.«

»Kann ich Ihnen einen Tee anbieten, Genosse Major?«, erkundigte sich Rossel.

Tee? Was zum Teufel dachte er sich nur dabei?

»Das wäre wunderbar. In Nächten wie dieser ist die Kälte einfach gnadenlos. Oh, Verzeihung, in Ihrer Akte steht nichts von einer Frau Rossel. Guten Abend.«

»Major Nikitin«, sagte Rossel verlegen. »Gestatten Sie, dass ich Ihnen die Genossin Tatjana Wasilijewa vorstelle, eine Nachbarin.«

Wassja erhob sich von ihrem Stuhl. »Genosse Major.«

»Freut mich, Sie kennenzulernen«, erwiderte Nikitin.

»Ganz meinerseits«, kam das wenig überzeugende Echo von Wassja. Während Nikitin sich eine Sitzgelegenheit suchte, warf sie Rossel einen deutlichen Blick zu. »Ich muss gehen, bitte entschuldigen Sie mich«, nuschelte sie.

Doch der MGB-Mann hatte natürlich Lunte gerochen. Er sah von ihr zu ihm und lächelte, wobei er mit dem Auge über diesen Wust von Narbengewebe hinweg zwinkerte.

»Aber bleiben Sie doch, darauf bestehe ich. Ich bin nur gekommen, um Leutnant Rossel darin zu bestärken, mit größter Schnelligkeit seine Ermittlungen voranzutreiben.«

»Ich dachte, Sie wollten sich nach dem Stand der Dinge erkundigen?«

Nikitins intaktes Auge glich einem Suchscheinwerfer. »Es hat also Fortschritte gegeben?«

Rossel nickte.

»Ich glaube schon. Aber ich muss noch einmal zum Tatort, um mir anzusehen, wie genau der Mörder die Leichen abgelegt hat.«

»Worauf warten Sie dann noch? Warum sind Sie noch hier?« Die Stimme des Majors bebte vor Ungeduld.

»Ich warte auf Wetterbesserung, Major. Alle Straßen hinaus zum Tatort sind durch hohe Schneewehen blockiert. Ich rechne damit, dass es noch einen Tag dauern wird, bevor man zum Ladogasee hinaus kann.«

Nikitin machte ein finsteres Gesicht.

»Ich kann Ihnen mehr Zeit erkaufen, Leutnant. Aber nur ein wenig mehr. Mehr als das dürfte nicht machbar sein. Unsere Mächtigen werden zunehmend ungehalten und wollen eine Festnahme sehen.«

Wassja trat vor und stellte sich neben Rossel.

»Es könnte sein, dass ich da einen Weg kenne.«

# 29

»Ist es noch weit, Genossin Wasilijewa?«

Nikitin musste schreien, damit man ihn in dem beißenden Gegenwind und im Getöse des Motors überhaupt verstand. Sie sackten an die fünfzig Meter nach unten, und Rossel konnte nur mit Mühe verhindern, dass ihm der Magen durch die Nasenlöcher nach draußen flog. Dann gewann die kleine Polikarpow Po-2 wieder an Höhe.

Manche Russen sagten, dass es das beste Flugzeug gewesen sei, das jemals gebaut wurde. Hinsichtlich des Komforts beim Fliegen waren es allerdings schon deutlich weniger. In diesem Modell, das man etwas umgebaut hatte, um auch Zivilisten aufnehmen zu können, und das deshalb einen zusätzlichen Sitzplatz hinter dem Piloten sowie eine Kabinenabdeckung besaß, musste sich schon Rossel irgendwie in den Kopilotensitz hineinquetschen. Nikitin hinter ihm, kleiner, aber dafür wuchtiger, war noch schlechter dran.

Wassja, am Steuerknüppel der Po-2, brüllte über ihre Schulter hinweg. »Ich fliege hier knapp Höchstgeschwindigkeit, hundertdreißig Stundenkilometer. Dauert also nicht mehr lange bis zum Ladogasee, zehn Minuten, vielleicht fünfzehn …«

»Was hat sie gesagt?«, bellte ihm Nikitin ins Ohr.

»Hab ich nicht verstanden«, brüllte Rossel zurück.

»Verdammte Scheiße!«

Beide trugen sie dicke Fliegerjacken und Mützen mit Ohrenklappen, die jemand am Flughafen noch irgendwo ausgegraben hatte, was jedoch kaum ausreichend war.

Wassja hob die linke behandschuhte Hand, fünf ausgestreckte Finger. Wiederholte die Geste.

»Ja, schönen Dank auch, verdammt«, schrie Nikitin.

»Rossel, warum haben Sie die Abdeckung zurückgezogen? Ich friere mir hier langsam die Eier ab auf diesem winzigen Metallsitz. Meine Chancen, Hämorrhoiden zu bekommen, wären deutlich geringer, wenn ich mir einen Eiszapfen in den Arsch geschoben hätte. Und jedes Mal, wenn sie den Steuerknüppel auch nur anfasst, würde ich am liebsten kotzen. Ihre Idee. Ich hoffe, sie erweist sich als gut.«

Gegenwärtig wurde die Po-2 für Schulungszwecke auf dem kleinen Flugfeld von Pawlowsk, vor den Toren Leningrads, eingesetzt. Nikitins pure Anwesenheit reichte vollkommen aus, um die Erlaubnis zur sofortigen Nutzung der Maschine zu erhalten.

Über seinem Kopf, in der so gut wie vollständigen Dunkelheit der geschlossenen Wolkendecke, konnte Rossel, davon war er jedenfalls überzeugt, die Nieten in den oberen Tragflächen des Doppeldeckers klappern hören. Das Geräusch hatte sich gleich nach dem Abheben den Weg in seine Wahrnehmung gebahnt, und es fühlte sich an, als wäre es geradezu eine Erleichterung, wenn der kleine Flieger nun in die weißen Felder der Oblast Leningrad stürzen würde. Er beugte sich mit seiner Taschenlampe vor und versuchte, auf seiner Karte etwas zu erkennen, aber wegen der großen Kälte tränten seine Augen, sodass es unmöglich war, Genaueres auszumachen. Zwar hatte er eine Markierung an der Stelle angebracht, wo sie die Leichen gefunden hatten, aber die Karte war ohnehin nicht genau genug, um sich darauf verlassen zu können. Aber es gab die Eisenbahnlinien, wenn auch schwach eingezeichnet, und die Landstraße, der sie gefolgt waren, und da war die Abbiegung, ein Stummel, der sich in der Mitte eines weißen Flecks verlor.

***

Bis jetzt hatte Rossel sich auf die Opfer konzentriert: erkennungsdienstliche Behandlung, persönliche Geschichte, Verbindungen untereinander, Verbindungen zu ihm. Aber nicht genug auf das *Wo*, da war er sich mittlerweile sicher, auf den Ort des Leichenfundes. Und überhaupt nicht genug auf die Art, wie die Toten angeordnet worden waren.

Im Auto auf dem Weg zum Flugplatz hatte er bei Nikitin noch Überzeugungsarbeit leisten müssen. Die Fotos, die Tanejew aufgenommen hatte, waren alle Nahaufnahmen, nicht ein einziges war aus einer übergreifenden Perspektive gemacht worden.

»Auf dem Revier habe ich heute eine alte Militärkarte studiert«, sagte Rossel von hinten zu Nikitin. »Es gibt nur zwei Stellen in der ganzen Region, wo zwei Bahnlinien parallel zueinander verlaufen, so wie das hier der Fall ist.«

Nikitin am Steuer des Wagens zuckte übertrieben mit den Schultern.

»Und?«

»Ich bin mir noch nicht ganz sicher.«

»Bei Ihren Ermittlungen basiert einfach zu viel auf Vermutungen, Genosse Leutnant.«

Da war etwas dran, musste Rossel sich eingestehen.

Als sie das Flugzeug bestiegen, war Nikitin ausgerutscht und zu Boden gefallen. Er lag auf dem Bauch, mit ausgestreckten Armen, und fluchte. Seine linke Hand hatte Rossels rechte Stiefelspitze gestreift. Keiner der beiden Männer regte sich. Nikitin sah hoch und schien darauf zu warten, dass Rossel ihm aus Rache den Absatz seines Stiefels ins Gesicht rammte.

Aber es war nicht passiert. Sie hatten unausgesprochen einen Waffenstillstand geschlossen, weil beide einander brauchten.

***

Rossel drückte die Karte fest auf sein Knie, damit sie nicht einfach im nächtlichen Himmel verschwand. In seinem Mantel gut verstaut befanden sich fünf Schwarzweißabzüge – Ansichten der Opfer in genau der Reihenfolge, wie man sie gefunden hatte. Wassja drückte den Steuerknüppel nach vorne, sodass die Polikarpow sich nach unten neigte und die eisige Wolkendecke durchstieß, die sie den ganzen Flug lang eingehüllt hatte. Fast sofort hörte Rossel ein gutturales Geräusch und war dankbar für die Richtung und die Heftigkeit des Windes, während der Major sich aus der Flugkabine lehnte und sich übergab. Er war kein Pilot, aber er hatte durchaus bemerkt, dass das ständige Auf und Ab der Po-2 stärker geworden war, seit die Fliegerin begriffen hatte, dass einer ihrer Passagiere wohl ein wenig flugkrank wurde.

Als sie die Wolken hinter sich ließen, waren die Felder unter ihnen in Mondlicht getaucht. Rossel schätzte, dass sie sich in fünf- bis sechshundert Metern Höhe befanden. Er beugte sich etwas vor und tippte Wassja auf die Schulter. Sie wandte ihm ihr Gesicht zu.

»Da vorne kann ich Schlüsselburg erkennen. Die Türme mit den spitzen Dächern stehen oben auf den Festungsmauern.« Die Maschine befand sich schon im untertourigen Bereich, dennoch musste Rossel laut schreien, um die knatternden Missklänge zu übertönen. »Wir sind nicht mehr weit entfernt von der Fundstelle der Leichen. Kannst du noch etwas runtergehen?«

Wassja nickte und drückte den Steuerknüppel erneut nach vorne. Der Doppeldecker neigte sich wieder nach unten, und Nikitin stöhnte auf. Rossel lehnte sich rechts aus der Kabine, während die Maschine an Höhe verlor. In der Ferne konnte er die lange Küstenlinie des Ladogasees erkennen und dahinter das unwirkliche, glitzernde Weiß des gefrorenen Wassers, unendlich wie ein Ozean.

Während der Flieger über die schneebedeckten Wipfel

der Fichten glitt, konnte Rossel sehen, wie unter ihnen schwarzer Rauch von einer der alten Lokomotiven der U-Klasse aufstieg, die diese Strecke noch immer bedienten. Vor der Revolution ursprünglich Passagierzüge, nutzte man sie heute nur noch als Güterzüge. Dieser hier brachte etwa vierzig Waggons Kohle, wahrscheinlich aus den Minen bei Slanzy, zum Kraftwerk in Narwa.

Während sich die Eisenbahnlinie unter ihnen entlangschlängelte, um schließlich in östlicher Richtung zu entschwinden, entdeckte Rossel die Stelle mit den parallel verlaufenden Gleisen, die durch die vorbeifahrenden Lokomotiven vorübergehend schneefrei war und sich dunkel von der gefrorenen Erde abhob.

*Fünf Noten.*

Dieses Bild war vor seinem inneren Auge erschienen, als Nikitin auf seinen Körper eingeprügelt hatte und er darum kämpfte, dass sein Geist nicht von den Schmerzen betäubt wurde. Und er hatte es erneut vor Augen, als er nach der unerwarteten Freilassung aus dem Kresty-Gefängnis wie in Trance zur Liteiny-Brücke wankte.

Noten. *Fünf Noten.* Ein einfacher Refrain.

Eine Eisenbahnlinie kam aus nordwestlicher Richtung, bevor sie auf einen geraden Kurs einschwenkte und dann weiter nach Osten führte. Die andere, die der Zug mit Kohle gerade befahren hatte, kam aus Südosten, traf auf die erste Linie und setzte sich in westlicher Richtung fort.

Das war es. Wenige Meter nur, zwei Gleise, vier Linien.

Er tastete nach den Fotos, aber er musste sie gar nicht erst hervorholen – er kannte sie auswendig. Fünf Leichen, Strichmännchen, zusammengekauert wie ein tot geborenes Kind in einem seit Kurzem unfruchtbar gewordenen Schoß. Die Erde von Mütterchen Russland lieferte die Partitur. Und von bisher unbekannter Hand waren fünf schwarze Noten in sie hineingeätzt worden.

# Vierter Akt

# 30

## Mittwoch, 31. Oktober

Eine Abfolge von fünf Noten.

Fünf Leichen zwischen Leningrad und dem Ladogasee, exakt ausgerichtet. Die schneebedeckte Landschaft des Oblast war die schneeweiße Partitur. Die schwarzen Gleise, die auf dem kurzen Stück unweit des Ladogasees parallel zueinander verliefen, bildeten die Notenlinien, auf denen die Melodie komponiert worden war, und dann, mit einem letzten Tusch, war jeder Tote, den Kopf zur Seite, als leichenhafte Note dort abgelegt worden.

*Fa, la, mi, si, sol.*

F, A, Es, B, G.

Während er versuchte, im Revier 17 auf dem Kaminrost in der Nähe seines Schreibtischs Feuer zu machen, wobei Nikitin fluchend hinter ihm auf und ab ging, summte Rossel leise die Noten vor sich hin.

Der Refrain war im Grunde dissonant, wie ein Volkslied aus dem Kaukasus. Drei Noten bildeten einen Dreiklang in Es-Dur, eine Tonart, die das Heroische herausstrich. Das F war die zweite Note auf dieser Tonleiter, während das A völlig herausfiel, dieser Tonleiter überhaupt nicht zugehörte. Vom Es zum A war es ein Tritonus, den Komponisten schon dreihundert Jahre zuvor als *Diabolus in Musica* bezeichnet hatten. Das Intervall des Teufels.

Die fünf Leichen auf den Bahnlinien waren zu ihrem eigenen Grabgesang zusammengesetzt worden. Ein Gesang, von dem Rossel mehr und mehr den Eindruck hatte, dass er auch ihm galt.

***

»Zwei Eisenbahnlinien, die parallel zueinander verlaufen, bilden Notenzeilen, so heißen die Linien auf einem Notenblatt. Die oberste Linie fehlt, aber der Täter brauchte sie auch nicht.«

Rossel hielt den Bleistift fest umklammert und zeichnete vier krakelige Linien auf ein Stück Papier. Neben ihm lagen, auf dem ganzen Schreibtisch verstreut und das Licht der Schreibtischlampe reflektierend, die Fotos, die er vom Doppeldecker aus gemacht hatte, und Tanejews Aufnahmen vom ersten Mal, nachdem sie die Leichen entdeckt hatten.

»Die Art und Weise, in der die Leichen platziert wurden, wirkte in jeder Hinsicht, außer einer, stilisiert. Sie waren kostümiert, verstümmelt und gleich weit voneinander entfernt. Lediglich die Anordnung der Köpfe variierte. Bei manchen lag der Kopf zwischen den Schienen, bei anderen auf dem Gleis. Es musste irgendein Schema geben, nur dass wir es vom Boden aus nicht erkennen konnten. Aber von oben …«

Er versuchte, den Bleistift besser in den Griff zu bekommen, aber Schreiben war stets eine Prüfung. Nachdem er die eine Hand mithilfe der anderen justiert hatte, konnte er Strichmännchen auf das Notenblatt zeichnen, Ovale für den Kopf und nicht mehr als einen groben Strich, um die Lage des Körpers zu veranschaulichen.

»Sofia. Die Erste in der Reihe, obwohl wir sie erst als Vierte identifiziert haben. Die Note, die sie verkörpert, ist das F. Das F in deutscher Notation, *fa* im Solfège-System, das wir in Russland verwenden.«

Nikitin sah ihm verärgert dabei zu, weil er den Code nicht zu erkennen vermochte.

»Woher wissen Sie, dass das Ganze nicht auf dem Kopf steht?«, wollte der MGB-Mann wissen.

»Ich weiß es natürlich nicht«, räumte Rossel ein. »Es ist

erst mal nur eine Theorie. Ihr Kopf lag zwischen den Gleisen der unteren Bahnlinie, die Füße zeigten nach Süden, so wie die Füße bei allen anderen auch.«

»Fahren Sie fort.«

Nikitin hatte gemurrt, weil er sich zum Revier 17 begeben musste, und seine Laune besserte sich aufgrund von Rossels Art, die Dinge in Ruhe zu entfalten, keineswegs. Wassja, die eingemummelt auf Gratschews Platz saß, schien dies jedoch nicht zu beeindrucken.

Rossel wendete sich seinem Diagramm zu. »Maxim, der Zweite in der Reihe. Sein Kopf befand sich hier.« Er machte zwei weitere Markierungen. »Das wäre in russischer Notation ein *la*, in deutscher ein A.«

»Was hat das mit dem Deutschen auf sich? Ist unser Täter Deutscher?«

Rossel schüttelte den Kopf. »Nicht unbedingt. Aber jemand, der sich mit musikalischen Notationen auskennt. Weitaus mehr als die meisten. Komponisten, Dirigenten oder Musikwissenschaftler kommen in Betracht. Bach verwendete die Buchstaben seines Namens als Motiv. Schumann ebenso.«

»Deutsche«, kommentierte Nikitin.

»Genosse Major, es ist äußerst schwierig, in der klassischen Musik dem deutschen Einfluss zu entgehen. Woche für Woche werden in der Sowjetunion deutsche Kompositionen rauf und runter gespielt. Und auch einer unserer Besten, Dmitri Schostakowitsch, verwendet die deutsche Notation. Das Motiv D-S-C-H taucht …«

»Machen Sie weiter.«

»… in vielen seiner Werke auf.«

Rossel beugte sich über das Blatt und fuchtelte mit dem Bleistift herum.

»Felix.« Er zeichnete ein A.

»Was ist das im Russischen?«

»Bei uns ist es ein *mi*. Aber sehen Sie mal.« Er legte zwei Aufnahmen vom ersten Tatortbesuch nebeneinander. »Bei diesen drei Toten liegt die Mütze neben dem Kopf, sie haben sie nicht auf. Sorgfältig auf der linken Seite abgelegt. Sollte das als musikalisches Zeichen gemeint sein, würde es bedeuten, dass der Mörder die Note ändern, sie etwas höher oder tiefer haben wollte. Anstelle von *mi* könnte es also auch ein *mi-bémol* bedeuten.«

»Das macht ja alles noch komplizierter«, murrte Nikitin. »Was soll das heißen, *bémol?*«

»Das ist das Erniedrigungszeichen, Genosse. Es macht den Stammton eine halbe Note tiefer.«

»Das ist doch kein russisches Wort, oder?«

»Französisch, glaube ich«, bemerkte Rossel.

»Zu viele ausländische Einflüsse in Ihrer Musiksprache da«, grummelte Nikitin.

Rossel fiel auf Anhieb ein Dutzend russischer Begriffe ein, die direkt aus anderen Sprachen entlehnt waren, einschließlich Französisch und Deutsch, aber er sagte lieber nichts.

»Leiche Nummer vier, die kleine Nadja. Sie war die Erste, die wir identifiziert haben, aber in der Reihe ist sie die Vierte.« Auf seinem provisorischen Notenblatt zeichnete er ein B ein. »Der Kopf ist korrekt platziert, liegt oben auf der dritten Schiene.« Er zeigte Nikitin die Fotos, die vom Boden und die aus der Luft. »Es könnte ein *si* sein, aber der Hut könnte daraus auch ein *si-bémol* machen.« Er fügte ein Erniedrigungszeichen hinzu.

Rossel brachte ein paar abschließende Striche zu Papier.

»Die letzte Note. Bei der fünften Leiche lag der Kopf auf der zweiten Schiene. Das bedeutet ein G. Sol. Immer vorausgesetzt, der Täter hat den Violinschlüssel zugrunde gelegt.«

Nikitin sah Wassja an.

»Ergibt das irgendeinen Sinn für dich?«, wollte er wissen.

Wassja nickte. »Jetzt, wo ich es mit eigenen Augen gesehen habe, ja.«

Rossel steckte den Bleistift weg.

»Hier, das sind unsere fünf Noten.«

Die ganze Sache war immer schon eine Falle gewesen. Von Anfang an hatte er dieses Gefühl gehabt. Sicher, er war mit seinen Ermittlungen vorangekommen, hatte einen Schritt nach dem anderen gemacht, aber immer den Verdacht gehabt, dass die Falle jeden Moment zuschnappen würde.

Und nun, so schien es, hatte er hier seine eigene Partitur. Der Mörder musste von Beginn an gewusst haben, dass nur ein Musiker in der Lage sein würde, diesen Refrain zu entziffern. Und wie viele Musiker gab es wohl in der Leningrader Miliz?

Nikitin saß ihm gegenüber am Tisch und hielt ein dickes Glas mit Tee in den Händen.

»Also, ich habe höheren Ortes Ihre verrückte Theorie vermeldet.«

»Und?«

Der MGB-Offizier nahm einen Schluck aus seiner Tasse, seufzte und lehnte sich auf seinem Holzstuhl wieder zurück.

»Glückwunsch. Sie und ich, wir sind gehalten, morgen nach Moskau zu fahren. Sie sind wohl deutlich überzeugter, dass es sich um einen musikalischen Mörder halten könnte, als ich. Jemand ganz Besonderer möchte von Ihnen persönlich auf den neuesten Stand der Ermittlungen gebracht werden.«

*Mach weiter, Revol, setz einen Fuß vor den anderen. Wahrscheinlich besteht die einzige Möglichkeit, dem Tod zu entrinnen, jetzt darin, ihn zu umschmeicheln.*

Rossel lehnte sich auf seinem Stuhl nach hinten.

»Jemand ganz Besonderer?«

Nikitin entnahm seinem Etui eine Zigarette, einen stinkenden Import aus Bulgarien, und zündete sie sich an. Anschließend blies er einen Rauchring in die Luft, der nach oben zur rußverschmierten Decke schwebte, bevor er sich in Nichts auflöste.

»Sie haben keinen Namen genannt. Sie nennen nie Namen. Aber ich kann es mir denken.«

## 31

Rimski-Korsakow, Tschaikowski, Sergej Prokofjew, Dmitri Schostakowitsch und Nikolai Wronski. Ob nun als Student oder Professor, alle hatten sie diesen Weg über Leningrads Theaterplatz zum Konservatorium mit seiner klassizistischen Fassade genommen. Rossel war seit seinem Ausscheiden im Sommer 1941, kurz bevor man ihn zur Zivilverteidigung einberufen hatte, viele Male dort vorbeigekommen. Aber nun unternahm er zum ersten Mal wieder den Versuch, das Gebäude zu betreten.

Das weiß und grau gestrichene Mauerwerk wirkte ein wenig schäbig, aber die eindrucksvolle Vorderfront mit ihren Bogenfenstern und rechteckig geschnittenen Fensteröffnungen ließ ihm noch immer das Herz in die Hose rutschen. Er erinnerte sich an seinen ersten Tag auf dem Konservatorium, an den unbeholfenen Jugendlichen, der er beim Eintritt gewesen war und der glaubte, dass er, in welch bescheidenem Maße auch immer, in die Fußstapfen seiner Heroen treten konnte.

Er drehte sich um und blickte zurück auf das Kirow-

Theater mit seiner grün-weißen Stuckfassade. Die beiden Gebäude lagen nur wenige hundert Meter voneinander entfernt, aber zwischen beiden lag auf seiner musikalischen Reise – dem Beginn als Student auf dem Konservatorium und dem Endpunkt auf der Bühne oder im Orchestergraben des Kirow – ein Abgrund. Einer seiner alten Violinlehrer hatte dennoch immer von ihm erwartet, diese Reise anzutreten. Bis er schließlich so weit vom Kurs abgekommen war, dass er Major Nikitin gegenüber ein Geständnis ablegen sollte.

***

Im Inneren des Konservatoriums war alles noch genau so, wie er es in Erinnerung hatte. Vom zentralen Treppenhaus zweigten weitläufige Flure ab, die zu Übungs-, Vortrags- und Unterrichtsräumen führten. Als Student hatte er sich hier abends gerne aufgehalten, wenn der Unterricht vorüber war, die Räume jedoch noch gut bevölkert waren. Besser hier noch üben als im Wohnheim, wo stets irgendwelche Studenten einen draufmachten, grölten und sangen.

Wenn man gemächlich durch die Flure schlenderte, konnte man in eine Sonate von Beethoven geraten oder durch eine der Etüden Chopins hindurchflanieren, als würde man durch einen Klangvorhang schlüpfen, von einer Wirklichkeit in die nächste wechseln, von c-Moll zu A-Dur, aus der Dunkelheit ins Licht. Man konnte innehalten und eine Zeit lang in einer dieser Welten verweilen oder weitergehen bis an die Grenze einer anderen. Es hatte etwas Tröstliches und zugleich Familiäres, war mitunter schwer zu unterscheiden, bis man schließlich zwei Schritte weiterging und in die Sturmfront eines Präludiums von Rachmaninow eintauchte. Und die ganze Zeit über, am Rande der eigenen Wahrnehmung und des eigenen Selbst, ertönte der

Sirenenruf eines Violinkonzerts von Tschaikowski, die Sarabande einer Cello-Suite von Bach oder eine Arie aus Rimski-Korsakows *Die Zarenbraut*.

Ein wenig war es so, wie Sofia einmal gesagt hatte, als wäre man in einer himmlischen Voliere gelandet.

Die Gänge waren bevölkert mit Studenten, die sich unterhielten, während sie von einem Unterrichts- oder Proberaum in einen anderen wechselten, aber Professorin Lebedewa erspähte er sofort. Sie kam direkt auf ihn zu. Natürlich war sie älter geworden. Er schätzte, dass sie jetzt mindestens Mitte sechzig sein musste. Ihr Haar, früher einmal auffallend rot, war nun fast vollständig weiß. Noch immer war sie eine gepflegte Erscheinung, und hinter der kleinen Nickelbrille, einer neuen Errungenschaft, blitzte aus grünen Augen jene Intelligenz auf, die er schon als Student durchaus betörend gefunden hatte.

»Revol, Sie sind es wirklich!«

»Ja, Professorin, ich bin es tatsächlich.«

Er machte einen Schritt auf sie zu und küsste sie förmlich dreimal auf die Wangen.

***

Rossel holte seinen Schreibblock hervor und schlug ihn dort auf, wo er die vier Namen vermerkt hatte sowie ein Fragezeichen für das noch immer nicht identifizierte fünfte Opfer.

**Sofia Fedotowa**
**Maxim Awdejew**
**Felix Sorokin**
**Nadja Basanowa**
**?**

Sie saßen im Konzertsaal des Konservatoriums vor der Bühne, unter der kunstvoll verzierten Decke, auf die Wolken, Cherubim und eine Muse in antikem griechischen Gewand mit goldener Harfe gemalt waren. Die Saalwände waren ganz in Weiß gehalten, und die Kristallleuchter glitzerten im Licht der Oktobersonne, die durch eine Reihe großer Bogenfenster hereinfiel.

Rossel hatte hier zahllose Male geübt, aber all diese Erinnerungen entzogen sich ihm. Stattdessen erfüllte ihn Sofias Gegenwart, die sich auch im gesamten Konzertsaal verströmte. Noch immer konnte er den Stich der Eifersucht verspüren, als er sie nach einer Probe mit einem anderen Studenten hatte lachen sehen. Die Sehnsucht, als er sie von seinem Platz im Orchester aus dabei beobachtet hatte, wie sie sich auf ihren Auftritt mit einem Lied von Mahler vorbereitete.

Seine Empfindungen für Sofia, von all dem, was er verloren hatte, waren geradezu greifbar hier, in diesem großen Saal, inmitten der Geister ihrer gemeinsamen Vergangenheit, und einen Moment lang kam er sich abhanden.

Er tippte mit dem Finger auf seinen Schreibblock und nutzte diese winzig kleine Bewegung, um sich zusammenzureißen.

»Erinnern Sie sich an sie, Professorin?«

Professorin Lebedewa sah hinunter auf die Seite im Schreibblock und dann wieder hoch zu ihm.

»Felix, ja, natürlich, wie könnte ich jemals Felix vergessen? Was für ein Schlitzohr! Und natürlich habe ich ihm Unterricht gegeben, so wie Ihnen auch, Rossel. Ich habe mich, ehrlich gesagt, immer gefragt, warum er überhaupt noch auftauchte angesichts der mangelhaften Praxis. Ich hätte ihn fast rausgeschmissen, aber er war unterhaltsam, und statt zu spielen haben wir eben geredet. Er war der einzige faule Student, den ich jemals toleriert habe. Ein echter Charmeur.«

Lebedewa sah wieder hinunter auf die Namen und seufzte.

»Die Erinnerungen. Sofia, ganz reizend und süß. Mit Herzensbildung. Ihre Stimme hatte eine fast magische Reinheit, obwohl sie noch lernen musste, sie besser zu kontrollieren. Die nächsten zwei. An die Namen erinnere ich mich vage, aber mehr auch nicht. Ich gebe hier jetzt seit zwanzig Jahren Geigenunterricht, das sind eine Menge Studenten. Und nicht alle waren so begabt wie Sie, was für eine Schande. Was ist passiert?«

»Der Krieg ist passiert, Professorin.«

»Vermissen Sie das Spielen?«

Rossel schüttelte den Kopf.

»Nein. Nicht mehr.«

Er legte den Schreibblock weg.

»Was verbindet sie sonst?«, fragte die Professorin. »Sofia kannte ich durch Sie. Aber diese beiden hier, Maxim und Nadja. Es gehen einfach sehr viele Studenten durch diese Lehranstalt.« Sie schnippte die Asche ihrer Zigarette in einen metallenen Aschenbecher. Hinter ihrem ruhigen Gebaren kam gelegentlich eine absolute Tyrannin zum Vorschein. Man hielt es allgemein für nahezu unmöglich, in ihre Klasse zu kommen, und für völlig unmöglich, ihren Gefallen zu finden, wenn man es denn trotzdem geschafft hatte. »Wir haben so viele Studenten verloren, in der Vergangenheit und jetzt auch wieder, während des Krieges und seither. Durch deutsche Bomben, die Belagerung und an den Hunger. Ich habe oft von Essen geträumt. Einmal habe ich geträumt, es wäre Silvester, und statt Klöße zu machen, hatte ich einen geheiratet.« Lebedewa lächelte, aber das Lächeln verflog.

»Es ist schlimm, wenn man auf einer Liste steht. Sie schweben bestimmt in Gefahr«, bemerkte sie ergänzend.

»Nicht länger«, entgegnete Rossel. »Sie sind alle tot.«

Lebedewa schreckte zusammen und bekreuzigte sich, bemerkte dann, dass sie es tat, und hörte damit auf.

»Warum sind Sie hier?« Sie sah ihm in die Augen, erging sich nicht mehr mit einem ehemaligen Studenten in Erinnerungen, sondern trat einem Uniformträger gegenüber, der von Toten berichtete.

»Ich befrage Personen, die die Toten kannten.«

»Aber wieso mich?« Professorin Lebedewa spreizte abwehrend die Hände. »Ich hab's ja gerade gesagt, ich kannte die beiden kaum, diesen Max und diese Nadja.«

»Aber Sie kannten die anderen gut.«

»Nicht gut«, protestierte sie.

»Felix«, wandte Rossel ein. »Ihn kannten Sie gut.«

»Er war mein Student, ja. Aber wie gut kennen sich ein Schüler und sein Lehrer jemals wirklich? Leidenschaftlich war er, wenn er spielte, also wusste ich, dass mehr dahintersteckte als der schillernde Pfau, den er uns allen vorspielte.«

»Leidenschaftlich auch in anderer Hinsicht, Professorin?«

Sie hielt Rossels Blick einen Augenblick lang stand, als wolle sie ihm vermitteln, dass sie sich seine Dreistigkeit sehr wohl merken werde. Ganz so, als hätte sie keine Angst.

»Hat er Ihnen das erzählt?«

Rossel nickte. »Felix hat mir von all seinen Eroberungen berichtet. Darum bin ich hergekommen.«

»Ja, natürlich musste er Ihnen das erzählen. Das Vergnügen für Jungs wie Felix besteht stets weniger in dem Akt selber, sondern mehr in dessen Darstellung gegenüber anderen. Ich gebe es zu, wir waren ein Liebespaar. Ich habe nicht gewusst, dass der Krieg sein Leben gefordert hat. Wissen Sie, wie er gestorben ist? War es fürchterlich? Ich hoffe, nicht.«

Rossel sah keine Notwendigkeit, ihr die Wahrheit zu sagen. Die Professorin zog ein letztes Mal an ihrer Zigarette und drückte sie aus.

»Ich habe ihn wirklich geliebt, Revol, ein wenig jedenfalls. Töricht, ich weiß. Er war zwanzig, und ich war mehr als doppelt so alt. Aber das Herz lässt sich nicht bezähmen.«

»Hat Felix damals über irgendjemand von den anderen gesprochen? Wenn sie alle durch etwas anderes als die Morde miteinander verbunden waren, dann muss es laut meiner Ermittlungen ein Vorkommnis sein, das sich ereignet hat, als sie hier am Konservatorium studiert haben. Aus den Akten ist zu ersehen, dass sie danach alle sehr unterschiedliche Wege eingeschlagen haben.«

Die Professorin betrachtete noch einmal eingehend die vier Namen und deutete dann auf einen von ihnen.

»Diese Nadja hier. Können Sie sie beschreiben?«

»Klein und rundlich. Eine Klarinettistin. Ziemlich schwatzhaft.«

Sie nickte. »Eine Sache ist da.«

»Ja?«

Professorin Lebedewa nahm kurz die Brille ab und putzte sie unnötigerweise.

»Felix mochte das Glücksspiel, wissen Sie das?«

»Er schloss Wetten auf alles Mögliche ab.«

»Eine Wette ist mir im Gedächtnis geblieben. Er sagte mir, dass er uns vielleicht etwas zu essen besorgen könne, Pferdefleisch von einem Absolventen des Konservatoriums, der in der Armee war. Dass er mit diesem Soldaten eine Wette laufen habe auf den Gewinner des, wie Felix und andere es nannten, Großen Sinfonischen Wettbewerbs. Außerdem sagte er, dass eine Studentin, die meiner Meinung nach die Klarinettistin war, die Sie beschreiben, ihm zum Gewinn verhelfen würde, weil sie Insiderwissen über das voraussichtliche Ergebnis besäße.«

»Der Große Sinfonische Wettbewerb? Wronski gegen Schostakowitsch?«

Lebedewa nickte.

»Warum auch nicht?«, fragte sie. »Es war das perfekte Spiel für jemanden mit einer klassischen Ausbildung. Das Rennen zwischen den beiden führenden Komponisten der Gegenwart, bei dem sich herausstellen sollte, wessen Werk die Kriegshymne würde. ›Nadja verfügt über Insiderwissen‹, hat er gesagt.«

Rossel klappte seinen Schreibblock zu und steckte ihn in die Manteltasche.»Ich habe bei diesem Wettbewerb mitgewirkt, Professorin. Bei der großen Sinfonieschlacht, dem großen Auftritt. So wie viele andere auch.«

Sie stand auf. »Revol, gestatten Sie, dass ich nun wieder meinen Lehrverpflichtungen nachkomme?«

»Natürlich, ich bitte um Verzeihung.«

Sie ging auf die Flügeltür hinten im Saal zu. Auf halber Strecke hielt sie inne und drehte sich um, als wolle sie noch etwas sagen, besann sich dann aber eines Besseren und eilte davon.

***

Aus einer Laune heraus schaute er in der Bibliothek im Erdgeschoss vorbei, einem staubigen Irrgarten, der, so wie es immer schon gewesen war, von einer Handvoll ängstlicher Frauen bewacht wurde. Sie hatten jedoch keine Ahnung, wie man eine Partitur auffinden könnte, die während des Krieges verfasst worden war.

»Madame Schischani würde es wissen«, sagte eine von ihnen. »Sie kennt jedes Musikstück, das jemals in dieses Gebäude gebracht wurde oder es wieder verlassen hat. Leider ist sie heute nicht da, Genosse, weil sie ihre Mutter pflegen muss. Können Sie morgen wiederkommen?«

Rossel schüttelte den Kopf und stieß einen Seufzer aus.

»Morgen nicht. Später in dieser Woche, ja. Ich habe erst noch einen Termin in Moskau.«

# 32

## Donnerstag, 1. November

Die runde Uhr im Turm von Moskaus Leningrader Bahnhof zeigte Viertel nach sieben an, als Rossel und Nikitin die Stufen aus Granit herabschritten, die hinaus auf die geschäftigen Straßen der Innenstadt führten. Eine schwarze Limousine parkte an der Südseite des Komsomolskaja-Platzes. Die Menge, die sich morgens dort drängte, versuchte, nicht so genau hinzusehen und dem Wagen nicht zu nahe zu kommen. Die Menschen wollten nicht, dass man bemerkte, wie sie Notiz nahmen. Aber allen war klar, dass eine solche Limousine einer besonders wichtigen Person gehören musste.

Als sie auf die amerikanische Packard-Limousine zugingen, öffnete ein MGB-Offizier die Beifahrertür und kam ihnen entgegen, um sie zu begrüßen.

Nikitin streckte ihm die Hand entgegen.

»Oberst Sarkisow.«

Der Offizier schüttelte die dargebotene Hand.

»Genosse Nikitin.«

Rossel nahm Haltung an und salutierte.

»Das ist der Leutnant, von dem ich Ihnen berichtet hatte«, sagte Nikitin. »Der Musiker.«

Sarkisow nahm Rossels Anwesenheit beiläufig zur Kenntnis.

»Wir kennen uns«, bemerkte er. »Genosse Beria hat Ihre Akte mit Interesse gelesen, Leutnant. Ich habe ihn sogar über einen Ihrer unvernünftigen Studentenstreiche lachen hören.« Sarkisow wandte sich wieder ab. »Der Chef hat früher selbst Musik gemacht, wussten Sie das?«, wollte er von Nikitin wissen.

Nikitin schüttelte den Kopf.

»Das wusste ich nicht. Er steckt voller Überraschungen, muss ich sagen. Was hat er denn gespielt?«

Oberst Sarkisow lächelte, hielt die Tür der Limousine auf und streckte den Arm aus, um Rossel und Nikitin hineinzubitten.

»In seiner Zeit in Baku, so heißt es, ist Minister Beria gelegentlich gerne mit mingrelischen Volksliedern aufgetreten, zu denen er sich auf der Balalaika begleitet hat.«

Er sah wieder Rossel an.

»So haben Sie schon einmal die Liebe zur Musik gemeinsam. Vielleicht möchte er Sie deshalb so gerne treffen, Genosse Leutnant.«

***

Die Fahrt durch den lebhaften Moskauer Verkehr verlief für schwarze Limousinen bedeutend schneller als für andere Fahrzeuge. Nikitin und Sarkisow plauderten über Wsewolod Bobrow, den Flügelstürmer von ZSKA Moskau, der für denselben Klub der Roten Armee auch Eishockey spielte. Sarkisow vertrat die Meinung, er solle sich doch aufs Fußballspielen konzentrieren, während Nikitin gegenteiliger Ansicht war.

Nach etwa zehn Minuten bogen sie von der Sadowaja-Kudrinskaja-Straße ab und in die Malaja-Nikitskaja-Straße ein. Kurze Zeit später fuhren sie durch ein schwarzes Metalltor auf einen eindrucksvollen Hof. Rossel kannte sich in Moskau nicht gut aus und war unsicher, in welchem Stadtbezirk sie sich befanden, aber sie waren über die Ringstraße vom Bahnhof aus hergekommen, also musste dies auf der Westseite der Stadt liegen. Zwei junge Soldaten schaufelten auf jeder Seite des Hofs mit Besen und Schippe Schnee.

Als die drei Männer aus dem Wagen stiegen, nahmen die Soldaten Haltung an und salutierten. Das große Gebäude war weiß und blau gestrichen, man hatte Alabastersäulen, und es gab auch Fresken mit Szenen aus der griechischen Mythologie. Ursprünglich hatte es einmal einem Kaufmann oder Bankier gehört, vermutete Rossel, aber die Revolutionswirren hatten dazu geführt, dass es nun Lawrenti Pawlowitsch Beria als Zuhause diente.

***

Die Wand war in einem Jadeton gestrichen, der an ein Reptil erinnerte. Die riesige Tür bestand aus ungewöhnlich dunkler Eiche, und Rossel hatte große Schwierigkeiten, den Blick von dem abgenutzten Türknauf aus Messing abzuwenden. Neben der Tür befand sich ein kleiner Tisch mit einer weißen Vase voller hellgelber Schwertlilien. Er sah zum zehnten Mal auf die Uhr. Sie warteten jetzt schon eineinhalb Stunden. Sein Mund war komplett trocken, sein Magen rebellierte. Seit man ihnen ihren Platz in den Ledersesseln im Flur vor dem Büro des Ministers zugewiesen hatte, war nicht ein einziges Wort gesprochen worden. Sarkisow und Nikitin kannten das Gebäude vermutlich gut, aber ihre Stimmung strahlte alles andere als ungezwungene Vertrautheit aus. Sie waren sichtlich weniger zu Scherzen aufgelegt, seitdem der Packard auf dem Hof vorgefahren war.

Der Türknauf klapperte. In der vorherrschenden Stille kam das Geräusch einem Schuss gleich. Die drei Männer sprangen auf, gingen in Habachtstellung und vollführten eine 90-Grad-Drehung nach links. Der Adjutant, der ihnen zuvor ihre Sitzplätze angewiesen hatte, steckte den Kopf zur Tür heraus.

»Er möchte Sie nun sehen.«

Aus einem alten Victrola-Grammofon, das auf einem Klavierhocker in einer Ecke des Raums stand, in der Nähe eines Erkerfensters, durch welches das Licht der Wintersonne hereinfiel, ertönte Musik. Rossel erkannte sofort, worum es sich handelte. Ein Stück, das sie, wenn auch selten, mit dem Studentenorchester des Konservatoriums gespielt hatten: Rachmaninows sinfonische Dichtung *Die Toteninsel.* Sie sollte heraufbeschwören, wie Charons Riemen die Wasser des Styx durchstachen, wenn er verlorene Seelen auf die Insel übersetzte. Und da, hinter einem kleinen Schreibtisch, der von säuberlich aufgeschichteten Unterlagen in braunen Umschlägen übersät war, saß er, der große sowjetische Charon persönlich.

Der stellvertretende Ministerpräsident der Sowjetunion war kleiner, als Rossel erwartet hatte. Abgesehen von Propagandaplakaten wie dem an der Smolny-Kathedrale kannte er Beria nur von Fotos auf der Titelseite der *Prawda* oder weil sein kahler werdender, runzeliger Kopf in den Berichten der Wochenschau im Kino bei der Parade zum 1. Mai direkt hinter Stalin zu sehen war, wobei die stechenden schwarzen Augen den vorbeimarschierenden Massen stets mit gezielter Herablassung begegneten. Die Presse stellte ihn als Koloss des Bolschewismus dar, als herausragenden Verteidiger der reinen marxistisch-leninistischen Lehre gegen den reaktionären Kapitalismus und die Verräter der fünften Kolonne. In Wirklichkeit, schätzte Rossel, war er mit Schuhen und Strümpfen vielleicht einen Meter fünfundsechzig groß.

Beria stand, als die beiden Männer das Allerheiligste betraten – Sarkisow hatte sich ihnen nicht angeschlossen. Überraschenderweise, wenn man seinen Rang bedachte, schüttelte der Minister sowohl Rossel als auch Nikitin die Hand, Rossel sogar etwas länger, als notwendig gewesen wäre. Seine Handfläche war weich, schien es Rossel. Es gab

Gerüchte, dass Beria seinen Vorgänger als Amtschef des NKWD, des Volkskommissariats für Innere Angelegenheiten und Vorläufers des MGB, Nikolai Jeschow, eigenhändig erdrosselt hatte. Wenn dem so war, mutmaßte Rossel, musste sich das anfänglich wie eine sanfte Umklammerung angefühlt haben.

Beria deutete auf zwei scharlachrote lederne Lehnsessel vor seinem Schreibtisch und nahm selbst wieder Platz. Er trug einen Kneifer, den er immer wieder abnahm, um ihn mit einem kleinen roten Tuch zu reinigen, das er einem grünen Lederetui entnahm. Niemand sagte etwas. Nur die Musik des Grammofons und das regelmäßige rhythmische Quietschen des Brillentuchs, das Beria auf den Gläsern hin und her bewegte, waren zu vernehmen. Der Minister polierte sie in seinem überbordenden Perfektionismus im Takt der Musik.

Nach etwa einer Minute stopfte er das Tuch zurück ins Etui und setzte den Kneifer auf. Er blinzelte ein paarmal und sah dann Rossel und Nikitin an, als hätte er sie gerade eben erst bemerkt.

»Mögen Sie Rachmaninow?«

Es war nicht klar, wem von ihnen beiden die Frage galt. Nikitin, gespielte Unbeschwertheit in der Stimme, antwortete zuerst, indem er aus taktischen Gründen vorbeugend Ahnungslosigkeit an den Tag legte.

»Rach-wer bitte, Genosse stellvertretender Ministerpräsident?«

Beria rückte mit dem Mittelfinger der linken Hand seinen Kneifer zurecht. Er richtete den Blick auf Rossel.

»Und Sie?«

»Seine Musik, ja, Genosse stellvertretender Ministerpräsident.«

Beria hob die Hand. »Genosse tut es, Leutnant.«

»Ja, Genosse, also seine Musik meine ich. Den Menschen

habe ich verachtet. Ein reaktionärer bürgerlicher Wiederholungstäter und Feind des Volkes.«

Rossel spürte sein Herz schlagen, während er sich um die Klippen herumlavierte. Die Toten waren dankbare Opfer für eine Denunziation, dachte er.

Beria lehnte sich zurück. Er schien zufrieden mit der Antwort. Ganz so wie ein Mann, der den Morgen damit verbracht hat, ein Minenfeld zu präparieren, Vergnügen darin finden könnte, zu beobachten, wie die Beute, die er sich erwählt hat, die erste Detonation vermeiden konnte.

»Ich teile Ihre Verachtung. Sein landesverräterischer Aufenthalt in Amerika ist viele Male auf höchster Ebene diskutiert worden. Bevor er zufällig an bösartigem Hautkrebs starb, hat es Pläne gegeben, ihn aus seinem Liegestuhl in Palm Springs herauszuholen und seine Seele in einem Umerziehungs- und Arbeitslager in Staub zu verwandeln. Ich habe mich persönlich für diese Operation ausgesprochen. Meiner Erfahrung nach gehen kreatives Talent und niederträchtiger Verrat oft Hand in Hand.«

Einmal in Fahrt, sprach Beria schnell wie ein Maschinengewehr. Er sah hinüber zu dem Stalinporträt über dem Kamin und wandte sich dann wieder Rossel zu.

»Genosse Stalin misst den schönen Künsten, vor allem der Musik und der Literatur, ebenfalls allergrößte Bedeutung zu. Es gab da einen Vorfall mit Schostakowitsch, Sie werden sich erinnern. Vor dem Krieg, als seine Musik, und ich beziehe mich hier auf den Wortlaut in der *Prawda*, ›zu formalistisch und bourgeois‹ wurde. Praktischerweise war der Genosse Stalin in dieser Ausgabe der Musikkritiker der *Prawda*. Die Begriffe, die er im privaten Kreis verwendete, waren allerdings deutlich vulgärer, in einem deftigen bäuerlichen Ton gehalten. Gegenwärtig hat die Partei ihr musikalisches Gehör allerorten trainiert, Genosse Rossel. Genosse Stalin ist der Auffassung, dass verräterische Gedanken sich an jedem denkbaren Ort manifestieren, und sei es auch nur in dem kleinen Zwischenraum zwischen einer Note und der folgenden. Nikitin berichtete mir, Sie glauben, die Leichen, die man da draußen an der Bahnlinie in der Nähe des Ladogasees gefunden hat, wären bewusst so abgelegt worden, dass sie eine teuflische Melodie ergeben.«

»Zu diesem Schluss bin ich gekommen, Genosse.«

»Und wer ist Ihrer Meinung nach der Schuldige?«

»Offen gestanden, ich weiß es nicht.«

Beria nahm eine Akte vom Stapel.

»Leningrad ist immer eine schwierige Stadt gewesen. Da gab es diese bedauerlichen Vorkommnisse im Zusammenhang mit der Messe 1949, als meine Leute ein Nest kapitalistischer Vipern entdeckten, unter ihnen viele unkonventionelle Künstler, Schriftsteller und Musiker. Minister Malenkow vertrat anfänglich die Anklage, versäumte es jedoch, so meine bescheidene Meinung, die Verräter mit der ganzen Härte der bolschewistischen Lehre zu verfolgen.«

Es war allgemein bekannt, dass Beria der Versuchung, Malenkow zu kritisieren, nur schwer widerstehen konnte. Er hielt ihn für seinen Hauptrivalen im Kampf ums Stalins Nachfolge.

Er reichte Rossel die Akte.

»Ich habe darin einen Namen markiert, der für Ihre Ermittlungen von Interesse sein könnte.«

Rossel wollte die Akte gerade aufschlagen, als Beria eine abweisende Handbewegung machte.

»Nein, jetzt nicht. Das können Sie später alleine erledigen. Nachdem Sie die Akte unter die Lupe genommen haben, Leutnant Rossel, setze ich mein Vertrauen darein, dass Sie dann schon wissen werden, wie Sie vorzugehen haben.«

*Jetzt verstehe ich*, dachte Rossel. Stalin hat Beria Druck gemacht, das Verbrechen aufzuklären. Beria guckt einen Schuldigen aus. Und um sich abzusichern, zieht er einen entbehrlichen Milizoffizier hinzu, der die Drecksarbeit machen soll. Auch für den Fall, dass es weitere Verwicklungen gibt. Was dem Geheimdienstchef die Möglichkeit offenlässt, sich selbst aus der Affäre zu ziehen und der stümperhaften Miliz die Schuld zuzuschieben.

Die Nadel des Victrola-Grammofons hatte das Ende der Aufnahme erreicht, sodass ein Knistern einsetzte. Rossel nickte.

»Selbstverständlich, Genosse.«

***

Der Packard sauste durch das schwarze Tor in den grauen Moskauer Abend hinaus. Oberst Sarkisow fuhr, während Rossel und Nikitin im Fond des Wagens saßen. Der Leutnant steckte sich eine Papirossa an und schlug die Akte auf seinen Knien auf. Nikitin und er starrten beide den Namen an, umkreist mit blauer Tinte, der sich unten links auf der zweiten Seite befand: *Karl Iljitsch Eliasberg*.

Einen kurzen Augenblick später meldete sich Nikitin zu Wort.

»Das ergibt durchaus Sinn, meinen Sie nicht? Passt genau zu Ihrer verrückten Theorie, Rossel.«

Nikitin klang gelassen, aber seine Wangen hatten eine wachsartige weiße Färbung angenommen. Rossel war nicht der Einzige im Auto, der froh war, mit heiler Haut aus Berias Büro wieder herausgekommen zu sein.

Er brauchte ein paar Sekunden für die Antwort.

»Gut möglich.«

»Möglich?«, platzte Sarkisow hinein.

Rossel blickte von der Akte auf und bemerkte, dass der MGB-Mann ihn im Rückspiegel fixierte.

Sarkisow konzentrierte sich wieder auf die Straße, redete aber weiter.

»Zeigen Sie mir den Mann, und ich finde das passende Verbrechen. Das habe ich den Chef schon viele Male sagen hören, Genosse Rossel«, sagte der Major. »Er hat uns unseren Mann genannt. Maestro Eliasberg. Ich gebe Ihnen den guten Rat, als Erstes diesen Mann dingfest zu machen und anschließend ein nettes Verbrechen, das man ihm anhängen kann. Beria möchte, dass alles noch vor dem Parteitag erledigt ist, und wir werden ihm verdammt noch mal genau das liefern, was er will.«

# 33

## Freitag, 2. November

Oftmals nimmt die Jagd einen ungewissen Anfang, bis ein Ruf oder ein Schuss ertönt. So war es diesmal.

Zur Linken Rossels erstreckte sich eine zerklüftete Schneefläche, die an einem unbestimmten Punkt zu Salzwasser wurde. Vor ihm zog sich eine ganze Straße mit schlecht gebauten Wohnblocks bis zum schmutzig-grauen Finnischen Meerbusen in der Ferne.

Es war kaum zu glauben, dass man Maestro Eliasberg in solche Wohnverhältnisse gezwängt hatte.

Rossels Puls raste, als der dünn besetzte MGB-Trupp ausschwärmte. Zwei Männer näherten sich dem Zielgebäude, zwei weitere bezogen rechts von ihnen Stellung, die Kalaschnikow im Anschlag, während drei andere, ungeachtet des gestaltlosen Geländes, in das umliegende Brachland hinausstapften, um ihr Opfer einzukreisen.

Erst jetzt nahm Rossel den Himmel wahr und wunderte sich im selben Augenblick, dass es ihm nicht sofort aufgefallen war. Der Himmel hatte eine violette Färbung mit roten und purpurnen Streifen. Jemand trat die Tür ein, und die ersten beiden MGB-Männer stürmten hinein. Nikitin stand reglos da, wachsam, eine Hand auf dem Dach der ZIS-110-Limousine. Nach einer Minute war noch keiner der Männer wieder aufgetaucht. Der Major setzte sich in Bewegung und verschwand im Gebäude, das sich ächzend gegen den tosenden Wind stemmte.

Rossel machte sich auf das Geräusch eines Schusses gefasst.

Doch es kam nicht.

Die stinkende Jammergestalt, die, von Nikitin verfolgt, zur Tür hinausschoss, war betrunken, so sternhagelvoll, dass sie nicht mehr in der Lage war, einen Gedanken zu fassen, geschweige denn, ihn auszusprechen. Und es war nicht Eliasberg, eher ein Penner, der in Treppenhäusern Zuflucht suchte.

Jetzt hörte Rossel einen Schrei.

Und den Schuss.

Wer die braune Gestalt, die sich durch den Schnee davonstahl, erspäht hatte, war später nicht mehr zu klären. Der Leutnant rannte los, als ob er selber unter Feindbeschuss stünde, und folgte den beiden MGB-Männern, die den Dirigenten etwa hundert Meter voraus gesichtet hatten. Seine Stiefel knirschten auf dem Schnee, unter dem Gras und Sandklumpen zum Vorschein kamen. Es war kräftezehrend, und bald war er außer Atem und schwitzte trotz der Kälte. Diese Welt glich einem Gemälde, dachte er. Verschwommenes Weiß, unterbrochen von verschmutzten Bäumen, die so dünn wie ein Bleistiftstrich waren. Mühsam verhüllte Hässlichkeit.

Rossel sah über die Schulter. Wie die beiden MGB-Leute vor ihm hatten auch die anderen die Verfolgung aufgenommen. Nikitin würde dabei sein. Und Nikitin würde Eliasberg erschießen. Das war so gut wie sicher. Der Fall wäre dann abgeschlossen. Nikitin brüllte bereits seinen Männern zu, den Flüchtigen niederzumachen. Die MGB-Soldaten, eingemummelt in ihre Mäntel, in schweren Stiefeln, strauchelten, wo der Schnee den Übergang vom Gehweg zur Straße unsichtbar machte, der Gehweg schließlich in den Uferbereich mündete, der sich bis ins halbgefrorene Wasser erstreckte. Niemand hatte bisher einen gezielten Schuss abgegeben. Der erste Schuss war ein Warnschuss gewesen, der ignoriert worden war. Die nächsten Kugeln würden nun praktischeren Zwecken dienen.

Eliasberg hob sich von dem weißen Untergrund ab, als er versuchte, eine der Mauern aus Stein und Holz zu erklimmen, die als Wellenbrecher in das Wasser hinausragten, um das Versanden der Fahrrinne im Hafenbecken zu verhindern. Er glitt auf der anderen Seite der Mauer herunter und rannte weiter. Aber es war jetzt klar, dass er keine Hoffnung mehr hatte. Seine Verfolger hatten die Entfernung bereits halbiert und würden das Hindernis viel schneller überwinden als er.

Rossel machte gegenüber den beiden Männern Boden gut. Sein Herz schlug wie wild, und seine Beine waren schwer wie Blei. Wann hatte er das letzte Mal ordentlich geschlafen?

Eliasberg kletterte einen weiteren Wellenbrecher hoch. Ein MGB-Mann machte halt, hob die Waffe an die Schulter, beugte den Kopf zur Seite, zögerte dann aber. Rossel rannte an ihm vorbei und bewegte sich nun zwischen dem Schützen und der Gestalt des Musikers. Eliasbergs Gesicht war inzwischen zu erkennen. Er flüchtete in einem schweren Mantel, ohne Hut, der ihm wahrscheinlich irgendwo heruntergefallen war. Rossel erklomm seinerseits den Wellenbrecher, versank aber in knietiefem Schnee, als er auf der anderen Seite heruntersprang. Eliasberg schrie irgendetwas. Rossel hob den Kopf und sah den Dirigenten im Schnee knien, wobei er mit den Händen wie wild in dem eisigen, heulenden Wind herumfuchtelte.

»Ich gestehe«, kreischte der Dirigent. »Ich gestehe, ich gestehe.«

# 34

## Samstag, 3. November

Ein Paar Handschellen baumelte von der Decke. Das Metall war verrostet, aber man konnte den Unterschied zwischen der allmählichen Korrosion und den dunkleren Blutflecken neueren Datums unschwer erkennen. An der Betonwand waren rotgelbe Striemen zu sehen, etwa drei Meter entfernt von der Stelle, an der man die Verhörkandidaten an den Armen aufhängte. Und Spritzer auf dem Boden, Flecken an der Decke. Der erste Gedanke, der denen durch den Kopf ging, die den Raum betraten, gleichgültig, wie tapfer oder auch unschuldig sie waren, lautete: *Was werden sie wohl dem Menschen angetan haben, der vor mir hier drin war, dass so viel Blut vergossen wurde?*

Eliasbergs Akte lag vor Nikitin auf dem Tisch, aber der MGB-Major beachtete sie nicht weiter. Rossel konnte sein Gesicht nicht sehen, doch von der Kopfhaltung und dem Trommeln mit den Fingern her hatte er den Eindruck, dass Nikitin seine Attacke vorbereitete.

Ein lautes Scheppern holte den Major aus seiner Trance, knarzend schwang die Eisentür der Verhörzelle auf. Eliasberg wurde nur einen oder zwei Meter in den Raum hinein eskortiert, dann ließ der Wachsoldat dessen Ellbogen los, machte kehrt und schloss sie wieder ein. Der Dirigent wagte einen zögerlichen Schritt auf Nikitins Schreibtisch zu, während sein Blick angesichts all der eindeutigen Spuren suchend umherirrte. Eine Fährte des Grauens, dachte Rossel. Als würde man im Dschungel plötzlich auf die Spur eines bislang unbekannten, menschenfressenden Ungeheuers stoßen. Der Musiker erkannte Rossel und versuchte, ihn einzuschätzen und in dem ganzen Szenario irgendwie unterzubringen. Ein freier Stuhl mit einer halbrunden Lehne aus Holzlatten, die an einen billigen Metallrahmen genagelt waren, lud zum Sitzen ein.

Rossel blickte ihm starr ins Gesicht. Das war seine Pflicht. Erneut war er an der Stelle angelangt, an der sich sein Lebensweg gegabelt und er aufgehört hatte, ein unbeschwerter, lockerer junger Musiker zu sein, von dem man im Konservatorium allgemein annahm, dass er eine erfolgreiche Karriere hinlegen und vielleicht einmal sogar das berühmte Philharmonieorchester leiten würde. Stattdessen war aus ihm eine andere, brutalere Variante seiner selbst geworden, ein Milizoffizier mit undurchdringlicher Miene, der ein Nein als Antwort nicht gelten ließ.

Es war nicht vorauszusehen, wie sich die Dinge entwickeln würden, falls es einmal nicht den üblichen Verlauf von gnadenloser Folter, unterzeichnetem Geständnis und anschließendem Tod nehmen sollte. Der Dirigent ging zu dem ihm zugedachten Stuhl und nahm Platz. Eliasberg, ohnehin dünn, wirkte jetzt fast wie ein Skelett. Bleich und unrasiert war er als hochfahrender Chefdirigent des Leningrader Radio-Orchesters und Gastdirigent zahlreicher anderer Ensembles und Opernhäuser nicht wiederzuerkennen. Um die Augen herum wies er Blutergüsse auf, und seine Unterlippe war blutig.

Zuerst schien es, als würde Nikitin den Dirigenten einfach übersehen. Oder durch ihn hindurchblicken. Nach kurzem eisigem Schweigen fing er schließlich an.

»Karl Iljitsch Eliasberg, Sie haben geäußert, dass Sie sich Ihres Verbrechens schuldig bekennen.«

Eliasberg nickte. »Das ist korrekt. Ja, ich habe sie an mich genommen.«

Nikitin kräuselte die Stirn.

»Sie genommen? Was?«

»Die Partitur. Schostakowitschs Partitur natürlich.«

»Ausflüchte zu machen wird Ihnen nicht weiterhelfen, Karl Iljitsch. Sie sind nicht hier, weil wir uns über gestohlene Partituren unterhalten möchten. Obwohl meine Leute sie natürlich gefunden haben, als sie gestern Abend Ihre Wohnung auf den Kopf stellten. Die Partitur der Leningrader Sinfonie, deren Uraufführung in dieser Stadt Sie dirigiert haben, ist ein historisches Dokument und nicht Ihr persönlicher Besitz. Genug jetzt davon. Sie sind hier, um nicht nur einen Mord zu gestehen.«

Eliasbergs Augen weiteten sich vor Schreck. »Mord?«

»Sie haben fünf Menschen ermordet und verstümmelt. Alle waren, so unser Verdacht, eine gewisse Zeit Mitglied Ihres Orchesters.«

Der Dirigent schüttelte den Kopf. »Nein, nein, nein«, beharrte er. »Sie irren sich. Das Einzige, was ich gemacht habe, war, die Partitur, Schostakowitschs Partitur, zu stehlen. Das gebe ich zu. Aber ich habe niemals jemanden umgebracht; diese Anschuldigung ist völlig absurd.«

Der Major erhob sich und packte mit seiner Rechten die Handschellen. Er zog an ihnen, sodass sie wie ein Pendel hin und her schwangen.

Eliasberg folgte ihnen mit dem Blick.

Der Dirigent fing zu reden an. Die Wörter und Silben kullerten, brausten und sprangen ihm geradezu über die blutunterlaufenen Lippen.

»Ich war ein berühmter Dirigent mit makelloser Reputation«, sprudelte es aus ihm heraus. »Ich hatte die Ehre, Schostakowitschs Sinfonie aufzuführen, seine siebte, das Symbol der Belagerung Leningrads. Das Sinnbild des sowjetischen Widerstandswillens. Doch nach dem Krieg kehrte Mrawinski, der große Maestro, zurück. Herablassend, verbittert und eifersüchtig. Er sah, dass man mich feierte und als Verdienten Künstler der Sowjetunion auszeichnete. Also nutzte er seine Verbindungen und wusste zu verhindern, dass ich in dieser Stadt jemals wieder als Dirigent auftreten konnte. Und deshalb, ja, habe ich diese Partitur der Leningrader Sinfonie gestohlen, eines von einer Handvoll Exemplaren, denn Mrawinski mochte vielleicht die Uraufführung von Schostakowitschs fünfter und sechster Sinfonie dirigiert haben, aber die siebte ist meine, die Leningrader Sinfonie gehört *mir*, Karl Iljitsch Eliasberg. Denn während Mrawinski irgendwo herumhockte, tausende Kilometer von der Front entfernt, war ich hier, *hier vor Ort*, und habe ein Ensemble von halb toten Violinisten, Klarinettisten und Perkussionisten zusammengetrommelt, sie wieder zum Leben erweckt, die halb verhungerten Bläser zu ungeahnter Perfektion getrieben, mein Orchester aus Skeletten und Gespenstern vorangepeitscht. Mord? Nach all dem Aufwand, den ich hatte, sie überhaupt aufzufinden? Machen Sie sich nicht lächerlich.«

Nikitin schlug mit der Faust auf den Tisch, erhob sich halb, lehnte sich hinüber und blitzte Eliasberg an.

»Bei der Hausdurchsuchung haben meine Männer, in der Partitur versteckt, eine Liste mit fünfzig Namen entdeckt. Sechs davon unterstrichen. Von Ihnen. Vier dieser Personen sind tot, so viel steht fest. Und wenn sich herausstellen sollte, dass ein weiterer Toter, dessen Leiche noch in der Rechtsmedizin liegt, der andere Musiker ist, den Sie sich als Opfer erwählt haben, stecken Sie noch tiefer drin. Außerdem hat mir Minister Beria persönlich Ihren Namen genannt, Genosse. Sie behaupten, kein Mörder zu sein, aber in meinen Augen und in denen des sowjetischen Staates sind Sie in dem Moment ein solcher geworden, als der Minister höchstselbst eingegriffen hat.«

Als der Name Beria fiel, ließ Eliasberg den Kopf hängen. Eine Träne lief ihm die Nase herunter, und er verfiel in ein leises Winseln. Das klägliche Wimmern eines winzigen gefangenen Insekts.

Nikitin streckte die Hand aus und tätschelte ihm die Schulter.

»Ihre Familie kann ich retten«, sagte er. »Sie haben eine Schwester in Gattschina, und Ihr Vater lebt im Sanatorium in Nowgorod. Ist mir alles bekannt. Lassen Sie sie in Frieden und sich ihres Lebens freuen. Gestehen Sie. Warum haben Sie diese Opfer ausgewählt? Und warum haben Sie die Leichen auf diese Weise auf den Gleisen abgelegt?«

Mit dem Finger schob er die Aufstellung mit den fünfzig Namen zu Eliasberg hinüber. Sechs waren unterstrichen. »Sehen Sie sich diese Namen an. Zeigen Sie einfach auf Ihre Opfer und geben Sie deren Identität an«, fuhr er mit einer Stimme wie Honig fort. »Künstler sind bekannt für ihre vielen Eifersüchteleien, richtig? Wir gehen davon aus, dass Ihr Motiv in einer verqueren beruflichen Rivalität zu suchen ist. Von Ihren Vorbehalten gegenüber Mrawinski haben Sie bereits erzählt. Es ist alles hochgekocht und hat Ihre Seele vergiftet, was wiederum in unaussprechlichen Taten seinen Ausdruck fand.«

Eliasberg schluchzte nun haltlos, hob aber den Kopf.

»Ich wollte, dass die Siebte mir gehört. Sie für mich vereinnahmen. Das ist alles. Ich weiß, dass es dumm von mir war, die Partitur an mich zu nehmen, aber ich wusste mir nicht anders zu helfen«, wimmerte er. »Mrawinski, der

Schuft! Ja, ich hasse ihn, genauso wie Sie es beschreiben. Aber sonst niemanden.«

Nikitin wirkte zufrieden. Rossel musste zusehen, wie der Dirigent sich selbst vernichtete. Es war nie angenehm, mit anzusehen, wie sich jemand selbst zerlegte. Selbst bei den Verrückten nicht, deren Nerven bereits der deutlich weniger bedrohlichen Umgebung gewöhnlicher Arrestzellen nicht standhielten. Nein, schön war es nicht, wenn ein gestandener Mann sich in einen unförmigen Haufen aus Emotionen und Instinkten verwandelte, wie ein Segel, dessen Rahe im Sturm zerborsten war.

»Bestätigen Sie die Identität der Opfer, Genosse Eliasberg. Gestehen Sie Ihre Verbrechen«, erhöhte Nikitin den Druck und zog erneut an der Kette.

Eliasberg seufzte, als er sie schwingen sah, tastete dann nach dem Blatt Papier und warf einen Blick darauf. Sein Finger glitt die Liste hoch und machte halt.

»Dieser hier«, sagte er.

Er hielt inne und nahm die Liste schniefend genauer in Augenschein, während ihm die Tränen von der Nase tropften. Der Finger setzte sich wieder in Bewegung.

»Und dieser …«

Als der Dirigent auf den sechsten unterstrichenen Namen deutete, dessen Träger man bisher noch nicht tot in irgendeinem vereisten Feld aufgefunden hatte, wusste Rossel, dass er log.

***

Nikitin eskortierte Rossel aus dem Verhörraum heraus und einen schmalen, weiß getünchten Korridor mit graugrünen Metalltüren an jeder Seite entlang, die enger beieinander lagen als in jeder *Kommunalka*. Es ging zwei Treppen hoch, und Rossel fragte sich, ob sie vielleicht wieder auf Höhe des

Erdbodens angelangt waren, heraus aus dem Kerker, aber der Raum, in den der Major ihn führte, war fensterlos, sodass es sich nicht feststellen ließ.

»Lassen Sie uns etwas trinken«, meinte Nikitin und stapfte zu einem mit Akten angefüllten Eckschrank hinüber. Er riss eine der Türen auf, und zum Vorschein kamen eine Flasche Stolichnaya und zwei Becher aus Blech. Er knallte sie auf eine Holzkiste und setzte sich auf einen der Schemel zu beiden Seiten.

»Trinken wir, alter Schießhund, auf das Tempo und die Selbstgewissheit der sowjetischen Justiz, wie sie unser großartiger MGB einfordert. Kleine Triumphe wie das Geständnis dieses jämmerlichen Arschlochs. Das Leben ist so kurz und beschwerlich, dass es sich lohnt, sie zu feiern.«

***

Nikitin kippte noch ein paar Wodka mehr hinunter und schnappte sich eine Scheibe von dem Schwarzbrot, das er zuvor auf den Tisch gelegt hatte. Beim Kauen betrachtete er seinen Handrücken und leckte einen Krümel vom Zeigefinger. Die Stimme des Majors war mittlerweile ein wenig verwaschen. Rossel und er hatten schon fast eine Stunde gebechert.

»Ein einfacher Mann macht sich das Leben nicht schwer. Er tut, was er tun muss, um zu überleben«, sagte Nikitin. »Für mich waren Überleben und Neigung immer ein und dasselbe. Als sie mich angeworben haben, wusste ich nicht, warum. Ich war vorher nie besonders gut in irgendwas gewesen. Aber sie bilden dich aus, sie stellen dich auf die Probe, und so haben wir herausgefunden, dass ich etwas ganz Bestimmtes gut konnte, nämlich Köpfe aneinanderschlagen und Nasen brechen.«

Er schenkte Wodka in ihre Becher nach.

»Ich bin schließlich so gut darin geworden, dass ich den Leuten Geständnisse abringen konnte, einfach nur, indem ich den Raum betrat. Vor dem Krieg, Rossel, vor dem Krieg gab es so viele. So viele wie dich oder Eliasberg, dieser beschissene Dreckskerl. Wir hatten keine Zeit für irgendwas anderes als unsere Arbeit, und weil wir immer gearbeitet haben, wurden wir auch immer besser. Aus mir wurde tatsächlich so etwas Ähnliches wie ein Dirigent, mein Freund. Manchmal brauchte ich nicht mal mehr meinen Gummiknüppel anzufassen oder eine vorbereitende Geste zu machen, da haben die sich schon eingeschissen. Auch eine Art Sinfonie, wenn man so will.«

»Lassen Sie denn auch ein Geständnis ohne vorheriges Verhör gelten?«, fragte Rossel, obwohl er die Antwort bereits kannte.

Nikitin rülpste, bevor er antwortete.

»Niemals. Wir stellen immer Fragen. Manchmal gestehen sie das falsche Verbrechen oder lassen wichtige Einzelheiten weg.« Er hob seinen verbeulten blauen Becher. »Was soll's, genug jetzt davon. Du bist dran mit einem Trinkspruch.«

Rossel hob ebenfalls seinen Becher. »Auf die Effizienz der sowjetischen Justiz.«

Nikitin, dessen Nasenspitze sich leicht rötlich zu verfärben begann, blinzelte. »Sehr gut«, murmelte er. Sie tranken noch ein wenig mehr.

»Wie sieht's bei dir aus, Rossel?«, sagte Nikitin. »Warum die Miliz?«

Auch darauf gab es die passende Antwort. Aber es gab auch noch eine weitere, die besser zur Wahrheit passte. Sollte der Wodka dazu gedacht sein, ihn leichtsinnig zu machen, dann war es eben so, er war dem Major ohnehin längst auf Gedeih und Verderb ausgeliefert.

»Bis ich vor dem Krieg nach Leningrad kam, habe ich bei

meinen Eltern gewohnt. Sie waren … Nun ja, Sie haben ja meine Akte. Sie sind in den Gulag verbannt worden und dort auch gestorben. Meine Schwester und ich wurden in die Obhut des staatlichen Waisenhauses in Kostroma gegeben, einer Stadt an der Wolga in der Nähe von Jaroslawl. Galja und ich spielten dort im Stadtorchester. Jedes Frühjahr gab das Orchester ein großes Konzert, ein wichtiges Datum im Kalender der Stadt. Im Winter 1935 probten wir etwas sehr Anspruchsvolles, eine Sinfonie von Mozart, Nr. 40 in g-Moll. Jedes Kind kennt sie, jeder kann mitsummen.«

Rossel unterbrach sich und pfiff die Melodie.

Nikitin erkannte das Stück und schlug, eine grobe Begleitung, mit dem Becher im Takt auf den Tisch.

»Es war ein harter Winter«, fuhr Rossel fort. »Man konnte auf den zugefrorenen Fluss hinausgehen und Schlittschuh laufen, hoch und runter springen, mit Stöcken und einer Dose Eishockey spielen. Es war, als würde man auf Beton spielen, da ging nichts durch. Autos und Laster fuhren nicht, die Straßen waren gesperrt. Die Kälte kam in Wellen. Temperaturen von minus dreißig oder fünfunddreißig Grad, über Wochen hinweg. Minus fünfzehn fühlte sich fast schon tropisch an.«

Nikitins Gesicht war jetzt deutlich gerötet. Dennoch schenkte er einfach immer weiter nach.

»Als ich dich von der Decke baumeln ließ«, sagte der Major, »und du in der Luft getanzt hast, habe ich dich immer wieder einen Frauennamen flüstern hören. War sie das?«

Rossel fuhr sich mit den zwei verbliebenen Fingern seiner linken Hand über den Stoppelbart, um das Zucken seiner Mundwinkel zu verbergen. Er fragte sich, wie schnell dieser Schweinehund wohl sein konnte – ob er in der Lage wäre, ein Glas, das auf seine Augen zielte, abzuwehren, oder auch eine Flasche, die ihm auf den Kopf getrümmert werden sollte.

*»Jeder Mensch muss ein Gesicht für die Welt da draußen und eines für sich selbst haben, Revol.«*

Dieser Ratschlag seines Vaters ging ihm im Kopf herum und ließ ihn ruhig bleiben. Er zog sich in sein Refugium zurück, den Ort, an den Nikitin bisher nicht hatte gelangen können. Diesen Adlerhorst außer Reichweite des Raubtiers, kalt und abgeschieden.

*»Nur Geduld, Revol. Die Zeit, offene Rechnungen zu begleichen, wird kommen.«*

»Nach dem Konzert, das wir zusammen bestritten hatten, bin ich mit meinen Kollegen noch einen trinken gegangen«, setzte Rossel seinen Bericht fort. »Galja und ich haben uns deswegen gestritten. Sie mochte es nicht, wenn ich so viel trank. Ungefähr um Mitternacht torkelte ich betrunken an der Konzerthalle vorbei und sah Galja, allein im Halbdunkel, Schnee fiel, und ihre Wangen sahen im Licht der Straßenlaterne wie rosarote Rosen aus. Sie ging los, ließ sich in ihrem langen Mantel mitten auf der Straße treiben, niemand sonst war unterwegs. Nur sie, und ich, fünfzig Schritte hinter ihr, Schlangenlinien laufend, halb blind. Galja war auf dem Rückweg zum Waisenhaus, ich weiß nicht, ob sie mich überhaupt gesehen oder gehört hat, der Schnee dämpfte alles. Sie hat jedenfalls nicht nach hinten gesehen, und ich dachte, ich folge ihr einfach nach Hause, und alles wird schon in Ordnung sein.«

Nikitin lachte. Ein besoffenes Wiehern, ein plumper Versuch, seine Gefühle in Schach zu halten, der misslang.

»Ich habe eine Tochter, Rossel«, murmelte er vor sich hin. »Eine wunderschöne Tochter. Habe ich schon von ihr erzählt?«

»Ich erreichte mein Zuhause.« Rossel ließ sich nicht beirren. »Bin ins Bett gegangen und war sofort weg. Ich bin dann mitten in der Nacht wach geworden, habe aus dem Fenster geschaut und dachte, ich würde sie da stehen sehen, noch immer in ihrem Mantel, den Kopf in einen Schal gehüllt, wie sie das Haus ansah. Sie hat sich aber nicht geregt. Hat einfach nur dagestanden und geguckt. Ich hab mich dann wieder hingelegt und bin eingeschlafen. Vielleicht bin ich auch in Wirklichkeit gar nicht wach gewesen, jedenfalls war Galja am Morgen nicht da. Sie war nicht da, und sie ist nie zurückgekommen. Ich habe seitdem überall nach ihr gesucht. Und deshalb bin ich zur Miliz gegangen. Es hat mir einen Vorwand geliefert, nach ihr zu suchen.«

Rossel hielt dem Blick seines Folterers stand.

»Und jetzt sind wir zu dritt«, ergänzte Rossel.

»Zu dritt?«

»Ich kannte diese Geschichte. Sofia, die Frau, die ich einmal geliebt habe, kannte sie, weil ich sie ihr erzählt habe. Und Sie sind jetzt der Dritte.«

»Hatte sie ein gutes Herz, deine Galja?«, wollte Nikitin wissen. Er fragte nicht behutsam, sondern in dem schnellen, abgehackten Tonfall eines Vernehmungsoffiziers.

»Stets«, erwiderte Rossel.

»Wie alt?«

»Als sie verschwand, war sie achtzehn.«

»Hm.« Nikitin sah ihn erneut an, rollte aber mit den Augen, und die Schärfe war wie weggeblasen. Er beugte sich schwankend über den Tisch und schenkte nach. Die Flasche war jetzt fast leer. Wodka schwappte in Rossels Becher. Nikitin goss seinen nicht das erste Mal randvoll.

»Deine Schwester ist ein Mysterium, und deshalb bist du also Polizist geworden. Die Geschichte gefällt mir, mein Bluthund. Ich weiß nicht so recht, ob ich sie glauben soll, aber sie gefällt mir. Auf alle, die guten Herzens sind!« Er warf den Kopf in den Nacken und stürzte den Schnaps hinunter. »Hier, guck mal.«

Nikitin wühlte in seiner Uniformjacke herum und holte eine schwarze Brieftasche hervor.

»Meine Tochter.«

Obwohl er sich mit seinen Fingern selbst im Weg war, brachte er es schließlich fertig, ein zerknittertes Foto herauszuziehen, das eine ernst dreinblickende, außergewöhnlich schöne junge Frau zeigte.

»Swetlana. Wie Stalins Tochter. Neunzehn ist sie auf diesem Bild. Sweta, Swetotschka, Swetulja. Mein Licht, meine kleine Blume.«

Nikitin drückte das Foto an die Lippen, als würde er von einer Ikone den Segen erbitten. Aus dem Nebel in seinem Hirn heraus drängte sich Rossel dennoch ein Gedanke auf. In der Küche der *Kommunalka* hatte Nikitin ebenfalls ein Kind erwähnt, allerdings einen Sohn.

Der Major wurde jetzt rührselig. Zwei Tränchen sammelten sich in seinen Augenwinkeln und suchten nach einer geeigneten Falte, um herunterzurinnen.

»Ich mag mir nicht ausmalen, was das für mich hieße«, schniefte er, »wenn meine kleine Sweta unauffindbar wäre.«

Er drückte dem Foto erneut einen Kuss auf, einen langen, hingebungsvollen, väterlichen Kuss. Anschließend sackte er nach vorne und fing an zu schnarchen.

## 35

»Major Nikitin hat mich beauftragt, den Mörder Eliasberg zu verhören.« Rossel pochte auf die Akte des Dirigenten. »Zelle vierzehn.«

Der Wachsoldat starrte ihn an. »Wo ist der Major?«

Rossel schwirrte der Kopf vom Wodka, hoffte aber, dass

das Adrenalin ihm über die Runden helfen würde. Solange Nikitin nicht aufwachte jedenfalls.

»Der Major studiert die Akte des Angeklagten, um sein Plädoyer vorzubereiten«, antwortete er. »Sie können ihn natürlich auch gerne selber fragen.«

Einen kurzen Augenblick lang hatte Rossel den Eindruck, der Mann würde seinen Bluff durchschauen. Aber man hätte schon ein Idiot sein müssen, um die Anweisungen eines MGB-Majors infrage zu stellen. Der diensthabende Wachsoldat öffnete die Klappe in der Tür und warf einen Blick in die Zelle, bevor er aufschloss.

Eliasberg sprang auf und stand, bleich und zitternd, neben seinem Stuhl.

Fünf Schritte, und Rossel stand dem Dirigenten von Angesicht zu Angesicht gegenüber.

»Karl Iljitsch«, sagte er. »Sie lügen, was die Liste betrifft, die wir in der Partitur der Leningrader Sinfonie gefunden haben. Ich weiß, dass Sie nicht einen einzigen der Genannten umgebracht haben.«

Eliasbergs ausdrucksstarke, dunkle Augen blickten Rossel aus seinem langen, schwermütigen Gesicht heraus an und suchten nach dem, was seiner Auffassung nach unmöglich sein konnte: Gnade. Rossel begegnete seinem Blick mit dem holzschnittartigen Gesichtsausdruck des Polizisten. Er ging um den Schreibtisch herum auf die andere Seite. Eliasbergs Knie gaben nach, und er sackte auf den Stuhl.

»Stehen Sie auf«, verlangte Rossel. »Habe ich etwas davon gesagt, dass Sie sich setzen sollen?« Der Maestro rappelte sich wieder auf und stützte sich mit den Händen auf dem Schreibtisch ab.

Rossel hielt ihm die Liste mit den fünfzig Namen entgegen. »Wer sind diese Leute?«

Eliasbergs Augen schwammen in Tränen. »Ich habe doch alles gestanden. Freiwillig.«

Rossel schüttelte den Kopf. »In den Arbeitslagern, und Major Nikitin sagt, dort werden Sie im besten Falle landen, wird Ihr Leben in der Hand von Leuten sein, die alles verachten, was Sie ausmacht: die schnelle Auffassungsgabe, die weichen Handflächen, der akademische, bürgerliche Gestus. Ich habe gehört, dass sie in Workuta neulich einen Mann vor aller Augen mit einer Axt enthauptet haben, einfach nur so, zur Unterhaltung. Die Häftlinge standen darum herum und klatschten, als wäre es eine kleine Abwechslung am Nachmittag. Wer sind diese Leute auf der Liste?«

Der Dirigent schwieg. Rossel war klar, dass er versuchte, die Antwort zu erraten, die sein Vernehmungsoffizier wohl hören wollte. Für den MGB war das der Idealzustand seiner Beute. Für Rossels Zwecke war es nutzlos. Galja, seine Eltern, seine Musik. Und jetzt auch noch Sofia. Alles war ihm ein Rätsel. Alles war ihm entrissen worden. Er musste die Wahrheit wissen. Nur darauf kam es an. Und obwohl Rossel fast das Herz stehen blieb, als ihm das mit allen Konsequenzen klar wurde, war er bereit, selbst Berias Befehl zu ignorieren.

»Maestro«, sagte er. »Das hier ist mein Dienstausweis von der Miliz. Sehen Sie meinen Namen? Es ist mir gleichgültig, ob Major Nikitin oder auch der Genosse Beria Sie für schuldig halten. Ich will die Wahrheit wissen. Sie wissen, wer auf der Liste steht und warum, und mit Ihrem Verhältnis zu Mrawinski hat das nichts zu tun. Aber ich glaube, dass es mit einem Vorkommnis zusammenhängt, das für meine Ermittlungen von großer Wichtigkeit ist.«

Eliasberg streckte den Arm aus und nahm den Dienstausweis in die Hand. Er betrachtete ihn kurz und gab ihn Rossel dann wieder zurück.

»Sehen Sie sich die Liste noch einmal an und auch meinen Ausweis«, bat Rossel.

Der Dirigent hob das Blatt Papier vor die Augen und legte es kurze Zeit später bedächtig zurück auf den Tisch.

»Die Uraufführung von Schostakowitschs 7. Sinfonie in dieser Stadt wurde von Ihnen geleitet. Sie haben das Leningrader Radiosinfonieorchester dirigiert, Ihr Orchester«, erläuterte Rossel. »Mein Name steht auf dieser Liste, aber ich war nicht in Ihrem Orchester, weil man mir zu diesem Zeitpunkt ein paar Zellen weiter den Flur entlang bereits die Finger gebrochen und mich anschließend an die Front geschickt hatte. Auch andere Namen auf der Liste haben nicht zu Ihrem Ensemble gehört. Es ist also keine Aufstellung, die das Radiosinfonieorchester betrifft.«

Eliasberg machte große Augen.

»Ganz genau«, fuhr Rossel fort. »Ich bin tatsächlich keiner von *ihnen*. Und um es weiter auszuführen: Auch Sofia Fedotowa war nicht in Ihrem Orchester. Sie war Sängerin. Nach dem Krieg wollte sie davon nichts mehr wissen und wurde Krankenschwester. Nadja Basanowa, eine Klarinettistin. Nicht gut genug, um Erfolg zu haben, daher schloss sie sich dem MGB an. Maxim Awdejew, Französischhornist. Landete im Gulag und wurde nachher Priester. Einer von der wahnsinnigen Sorte, aber immerhin Priester. Felix Sorokin. Ging zur Roten Armee. Sie alle, plus ich und jemand mit Namen Gustav Landau komplettieren die sechs unterstrichenen Namen von fünfzig auf der Liste. Die Frage ist, warum.«

Rossel sah Eliasberg direkt ins Gesicht.

»Nadja, Maxim, Felix und Sofia sind tatsächlich ermordet worden, der MGB lügt hier keineswegs«, machte Rossel weiter. »Es gibt ein weiteres Opfer, das wir noch identifizieren müssen, aber der Genosse Landau, wer auch immer er war, dürfte ein erstklassiger Kandidat sein. Und dann gibt es ja auch noch mich. Die Tatsache, dass wir alle auf dieser Liste versammelt sind, mag ein gigantischer Zufall sein, aber ich bin geneigt, das zu bezweifeln. Deshalb, Maestro, muss ich wissen, was es mit dieser Liste in Wirklichkeit auf sich hat. Wozu hat sie gedient?«

Rossel kramte eine Packung hervor und bot Eliasberg eine Zigarette an. Mit zittrigen Händen nahm der Dirigent sie an. Rossel zündete sie ihm an, und der Maestro blies Rauch in die Luft, der zwischen ihnen hing wie giftiger Nebel.

»Anfang 1942 veranstaltete man einen Wettbewerb, der darüber entscheiden sollte, ob nun Schostakowitsch oder ein anderer Komponist auserwählt würde, um die Kriegshymne der Sowjetunion zu schreiben«, berichtete Eliasberg. »Der Politoffizier, der für die Philharmonie zuständig war, gab mir diese Liste. Ich wurde aufgefordert, sie zu vervollständigen. Man werde mir helfen, aber im Grunde war es mir überlassen, genügend Musiker aufzutun, damit der Wettbewerb stattfinden konnte. Diese sechs Namen waren bereits unterstrichen, und ich schwöre Ihnen, mit mir hatte das nichts zu tun. Irgendein Apparatschik hatte alles Notwendige bereits veranlasst. Ich habe nur getan, was man von mir verlangt hat.«

Aus den Tiefen des Gebäudes drang ein erstickter Schrei zu ihnen. Eliasberg zuckte zusammen.

»Viele Namen sagten mir etwas. Manche waren alte Kollegen aus dem Leningrader Radiosinfonieorchester. Andere waren mir neu, nicht zuletzt die, die Sie am meisten interessieren. Aber inmitten des schrecklichen Gemetzels der Belagerung habe ich es mir zur Lebensaufgabe gemacht, diese Musiker ausfindig zu machen, ihnen das Leben zu retten und die sowjetische Kultur in einer Stadt, die ansonsten im Sterben lag, am Leben zu erhalten. Darum habe ich die Liste behalten. Irgendwann muss ich sie in die Partitur von Schostakowitschs Sinfonie gelegt haben, mein anderes Kleinod aus Kriegszeiten. Ich erinnere mich aber nicht mehr genau.«

In diesem kurzen Augenblick, in dem der Maestro schmerzhaft das Gesicht verzog, fügten sich alle Indizien zusammen wie bei einer Parade. Er musste nur in einem hellsichtigen Moment diese ganze Kaskade von Schlussfolgerungen und Bezügen so bändigen, dass alles stimmig war und einen Sinn ergab. Davon war er überzeugt.

Aber er musste Schritt für Schritt vorgehen. *Eins nach dem anderen, Herr Leutnant.*

»Schildern Sie mir den Wettbewerb, Maestro. Sie haben die beiden eingereichten Kompositionen dirigiert. Woran erinnern Sie sich in diesem Zusammenhang?«

Rossels Stimme war gleichbleibend ruhig. Eine weitere Papirossa gab ihm zusätzlich Sicherheit.

»Der Wettbewerb lief auf Schostakowitsch gegen Wronski hinaus. Kennen Sie Wronski?«, erkundigte sich Eliasberg. »Schon Jahre vor dem Krieg herrschte da eine erbitterte Rivalität. Es war ein harter Konkurrenzkampf, eine Art Duell. Ein Wettstreit, um die Komposition zu wählen, die dann Begleitmusik für die Kriegsanstrengungen sein würde. Eine alberne Idee.«

»Wieso?«

»Man kann nicht Musik machen, wenn man im Wettstreit liegt, Leutnant. Musik fließt, oder eben nicht. Wenn die künstlerische Eingebung sich einstellt, ist immer noch die Fähigkeit eines Komponisten entscheidend, daraus etwas Göttliches oder Banales zu machen, je nachdem, wie viel Talent vorhanden ist. Musik, die aus Konkurrenz hervorgeht, neigt zwangsläufig zum Bombastischen.«

»Wollen Sie damit sagen, dass die Leningrader Sinfonie nur Schwulst ist?«

»Natürlich nicht«, erwiderte Eliasberg. »Schostakowitsch hatte instinktiv begriffen, was es brauchte, um zu gewinnen. Er besaß ein Gespür für die Stimmung der Menschen und auch der Partei. Wronski war zu diesem Zeitpunkt ein aufstrebender Künstler, doch er hätte nur mithilfe seiner politischen Verbindungen gewinnen können. Ich weiß es, ich war mittendrin. Ich habe bei den Proben beide Werke dirigiert.«

»Und erinnern Sie sich an die Kompositionen?«

»Eine von ihnen kenne ich auswendig«, sagte Eliasberg. »Die von Schostakowitsch. Für den Wettbewerb war sie noch gar nicht ausgearbeitet, aber es war offensichtlich, dass daraus ein wahres Meisterwerk entstehen konnte, eben die siebte, die Leningrader Sinfonie. Wronskis Arbeit war bizarr, eine *Sinfonia concertante.* Sechs Solisten und Orchester, wenn auch in einer wesentlich kleineren Besetzung, als Schostakowitsch sie vorgesehen hatte. Weder Fisch noch Fleisch, geistloses Zeug. Musikalisch betrachtet hatte Wronski niemals eine Chance.«

»Das muss ihn in Rage versetzt haben«, bemerkte Rossel.

»Ja, da ist ihm die Maske leutseliger Umgänglichkeit, die der geniale Künstler, den jeder kennt, nach außen hin präsentiert, völlig entglitten. Er tobte, ich erinnere mich gut daran, explodierte und stürmte hinaus, nachdem sein Stück gespielt worden war. Doch diesmal scheint mit dieser neuen Oper, *Die Blockade*, seine Zeit gekommen zu sein, denn Schostakowitschs Ansehen bei der Partei hat in letzter Zeit wieder mal gelitten. Und in Wronskis Augen ist gewinnen einfach alles, verstehen Sie? Er hört einfach nicht auf. In meinem ganzen Leben ist mir noch nie ein Mann von solch enormer Geltungssucht untergekommen. Schon als wir zusammen die Schule besucht haben, war er …«

Rossel beugte sich vor.

»Sie sind mit Wronski zur Schule gegangen?«

Eliasberg nickte.

»Wo war das?«

»Auf der Krestowski-Insel.«

»Die Insel im Newa-Delta?«

»Nein, viel kleiner, draußen im Ladogasee. Vor der Revolution.« Seine grauen Augen blickten wehmütig drein. »Anfangs war das ein glücklicher Ort für mich.«

»Anfangs?«

Der Dirigent rutschte auf seinem Stuhl hin und her.

»Wir waren zu zwölft in Professor Lobans Klasse. Lediglich zwölf, die ganze Zeit. Elitärer ging es kaum. Lobans Apostel, so nannten uns die Bediensteten und das restliche Personal. Der Palast gehörte dem Zaren, aber die kaiserliche Familie ließ sich nur selten blicken. Ausgewählte Höflinge und Politiker durften über die Sommermonate dort wohnen. Premierminister Stolypin war Dauergast.«

»Stolypin höchstpersönlich?«

Wieder nickte Eliasberg.

»Genau der. Seine Tochter wurde durch eine Bombe schwer verwundet, einer der vielen Versuche, ihn zu ermorden. Ich glaube, deswegen war er die Freundlichkeit in Person zu uns Kindern bei den seltenen Gelegenheiten, bei denen wir ihn zu sehen bekamen.«

Stolypin brachte so viele vermeintliche Rote an den Galgen, dass man die Schlinge fortan nur noch »Stolypins Krawatte« nannte. Das Maß an Freundlichkeit war bei einem solchen Mann stets begrenzt, dachte Rossel, und außerdem höchst selektiv.

»Und was können Sie mir über Professor Loban berichten?«

»Fjodor Loban, ein bedeutender Mann, ein großartiger Pädagoge. Er hat die Schule aus dem Nichts aufgebaut, indem er aus dem ganzen Reich begabte Jungen dort versammelt und deren besondere Begabungen nach bestimmten Wissensgebieten gruppiert hat: Naturwissenschaften, Sprachen, Mathematik und Musik. In seiner Zeit als Premierminister des Zaren unterstütze Stolypin die Schule und finanzierte auch deren Stipendien. Hinter alldem steckte ein Plan: Er wollte Zarewitsch Alexei an die Schule locken und auf diese Weise größeren Einfluss auf die Zarenfamilie nehmen, aber die Zarin wollte das nicht. Alexei sei ein zu zartes Kind dafür.«

»Sie waren einer der Auserwählten? Da müssen Sie sich doch sehr geehrt gefühlt haben?«

Eliasberg lächelte andeutungsweise.

»Wie ich schon sagte, es war ein glücklicher Ort für mich.«

»Bis?«

»Bis zur unerwarteten Ankunft des dreizehnten Apostels. Damals hatte er sich einen hochtrabenden Spitznamen zugelegt. Irgendetwas Griechisches, was war es noch mal? Thanatos, ja, genau, das war's!«

Rossel spürte, wie die Narbe an seinem Hals zu jucken begann.

Er beugte sich über den Tisch.

»Wronski?«

Eliasberg schnellte auf seinem Stuhl nach hinten, als hätte man ihn abgestochen. Er atmete heftig durch die Nase ein und aus, als wollte er sich mithilfe der abgestandenen Luft neue Energie verschaffen. Schließlich setzte er sich aufrecht hin und starrte Rossel an.

»Genosse Leutnant, Sie kennen sich doch sowohl mit der Musik als auch mit Morden aus, richtig? Dann lassen Sie mich Ihnen Folgendes sagen: Professor Loban wollte ihn als Schüler nicht aufnehmen, aber Wronskis Mutter war eine Intrigantin, eine Schönheit und Dame der Gesellschaft, die mächtige Freunde aufzubieten hatte. Sind Sie ihr einmal begegnet?« Eliasberg verzog den Mund. »Sie ist die Sorte Frau, die in eine Zitrone beißt und die Zitrone zurückschrecken lässt. Mit engen Verbindungen zum Hof und jetzt eben zum Kreml. Loban hatte keine Wahl, er musste den Jungen aufnehmen.«

»Hat man ihn anders behandelt?«

Eliasberg schüttelte einmal mehr den Kopf.

»Nein, eigentlich nicht. Das war nicht die Art unseres Professors. Loban war sehr nachsichtig mit all seinen Musterschülern. Sollte er verärgert darüber gewesen sein, dass man ihm Wronski aufgedrückt hatte, hat er sich das jedenfalls nicht anmerken lassen. Eine Zeit lang blieb alles, wie es vorher gewesen war. Dann aber fand eine Art Konzertabend statt, ein musikalischer Wettstreit.«

Nikitin konnte jetzt jeden Moment hereinplatzen. Doch Rossel wusste instinktiv, dass Eliasberg dichtmachen würde, wenn er ihn zu sehr bedrängte. Er musste Geduld haben.

»Was für ein Abend war das genau?«

»Stolypin hatte es so eingerichtet, dass die Zarin die Insel besuchte und Lobans Schützlinge persönlich in Augenschein nahm. Man hatte beschlossen, dass sie die unterschiedlichen Gruppen nacheinander zu sehen bekommen sollte. Zuerst die Mathematiker, dann die Naturwissenschaftler. Anschließend sollten die besonders Sprachgewandten eigens von ihnen selbst verfasste Gedichte vortragen, und zum Abschluss würden wir Musiker etwas aufführen. Etwas, das einer von uns komponiert hatte.«

»Und Wronski war der Erwählte«, sagte Rossel.

»Nein. Nein, Genosse Leutnant, das war es ja gerade. Er war es eben nicht, sondern ein Junge, der Suworin hieß, Andrei Suworin. Ein bemerkenswertes Ausnahmetalent, das manche mit Mozart verglichen. Doch die Welt sollte Suworins Sinfonie nie zu hören bekommen. Ich habe ein kleines Fragment seiner Komposition fast ein halbes Jahrhundert lang in meinem Kopf aufbewahrt. Schon damals war sie von einer unvergesslichen Eindringlichkeit. Als wüsste der Junge, obwohl noch ein Kind wie wir anderen auch, bereits zu viel über die brutalen Unterströmungen, die Düsternis dieser Welt.«

Sie blickten beide in Richtung Tür. Vom Flur draußen waren Schritte zu vernehmen, die aber wieder verhallten.

»Machen Sie weiter, Maestro.«

»In den Wochen vor dem besagten Abend schlug die Atmosphäre allmählich um. Kleine Pöbeleien und Einschüchterungsversuche. Suworin war Wronskis Opfer. Man hat uns ermuntert, uns gegen ihn zu stellen. Einige haben mitgemacht, andere haben sich lieber ferngehalten. Suworin versuchte, weiter zu komponieren, doch Wronski entwendete ihm das Manuskript und sang es laut vor, um ihn zu verhöhnen.«

Eliasberg sah Rossel einen Moment lang in die Augen und summte dann eine einfache musikalische Phrase aus fünf Tönen.

F. A. Es. G. B.

*Fa. La. Mi-bémol. Sol. Si-bémol.*

Rossel versetzte es einen Stich.

Eliasberg wiederholte den Refrain, diesmal lauter und klarer.

Rossel schlug auf den Tisch, um ihn zum Schweigen zu bringen. »Woher wussten Sie das?«, schrie er.

»Wusste ich was, Inspektor?«

»Dass es die Noten waren, die wir auf den Schienen gefunden haben?«

Eliasberg sah ihn an. Er war jetzt ganz ruhig, das Gesicht gezeichnet von Gleichmut und Hinnahme.

»Ich weiß wirklich nicht, wovon Sie sprechen, Genosse«, murmelte der Dirigent. »Ich weiß nur, dass es die Noten sind, die Suworin niedergeschrieben und die Wronski uns in der Schule mit höhnischer Falsettstimme vorgesungen hat. Außerdem bildeten sie das Leitmotiv des Stücks, das für die Zarin aufgeführt wurde, von einem einfachen, aber eleganten Violintrio, komponiert von Wronski.«

»Haben Sie nicht vorhin gesagt, dass Suworin dazu ausersehen war?«

»Richtig. Aber eine Woche vor dem hohen Besuch verschwand Suworin plötzlich. Seine Eltern waren extra für diesen Abend angereist, und nun musste man ihnen mitteilen, dass ihr Sohn vermisst wurde.«

Rossel schwirrte der Kopf. »Warum erzählen Sie mir das? Das ist doch alles Schnee von gestern.«

»Weil Sie mich nach dem Musikwettbewerb gefragt haben. Und weil Sie wissen sollten, wozu Wronski fähig ist. Sollte Ihnen dieser Refrain bekannt vorkommen, dann weil er in jeder Komposition von Wronski vorkommt.«

»Was?«

»Ja, in jeder. Manchmal versteckt, kaum wahrnehmbar, manchmal in umgekehrter Tonfolge. Jedes Mal mit unterschiedlichen Klangfarben. Aber er ist immer da, ich habe ihn noch jedes Mal gefunden. Auch wenn es nicht seiner ist, sondern der von Suworin.«

Rossel stand auf und pochte an die Tür. Draußen wurde der Riegel zurückgeschoben, und ein Lichtschimmer fiel in den Verhörraum.

Auf der Schwelle machte er halt.

»Ich werde mein Bestes für Sie tun«, versprach Rossel. »Ich werde ihnen sagen, dass Sie unschuldig sind.«

»Wird das etwas nützen?«

Der Maestro sah eher neugierig als besorgt aus, abgesehen von zwei Tränen, die ihm in den Backenbart liefen.

Rossel zuckte die Schultern.

»Die sechs Personen, deren Name unterstrichen war, waren Studenten des Leningrader Konservatoriums, die man aufgefordert hatte, Wronskis Solostimmen zu übernehmen. Dass diese Liste bei Ihnen gefunden wurde, ist äußerst unglücklich. Man hat schon Leute für viel weniger verurteilt.«

Er drehte sich um und machte die Tür ein Stück weiter auf. Über die Schulter gewandt fügte er hinzu: »Es war mir eine Ehre, Ihrem Taktstock zu gehorchen, Maestro, auch wenn es nur eine Probe war.«

# 36

## Sonntag, 4. November

Die dunkle Haut der Wangen von Madame Schischani sah noch immer so aus wie damals, als er hier Student gewesen war – trockener als das Papier der ältesten Partituren, die sie auf den Bibliotheksregalen um sich herum versammelte.

Sechzig Jahre alt und stolz darauf, halb Tschetschenin zu sein, schien Madame Schischani ihr ganzes Leben in der Bibliothek des Konservatoriums zugebracht zu haben. Man munkelte, dass sie Muslimin sei und ein zerlesenes Exemplar des Koran irgendwo zwischen den ganzen Sinfonien und Sonaten verstecke, aber es waren nur sehr verhaltene Gerüchte. Es brachte nichts ein, in Sowjetrussland eine tschetschenische Muslimin zu sein, aber dessen ungeachtet mochten die Studenten ihre Madame Schischani. Ihre dünnen blauen Lippen und der verächtliche Blick ihrer dunklen Augen stammten jedenfalls direkt aus der wilden, nordländischen Welt der russischen Folklore.

Die Bibliothek befand sich im Erdgeschoss des Konservatoriums. Nachdem man ein Anfrageformular für eine Partitur ausgefüllt hatte, nahm Madame Schischani es an sich und verschwand damit hinter den zahllosen Regalen, manchmal mehrere Minuten lang, bevor sie mit dem gewünschten Werk wieder auftauchte. Wie sie es so viele Male während seines Studiums getan hatte, machte sie es auch jetzt, als sie Rossel einen dicken grünen Band aushändigte. Vorne war deutlich sichtbar der Titel aufgedruckt:

*Raskolnikows Fest. N. Wronski.*

»Professor Lebedewa hat mir von Ihrer Anfrage berichtet, also habe ich es schon einmal für Sie beiseitegelegt, Leutnant Rossel.«

Rossel schlug die Partitur auf und blätterte die Seiten durch. Sechs Solostimmen, wild durcheinander, nichts, was die ungleichen Teile miteinander verbunden hätte, und in einer separaten Mappe dann die vollständigen orchestralen Passagen. Hinten auf der letzten Seite fand sich Wronskis übertriebene Signatur.

Das war die Komposition, die Wronski für den Allunionswettbewerb eingereicht hatte, der die beste patriotische Musik für den Großen Vaterländischen Krieg zum Ergebnis haben sollte – ein Werk für Orchester und sechs Solisten. Wo Schostakowitsch auf Größe, Bombast und schieres Volumen setzte, hatte es Wronski mit Intensität versucht, mit Intimität, einem Streifzug durch die russische Seele, Dunkelheit gepaart mit Licht. Schostakowitsch hatte sein Werk für ein sehr großes Ensemble instrumentiert, alles in allem fast hundert Musiker, ein Orchester, das bis nach Berlin zu hören sein sollte. Der Vorteil waren Größe und Lautstärke, die Art von fäusteschwingendem Trotz, den die Obrigkeit lieben würde. Der Nachteil war, dass es fast unmöglich gewesen war, genügend fähige Musiker zu finden, die noch am Leben waren und die Energie aufbrachten, auf ihren Instrumenten herumzuschrammen, in sie hineinzublasen oder auf sie einzuschlagen. Das war Eliasbergs Aufgabe gewesen. Alle körperlich leistungsfähigen Erwachsenen waren entweder an der Front, in einer Rüstungsfabrik, bei der Brandbekämpfung oder mit dem Ausheben von Gräben beschäftigt. Dennoch hatte er genug Leute für ein zerlumptes Orchester zusammenbekommen – und daraus etwas Hörenswertes gemacht.

Die Solisten für *Raskolnikows Fest* bestanden aus einem Sopran, zwei Violinen und jeweils Cello, Klarinette und Trompete. Das Begleitorchester erreichte so gerade eben die nötige Größe für eine klassische Sinfonie. Zweifellos konnten Kompositionen für kleinere Ensembles eine große Kraft entfalten – aber eignete es sich, um mitten im Krieg die Massen aufzurütteln? Es war ein Wagnis, und es hatte sich nicht ausgezahlt.

»Haben Sie jemals ein vollständiges Exemplar von *Raskolnikows Fest* erhalten, Madame Schischani?«

»Ein Exemplar? Nein, das ist alles, was schriftlich festgehalten wurde«, antwortete sie. »Das sind die Originale.«

Rossel fasste in seine Manteltasche, holte die Liste aller hervor, die am Tag des Wettbewerbs bei beiden Stücken mitgespielt hatten, und dachte an diesen Tag zurück. Die meiste Zeit, wenn er nicht gerade seine Geige bearbeitete oder an Essen dachte, hatte er nur Augen für Sofia. Der Rest des Tages war in Nebel gehüllt.

Er zeigte Madame Schischani die Liste. »Verzeihen Sie. Ich weiß, Sie sind die Bibliothekarin und nicht in der Verwaltung. Erinnern Sie sich vielleicht an diesen Namen? Gustav Landau, nicht gerade ein alltäglicher Name in Russland.«

Sie nahm das Blatt Papier in die Hand und hielt es sich direkt vor die Augen. Ihre Lippen bewegten sich beim Lesen.

»Oh!« Sie zeigte mit ausgestrecktem Finger auf das Blatt. »O ja, das war eine schlimme Geschichte. Habe ich nie vergessen können.« Sie bedeutete ihm, mit ihr zusammen die Liste zu betrachten.

»Gustav«, murmelte sie, »der arme Mann …«

»Was meinen Sie?«, fragte Rossel, dessen Herz raste.

Madame Schischani blickte sich um, ob nicht doch irgendwo ein Tschekist lauerte, und sprach im Flüsterton weiter.

»Keiner von euch«, raunte sie. »Ein Lette. Man sagte, dass er eigentlich Trompeter in einer Big Band war. Und Jude … Wir haben gedacht, dass jemand ihn deswegen umgebracht hätte.«

Die Erinnerung traf Rossel wie ein Schlag. Der Trompeter bei der Probe. *Normalerweise spiele ich auf Abendgesellschaften, verzeihen Sie mir all die schiefen Töne.* Er war aus Riga geflohen, nachdem die lettische Hauptstadt schon in den ersten Kriegstagen der Wehrmacht in die Hände gefallen war. Gustav Landau verschlug es nach Leningrad, nur um dort wenige Monate später wieder von den Deutschen eingeschlossen zu werden. Eine rundliche, stets gut gelaunte Seele von Mensch, den es verwunderte, sich in der einen Minute beim Ausbau von Leningrads Stellungen für die Panzerabwehr wiederzufinden, um in der nächsten dann Schostakowitsch und Wronski vom Blatt zu spielen.

Madame Schischani nickte energisch. »Er hatte bei irgendwelchen Proben von *Raskolnikows Fest* mitgewirkt, aber vergessen, seine Noten wieder zurückzugeben. Ich hätte das eigentlich melden müssen, ich weiß, aber überall war damals nur Tod und Leid, sodass es mir nicht der Rede wert erschien.«

»Was melden?«

»Sind Sie nicht deswegen hier und erkundigen sich nach diesem Stück? Wegen dem, was das Mädchen in der Wohnung am Gribojedow-Kanal gesehen hat? Das ist jetzt sehr lange her, aber ich habe angenommen, das wäre der Grund, warum Sie sich für diese spezielle Komposition interessieren.«

Rossel zog die Augenbrauen hoch.

»Eine junge Frau?«

»Alla. Sie war während des Krieges Assistentin hier. Sie, nun ja, es war alles wirklich sehr seltsam. Oder in diesen schrecklichen Zeiten damals vielleicht auch nicht ganz so.«

»Können Sie es mir beschreiben?«

»Es war im zweiten Sommer der Blockade, also 1943, ungefähr im Juli, in den letzten Tagen der Weißen Nächte. Ich hatte den letzten Zug aus Leningrad heraus verpasst und mich sowieso geweigert, die Stadt zu verlassen. Ich würde kämpfen und mit meiner Heimatstadt untergehen, habe ich ihnen gesagt. Alla war erst vierzehn. Ihre Eltern waren gestorben, sodass sie nun bei Onkel und Tante in der Nähe der Peter-und-Paul-Festung wohnte. Ihre Verwandten gingen dann im Winter desselben Jahres und ließen sie zurück. Ich habe sie aufgenommen und das bisschen Essen mit ihr geteilt, das wir auftreiben konnten. Wir sind jeden Tag zur Arbeit hier erschienen, nur damit wir überhaupt etwas taten, irgendetwas, das uns ablenkte von dem Ungeheuer, in das sich unser Bauch verwandelt hatte. Es passierte nicht viel. Damals fasste man ein Instrument eigentlich nur noch an, um Feuerholz daraus zu machen oder die Saiten in die Suppe zu tun. Doch eines Tages kam ein Kurier von Nikolai Schewtschuk persönlich, dem stellvertretenden Volkskommissar für Kultur, mit einer speziellen Order.«

»Einer Order wofür?«

»Es war irgendwie verrückt. Ich hatte kaum noch die Kraft zu laufen, und Alla ging es nicht anders«, fuhr Madame Schischani fort. »Man sagte uns, wir sollten jeden, der Musik von Wronski ausgeliehen hatte, persönlich zu Hause aufsuchen, um alles in die Bibliothek zurückzubringen. Dieser Landau hatte bei den Proben mitgespielt, war aber danach gegangen, ohne seine Noten zurückzugeben, verstehen Sie? Er war Ausländer, sein Russisch war so lala. Er wusste nicht immer, wie die Dinge zu laufen hatten. Und wie Sie sich vorstellen können, haben auch etliche andere Musikstücke gefehlt. Bibliotheksbonbons, erinnern Sie sich? Die Leute haben den Leim aus den Buchrücken und den gebundenen Manuskripten herausgelöst, um sich eine Suppe zu machen. Und es fehlten natürlich auch Sachen, haben wir jedenfalls angenommen, weil die Nutzer der Bibliothek, die sich etwas ausgeliehen hatten, mittlerweile tot waren. Ich habe mich geweigert. Was für eine Zeitverschwendung, wo alle doch nur ums nackte Überleben kämpften. Doch Schewtschuks Sendbote machte unmissverständlich klar, dass wir gegen unsere Pflichten der Partei gegenüber verstoßen würden, wenn wir uns nicht fügten.

Also haben wir die Liste unter uns aufgeteilt. Ich habe diejenigen übernommen, die am weitesten draußen wohnten, auf der Wassiljewski-Insel und der Petrograder Seite, so weit nördlich, wie es mir möglich war, bevor es zu gefährlich wurde. Alla habe ich die Adressen im Stadtzentrum gegeben, um den Moskauer Bahnhof und das Smolny-Institut herum, so in der Art. Wir haben abgemacht, dass jede nur ein paar Adressen am Tag aufsuchen würde, denn damals war die Brotration schon auf 125 Gramm pro Person herabgesetzt worden, und das meiste davon war Sägemehl. Irgendwo hinzugehen war anstrengend.«

Rossel unterbrach sie.

»Und was genau hat Alla nun gesehen?«

»Eine Leiche.«

Madame Schischanis Stimme brach, als sie die Erinnerung heraufbeschwor.

»Alla war ein liebes Mädchen, ganz süß. Ich habe sie sehr gemocht. Das Kind war völlig außer sich bei der Rückkehr.

Auch wenn wir alle schon viel gesehen hatten, hat es sie doch bis ins Mark erschüttert.«

»Was genau jetzt?«

Madame Schischani hob die rechte Hand, streckte den Zeigefinger aus und drückte damit auf ihren Kehlkopf.

»Jemand hatte dem Toten eine Art Glasröhrchen in den Hals gesteckt.«

## 37

Das Gebäude des Komponistenverbands befand sich an der Bolschaja Morskaja, nicht weit entfernt vom Hotel Astoria. Marmorbüsten und Friese zierten das Palais, das einmal der reichen Familie Gagarin gehört hatte. Wronski war 1950 Vorsitzender des Verbands geworden. Kurze Zeit später war er in demselben Gebäude in eine Dienstwohnung gezogen.

Es dämmerte, als Rossels Wagen vor dem weißen, stuckierten Eingang vorfuhr. An ein anderes Auto gelehnt, wartete ein Mann auf ihn. Es war Nikitin. Rossel blickte prüfend durch die beschlagene Rückscheibe des Dienstwagens und erwartete, im Inneren weitere MGB-Leute zu sehen. Doch der Major war ohne Begleitung gekommen.

»Ich habe mich in der Wosstanija-Straße erkundigt, wo Sie wohl stecken. Sie wollten es mir nicht sagen, aber ich habe darauf bestanden.«

Der Major hatte sich nicht rasiert und wirkte etwas zerzaust. Auch an seiner ganzen Art war irgendetwas anders, dachte Rossel. Er schien weniger selbstsicher, ein wenig verhalten.

»Wenn Sie lediglich daran interessiert sind, Ihre Befehle

auszuführen, und Eliasberg alles anhängen wollen, kann ich Sie daran nicht hindern«, erklärte Rossel, »aber ich bin entschlossen, den tatsächlichen Mörder zu stellen.«

Nikitin richtete sich auf. Einen Augenblick lang dachte Rossel, er würde seine Pistole ziehen. Stattdessen sagte er nur: »Machen Sie weiter, Genosse Leutnant.«

Sie stapften durch den Schnee die Bolschaja Morskaja hinunter.

»Für den unschuldigen Eliasberg braucht es eine kleine Armee, und für Wronski genügen Sie und ich?«

»Eliasberg ist ein Niemand«, erwiderte Nikitin und rückte seine blaue Dienstmütze zurecht. »Und Wronski ist Wronski.« Rossel spürte jedoch, dass Nikitin noch aus einem anderen Grund allein gekommen war.

Sie gingen ein paar Schritte weiter. Dieses Stück der Bolschaja Morskaja erinnerte Rossel an die Belagerung. Damals war er die Straße hinuntergehumpelt in Richtung des provisorischen Krankenhauses im Astoria, mit einem kleinen deutschen Granatsplitter im Knöchel. Die Frühlingssonne schien, fiel ihm ein, machte erste zarte Versuche, den Schnee aufzutauen, sodass abgemagerte Hände, ausgezehrte Arme und verzerrte, vereiste Gesichter zum Vorschein kamen. Der Volksmund nannte sie »schwarze Schneeglöckchen«. An der Front würde er schon bald noch mehr von ihnen zu sehen bekommen.

Sein linker Stiefel patschte in eine tiefe, mit Eis und Wasser gefüllte Pfütze, als sie ihr Ziel erreichten. Die Komponisten waren erst 1948 hier eingezogen. Es war ein schönes Gebäude, aber in der Bolschaja Morskaja waren so einige schöne Gebäude noch zu vergeben.

Als er die große Messingglocke an der Eingangstür betätigte, blickte er auf die etwa eineinhalb Meter entfernte Bordsteinkante hinunter. Dort hatte damals der Leichnam eines Kindes gelegen, ein Junge, etwa zehn Jahre alt. Nur die gräuliche Nasenspitze und eine zerbrochene Drahtbrille ragten aus dem Schneematsch hervor. Man gewann den Eindruck, dass seine leblosen Augen die teilnahmslosen weißen Wolken am Himmel über ihm absuchten.

Rossel zog seinen Uniformmantel am Hals fester zu, als ein junger Mann in Livree die Tür öffnete und beim Anblick Nikitins in Uniform erst einmal schwer schluckte.

***

Sie war schon fortgeschritten in den Sechzigern, ergraut und zierlich. Aber sie hatte auch etwas Bedrohliches an sich, die kalte, mühelose Anziehungskraft einer Frau, die es schon ihr ganzes Leben lang gewohnt war, dass die Leute sich nach ihr umdrehten.

»Sie möchten wahrscheinlich meinen Sohn sprechen?«, fragte sie.

Nikitin fixierte sie mit seinem Blick. »Das kommt darauf an, Genossin«, entgegnete er nach einer Weile. »Weisen Sie sich und ihn aus.«

»Mein Sohn ist Nikolai Nikolajewitsch Wronski. Der Dirigent.«

Sie neigte den Kopf zur Seite und gab dem Diener an der Tür, kaum wahrnehmbar, ein Zeichen. Kaum geschehen, warf der mit Edelsteinen besetzte Kandelaber über ihr einen Schwarm von winzig kleinen rosafarbenen Punkten auf ihre Schultern.

Eine in Silber gerahmte Fotografie auf einer Kommode in einer Ecke des Raumes zeigte die Mutter des Komponisten in ihren Zwanzigern. Das schmale Gesicht, das runde Kinn, die leicht gebogenen Lippen und die vieldeutig nach oben gezogenen Brauen ließen sie wie eine russische Marlene Dietrich wirken. Ihr früher einmal glänzendes Haar war jetzt kurz geschnitten und grau durchsetzt, aber sie blieb eine beeindruckende, faszinierende Erscheinung. Und sie wusste es.

Der Diener, ein gedrungener Mann in mittleren Jahren mit Stiernacken, den er in eine weiße, goldbestickte Kellnerjacke zwängen musste, trat vor und füllte die Tasse nach. Sie bediente sich am Tisch, verteilte ein wenig Beluga-Kaviar auf einer kleinen Crêpe und verfütterte diese an das schwarze, kläffende Hündchen zu ihren Füßen. Draußen auf der Straße würde diese Töle im Winter nicht einmal fünf Minuten überleben, dachte Rossel.

Die beiden Besucher hatten sich bisher nicht gerührt.

Sie saß auf einem von zwei zueinander passenden Chaiselongues. Der Raum war mit Eiche getäfelt und auf allen vier Seiten von auf Hochglanz polierten Regalen eingefasst. Jedes verfügbare Eckchen war mit Gold- und Silberdekoration voll gestellt – Schnupftabakdosen, Kerzenhalter, Tabletts, Spiegel – sowie einer Sammlung von Djatkowo-Kristall. Einen Ehrenplatz auf dem Kaminsims nahmen zwei blaue Fabergé-Eier ein, klein, aber exquisit. Rossel kam sich vor, als wäre er in das Vestibül eines prunkvollen Palastes geraten, in dem alle Reichtümer der Romanows sicher aufbewahrt wurden.

Madame Wronski folgte Rossels Blicken.

»Gefallen Ihnen meine kleinen Schmuckstücke?«

Er quittierte ihre Bemerkung mit, wie er hoffte, unterkühlter Miene.

»Außerhalb der Eremitage ist mir eine solche Zurschaustellung von Privilegien noch nicht begegnet«, gestand er.

Es war die Art von ungehobelter Bezichtigung, die Millionen in den Gulag verfrachtet hatte. Madame Wronski machte keinen Versuch, den Vorwurf abzuschwächen. Wenn ein Sowjetbürger sich so verhielt, musste er sich seines Ranges und seiner Stellung absolut gewiss sein.

»Als junge Frau, in der Zeit vor unserer großen, ehrwürdigen sozialistischen Revolution, war ich im Jelissejew-Emporium am Newski Prospekt tätig. Das Geschäft gibt es immer noch, aber ich fürchte, es ist nur noch ein müder Abglanz seiner Pracht dieser fernen Tage. Die Seidenstoffe, die Parfüme, die Bekleidung, du liebe Güte! Die Zarin mit ihren Töchtern stattete uns hin und wieder einen Besuch ab. Eine gute Freundin hat mir erzählt, dass das Nachtgewand, welches die hübsche kleine Maria trug, als sie in Swerdlowsk von den Kugeln der revolutionären Gerechtigkeit getroffen wurde, aus Jelissejews letzter Kollektion stammte. Eine Schande, Löcher in ein Kleidungsstück von solch unübertroffener Qualität zu schießen! Dieser beiläufige kulturelle Vandalismus lässt mich gelegentlich an meinem eigenen Eifer für die marxistische Sache zweifeln, Leutnant Rossel. Und Sie müssen Major Nikitin sein?«

Madame Wronski beugte sich hinunter und fütterte das Hundchen mit noch mehr Kaviar. Es kläffte und vertilgte dann die Delikatesse.

Rossel fand die Sprache wieder.

»Wo ist der Maestro?«, wollte er wissen.

Madame Wronski zuckte die Schultern.

»Bei der Probe, vermute ich.«

»Das Ballett des Kirow-Theaters gibt heute Abend eine Vorstellung von *Schwanensee*. Es findet keine Probe für *Die Blockade* statt.«

Sie begutachtete ihre Fingernägel. »Dann weiß ich es nicht.«

Nikitin räusperte sich.

»Verzeihen Sie die Störung, Genossin«, sagte er. »Wir waren nur gerade …«

Rossel holte Füller und Schreibblock hervor.

»Nur um hier Klarheit zu schaffen«, fuhr er fort. »Dürfte ich Sie bitten, Ihre Erinnerung zu bemühen, ob Sie dem Konservatorium und den Konzertsälen Anweisung gegeben haben, die Exemplare von *Raskolnikows Fest*, des Werks Ihres Sohnes, nach der Uraufführung wieder einzusammeln? Und dass das Personal der Bibliothek des Leningrader Konservatoriums für Musik seinerseits angewiesen wurde, in die Stadt auszuschwärmen und die Exemplare bei den Nutzern wieder abzuholen?«

Madame Wronski tätschelte dem Hund das Köpfchen.

»Ja, Sib, ja, gutes Mädchen, gutes Mädchen.«

Sie blickte zu Rossel auf und zog die rechte Augenbraue hoch wie die Dietrich.

»Sib ist nämlich ein Filmstar, wussten Sie das?«

Rossel schüttelte den Kopf.

»O ja. Wladimir Jasdowski, ein Regisseur bei Lenfilm, ist ein persönlicher Freund. Er hat mir Sib vermacht, nachdem sie ihre Rolle gespielt hatte.«

»Ihre Rolle?«

»Sib war einfach nur eine verlotterte Promenadenmischung, die sich in der Küche der Lenfilm-Studios herumtrieb und sich von Kartoffelschalen ernährte. Eines Tages lief dann ein Hund weg, der in einem Film mitmachen sollte. Sie konnten die Szene nicht umändern, und außerdem standen sie unter Zeitdruck. Und Sib, eine junge Hundedame mit der Gabe weiser Voraussicht, witterte ihre Chance. Sie haben sie sich geschnappt und gehofft, dass sie still sitzen würde, bis man ihr ein Zeichen gab, nun durchs Bild zu laufen, und sie machte das hervorragend, hat praktisch den Stalin-Preis dafür gewonnen. Und Jasdowski schenkte sie mir. Jetzt wohnt sie unter einem Chaiselongue, das einmal der Prinzessin Gagarina gehört hat, und bekommt von der Mutter von Nikolai Nikolajewitsch Wronski, des Vorsitzenden des Komponistenverbandes, nur den besten Kaviar. Nikolai wird sich nach der Uraufführung von *Die Blockade* schon bald rühmen dürfen, der bedeutendste russische Komponist aller Zeiten zu sein.«

Madame Wronski machte eine schnelle Drehbewegung mit der rechten Hand. Sie packte das Hündchen an einem Ohr und zerrte daran. Das Kläffen verwandelte sich in ein Knurren. Sib taumelte nach vorne und schnappte nach ihrer Hand. Sie ergriff ihren roten Seidenpantoffel und schlug damit heftig auf das Hündchen ein.

»Ich muss immer vorsichtig sein, wie Sie sehen, denn dieses Biest hat nicht vergessen, wie man beißt.«

Winselnd verkrümelte sich der Hund in eine Ecke des Raumes.

»Um noch einmal auf die Musik Ihres Sohnes zu sprechen zu kommen, Madame Wronski«, warf Rossel ein. »Haben Sie Kommissar Schewtschuk dazu überredet, das Einsammeln aller Noten der Musik Ihres Sohnes anzuordnen, die nicht bereits in Ihrem Besitz waren?«

Sie zuckte die Schultern.

»Ich kann mich nicht richtig erinnern. Alles in dieser Zeit, während der Belagerung, war so unwirklich. Ich stelle mir immer gerne vor, dass sich all das niemals ereignet hat.«

Rossel erwiderte ihren Blick mit gleicher Münze. Ihre Augen, fiel ihm auf, waren von einem spröden, metallischen Blau.

»Sie sind Ermittler, Genosse Rossel. Dennoch ist mir zu Ohren gekommen, eine ironische Wendung des Geschehens, dass gegen Sie und Ihre Kollegen von der Miliz gleichfalls ermittelt wird.«

Er wollte schon zu einer neuen Frage ansetzen, besann sich dann aber eines Besseren. Madame Wronski klatschte in die Hände. Der livrierte Lakai näherte sich.

»Ja, Madame. Soll ich die Herren hinausbegleiten?«

Er hatte einen Akzent, dachte Rossel, irgendwas aus dem Süden. Aus dem Kaukasus? Danach sah er jedoch nicht aus.

»Bitte geleite sie hinaus, Rasin.«

Rossel nahm seine Mütze und erhob sich. Rasin war ein bekannter Kosakenname, und obwohl es allen Sowjetbürgern freistand, ihr Kind Rasin zu nennen, war es zweifellos typisch für Madame Wronski, sich einen kleinen Kosakenkrieger zu halten.

Sie lächelte Rossel an.

»Es tut mir überaus leid, Ihnen keine große Hilfe gewesen zu sein.«

***

Vor dem Salon befand sich ein golden tapeziertes Vestibül. An der einen Seite war eine Tür aus Eichenholz, geschmückt mit einem Handharnisch, der einen prächtigen Krummsäbel hielt – das alte Wappen der Familie Gagarina. Hinter der Tür lagen die Räumlichkeiten des Palais, die nun vom Komponistenverband für Proben, Konzertabende und akademische Arbeit genutzt wurden.

Der Kosake eskortierte sie hinaus, mit einem Gesichtsausdruck, als hätte er sie am liebsten zum Mittagessen verspeist. Nikitin hatte es eilig, aber Rossel blieb noch vor einem großen vergoldeten Spiegel in der Nähe des Eingangs stehen. Unter dem Spiegel stand voller frischer Blumen eine Vase im pseudogriechischen Stil mit goldenem Henkel. Wie bei den Vasen im Salon hatte es den Anschein, als wäre auch sie aus edelstem Djatkowo-Kristall gefertigt.

Rossel knöpfte seinen Mantel zu und folgte Nikitin hinaus in die Dunkelheit. Als er auf die Bolschaja Morskaja hinaustrat, klatschte er selbst mit Handschuhen so laut in die Hände, dass der MGB-Major sich umdrehte.

Er hatte die Vase schon einmal gesehen. In Sofias Skizzenbuch. Wahrscheinlich eine ihrer letzten Zeichnungen.

***

Das Zusammentreffen hatte Nikitin aufgewühlt. Er forderte Rossel auf, sich in den Wagen zu setzen. Sie fuhren los, den Weg zurück, den sie gekommen waren, Nikitin schweigsam und grüblerisch am Steuer. Kaum fünfzig Meter vom Haus der Komponisten entfernt, hielt der Major an einer Stelle an, die vom Licht der Laternen nicht erreicht wurde. Dort hatten sie beste Sicht auf den Eingang des Palais, aber jemand, der das Haus verließ, würde sie schwerlich sehen können.

Sie brauchten nicht lange zu warten. Etwa zehn Minuten nachdem sie das Gebäude verlassen hatten, kam Madame Wronski in einem schwarzen Zobelmantel in Begleitung des mürrischen Rasin heraus. Eine glänzende rote Limousine fuhr vor, und Madame Wronski und ihr Leibwächter stiegen ein.

»Sieh mal einer an«, sagte Nikitin. »Ein Moskwitsch 400–420. Brandneu. Ist er nicht eine wahre Schönheit?«

Im trüben Licht der Straßenlampen setzte sich der Moskwitsch in Bewegung und bahnte sich seinen Weg durch den Schnee in den regeren Verkehr, der dort einsetzte, wo die Bolschaja Morskaja parallel zum Moika-Kanal verlief. Nikitin folgte dem Wagen mit einem Abstand von etwa hundert Metern. Wenige Minuten später bogen die beiden Fahrzeuge links ab, überquerten die Brücke und fuhren rechts entlang des Kanals, nun jedoch auf der anderen Seite. Nach zwei weiteren Minuten hielt der Moskwitsch vor einem weiß und ockerfarben getünchten Gebäude mit einem Portikus aus weißen, klassischen Säulen, dem Jussupow-Palast.

Nikitin fuhr vorbei. Nach hundert Metern parkte er hinter einem verbeulten GAZ-Laster ein, direkt neben einem alten Fahrrad, dem beide Räder fehlten und das an das Ufergeländer gekettet war.

Er schaltete den Motor ab und stellte den Rückspiegel so

ein, dass er die Vorderseite des Jussupow-Palastes sehen konnte.

»Und Sie benutzen den Seitenspiegel.«

Nach ein oder zwei Minuten kam eine Frau aus einer spärlich beleuchteten Seitenstraße und stieg ohne Umschweife hinten in den Moskwitsch ein.

Rossel erkannte sie auf Anhieb. Es war Dr. Wolkowa.

# 38

»Habe ich dich erschreckt?«

Wassja gähnte, wischte sich den Schlaf aus den Augen und machte die Tür ein Stück weiter auf.

Sie sah rechts und links den Flur hinunter, bevor sie Rossels Frage beantwortete.

»Erschreckt? Ich dachte, du kämst, um nachzuholen, was du gestern Abend versäumt hast, nämlich einer Frau mal zu zeigen, wie man sich vergnügt.«

Rossel trat ein, schloss die Tür und küsste sie.

»Schon besser«, sagte sie.

Seine Stimme wurde ein Flüstern.

»Ich glaube, diese Geschichte betrifft ein paar wichtige Leute, die schon bedauern, dass sie mich mit den Ermittlungen beauftragt haben.«

»Beria?«

»Wir sollten besser gehen.«

Er war auf die Idee gekommen, als er zu ihr fuhr und mit dem Lenkrad zu kämpfen hatte, weil der Wagen von einer Straßenseite zur anderen schlitterte. Wassja kannte die neue Metro, fast fertiggestellt, aber für die Öffentlichkeit noch nicht zugänglich, besser als irgendjemand sonst. Der

MGB würde die Pläne besitzen, aber jedes Projekt dieser Größenordnung kannten nur diejenigen wirklich gut, die dort gearbeitet hatten.

»Du könntest dich dort unten eine ganze Ewigkeit lang verstecken«, meinte Rossel. »Es gibt Seitentunnel, Schutzkeller und Lagerräume.«

»Und warum sollte ich das tun?«

»Nikitin hat uns zusammen gesehen. Oberst Sarkisow weiß, dass du mit uns über die Schienen geflogen bist. Er war voll im Bilde, als wir in Moskau ankamen. Jeder, der eine bedeutsame Verbindung zu mir hat, ist jetzt in Gefahr.«

»Und dann?« Sie hob die Stimme. »Wie ein Maulwurf für den Rest meines Lebens hier unten herumkrebsen? Immer auf der Suche nach Kartoffelschalen, die meine Kollegen auf den Boden geworfen haben? Im Krieg war ich eine der Nachthexen und bin Einsätze über Stalingrad geflogen. In mondhellen Nächten hat uns die Flak abgeschossen, als wären wir Blechdosen auf einem Jahrmarktstand, und wegen des Gewichts der Bomben und der geringen Höhe, in der wir flogen, hatten wir nie einen Fallschirm dabei. Ich bin siebenundvierzig Einsätze geflogen. Und was hast du so gemacht während des Großen Vaterländischen Krieges, Rossel? Diebe gefangen? Feuer gelöscht?!«

Rossel ließ ihre Arme los und trat einen Schritt zurück.

»Anfangs habe ich wirklich bei der Zivilverteidigung Brände gelöscht. Hast du mal versucht, ein Feuer auszukriegen, das von einer Brandbombe verursacht wurde? Ich habe mit angesehen, wie einem Mann die ganze Haut verbrannt ist. Danach war ich in der 2. Stoßarmee bei Sinjawino, zuerst in einer siebenundvierzig Mann starken Truppe. Zwei von uns haben die erste Woche der Kämpfe überlebt. Als dann Verstärkung kam, habe ich von einem Granattrichter aus beobachtet, wie dreihundert Mann in den ersten zehn Minuten ums Leben kamen. Etwa dreißig kamen durch, sodass wir eine neue Einheit bilden konnten. Diesmal haben es drei von uns bis in die folgende Woche geschafft. Als keine Verstärkung mehr kam, sind wir durch Schlamm und über Gefallene hinweg aus der Scheiße herausgerobbt. Die NKWD-Leute waren dermaßen perplex, dass sie glatt vergessen haben, uns zu erschießen.«

Wassja seufzte.

»Das tut mir leid. Aber das Entscheidende ist, dass es einen Überlebenden aus dir macht, wie eben auch aus mir«, sagte sie. »Ich werde mich nicht in irgendeinem Tunnel verstecken.«

***

Sie hatten den fünften Toten in der Mitte der Leichenhalle auf eine Fahrtrage gelegt.

Rossel zeigte auf die Brust des Opfers.

»Der Kerl ist weiterhin ein Rätsel. Männlich, schwarze Haare und trotz Anzeichen von Hunger sogar immer noch ein kleiner Bauch. Das Muster der Schnitte weicht von dem bei den anderen Leichen etwas ab, insofern als der Mörder hier auch im Nacken rechtsseitig heftig zugeschlagen hat. Das Fleisch ist in diesem Bereich und im Gesicht vollständig entfernt worden. Dr. Wolkowa schätzt in ihrem Bericht das Alter des Toten auf fünfundfünfzig bis sechzig.«

Die Nachthexe nahm den Leichnam erneut in Augenschein.

»Weißt du, um wen es sich handelt?«, erkundigte sie sich.

»Ich habe jemanden im Blick.«

Rossel ging zu der schweren Eingangstür der Leichenhalle hinüber und vergewisserte sich ein weiteres Mal, dass zugeschlossen war. Anschließend drehte er das Radio auf volle Lautstärke, bevor er die zwei untersten Knöpfe seiner Uniformjacke öffnete und eine blaue Aktenmappe hervorholte, die er sich in den Hosenbund gestopft hatte. Er breitete sie auf einem kleinen Metalltisch aus, auf dem Dr. Wolkowa ihre Instrumente bereitlegte. Wassja trat näher und betrachtete das Aktenmaterial. Sie konnte das übliche Schwarzweißfoto erkennen sowie die eng mit Maschinenschrift befüllten Spalten voller Einträge. Und den unverwechselbaren Stempel oben auf der Seite.

»Du bist wirklich dein eigenes Selbstmordkommando. Eine MGB-Akte klauen!«

»Zwei, um genau zu sein. Als ich letztes Mal im Bolschoi Dom war, habe ich keine Zeit verplempert.«

»Nikolai Schewtschuk.« Wassja las den Namen vom Aktendeckel ab. »Wer ist das?«

»Der stellvertretende Volkskommissar für Kultur. Schewtschuk war einer der Leute, die festlegten, was in der sowjetischen Kultur ›gut‹ und was ›böse‹ war. Der bestimmte, was unser großer patriotischer Sowjetstaat als Werk von künstlerischer Genialität zu betrachten hatte und was als Rückfall ins ›bürgerlich Reaktionäre‹ gelten konnte, der seinem Urheber schnell ein wenig Zeit zum Sonnenbaden im sibirischen Permafrost einzubringen vermochte. Aber Schewtschuk hatte noch eine spezielle Rolle. Man übertrug ihm die Entscheidung darüber, welches Werk von Bedeutung das sowjetische Musikstück des Krieges schlechthin sein würde. Wenige Monate später verschwand er. In den Gulag, munkelten die Leute. Ich halte es mittlerweile aber für wahrscheinlicher, dass er dem Genossen Wronski in die Hände gefallen ist.«

»Wie kannst du wissen, dass es Schewtschuk ist?«

»Vier der Opfer, die wir auf den Gleisen gefunden haben, waren Anfang dreißig. Letztlich wenig überraschend, weil sie alle Klassenkameraden waren. Einer jedoch war Anfang fünfzig. Dr. Wolkowa zufolge hatte er Zugang zu Luxusartikeln wie Kaviar. Es ist also mehr als wahrscheinlich, dass er eine privilegierte Position innehatte. Er ist im richtigen Alter, bekleidet den richtigen gesellschaftlichen Rang, und er ist der Einzige, den Wronski sonst im Visier haben konnte, weil er es war, der Schostakowitsch als Kriegskomponisten der Sowjetunion erwählte. Außerdem gibt es ein weiteres Indiz. Siehst du das hier?«

Rossel deutete auf einen Eintrag in der Akte mit der Überschrift *Besondere Merkmale*. Wassja trug laut vor.

»Drei große schwarze Muttermale, eines davon auffallend dreieckig, jedes etwa einen Zentimeter im Durchmesser, im unteren Bereich des Nackens rechtsseitig.« Sie sah von der Akte auf. »Also?«

»Deshalb haben wir ihn aus dem Kühlfach geholt. Drehen wir ihn mal um.«

Auf ein Kommando hin hievten sie die Leiche in Bauchlage. Die Wunde sprang sofort ins Auge. Ein tiefer, grober Schnitt direkt unter dem Genick.

»Der Mörder musste die Haut unten im Nacken entfernen, um die Muttermale zu kaschieren, sonst wäre es viel zu einfach gewesen, den Toten zu identifizieren. Ist es das?«

Rossel nickte.

»Darf ich vorstellen? Das ist Genosse Schewtschuk, Leiche Nr. 5.«

Wassja starrte den Toten an. »Und Dr. Wolkowa ist nicht darauf gekommen, um wen es sich handelt?«

Er lächelte. »Wahrscheinlich. Vielleicht war sie aber auch zu beschäftigt damit, Maestro Wronski und seine reizende Mutter über unsere Ermittlungen auf dem Laufenden zu halten.«

»Wie lange schon?«

»Ich weiß es nicht genau. Ich vermute, auf jeden Fall seit ein paar Wochen.«

Wassja verzog den Mund, als hätte sie etwas äußerst Widerliches probiert. »Eine Informantin.«

»Ja. Manchmal schien sie Angst zu haben, aber wohl nicht genug«, sagte Rossel. »In ganz Leningrad sind nur zwei Gerichtsmediziner im Zusammenhang mit der großen Ärzteverschwörung der Verhaftung entgangen, und sie ist eine davon. Als der MGB unser Revier gestürmt hat, haben sie zwar kaltblütig Tanejew umgebracht, aber trotz ihres nicht zu bremsenden revolutionären Eifers haben sie Dr. Wolkowa nicht behelligt und auch nicht verhaftet, obwohl ihr Beruf mit großem Argwohn betrachtet wird. Und sie ist wieder zu uns aufs Revier gekommen, um zu helfen, obwohl jeder, der noch ganz bei Verstand ist, einen großen Bogen darum gemacht hätte. Entweder hat sie unglaubliches Glück, oder sie ist ein bisschen schwer von Kapee. Oder sie wird von jemandem mit besten Verbindungen geschützt. Ihre Mutter, eine Geschichtsprofessorin, ist in einem Arbeitslager im Ural gelandet und hat sich unlängst wohl Tuberkulose zugezogen. Vielleicht ist medizinische Hilfe für sie möglich – oder eben auch nicht. Es gibt viele Methoden, auf jemanden in Dr. Wolkowas Position Druck auszuüben. Und ebenso Dinge, allen voran Schutz vonseiten des MGB, die Madame Wronski ihr als Gegenleistung dafür anbieten kann, dass sie Augen und Ohren offenhält.«

Rossel wandte seine Aufmerksamkeit wieder dem ermordeten Volkskommissar zu.

»Und nun, da der Genosse Schewtschuk und ich unsere Bekanntschaft wieder aufleben ließen, glaube ich, alles verstanden zu haben. Zumindest fast alles. Den Wahnsinn bei der ganzen Sache begreife ich allerdings nicht.«

»Auch diesen Mann hast du gekannt?«, fragte Wassja und schüttelte den Kopf. »Genauso wie die anderen?«

»Nein, ihn habe ich nicht gekannt. Oder, genauer gesagt, wir sind einander nie vorgestellt worden. Ich habe mich nur einmal in meinem ganzen Leben kurz in einem Raum zusammen mit ihm aufgehalten, genauso wie, da bin ich mir fast sicher, Nadja, Felix, Max und Sofia. Und ein Trompeter namens Gustav Landau.«

»Wann war das?«

Rossel trat ein wenig näher an die Bahre heran und blickte hinunter auf Leiche Nr. 5.

»Am 12. März 1942, in der RadioKom-Zentrale des Leningrader Radiosinfonieorchesters. Dem Tag des größten sowjetischen Komponistenwettbewerbs, den es jemals gab. Dem Tag, an dem Schostakowitsch und Wronski sich ein Kopf-an-Kopf-Rennen lieferten, bei dem sich herausstellen sollte, welcher dieser beiden bedeutenden Männer Weltruhm erlangte als unauslöschliches Symbol des sowjetischen Widerstandes gegen die faschistische Bedrohung. Überdies sollte der Sieger etwas noch Gewaltigeres verkörpern: die Hoffnung der gesamten Menschheit.«

***

*Nachher fiel Rossel auf, dass er sich an die Musik in dem Wettstreit kaum erinnern konnte. Nicht an den tosenden ersten Satz von Schostakowitschs 7. Sinfonie und auch nicht an das intensive Adagio von Wronskis Wettbewerbsbeitrag. Schostakowitschs Stück hatte den Einsatz eines Paukers erforderlich gemacht, das wusste er noch, aber sonst war ihm nicht viel im Gedächtnis geblieben. Beide Komponisten hatten dagegen protestiert, zu wenig Vorbereitungszeit zu haben. Beide waren zweifellos entgeistert, dass ihre Musik von einem zusammengewürfelten Haufen ungewaschener Vogelscheuchen aufgeführt wurde, die man aus den Verteidigern der Stadt herausgeklaubt hatte. Und die Vogelscheuchen waren ihrerseits unbeeindruckt vom Protest der Komponisten.*

*Der Pauker, der den Part der kleinen Trommel übernom-*

*men hatte, ein hämmerndes, endloses Ostinato, war kurz vor Schluss wegen Unterernährung zusammengebrochen und fortgeschafft worden. Außer diesem Ereignis hatte sich Rossel nichts eingeprägt.*

*Von den Zwiebeln einmal abgesehen, kleinen, glänzenden Zwiebeln, die wie zwergenhafte gastronomische Juwelen oben in einer dünnen Suppe trieben, die sie aus verbeulten blauen Blechnäpfen aßen. An alle Musiker des Orchesters war eine Portion ausgegeben worden. Wie diese kleinen Zwiebeln aussahen, wie gut sie rochen und schmeckten! »Ein Napf, den uns der Himmel mitten in die Hölle schickt«, hatte Felix gesagt. Das Notwendigste an Lebensmitteln hatte man, über die deutschen Linien hinweg, vom Ladogasee aus eingeflogen. Das war an sich schon ein kleines Wunder, aber Eliasberg hatte sogar Extrarationen für jeden ausgemergelten Geiger, Perkussionisten und Blechbläser beschaffen können, der zur Aufführung erschien. Im Grunde genommen war das sogar der hauptsächliche Grund gewesen, warum sie überhaupt spielten. Nicht ein Einziger von ihnen – nicht Felix, der eine geliehene Violine umklammerte, nicht Nadja, die ihre Klarinette bestaunte, als hätte sie solch ein Instrument noch nie gesehen, nicht Gustav Landau mit seinem roten Gesicht und dem erklärtermaßen wenig klassischen Stil, den er in seiner Tanzkapelle an Sonntagnachmittagen pflegte, und auch nicht Maxim mit seinem langen Haar und dem bedächtigen Französischhorn –, nicht ein Einziger wäre ohne diese Zwiebeln in der Suppe in der Lage gewesen, vor dem Stellvertretenden Volkskommissar für Kultur auch nur eine Note zu spielen.*

*Rossel hatten selbst die Hände gezittert. Nichts ließ einen die Kälte so sehr spüren wie der Hunger. Sie alle wollten mehr Essen, brauchten mehr Essen, verlangten mehr Essen, aber Eliasberg, der Dirigent, war ein harter Zuchtmeister. »Wenn ihr eine zweite Portion Suppe wollt, dann müsst ihr sie euch erspielen«, warnte er sie, unmittelbar bevor er die Arme hob, um seinen Vogelscheuchen ein wenig Musik zu entlocken.*

*Doch dann, als er im Kreise der ersten Geiger saß, sein Blick zwischen den Noten und Eliasbergs Taktstock hin und her wanderte und der Bogen endlich einmal wieder auf den Saiten ruhte, geschah es.*

*Die pure Spielfreude durchflutete ihn.*

*Wie sehr er das vermisst hatte.*

*Als sie sich durch die ersten Notenblätter gekämpft hatten, rutschte der Frau neben ihm die Geige von der Schulter herunter auf den Schoß. Sie hatte keine Kraft mehr, sie wieder anzuheben, saß einfach nur da, mit der Geige auf den Knien. Weiteren Streichern um sie herum ging es nicht anders, manche waren nicht einmal mehr in der Lage, ihre Instrumente aufzufangen. Bläsersolos erstarben mitten in der Phrase, der Tusch der Blechbläser verröchelte.*

*Doch er spielte weiter.*

*Er erinnerte sich nicht mehr an den Anfang von Wronskis Stück, nur daran, dass es zutiefst ergreifend war und sein Part aus einem langen, ausschweifenden Solo mit schwungvollen Streichern im Hintergrund bestand.*

*Bald schon, zu bald, war der Höhenflug seines Auftritts vorüber, und Eliasberg signalisierte anderen ihren Einsatz. Doch die Musiker sahen ohnehin nur Sternchen und hörten, wie ihr Herz pochte, während sie gleichzeitig hofften, dass dieses Fiasko nicht zur Folge hatte, dass man ihnen keinen Nachschlag von der Zwiebelsuppe mehr gewähren würde.*

***

Sie waren ins Revier hinaufgegangen, um die Kühle der Leichenhalle hinter sich zu lassen, aber der Kamin war lediglich ein schwarzer Schlund. Rossel lümmelte sich auf seinen Stuhl und blies den Rauch seiner Zigarette in die

Luft. Ihm war klar, dass es jetzt Zeit war, endlich zu schlafen. Zeit, sich fallen zu lassen.

Doch Wassja ließ ihn nicht.

»Wronski ist also der Mörder? Der Träger des Stalinpreises, der Volkskünstler der Sowjetunion, einer der führenden Künstler des Landes – ein Mordgeselle. Hat Leichen auf den Schienen abgelegt, als wäre es eine Komposition?«

»Fünf auf den Gleisen, angeordnet wie Noten auf einem Blatt. Landau hat er schon während des Krieges umgebracht. Der Trompeter war fremd in der Stadt, kannte niemanden, und niemand kannte ihn. Es war Wronskis erster Mord, nehme ich an. Die anderen wurden wesentlich später getötet, nämlich erst kürzlich.«

»Wie willst du das jemals beweisen?«

»Beweisen? Ein Beweis hängt auch davon ab, wer willens ist, ihn zu hören, und was diejenigen hören wollen. Aber es gibt eine lange, lange Spur, manches wie für mich geschaffen, um ihr zu folgen. Ganz am Anfang der unerklärliche Tod eines jungen musikalischen Genies an einer Schule auf der Krestowski-Insel, einer Schule, die beide besuchten. Ein frühes Beispiel des Hasses, den er gegen jeden entwickelt, den er als Rivalen ansieht.«

Rossel stocherte in der Glut herum.

»Eliasberg hat auch den Spitznamen Thanatos erwähnt, den Wronski sich selber zugelegt hatte. Ein Name aus der griechischen Mythologie. Eine Zeichnung, die ich in Sofias Skizzenbuch gesehen habe, war mit diesem Namen signiert: Thanatos & H… Und ich glaube jetzt, dass die schattenhafte Gestalt in dieser Zeichnung Wronski war, weil in einer Ecke eine Kristallvase im griechischen Stil zu sehen ist, die jetzt in Madame Wronskis Gemächern im Palais des Komponistenverbands steht.«

»Zufall? Vermutungen?« Wassja wurde vehementer.

»Es sind die kleinen Dinge, die den eigenen Verdacht beflügeln«, hielt Rossel dagegen. »Wo wir gerade von Kristall sprechen: Die Bibliothekarin im Konservatorium hat mir von der Suche nach Wronskis Noten berichtet, die sie zu unserem Freund, dem Trompeter, führte, nur dass er tot und verstümmelt war, als man ihn fand, und ihm ein Glasröhrchen im Hals steckte, wie bei den Leichen, die wir auf den Eisenbahnschienen gefunden haben. Beweise? Nein, ich habe noch keine unwiderlegbaren Beweise. Aber ich habe Motive, einen Modus Operandi, stumme Zeugen in ihren Gräbern.«

»Das ist aber nicht alles, oder? Du hast gesagt, dass dir durch Schewtschuks Identität alles klar geworden ist.«

Rossel sah Wassja aus Augen an, die er kaum noch offen halten konnte.

»Nach der Invasion der Deutschen damals und nachdem das anfängliche Chaos sich etwas gelegt hatte, beschloss Stalin, dass es eine Kriegshymne geben müsse. Musik, die Zeugnis ablegte von der unbezwingbaren russischen Seele. Wronski und Schostakowitsch arbeiteten beide an Kompositionen, die diesem Zweck dienten, hatten bislang aber nur Skizzen, grundlegende Themen und halb fertige Ideen zu Papier gebracht. Aber Stalin ordnete an, dass alles unverzüglich fertiggestellt werden müsse, was den Kulturgrößen der Partei einiges Kopfzerbrechen bereitete. Schostakowitsch war die naheliegende Wahl, aber Wronski war der kommende Mann, und er hatte die besseren Verbindungen. Und natürlich auch seine durchtriebene Mutter, die keine Gelegenheit ausließ, sich Freunde in höchsten Kreisen zu machen.

Also dachte man sich einen Wettstreit aus, eine Art Probespiel, und gab den beiden Komponisten zwei Wochen Zeit, um mit der Arbeit voranzukommen. Und an diesem Tag im März 1942 präsentierten nun also beide ihre jeweiligen Stücke, oder eben, was davon bisher fertiggestellt war, im Konzertsaal des Radiosinfonieorchesters vor Schewtschuk, dem die Entscheidung oblag.

Dabei stellten sich zwei Probleme. Zum einen waren die Musiker halb tot. Die meisten konnten kaum ihre Instrumente halten, geschweige denn in sie hineinblasen oder auf ihnen herumkratzen. Man hatte nur fünfzig, genauer gesagt, einundfünfzig Musiker zusammenbekommen, wie ich aus einer Liste ersehen konnte, die sich in einer Partitur der Leningrader Sinfonie fand. Sie waren Schatten ihrer selbst. Und dennoch stellte man Notenständer auf und verteilte Notenblätter, als würde man jeden Tag zusammen auftreten.«

»Und das zweite Problem?«

»Das Ergebnis stand schon vorher fest. ›Jeder wusste, dass Madame Wronski Schewtschuk in der Tasche hatte‹, sagte mir auch meine ehemalige Professorin. Und auch Felix wusste es. Sie sagte mir auch, dass Felix gesagt hatte: ›Nadja hat den direkten Draht.‹ Was Sinn ergibt, denn Nadja war genau die Sorte Frau, die den Versuch nicht scheute, mit Volkskommissar Schewtschuk näher in Kontakt zu kommen.«

»Aber wie konnte das sein?«, beharrte Wassja, während sie einen Stuhl zu sich heranzog und darauf Platz nahm. »Schostakowitsch schrieb seine Leningrader Sinfonie, und das ist die Musik, die überall auf der Welt zu hören war.«

»Weil die Aufführung von Wronskis Komposition ein Desaster war. Der Klarinettist hat kaum einen Ton herausbekommen, der Trompeter hatte gerade erst gelernt, Noten zu lesen. Er hatte vorher in einer Kapelle gespielt, die beim Tanztee für die musikalische Untermalung sorgte und dabei öfter mal improvisierte. Eine solch komplexe Partitur wie diese konnte er nicht vom Blatt spielen. Der Sänger brachte kaum mehr als ein dünnes Quieken zuwege. Und so weiter. Es war blamabel. Das Stück von Schostakowitsch konnte auch nicht gerade als triumphale Aufführung gelten, aber seine Größe, die Kraft und die Ambition waren zu spüren, obwohl das Orchester nur halb so viele Musiker wie gedacht aufwies.

Wronski war wütend, schrie Schewtschuk und die Musiker an und drohte damit, dass sie alle ins Strafbataillon kommen würden. Er dachte aber immer noch, dass der Wettbewerb eine ausgemachte Sache sei. Erst das Magnetofon ließ ihn aus dem Saal stürmen. Als er es bemerkte, verlor er augenblicklich die Beherrschung.«

»Das Magnetofon?« Wassja schien verwirrt.

»Das Tonband. Schewtschuk hatte dafür gesorgt, dass alles auf Band aufgenommen wurde. Das hat die Leute damals verblüfft, und jetzt weiß ich natürlich auch, warum.«

Rossel nahm einen Zug von seiner Zigarette, stieß den Rauch aus und zuckte mit den Schultern.

»Als er die Katzenmusik bei Wronski hörte, bekam Schewtschuk kalte Füße. Er wollte nicht für eine solche Katastrophe verantwortlich sein, das wäre der kürzeste Weg zum Exekutionskommando. Also tat er, was jeder sowjetische Befehlsempfänger dann so macht: Er reichte die Entscheidung weiter, die Befehlskette hoch. Als er sah, wie die Magnetbänder abgespult und in Schachteln verpackt wurden, begriff Wronski, dass Schewtschuk sie aufs Kreuz gelegt hatte, die Entscheidung fiel nun im Kreml. Daher bekam er einen Tobsuchtsanfall und stürmte aus dem Saal.«

Wassja dachte kurz nach und schüttelte dann den Kopf.

»Bei so einem Verrückten wie Wronski kann ich ja noch nachvollziehen, warum das ein Grund sein könnte, Schewtschuk umzubringen. Aber warum die anderen?«

»Es gibt da etwas, was ich dir noch nicht erzählt habe«, fuhr Rossel fort. »Von den sechs Solisten, die Wronskis

Komposition vermasselt haben, waren vier Studenten am Konservatorium und Freunde von mir: Felix, Nadja, Max und Sofia. Gustav Landau war der fünfte. Und den letzten der sechs kennst du gut, weil er nämlich hier vor dir steht.«

Wassja sprang auf.

»Du hast dort gespielt?«

Rossel nickte. Er stand in strammer Haltung da und hob die Arme an, als wollte er Geige spielen. »Trotz der Kälte und des Hungers habe ich gut gespielt, meine ich. Ich hatte seit Monaten nicht geübt, aber kaum hatte ich mein Instrument in der Hand, fühlte sich alles richtig an. Als würde mich die Musik ernähren, beinahe wie eine richtige Mahlzeit. Mir wurde klar, dass die Hoffnung, wieder spielen zu können, mich ein gutes Stück durch die ersten Monate der Belagerung getragen hatte. Und dass es nach dem Krieg vielleicht doch einen Platz für mich geben könnte in der Welt, der ich mich zugehörig fühlte.«

Rossel drückte seine Zigarette aus.

»Aber es kam nicht so, wie ich gehofft hatte.«

***

*Als er Sofia das erste Mal nach sechs langen Monaten wiedersah, nach der schlimmsten Phase der Belagerung, war der Schock fast zu viel für ihn.*

*Ihr Gesicht war ausgemergelt, die Wangenknochen standen heraus wie die Klinge eines Schnappmessers.*

*Als sie die Fellmütze abnahm, war ihr einst glänzendes Haar grau durchsetzt. Sie sah nicht schlimmer aus als er, musste er sich eingestehen, nicht schlimmer als jeder andere auch hier im Proberaum von RadioKom. Sie waren alle unterernährt, alle hungerten. Aber es war das Bild von ihr in seinem Kopf, von Sofia, wie sie einmal gewesen war, klein, makellos und in seinen Augen unfassbar schön, das ihm bis hierher durch den Krieg geholfen hatte. Eine zerbrechliche, verinnerlichte, sehr persönliche Ikone, die er jeden Abend angebetet und mit der er sich sicher gefühlt hatte.*

*Nur für diesen Augenblick hatte er gelebt. Alles, was er während der Belagerung erlitten hatte, war nur erträglich gewesen, weil er daran glaubte, dass er ihr Gesicht noch einmal sehen würde. Und nun war sie in diesen staubigen Proberaum im RadioKom-Gebäude in der Gogol-Straße gekommen, und er brachte es fast nicht fertig, sie anzuschauen.*

*Sie kam auf ihn zu und gab ihm mit aufgesetzter Fröhlichkeit drei zarte Wangenküsse. Anschließend sah sie ihm in die Augen. Ihre waren weit aufgerissen und wässrig, die zurückgezogenen Lider ließen die Augäpfel leicht hervortreten. Sie merkte, dass er sie genau so sah, wie sie war, und verstand seinen ebenso lächerlichen wie überzogenen romantischen Unmut. Sie hatte seine Hand gedrückt.*

*»Ich bin hier, Revol. Die meisten unserer Freunde sind hier. Lass uns jetzt Musik machen, ich muss singen. Wenigstens meine Stimme wird für dich immer so bleiben, wie sie war und wie sie immer sein wird.«*

***

Es war spät, und die Zigaretten waren ihnen beinahe ausgegangen.

Rossel stand auf und ging zum Kaminsims über dem Feuerrost. Er betrachtete das Schiff und die Seevögel, die man dort hineingemeißelt hatte.

»Bald darauf wird Schostakowitsch zum Sieger erklärt, der sodann beginnt, die Sinfonie komplett auszuarbeiten. Sie wird in Kuibyschew und Moskau aufgeführt, anschließend in New York und London und endlich, als die Armee, der NKWD und Eliasberg höchstpersönlich jeden Musiker, den sie finden konnten, dazu abkommandiert hatten, auch in Leningrad, und zwar am 9. August 1942. Ein unvergesslicher Tag. Wronski geht fort, leckt seine Wunden und sinnt auf Rache. Er macht die Namen des Sextetts ausfindig, der Musiker, die ihm aufgrund ihrer Darbietung alles verdorben haben, und erdenkt eine neue Komposition für einen exklusiven kleinen Kreis. Er lässt Maxim, Nadja, Felix und Sofia jeweils einzelne Teile zukommen und vergisst auch Schewtschuk wegen seines Verrats nicht. Nur dass der Maestro diesmal ihren Tod orchestriert, und die Partitur, die er dafür anfertigt, ist ein doppelter Schienenstrang in einer Lichtung im Wald.«

»Hast du dem Orchester angehört, das bei der Leningrader Premiere der Siebten gespielt hat?«

Rossel schloss die Augen.

»Nein.«

»Aber wollten sie nicht jeden Musiker dabei haben, den sie auftreiben konnten?«

»Zu diesem Zeitpunkt war ich nicht mehr, wonach sie suchten. Im Mai desselben Jahres hatte man mich bereits denunziert, verhaftet und gefoltert.«

Rossel biss oben in seine Handschuhe und zog sie sich von den Händen.

»Weil unser glorreiches sozialistisches Staatswesen meine Finger kaputt gemacht und auf diese Weise die Musik aus meinem Leben entfernt hat. Ich erinnere mich an das Datum des Konzerts, aber an diesem Tag lag ich in der gleißenden Sonne an der Front in einem Granattrichter. Weil meine Hände immer noch verbunden waren, habe ich mich die ganze Zeit mit meinem Gewehr abgemüht. Es begann mit einem massiven Artilleriebeschuss, der die Deutschen in ihren Stellungen festhalten sollte. Anschließend haben sie die Sinfonie aus Lautsprechern überall in der Stadt auch in Richtung der feindlichen Linien hinausgeschmettert. ›Wir sind noch hier, wir sind noch am Leben, und das ist unsere Hymne, die ihr niemals zum Verstummen bringen werdet.‹«

Rossel streckte die linke Hand der nackten Glühbirne an der Decke entgegen und betrachtete die Überbleibsel von Nikitins Gemetzel.

»Drei Wochen später wurden wir in eine entscheidende Schlacht geworfen, mit Panzern, Artillerie und Flugzeugen. Wir haben alles aufgeboten, was wir hatten, und haben eine Zeit lang auch Geländegewinne gemacht.«

Er ließ die Hände sinken.

»Doch dann kam der Gegenangriff. Ich hoffe, dass ich so etwas nie wieder durchmachen muss.«

»Hast du jemals herausgefunden, wer dich denunziert hat?«, fragte Wassja.

»Nein, aber es ist auch unwichtig.«

»Wie kannst du so etwas sagen?«

»Damals habe ich gedacht, ich hätte es verdient. Und manchmal denke ich das heute noch.«

»Aber weshalb hättest du so etwas jemals verdient?«

»Es ist jetzt schon lange her, aber damals habe ich vor ein paar Leuten einen Witz zum Besten gegeben, einen Witz über die Partei, den mein Vater mir erzählt hatte. Irgendjemand muss das gemeldet haben. Aus diesem Grund haben sie meine Eltern ins Arbeitslager gesteckt, davon bin ich überzeugt. Und wahrscheinlich ist das auch der Grund, warum meine Schwester verschwunden ist.«

Er streckte die linke Hand nach dem verblassten, ins Kaminsims gemeißelten Seevogel aus.

»Das Glück verließ sie. Meinetwegen.«

***

Es war fast sechs, als sie nach Hause kamen. Sie gingen zu Wassja, als wäre ihre Wohnung eine Art Schutzzone.

»Was wirst du jetzt machen?«, wollte sie wissen.

Rossel dachte nach.

»Wir haben bereits beschlossen, dass wir nichts überstürzen wollen. Also warten wir erst einmal ab. Es wird nicht lange dauern. Wenn ich Glück habe, bekomme ich die Gelegenheit, meinem Vernehmungsoffizier alles zu erklären. Bevor ich erschossen werde.«

Sie machte das Licht aus und ging ganz nah an ihn heran.

»Dann haben wir nicht viel Zeit«, sagte sie.

# 39

## Montag, 5. November

Das Klopfen war nicht sehr laut. Beinahe höflich. Rossel saß kerzengerade in Wassjas Bett und sah auf die Uhr. Halb acht. Sie waren spät dran. Normalerweise tauchten sie bei ihren Opfern zwischen zwei und vier Uhr nachts auf, um größtmögliche Verwirrung zu stiften und Willfährigkeit zu erzeugen.

Wieder klopfte es. Diesmal lauter und fordernder. Er stand auf und zog seine Hosen und das Unterhemd an. Wassja wurde allmählich wach.

Als er den Korridor hinunterging, durchflutete ihn das Adrenalin. Er machte sich auf Gummiknüppel und Stiefeltritte gefasst. Doch als er die Vordertür der *Kommunalka* öffnete, beruhigte sich sein Puls. Lediglich ein einziger MGB-Offizier stand vor ihm.

Nikitin kam herein und machte die Tür zu. Sein Atem

roch unangenehm nach Zigarren und Wodka, die Augen waren rotgerändert. Die Uniform, sonst sorgfältig gebügelt und stramm sitzend, war zerknittert, und auf dem Kragen prangte ein L-förmiger Fleck. Er sprach leise und undeutlich.

»Beria und Wronski, sie lieben es, sich Frauen zu greifen«, sagte Nikitin und musste sich an der Wand abstützen. »So vergnügen sie sich gemeinsam. Sie begeben sich abends auf die Pirsch und fahren, wenn sie in Moskau sind, manchmal mit dem Packard, wenn sie in Leningrad sind, mit einer MGB-Limousine durch die Gegend. Sarkisow und ich mussten sie schon ein paarmal fahren. Auf ein Zeichen hin fährt der Wagen im Schritttempo. Die Frau wird aufgefordert, einzusteigen. Eine beliebige Frau. Blond, rothaarig, brünett. Jung, in den Zwanzigern, in den Dreißigern. Jede Frau, die ihre Gelüste weckt. So funktioniert das. Beria redet mit ihnen, und Wronski streckt zur Begrüßung eine Hand aus. Beides berühmte Männer, beide einschüchternd. Haben diese Frauen eine Wahl? Keine, überhaupt keine.«

Nikitin stellte sich aufrecht hin und stöhnte vor Anstrengung.

»Nutten mögen sie nicht, der Onkel Lawrenti und der Onkel Nikolai. Und auch keine Schlampen. Meistens jedenfalls. Sie stehen auf die Unschuldigen. Frauen, die aussehen wie keusche Jungfrauen. Frische Blumen. Und tatsächlich nennen sie das, was sie sich hinten im Fond des Wagens zuflüstern, ›das Blumenspiel‹. Die schwarze Tür der Limousine öffnet sich, die Frau steigt ein. Und das war's dann. Sie wird niemals wieder sie selbst sein können. Beria hat einen schalldichten Raum in dem Haus, das Sie auf der Malaja-Nikitskaja-Straße aufgesucht haben. Dort hinein bringen sie die Frauen und stellen allerlei mit ihnen an. Ich bin ein Folterknecht. Ich arbeite seit fünfzehn Jahren im Bolschoi Dom. Aber ich bin auch Vater einer neunzehnjährigen Tochter. Und das Einzige, was mich wirklich um den Schlaf bringt, ist der Gedanke an die Geräusche, die die Frauen in diesem schalldichten Raum von sich geben. An die Form ihrer Lippen, wenn sie Schreie ausstoßen, die keiner je hören wird.«

Nikitin hatte immer lauter gesprochen, während er die Geschichte erzählte. Jetzt verfiel er wieder in ein Flüstern.

»Am folgenden Morgen mussten Sarkisow und ich ihnen Sträuße aus Schwertlilien überreichen. Ist das nicht unglaublich? Das ist Berias Test. Wenn sie die Blumen nehmen, lässt er sie gehen, sieht es als Zeichen stillschweigender Billigung. Wir geben ihnen die Blumen und machen anschließend einen Schnappschuss mit einer kleinen Kamera, wobei wir ihnen befehlen, auf das Vögelchen zu achten. Nicht alle machen da mit. Aber diejenigen, die die Blumen zurückweisen, enden samt ihrer ganzen Familie im Arbeitslager.«

Nikitins linkes Knie gab nach. Er fing sich, indem er sich auf einem kleinen Holztisch im Flur abstützte, auf dem die Bewohner der *Kommunalka* ihre Handschuhe ablegten. Der Mann war mehr als nur angetrunken, dem Delirium deutlich näher. Er holte ein Taschentuch heraus und schnäuzte sich die Nase, gefolgt von einem Rülpsen.

»Man hat mich rausgeschmissen. Sarkisow hat vor ein paar Stunden angerufen. Ein Leben lang treue Dienste geleistet, Genosse, und dann so ein Tritt. Was im Grunde genommen heißt, dass ich ein toter Mann bin. Sie werden mich bald holen kommen.«

Die Stimme des Majors wechselte die Tonlage, beinahe sang er die Worte.

»Er hat sie flachgelegt.«

Das Lächeln eines Folterers machte sich auf seinem Gesicht mit der platten Nase breit.

»Bist du da auch schon drauf gekommen, alter Schießhund? Deine wunderschöne Sofia – Wronski hat sie gebumst.«

»Ja, ich …«

»Oh, aber nicht nur er. Auch Beria. Sarkisow und ich haben sie mal im Sommer, das war schon nach dem Krieg, in dem Packard für die beiden herbeigeschafft. Sarkisow führt eine Liste mit allen Namen, ein kleines Druckmittel, falls er mal in Ungnade fallen sollte. Sie war nach Moskau gekommen, um Wronski zu treffen. Er hatte ihr irgendwas von einer Sängerin erzählt, die er brauche. Unter gewöhnlichen Umständen legten sie bei ihrer Jagd Wert auf das Zufallselement. Sie kicherten immer, wenn sie aus dem Wagenfenster heraus auf eine Frau zeigten, wie boshafte Götter, die Blitze herabschleuderten. Doch diesmal nicht, es war alles geplant. Wronski hatte Kontakt zu ihr aufgenommen und uns gesagt, wo wir sie abholen sollten. Am Bahnhof, klar. Wronski … Also ich hatte ihn noch nie so ausgelassen gesehen. Ihm lief geradezu die Spucke im Mund zusammen bei der Aussicht, dass Beria und er die kleine Schlampe bald um den Verstand ficken würden.«

Nikitins Kopf zuckte in einem grotesken Winkel zurück.

Seine Unterlippe blutete. Er war auf Rossels Schlag nicht gefasst gewesen, fiel aber dennoch nicht zu Boden. Der Major war hart im Nehmen und, ob nun betrunken oder nicht, schlug zurück. Seine linke Faust erwischte Rossel an der Schläfe. Rossel verlagerte das Gewicht auf das andere Bein, duckte sich und verpasste Nikitin zwei harte, schnelle Schläge, einen mit der Linken, den anderen mit der Rechten. Die Blaumütze krachte auf das verschlissene Parkett und versuchte, gleich wieder hochzukommen. Aber Rossel war zu schnell für ihn. Er warf sich auf Nikitin und brauchte nicht lange, um ihn mit beiden Knien, eines auf jeder Schulterseite, auf dem Boden festzunageln. Rossels verkrüppelte Hände schlossen sich um den Hals seines

Folterers. Seine Augen flackerten wie die eines wilden Tiers, und er drückte zu. Nikitin versuchte, sich mit den Beinen dagegenzustemmen und den Oberkörper hin und her zu bewegen, um den Griff seines Gegners zu lösen. Doch es war hoffnungslos.

»Sie kommen jetzt auch zu dir«, keuchte der MGB-Mann. »Sarkisow kommt dich holen. Ich habe nur eine Stunde Vorsprung. Ich bin hier, um dir zu helfen …«

Rossels lockerte den Griff seiner Finger ein wenig.

»Und warum sollten Sie das tun?«

»In meiner linken Hosentasche ist ein Foto von ihr.«

»Von Sofia?«, schrie Rossel ihn an.

Nikitin musste die Worte hervorwürgen.

»Von Swetlana. Meinem kleinen Liebling. Der süßen, gutherzigen Sweta. Heute Nacht habe ich herausgefunden, dass diese Schweine auch über sie hergefallen sind.«

# Fünfter Akt

# 40

Als sie am späten Morgen über die Kamenostroski-Brücke fuhren, fielen Schneeflocken aus einem Himmel herunter, der so grau war wie mattes Zinn. Rossel saß hinter dem Steuer von Nikitins ZIS-110. Der Major kümmerte sich auf dem Beifahrersitz um seine blutende Unterlippe und die lädierte Schläfe. Er war nun etwas nüchterner.

»Wir haben also eine Abmachung?«, fragte Rossel.

Nikitin nickte. »Die Elite der Partei versammelt sich schon vor Beginn der Festivitäten auf ihren Datschas südlich des Ladogasees. Malenkow, Molotow, Beria, Chruschtschow – alle. Ich gebe Malenkow eine Liste der Musiker und die Kontenblätter des Juweliers. Sie fahren zu Wronskis Insel. Wollen Sie das immer noch alleine machen?«

Rossel nickte.

»Wenn ich versuche, Wronski offiziell festzunehmen, zusammen mit Lipuchin oder dem Hauptquartier der Miliz, werden seine Mutter und er sich da irgendwie rausreden, ihre Kontakte zur Partei nutzen, um sich dem Gesetz zu entziehen. Sie werden mit dem Finger auf Eliasberg zeigen und jegliche Beweise vernichten. Ich kann der Gerechtigkeit nur zum Sieg verhelfen, wenn ich allein handle.«

»Und wie wird das dann aussehen?«, fragte Nikitin mit einem sarkastischen Lächeln.

Rossel zuckte die Schultern.

»Er hat Felix ermordet. Er hat Sofia ermordet. Er hat sie gefoltert. Dafür möchte ich ihn am liebsten umbringen. Aber der Polizist in mir will das nicht zulassen. Also werde ich den Maestro dazu bringen müssen, ein Geständnis zu unterschreiben.«

Der Wagen legte an Geschwindigkeit zu.

»Und Sie? Warum nehmen Sie das Risiko auf sich?«, warf Rossel ein.

Nikitin grinste.

»Beria mag keine losen Enden. Jetzt, wo ich gefeuert bin, ist es nur eine Frage der Zeit, bis er auf mich losgeht. Aber auf diese Weise gibt es eine kleine Chance, dass ich mich retten und ihm die Sache mit meiner Tochter heimzahlen kann.«

Der Major klopfte auf seine Brusttasche.

»Warum sollte ich sonst Beweise gegen den zweitmächtigsten Mann der Sowjetunion sammeln, um diese dann Malenkow, seinem politischen Erzfeind, zu überreichen?«

Rossel heftete den Blick auf die Straße. Wenn sie Wronskis Insel erreicht hatten, würde Nikitin in Richtung Süden nach Schlüsselburg weiterfahren, wo Malenkows Datscha Ausblick auf das Südufer des Ladogasees bot, während er und seine Rivalen dort darauf warteten, nach Leningrad gerufen zu werden, zum Parteitag und zu den Feierlichkeiten zum zehnten Jahrestag der »Straße des Lebens«.

Er deutete auf das vom morgendlichen Dämmerlicht spärlich beleuchtete Schwarzweißfoto, das Nikitin mit Klebeband am Armaturenbrett befestigt hatte.

»Ihre Swetlana strahlt etwas Unschuldiges aus. Bei Sofia war das auch so.«

Nikitin betrachtete das Porträt seiner Tochter. Die hübsche Neunzehnjährige trug ein einfaches, gepunktetes Latzkleid und hielt einen kleinen Strauß Mohnblumen vor dem Oberkörper. Wie bei einem Wasserspeier zierte ein erstarrtes Lächeln ihr Gesicht. Als wäre sie einer schlangenköpfigen Medusa begegnet.

»Das war … vor …«

»Es tut mir leid.«

Sie setzten ihre rumpelige Fahrt fort. Die Zeitung von

heute hatte eine neue Kältewelle vorhergesagt, mindestens minus fünfundzwanzig Grad.

»Wie haben Sie das mit den Frauen herausgefunden?«

»Wie ich schon gesagt habe, ist Sarkisow angewidert davon. Er führt eine Liste mit ihren Eroberungen, denn Listen mögen sie beim MGB. Das ganze Land wird anhand von Listen regiert. Beria weiß das aber nicht.«

»Warum sollte ihn das kümmern?«, fragte Rossel, während er das Absperrgitter eines offenen Kanalschachts umfuhr. »Beria kann doch machen, was er will.«

»Nicht so ganz«, erwiderte Nikitin verächtlich. »Meinen Sie nicht auch, dass Leute wie Malenkow, Molotow, so mancher MGB-General und auch Generäle der Armee, Admirale, nicht zuletzt auch Parteifunktionäre, deren Familien und Freunde ins Lager gesteckt wurden, ihn im Visier haben? Eine unbedeutende Verfehlung, mag sein, aber rechnen Sie mal ein, was er vor zwanzig Jahren geäußert hat, mit wem er vor dreißig Jahren einen getrunken hat, da kommt ganz schön was zusammen. ›Ich habe Beria sagen hören, dass Sie aber gar nicht gut aussehen heute, Genosse Stalin. Und wissen Sie überhaupt, was er da unten in seinem Keller treibt?‹ So funktioniert das. So eine Liste ist eine Lebensversicherung.«

Er schwieg und sah die Außenbezirke der Stadt an sich vorbeigleiten.

»Sarkisow wiederum weiß nicht, dass ich seine Liste kenne. Wir waren dieser Tage bei ihm zu Hause in der Wohnung und haben einen gehoben, auf die Verhaftung von Eliasberg angestoßen. Gesungen haben wir natürlich auch.«

Er setzte zu einem alten Marschlied der Roten Armee an.

»Da bluten mir die Ohren, Genosse«, protestierte Rossel.

Nikitin verstummte.

»Ist Ihnen eigentlich klar, dass Sie, von MGB-Leuten einmal abgesehen, der einzige Mensch in der ganzen Sowjetunion sind, der so etwas zu mir sagen darf?«, bemerkte er. »Jedenfalls hatten wir schon diverse Flaschen geleert, um uns selbst Beifall zu spenden. Sarkisow hat sich total volllaufen lassen und fing an, sich zu brüsten. Er kam mit fünf Blatt Papier daher und wedelte mir mit dem obersten vor der Nase herum. Dann rutschte er weggetreten vom Stuhl. Ich war natürlich neugierig und habe mir das angesehen. Und siehe da, auf Seite sechs standen ihr Name und meine Adresse. Ich hätte ihn am liebsten auf der Stelle erwürgt und anschließend Beria eine Kugel in den Kopf gejagt. Und dann mit Wronskis Bude gleich weitergemacht. Aber ich habe eine Frau und noch ein Kind. Ein einfacher Mann macht das Leben nicht kompliziert. Mit dieser Devise bin ich immer gut gefahren und deshalb noch am Leben.«

Der Wagen musste abbremsen, als ein verdreckter Laster aus einer Seitenstraße kam.

»Also habe ich mir auf die Lippen gebissen, bis ich Blut im Mund schmeckte, als wollte ich damit gurgeln, und habe beschlossen, Sie vor dem Gebäude des Komponistenverbandes abzupassen.«

Fünfzig Meter vor ihnen kam ein Straßenschild in Sicht, das den Weg zum Ladogasee wies.

***

Drei Stunden mussten sie sich durch einen Schneesturm kämpfen, bis sie das winzige Nizino am südöstlichen Ufer des Sees erreichten. Rossel betrachtete noch einmal das Foto von Swetlana. Es hätte ein ganz gewöhnlicher Schnappschuss sein können, aber ihr Gesichtsausdruck und die Blumen in der Hand erzählten eine andere Geschichte.

»Wie sind Sie an das Foto gekommen?«, wollte Rossel wissen.

Nikitin, der schon halb geschlafen hatte und auf dem Beifahrersitz nach vorne gesunken war, öffnete die Augen, streckte sich und schlug die behandschuhten Hände zusammen.

»Als er noch betrunken war und schlief, habe ich die Schublade durchsucht, aus der er die Liste genommen hatte. Mit Klebeband daran befestigt war ein zum Bersten voller Umschlag, der Fotos und Negative von Berias Opfern enthielt. Auch einige von Wronskis Opfern. Ihr Foto war dabei.«

Rossel schaltete einen Gang zurück, als er den mit Holz beladenen Pferdewagen eines Bauern überholte. Dann warf er erneut einen Blick auf das Foto.

»Mohnblumen. Ihre Tochter hält Mohnblumen in der Hand. Haben Sie nicht etwas von Rosen und Schwertlilien gesagt? Haben Beria und Wronski jemals eine dieser Geschichten aus der griechischen Mythologie erwähnt, den Mythos von Hypnos und Thanatos?«

Nikitin nickte zustimmend.

»So haben sie sich genannt, wenn sie mit dem Packard unterwegs waren, Thanatos und Hypnos. Irgendein böser Scherz, auf den sie sich bezogen und den Sarkisow und ich nie so richtig verstanden haben. Das mit den Mohnblumen fing erst an, als Wronski dazukam. Woher zum Teufel wissen Sie etwas davon?«

In einiger Entfernung konnte Rossel in den Schneewirbeln ein Straßenschild ausmachen: Krestowski-Insel. Er trat auf das Gaspedal.

»Hypnos ist der Schlaf und Thanatos der Tod«, sagte Rossel. »Der Sage nach lebten sie in einer Höhle. Durch die Höhle verlief Lethe, der Fluss des Vergessens, und draußen wuchsen Mohnblumen. So kam das Opium ins Spiel, glaube ich. Ein Extrakt des Schlafmohns, der verwendet wurde, um Menschen in einen tiefen Schlaf zu versetzen, der für die Betroffenen in einen endlosen Albtraum mündete. Wronski hat die Namen früher schon einmal verwendet, als Spitzname für sich und einen Jungen namens Andrei Suworin, als beide eine Schule für Hochbegabte besuchten. Suworin verschwand im Sommer 1916.«

Der Wagen brach auf der Straße aus, und Rossel vollführte einen komplizierten Tanz mit Lenkrad, Brems- und Gaspedal.

»Sie sind wirklich gut darin«, stellte Nikitin fest. »Wie lange sind Sie schon bei der Miliz?«

»Seit '46. Nach dem Krieg war man so nett, mir die Wahl zwischen der Feuerwehr, der Miliz und der Arbeit als Papierschubser in einer bedeutungslosen Abteilung zu lassen. Ich entschied mich für die Miliz und wollte ermitteln.«

»Hatten Sie eine gute Ausbildung?«

Rossel lachte auf. »Wir bekamen eine Einführung, damit wir Betrunkenen, Huren und Dieben sagen konnten, weswegen sie verhaftet wurden. Dabei ging es jedoch weniger darum, wie man an Tipps und Hinweise kommt und eine richtige Ermittlung durchführt.«

Sie erreichten eine verschneite Anhöhe neben einer Hecke. Nikitin starrte auf den Ladogasee hinaus. Etwa einen halben Kilometer entfernt stand eine Phalanx aus schwarzen Kiefern am Ufer einer Insel. Und einhundert Meter zu ihrer Linken befand sich ein leicht schief stehender Telefonmast, Metallstufen zu beiden Seiten, die man zum Erklimmen brauchte. Ein Drahtgewirr führte zu einem anderen Mast am gegenüberliegenden Ufer.

»Ich warte also, bis Sie auf der Insel sind, und lege dann die Telefone lahm«, fasste Nikitin zusammen. »Diese Schule – war die hier auf Krestowski?«

Rossel holte seinen Revolver hervor und überprüfte die Munition.

»Ja. Wenn ich richtig liege, bin ich drauf und dran, nicht

nur einen Fluss, sondern einen ganzen See des Vergessens zu überqueren.«

Nikitin griff nach dem Foto seiner Tochter und küsste es.

»Ich muss immer daran denken, was diese Schweine mit ihr gemacht haben. Ich kann das einfach nicht vergessen … Erinnern Sie sich an Stalins Wahlspruch aus der Zeit vor dem Krieg? Niemals war das Leben besser, niemals war es schöner?«

»Sicher«, erwiderte Rossel. »Um ehrlich zu sein, so richtig überzeugt hat mich diese Ansicht nie.«

Nikitin lächelte sein Folterknechtlächeln.

»Ich habe diesen Spruch die ganze Zeit über bei meinen Verhören verwendet. Ich ließ ihn den konterrevolutionären Abschaum aufsagen, in einer Art Singsang. Sprecht mir nach, habe ich sie angeschrien: ›Niemals war das Leben besser.‹ Dann habe ich die Arschlöcher in die Eier getreten. Und dann: ›Niemals war das Leben schöner.‹ Anschließend habe ich ihnen die Kniescheibe gebrochen. ›Lauter!‹, habe ich sie angeblafft. Sag es so, dass ich dir glaube, dass du es glaubst. ›Niemals war das Leben besser, niemals war es schöner‹, und dabei habe ich sie mit dem Kopf gegen die Wand geschlagen.«

Rossel stieg aus dem Wagen und ging durch immer tieferen Schnee auf die spärliche Reihe aus düsteren Kiefern zu, die Wronskis Insel umgab. Hinter sich konnte er immer noch die Stimme seines früheren Folterers hören, der zu seinem Lieblingsspruch einen Begleitrhythmus auf das Armaturenbrett hämmerte.

»Singt mir das jetzt noch einmal vor! Und gebt euch Mühe, es so überzeugend klingen zu lassen, dass selbst Stalin es glauben würde. ›Niemals war das Leben besser, niemals war es schöner.‹ *Los, jetzt singt schon …*«

***

Schneeflocken, die der Wind vor sich herpeitschte, wirbelten um ihn herum. Weiß verschwamm zu Weiß. Wenn die Welt sich doch nur auf dieselbe Weise von allem Dreck befreien könnte, dachte er, als Vorstufe für die Entstehung einer anderen, besseren Version ihrer selbst.

Nur die verwaschene Linie des Horizonts in der Ferne und die Kiefern am Ufer, noch etwa zweihundert Meter von ihm entfernt, bildeten einen Kontrapunkt zu seinem Gefühl der Verlassenheit – verloren zu sein, auch für sich selbst. Er war jetzt, so kam es ihm vor, lediglich noch eine Denkfigur in diesem anderen, bösartigen Bewusstsein, eine unbedeutende Größe in einer Handlung, die von diesem ersonnen war, eine leblose Requisite wie die Toten auf den Schienen. Wie sie war auch er für eine bestimmte Seite vorgesehen. In Szene gesetzt worden. Eine Randnotiz in einer Partitur, in der Wronski ihn zweifellos für die Rolle des tumben Ermittlers vorgesehen hatte.

Obwohl die Entfernung eher kurz war, brauchte er auf dem Eis zwanzig Minuten für die halbe Strecke bis zur Insel. Zweimal versank er halb in einer Schneewehe, raffte sich wieder auf und ging weiter.

Schließlich erreichte Rossel eine Bodenwelle am Ufer der Insel und kauerte sich dahinter. Er holte Atem, machte drei Sprünge nach vorne und begab sich in den Schutz der Kiefern. Von dort aus machte er sich auf den Weg zu dem Rundbau des alten Hauses, an das Eliasberg so lebhafte Kindheitserinnerungen gehabt hatte. Die Insel war nur etwa einen Kilometer breit. Irgendwo da vorne musste das Herrenhaus mit dem Garten sein.

Die Bäume standen zwanzig Reihen tief, aber sobald er die letzte Reihe hinter sich gelassen hatte, war die Datscha zu sehen. Die Außenwände waren weiß stuckatiert und fielen deshalb im Schnee nicht weiter ins Auge, sodass der Eindruck entstand, die goldene Kuppel auf dem Dach des

Rundbaus würde gewissermaßen über dem Erdboden schweben.

Linkerseits, unweit des Ufers, nur etwa hundert Meter entfernt, war eine überdimensional große Abdeckplane zu erkennen. Unter dem Gewicht des Neuschnees etwas eingesunken, hatte man sie zwischen den Kiefern aufgespannt. Darunter befanden sich ein paar verrostete Zapfsäulen und fünf Laster. Drei waren in einem jämmerlichen Zustand, während die anderen beiden den Eindruck machten, als wären sie kürzlich repariert worden und in Gebrauch. Überbleibsel aus dem Krieg, dachte er. Dies musste eine der vielen provisorischen Tankstellen gewesen sein, die man um den Ladogasee herum errichtet hatte, um die Fahrzeuge mit Treibstoff zu versorgen, bevor sie auf das Eis hinausfuhren. Darunter musste sich im Boden noch irgendwo ein Benzintank befinden. Es handelte sich bei allen um ZIS-5-Lkws, diese unverwüstlichen Schlachtrösser. Einer war sogar ein Raupenfahrzeug mit Schneepflug.

Rechts davon, ungefähr fünfzig Meter entfernt und umgeben von schwarzen Baumstümpfen, die aus dem Schnee ragten, den Überresten von dreißig oder vierzig Bäumen, schien sich die obere Hälfte einer Art Eingang abzuzeichnen.

Eine Tür zu einem Keller?

Rossel zückte seine Pistole.

Er bewegte sich in Richtung der Tür und zog, um sein Gesicht vor dem schneidenden Wind zu schützen, der die lange Zufahrt zu dem Rundbau in einiger Entfernung heraufblies, die Mütze tief herunter. Als er die Tür erreichte, sah er, dass sie unter einer Schneewehe halb begraben war. Das Gebäude, zu dem sie Zutritt verschaffte, war aus Natur- und Ziegelsteinen erbaut und sah aus, als hätte ein Riese es in die Erde gedrückt. Sechs Stufen führten hinunter, die erst kürzlich gestreut worden waren. Ein Spaten und eine

Schaufel lehnten unten am Türpfosten. Die hölzerne Tür stand ein Stück weit offen.

Als er die Tür weiter aufmachte, war im fahlen Winterlicht ein großer Raum zu sehen, etwa fünf bis sechs Meter lang, schätzte er, was ein Gefühl von Kälte in ihm auslöste.

Er blickte über die Schulter, um sich zu vergewissern, dass ihm niemand gefolgt war, und ging die schmalen Stufen ganz hinunter. Im Dunkel war kaum etwas auszumachen. Der Keller war offenkundig als Lagerraum gedacht. Für Futter vielleicht? Nein, Eis eher. Eis für den Sommer, im Winter aus dem zugefrorenen See herausgeschnitten und zur Isolierung in Stroh verpackt. Während des Krieges hätte hier allerdings alles Mögliche gelagert werden können – Benzin, Waffen, Ersatzteile für die Laster, die auf der »Straße des Lebens« den See überquerten …

Der Raum war ebenso lang wie breit. Fünf Meter. An der Decke sah er den Frost glitzern. Die Wände waren großenteils blank, nur hier und da waren die Reste verblichener Schmierereien zu sehen. Er holte sein Feuerzeug heraus, um sie besser entziffern zu können.

*Hitler kaputt, Sokolow war hier. Nach Leningrad jetzt vorwärts nach Berlin! Mascha, ich liebe dich.*

In Hüfthöhe waren sechs kleine Nischen in die Wand geschlagen worden. Rossel hatte den Eindruck, dass eine von ihnen, rechts in der Ecke und am weitesten von der Tür entfernt, am besten zu erkunden wäre. Er ging in die Hocke und lauschte, aber außer Stille war da nichts. Er schlich weiter in den Raum hinein, auf einen Felsklumpen zu, der beinahe Würfelform hatte.

Die Lichtquelle war nicht zu übersehen. Auf dem Felsbrocken standen zwei Kerzen. Rossel konnte jetzt erkennen, was anfangs eher wie eine Schmiererei gewirkt hatte. Doch es war etwas anderes: Fünf ungleichmäßige Linien waren in den Felsklumpen geritzt worden.

Und in diese Linien hatte man wiederum Noten geritzt. Fünf Noten.

Rossel beugte sich hinunter und fuhr mit der Hand im Handschuh über das Eingemeißelte. Unaufgefordert entschlüpften seiner Kehle die Noten.

**Fa, la, mi-bémol, si-bémol, sol …**
**F, A, Es, B … G**

Rossel sprang auf und wollte die Treppe hinauf ins Freie stürmen. In diesem Moment, dachte er nachher, musste ihn Madame Wronskis Leibwächter, der Kosake, niedergeschlagen haben.

## 41

Das Geräusch schien irgendwo aus der Ferne zu kommen. Von draußen, aus den Außenbezirken des Bewusstseins. Es ging nicht von einem bestimmten Punkt aus, sondern von überall.

Nun änderte sich die Tonlage. Wurde fetter und runder. Ein pulsierender Schatten, der in den Augenblicken zwischen den Ausschlägen in die Schwärze zurücksank. Aber sich schließlich doch mit jedem betäubenden Ton zu einem bestimmten, vagen Bild verdichtete. Einer schwer erkennbaren, aber provozierend realen Gestalt. Wie der Blick eines Kindes auf etwas Verbotenes, das im selben Augenblick auch bereits wieder hinter einer zufallenden Tür verschwindet. Sofia, ein Hauch von Calvados in ihrem Atem. Den Blick nach unten gerichtet. *Nein, Revol, weil …* Die vollgekritzelten Seiten ihres Notizblocks. Thanatos & H. Galja, schweigend inmitten der Schneewehen. Ein wüst fluchender Nazi-Unteroffizier, dessen Kehle er beim Nahkampf in einem schlammigen Granattrichter bei Schlüsselburg durchbohrt hatte. Das Blut auf seiner Zunge und die Angst seines wild pochenden Herzens, wachgerufen von Nikitins alles durchdringender Gewalt. Ein schwarzes Schneeglöckchen – der halb verweste Körper einer auftauenden Jungenleiche, die er einmal vor dem Gebäude des Komponistenverbandes gesehen hatte.

Rossels Lippen waren trocken und rissig. Mit flatternden Lidern schlug er die Augen auf. Ein großer, schattenhafter Kreis aus Klinkern und Steinen, in Abschnitte unterteilt. Kein Tageslicht, irgendwo leuchtete eine Lampe oder Kerzen brannten.

Aber der Raum war keineswegs leer. Fünf ungenutzte Metallkäfige, jeweils etwa einen mal einen halben Meter groß, hingen an verschmutzten Ketten von den Dachbalken. Sie schwebten jeweils ungefähr einen Meter über dem Boden in der Luft in einer Art Box, was den Eindruck erweckte, als wäre das alles hier einmal eine Stallung gewesen. An einem isolierten Kabel, ebenfalls an der Decke befestigt, hing vor jedem Käfig ein Mikrofon. Sie sahen, so schien es Rossel, wie das Allerbeste aus, was es für professionelle Aufnahmen brauchte.

Er zuckte zusammen, als sein Hinterkopf zu schmerzen begann, versuchte, einen Arm zu heben, aber es ging nicht. Er saß auf einem Stuhl, aber Arme und Beine waren daran gefesselt. Da war das Geräusch wieder. Durchdringend, in Wellen. Er dachte, es jetzt orten zu können. Er drehte den Kopf nach links und versuchte, in der Dunkelheit auszumachen, woher genau das Klopfgeräusch kam.

Sein Blick bemerkte das Schimmern eines anderen Lichtspektrums. Einen Moment lang wusste er nicht, wie er es einordnen sollte, aber dann sah er sie – fünf Glasröhrchen. Jedes ein wenig größer als das vorige, auf einem Tisch vor ihm sorgfältig angeordnet.

Er nahm das Geräusch nun deutlicher wahr, aufdringlich und hypnotisch.

Rossel wand sich auf seinem Stuhl, sah an sich herunter. Man hatte ihm die Handschuhe ausgezogen. Seine Füße waren nackt und wie seine Hände mit einer dicken Schnur festgebunden. Nicht der schlechteste Schachzug, ihm die Stiefel auszuziehen. Selbst wenn ihm die Flucht gelingen sollte, würde er es bei diesen Außentemperaturen nicht weit schaffen.

Dann plötzlich eine Baritonstimme im Flüsterton, die – wie das Geräusch – von vorne zu kommen schien, von hinten, von links, von rechts.

»Stolypin, der ursprüngliche Besitzer, war gewissermaßen der Beria des Zaren. Er hielt sich hier Lipizzaner. Als wir noch Freunde waren, sind Suworin – mittlerweile werden Sie wissen, um wen es sich handelt – und ich immer hergekommen und haben sie bewundert.«

Ein letztes Mal, dann hörte das metallische Pochen auf. Unvermittelt tauchte links neben ihm Wronski auf, grau und massig wie der Commendatore in *Don Giovanni*, ein Widersacher wie ein Fels, zum Leben erweckt von der schieren körperlichen Präsenz des Maestros.

Wronski umkreiste ihn ein paarmal schweigend und klopfte mit seinen goldberingten Fingern auf den Tisch, als wollte er den undisziplinierten Missklang des Stimmens der Instrumente im Orchestergraben zum Verstummen bringen. Dem Komponisten stand ein wenig Schweiß auf der Stirn, ansonsten aber sah er nicht anders aus als das letzte Mal, das Rossel ihn im Kirow-Theater gesehen hatte. Nach ungefähr einer Minute nahm Wronski am anderen Ende des Tisches Platz.

Das Knirschen einer Klinke. Eine Tür in der Rückwand

der am weitesten entfernten Nische öffnete sich langsam. Eine Frau trug auf einem Tablett zwei kreisrunde silberne Servierplatten und etwas Besteck herein. Madame Wronski stellte eine Platte vor ihrem Sohn ab, die andere vor Rossel.

»Mir ist gleich aufgefallen, dass Sie meinen kleinen Hund nicht mögen, Leutnant«, sagte sie. »Wirklich schade, denn ich glaube, sie mochte Sie. Vielleicht haben Sie ihr auch einfach nur leidgetan. In ihrer Welt gibt es keinen MGB, keinen Gulag und auch keine Mitbürger, die bereit und willens sind, ihre Nachbarn um den Preis eines Mitgliedsausweises der Partei zu denunzieren. Und deshalb muss die ihre, wie Ihnen gerade klar werden dürfte, eine wesentlich freundlichere Welt sein als diese hier.«

Ihr Ton war herzlich. Als wäre sie zufällig einem alten Freund wieder begegnet, den sie erst tags zuvor getroffen hatte.

»Ihr Sohn ist in keiner Weise zurechnungsfähig«, erklärte Rossel. »Und Sie tun so, als ginge Sie das überhaupt nichts an, Genossin?«

Rossel kam seine eigene Stimme vor, als gehörte sie jemand anderem. Trocken und tief. *Basso profundo*. Flüchtig. Wie aus einer anderen Welt. Er nahm an, dass man ihm dieselbe Droge verabreicht hatte wie den übrigen Opfern. Das würde die Intensität der Bilder in seinem Kopf erklären. Flüssigkeitsmangel war üblicherweise eine weitere Nebenwirkung von Opiaten.

Madame Wronski lächelte.

»Das haben die Ärzte während der Belagerung auch gesagt. Nachdem Rasin ihn dabei angetroffen hatte, wie er über der Leiche von Landau stand, diesem unfähigen lettischen Trompeter, habe ich über meinen Sohn ein psychiatrisches Gutachten anfertigen lassen. Und ich habe meine Beziehungen spielen lassen, um sicherzustellen, dass per Anordnung alle existierenden Noten und Manuskripte aus der Bibliothek des Konservatoriums sofort zurückgerufen wurden. Das habe ich getan, damit er nach seiner Niederlage etwas zur Ruhe kam. Auch weil mein Sohn es verlangte. Er sagte, er verabscheue mittlerweile die Unvollkommenheit des Ganzen. Dass jedoch in dessen ›kruder Phraseologie‹ der Keim eines viel bedeutenderen Werks liege – *Die Blockade.* ›Und nun, nach dem Tod des Trompeters, verstehe ich endlich, was erforderlich ist. Der Grad an Ehrgeiz, den ein wahrer Künstler aufbringen muss.‹ Das waren seine Worte. Wäre er ein gewöhnlicher Mensch, hätte ich mir die Einschätzung der Ärzte hinsichtlich seiner Psychopathologie zu eigen gemacht. Aber mein Kind ist kein gewöhnlicher Mensch. Das war nie so. Er ist schon immer ein *ganz außergewöhnlicher Mensch* gewesen. Und denjenigen, die über solch besondere Gaben verfügen, muss alles erlaubt sein.«

Sie drehte sich um und sah ihren Sohn an. Wronski blickte in einen der leeren Käfige und schien den Wortwechsel kaum bemerkt zu haben. Daraufhin fuhr seine Mutter mit ihrem Vortrag fort.

»Zurechnungsfähigkeit ist eine Frage der Sichtweise, Leutnant. Sollte ein Mann mit solch außerordentlichen Gaben sein Leben vergeuden, nur weil unsere Gesellschaft ihm nicht gestattet, sie zum Ausdruck zu bringen? Ist es nicht vielmehr Nikolais Pflicht als Volkskünstler der Sowjetunion, solche kleinkarierten ideologischen Schranken niederzureißen? Hat nicht sogar Lenin gesagt, dass sich mit weißen Handschuhen keine Revolution bewerkstelligen lässt? Für eine bedeutende Sinfonie gilt das Gleiche.«

Rossel sah sich erneut in dem Raum um. Die in der Luft schwebenden Käfige, der Schallschutz, der das alte Mauerwerk des Stalls auskleidete, und in der einen Ecke lange grüne Regale aus Metall, die fast vollständig mit säuberlich angeordneten Stapeln beschrifteter Tonbandspulen gefüllt waren. Im Halbdunkel sahen die Käfige aus wie riesenhafte Ausführungen der Weihrauchkessel, wie sie die Mönche in Pskow gebrauchten.

Madame Wronski beugte sich vor, nahm Rossels verkrüppelte linke Hand und drückte seine Finger. Sie hatte ein schweres, exotisches Parfüm aufgelegt.

»Dank Dr. Wolkowa haben wir Ihre Fortschritte mit Interesse verfolgt.«

Sie wechselte zur anderen Seite des Tisches und gab ihrem Sohn einen Kuss auf den Scheitel, bevor sie den Deckel der Servierplatte vor ihm lüpfte. Sie stellte ihn so auf dem Tisch ab, dass Rossel nicht sehen konnte, was sich auf der Platte befand. Anschließend nahm sie ein Messer aus ihrer roten Satinhandtasche und schnitt klein, was auf der Platte dargeboten wurde, wobei sie Rossel die ganze Zeit ansah. Eine Minute vielleicht oder mehr. Dann ging sie hinaus und ließ die Tür hinter sich ins Schloss fallen.

Rossel war übel. Er stemmte sich so weit hoch, wie es seine Fesseln zuließen, um zu sehen, was sich auf Wronskis Servierteller befand. Irgendein blutiger Klumpen. Wronskis spöttischer Blick begleitete Rossels Anstrengungen. Seine riesigen Hände schlossen sich um den dunkelfarbigen Brocken. Er wartete noch einen Augenblick und verschlang ihn dann. Rossels Magen krampfte sich zusammen. Er drehte den Kopf in Richtung der leeren Käfige.

Der Komponist lehnte sich zurück, tupfte seinen feucht gewordenen Bart mit einer hellblauen Serviette ab und schluckte. Er deutete mit dem Kopf auf den Käfig, der Rossel rechts am nächsten war.

»Als Maxim, unser verrückter Priester, hier war, hat er, auf meine sanfte Aufforderung hin, eine makabre Geschichte erzählt. Er hatte eine kleine Nichte, Anfisa. Dem Vernehmen nach ein reizendes Kind, das gerne Balalaika spielte und wie alle anderen auch Großväterchen Lenin verehrte. Aber das war mitten in der Zeit der Belagerung, und Anfisa, abermals wie alle anderen auch, hatte seit Wochen kaum etwas gegessen. Gemessen an ihrem Alter von zehn Jahren war der Magen winzig, aber aufgebläht und geschwollen, die Beine waren nur noch Haut und Knochen. Maxim und seine Schwester gaben ihr das meiste von ihrer Ration ab. Vater und Mutter waren bereits an Unterernährung gestorben. Sie versuchten alles, seine Schwester und er, aber schließlich schloss sie, ein Bild von Lenin in den Armen, für immer die Augen.

Natürlich waren sie untröstlich. Doch dann sah einer von ihnen zu dem leeren Teller auf dem Küchentisch hinüber, und wenig später, kaum fünf Minuten vielleicht, höchstens zehn, zu dem alten Topf auf dem Herd. Stunden saßen sie da und guckten einfach nur. Letzten Endes griff Maxim als Erster zu einem Messer. Er machte das, sagte er, damit seine Schwester es nicht tun musste.«

Als Wronski sich auf seinem Stuhl nach vorne lehnte, konnte Rossel seinen eigenen Herzschlag spüren.

»Denken Sie etwa, Schostakowitsch, dieses Milchgesicht, hätte sich dazu aufraffen können, die wahre Geschichte der Belagerung entsprechend zu orchestrieren? Wie manche Menschen neunhundert Tage lang – neunhundert Tage! – mit nur ein paar Gramm Sägemehl und Spreu ausgekommen sind? Wie sich das *anhörte?* Das Knurren leerer Mägen, ausgetrocknete Münder und wackelnde Zähne, die an blanken Knochen nagen, die gestammelten Aufmunterungen, die die Leute sich selbst zuflüsterten, die stumpfen Augen eines Wesens, das früher einmal ein Mann gewesen war, sich nun aber in etwas völlig anderes verwandelt hat und die Straße hinunterhuscht, weil es darauf wartet, dass sich aufgrund des kommenden Frühlings ein paar schwärzliche Zweige ernten lassen, aus denen sich so etwas wie eine Suppe kochen ließe.«

Wronski streckte langsam den Arm aus, als wollte er anfangen zu dirigieren.

»Oder das Geräusch von Dampf«, fuhr Wronski fort, »der zischend und gluckernd aus einem Topf auf dem Herd entweicht, in den niemand hineinzusehen wagt?«

Rossel spuckte auf den gepflasterten Boden des Stalls.

»Etwas völlig anderes ist auch aus Ihnen geworden, Maestro.«

Wronski nahm das größte der fünf Glasröhrchen auf dem Tisch und näherte sich Rossel damit.

»Alles, was Maxim danach machte, war in gewisser Weise der Versuch zu vergessen, was er getan hatte, als er sich mit seiner Schwester an den Tisch setzte und sich an diesem einfachen Teller voller familiärer Labsal schadlos hielt. Er und Schostakowitsch sind aus dem gleichen Holz geschnitzt, Rossel. Denn was ist schon die Leningrader Sinfonie mit all ihrem Pomp und ihrem Missklang anderes als plumpeste Propaganda? Immer wenn wir Sowjets etwas feiern, feiern wir in Wirklichkeit nur unseren kollektiven Gedächtnisverlust. Ich aber kann nicht vergessen, Herr Leutnant, ich kann es nicht. Große Kunst verlangt von ihrem Schöpfer nur eines: der Wahrheit direkt ins Gesicht zu sehen und die seelische Stärke zu besitzen, den Blick nie wieder abzuwenden. Ich habe ihn, diesen unerschrockenen Blick, und ich höre auch genau hin. Darum habe ich ein ganz unvergleichliches Werk komponiert, eines, das allen, die es hören, keine andere Wahl lässt, als es im Gedächtnis zu behalten.«

Rossel bewegte die Handgelenke hin und her, doch seine Fesseln schnitten nur noch tiefer ins Fleisch. Auf Zeit zu spielen, indem er Wronski einfach weiterreden ließ, war die einzige Option.

»Ich bin immer davon ausgegangen, dass Sie besser sind als er, Wronski. Besser als Schostakowitsch. Tatsächlich aber auch besser als all die anderen – Borodin, Rimski-Korsakow, Rachmaninow, Mussorgski. Jedenfalls war das bislang so.«

Wronski strich mit den Fingern über das Glasröhrchen in seiner Hand und lächelte.

»Ich bin, wozu ich geboren wurde, Leutnant. Ein bedeutender Komponist. Schon als ich hier zur Schule ging, habe ich begriffen, dass ich dazu ausersehen war. Sie haben sich sofort mit den in einen Felsbrocken geritzten Noten befasst, da muss wohl Eliasberg, dieser Trottel, gesungen haben. Andrei Suworin und ich waren beste Freunde. Ich bin allerdings zu der Überzeugung gelangt, dass meine Begabung dazu bestimmt war, die seine zu überdauern.«

»Bestimmt war es das, was Sie sich gesagt haben, als Sie begriffen hatten, dass Suworin und nicht Sie wohl den Preis der Zarin gewinnen würden«, ergänzte Rossel. »Und wahrscheinlich auch jeden anderen Preis.«

Wronski legte das Glasröhrchen auf den Boden, Rossel konnte den Blick nicht davon abwenden. Der Komponist stellte sich mit dem Absatz seines schwarzen Stiefels auf das eine Ende und zerdrückte die Spitze.

»Stolypin und meine Mutter waren ein Paar«, führte Wronski aus. »Nach seinem Tod freundete sich meine Mutter mit der Witwe an und überredete sie, den Wettbewerb zu veranstalten und die Zarin einzuladen. Eines Abends jedoch erzählte Madame Stolypin, dass unser Professor Andrei für das größere Talent hielt. Und dass er die Absicht habe, den Jungen für den Hauptauftritt vorzuschlagen, wenn die Zarin zu Besuch kam. Was für ein Unsinn! Wäre Suworin da noch am Leben gewesen, hätte ich den alten Esel auf jeden Fall eines Besseren belehrt.«

»Ihre Mutter entschied sich jedoch dafür, es darauf nicht ankommen zu lassen?«

Wronski nickte.

»Zuerst hat sie lediglich versucht, den Ausschluss des Jungen vom Wettbewerb durchzusetzen, aber sie wollten davon nichts wissen.«

»Also hat Ihre Mutter Suworin umgebracht?«

Wieder lächelte der Komponist.

»Matrizid sagt man, wenn jemand seine Mutter umbringt, aber soweit ich weiß, hat es bislang keinen Lexikografen gegeben, der vorausschauend genug gewesen wäre, um einen Begriff für jemanden zu kreieren, der *mit ihrer Hilfe* tötet. Bei dem Jungen ist uns das gemeinsam gelungen.«

»Sie haben ihn im Eishaus zurückgelassen. Sie haben ihn dort drin erfrieren lassen, und während er langsam starb, hat er die Noten, die mir aufgefallen sind, in den Stein geritzt.«

Rossel versuchte vergeblich, den Zorn und die Verachtung in seiner Stimme zu verbergen.

Wronski legte einen Finger an die Lippen und senkte die Stimme.

»Ich habe Andrei gesagt, ich hätte die Streichhölzer für den Tabak, den wir gemeinsam rauchen wollten, vergessen. Sobald ich aus dem Eishaus heraus war, hat meine Mutter, die sich ganz in unserer Nähe versteckt hatte, die Tür zugeworfen und sie verriegelt.«

Wronski tupfte sich mit der Manschette seines Hemds eine Schweißperle von der Stirn.

»Zuerst«, setzte er seinen Bericht fort, »dachte Andrei, ich würde ihm einen Streich spielen. Wir konnten ihn rufen hören. Mit der Zeit wurden seine Rufe gereizter und frustrierter. Am Schluss gab es Tränen und Schluchzer. Nach zwanzig Minuten, als die Sonne langsam unterging, sind wir dann weggegangen. Meine Mutter hatte abends zu einer Soirée eingeladen, sodass alle beschäftigt waren und niemand etwas hörte.«

Wronski ging langsamen Schrittes zum nächstgelegenen Käfig hinüber und stieß ihn an, sodass er hin und her schwang wie ein übergroßer Weihrauchbehälter.

»Andrei war ein religiöser Junge. Bevor er abends zu Bett ging, betete er jedes Mal die Hymne an Mária, die von den Griechen das *Axion* genannt wird. Der Refrain, den er in den Felsbrocken geritzt hat, gehört zu irgendeinem unvollendeten, letzten Gebet, denke ich.«

Wronski versetzte dem Käfig erneut einen Stoß, der schneller hin und her schaukelte, was die Ketten ächzen ließ. Drei schnelle Schritte, und der Komponist stand auf einmal direkt vor Rossel. Mit der rechten Hand schlug er ihm ins Gesicht. Beim zweiten Mal gebrauchte er die linke Faust. Ein Knacken hallte durch Rossels Kopf, als sein Nasenbein brach. Wronski zog den Arm zurück, als wollte er zu einem neuen Schlag ausholen, hielt dann jedoch inne. Der Komponist richtete den Blick auf das Glasröhrchen am Boden. Er bückte sich, hob es auf und stellte sich damit unmittelbar neben Rossel, presste ihm das schartige Ende gegen den Hals. Der Leutnant spürte, wie das scharfe Glas auf die Halsschlagader drückte, und konnte hören, wie sein eigenes Hecheln die Stille im Stakkato unterbrach.

»Das hier hat exakt dieselbe Größe, wie ich sie für Ihren Freund Felix vorgesehen hatte. Wenn man es in die Luftröhre stößt, verwandelt es den letzten Atemzug in etwas Wundervolles, Genosse Rossel. Kein vollkommenes Es, zugegeben, aber in diesen letzten Momenten seines Lebens hat es, das glaube ich wirklich, unserem jungen Felix geholfen, das Unaussprechliche zum Ausdruck zu bringen, alles, was er in seinem mediokren Geigenspiel verabsäumt hatte. Er hat alles gestanden, nachdem ich ihn in den Käfig gesperrt hatte und ihn langsam verhungern ließ. Er hing geradezu verzweifelt am Leben. Zum Schluss sagte er mir alles, wonach ich ihn fragte. Auch alles darüber, wie sehr Sie in die süße kleine, heilige Sofia verliebt waren.«

Rossel spürte, wie das Röhrchen in seine Haut schnitt. Außerdem etwas Feuchtes, bei dem es sich nur um Blut handeln konnte. Er machte sich auf das Ende gefasst.

»Anfangs hat er gekeucht, als ich das Röhrchen hineingedrückt habe, nach Luft gerungen. So wie alle. Aber dann, ganz zum Schluss, hat er den Mund zugekniffen, sozusagen versucht, einen Korken in die Flasche zu kriegen. Als sein letzter Wesensgehalt ihm entglitt, war der Ton am eindringlichsten.«

Wieder durchbohrte das Glas seine Haut, und Rossel verzog vor Angst das Gesicht. Doch plötzlich trat der Komponist einen Schritt zurück.

»Nein«, murmelte Wronski vor sich hin und sah sich um, als hätte er etwas vergessen. »So nicht. Schließlich sind Sie mein Zuhörer. Ich muss mich auf meinen Auftritt vorbereiten.«

Er trottete schwerfällig aus dem Raum, rief nach Rasin und überließ es Rossel, die Scherbe, die zerbrochene Spitze des Glasröhrchens, zu beäugen, die Wronski auf dem Boden hatte liegen lassen. Gerade so, dass er nicht herankam.

## 42

Fünfmal schon hatte Rossel den Stuhl einige Zentimeter nach vorne bewegen können. Die Fesseln um seine Knöchel herum waren nicht ganz so fest wie die um seine Handgelenke, und weil er schon ein gutes Stück herangekommen war, bewegte er den linken Fuß auf die etwa zwei

Zentimeter lange Glasscherbe zu, die einen halben Meter entfernt auf dem Boden lag. Erneut streckte er den nackten Fuß aus, und diesmal berührte er das Glas, benutzte seine Zehen, um die Scherbe etwas näher heranzuschieben. Und er tat es wieder: einmal, zweimal und ein drittes Mal. Jetzt war die Scherbe nahe genug.

Adrenalin flutete durch Rossels Körper und ließ ihn kerzengerade sitzen, als er den Türgriff klappern hörte.

Wronski kam zurück in den Raum gerauscht, aufgeblasen und großspurig wie eh und je. Ihm folgte Rasin, sein brutaler Scherge. Rossel konnte die Scherbe gerade noch mit dem linken Fuß abdecken, während der Kosake ein Tonbandgerät der Marke Magnetofon auf den lackierten Tisch hievte. Wronski gab seinem Lakaien durch einen Wink zu verstehen, dass er sich entfernen solle, und holte zwei Spulen aus einer Schachtel.

»Sofia Fedotowa … Maxim Awdejew … Nadja Basanowa … Felix Sorokin … Sie spielten wie Automaten, als würden Instrumente ein Instrument spielen, ohne Herzblut, weder mit Gefühl noch Verstand«, erinnerte sich der Komponist. »Die schreckliche Katzenmusik, die sie da produzierten, machte es den zuständigen Stellen sogar noch leichter, mich abzulehnen. Aber Sie waren anders, Rossel. Ihr Spiel stach heraus.«

Rossel ruckelte auf seinem Stuhl hin und her, seine Beine waren ganz taub.

»Wir lebten unter der Belagerung, sind jeden Tag bombardiert worden, waren halb verhungert«, warf er ein. »Niemand hat mehr etwas gespürt außer seinem knurrenden Magen.«

»Ich bin Nikolai Nikolajewitsch Wronski, Held der Arbeit und Volkskünstler der UdSSR. In Sachen Musik macht mir keiner etwas vor. Sie haben gut gespielt.«

Der Komponist stellte mit einem Kabel die Verbindung

zwischen dem Tonbandgerät und einem der Mikrofone her.

»Ich musste meine Oper in der Ichform schreiben«, bemerkte Wronski ergänzend. »Ich musste sie *leben*. Aufgrund der Vorfälle mit Suworin und dem Trompeter Landau war dies in gewisser Weise schon geschehen. Nun aber war mir klar, dass ich, bevor ich auch nur einen Akkord zu Papier brachte, diese Tat erneut vollbringen musste. Denn die wahre Größe eines Mannes erweist sich darin, Grenzen zu überschreiten, die andere nicht anzurühren wagen. Lenin wusste das, Stalin weiß es. Um *Die Blockade* zu vollenden, konnte ich den Füller nicht aufs Papier setzen, ohne zuvor noch einmal jemandem eine Klinge an den Hals zu legen«, spöttelte er, während er an einer Spule herumfummelte.

»Es hat mich Jahre gekostet, die Banausen ausfindig zu machen, die mein Werk ruiniert haben, nicht zuletzt wegen des Chaos, das der Krieg stets mit sich bringt«, fügte Wronski hinzu.

Rossel scharrte das Glasstückchen wenige Zentimeter näher zu sich heran. Es schrammte über den groben Untergrund, und er erstarrte, aber der Mann, der ihn in seiner Gewalt hatte, war zu beschäftigt mit dem Tonbandgerät, um davon Notiz zu nehmen.

»Ich erwarte nicht, dass Sie Gnade walten lassen, Maestro«, ließ Rossel ihn wissen. »Nicht zuletzt, weil ich, sollten Sie mich freilassen, dafür sorgen würde, dass Sie den Rest Ihrer Tage in den Salzminen der Kolyma zubringen. Dennoch muss ich Sie fragen. Sie haben gesagt, dass ich gut gespielt habe. Sie wollen sich also nicht an mir rächen, weil ich Ihre frischgebackene Partitur ruiniert habe?«

Wronski richtete sich zu seiner vollen Größe auf. Er griff in die linke Jackentasche und holte ein zusammengefaltetes Blatt Papier hervor. Er faltete es genüsslich auseinander und hielt es Rossel vors Gesicht, sodass er die rot geprägten kyrillischen Lettern SSSR im Briefkopf und die Maschinenschrift erkennen konnte. Ein einzelnes Blatt, das aus einem MGB-Bericht herausgerissen worden war.

MGB, 5. Hauptverwaltung, Bericht der Informantin Sofia Fedotowa.

Mitten im Text war ein kleiner Abschnitt mit roter Tinte unterstrichen. Wronski tippte mit dem Finger darauf, und Rossel konzentrierte sich auf die Stelle und versuchte, sie zu verstehen. Zuerst verschwammen ihm die Wörter vor Augen, aber nach kurzer Zeit las er:

»… Die Informantin beschrieb eine Begegnung in der Mensa des Konservatoriums und sagte, sie habe Rossel gefragt, was er von Wronskis neuestem Werk hielte, seiner Revolutionären Kantate zu Ehren von Stalins Geburtstag. R. habe gesagt: ›Normalerweise bin ich ein großer Bewunderer seiner Werke, aber hier habe ich nur Banales zu hören bekommen, eine Mischung aus Schostakowitsch und Strauss, mit einem Schuss Rachmaninow und einer Prise Strawinski, wenn ihm nichts Besseres mehr eingefallen ist. Es hat mir einen guten Eindruck von der Gedankenwelt unserer Lehrmeister verschafft, Sofia. Voller wichtigtuerischer Arroganz, kaum inspirierend.‹«

Diese Enthüllung traf ihn härter als jeder Schlag.

Rossel sah Wronski an. »Ich dachte immer, es wäre Nadja gewesen, die mich denunziert hat«, murmelte er.

Der Komponist frohlockte. Er faltete das Blatt zusammen und verstaute es wieder in seiner Jackentasche.

»Mein lieber Junge, Nadja hat Informationen über dich und viele andere geliefert. Aber Sofias Verrat hat den Ausschlag gegeben. Das macht alles nur noch liebreizender, nicht wahr? Ihre Mutter war Menschewikin. Dieser Hebel wurde angesetzt, um die Tochter dafür zu gewinnen, Abweichler am Konservatorium aufzuzeigen. Um mich über deinen Hintergrund schlau zu machen, habe ich ein paar ihrer Berichte durchgesehen. Sie hat immer genug Informationen geliefert, um ihr Bemühen zu demonstrieren, aber nie genug, um jemanden zum Abschuss freizugeben. Sie hoffte wohl, nehme ich an, dass ihre Meldungen nur oberflächlich betrachtet, mit Stempel versehen und abgeheftet würden. So war es mit dem Bericht über dich. Bis im Mai '42 der politische Druck, mehr Verhaftungen vorzunehmen, stark erhöht wurde und sich irgendein Bürokrat im Bolschoi Dom veranlasst sah, diverse Aktenordner erneut durchzusehen, und ihm, wahrscheinlich durch Zufall, dies hier in die Hände fiel. All diese Bemerkungen aus jugendlichem Eifer. Eine Bemerkung über unsere bolschewistischen Zuchtmeister hier und da hätte man noch durchgehen lassen können. Aber Seite für Seite … Was zu deiner Verhaftung und dem Verhör führte. Wenn ich du wäre, würde ich es lieber unter ›großes Pech‹ verbuchen. Könnte leichter zu ertragen sein.«

Wronski ging in die hintere Ecke des Raumes. Er packte ein Profileisen und hieb damit auf die Käfige ein. Stahl traf auf Stahl. Wronski teilte nach links aus und brachte einen der an Ketten hängenden Käfige ins Trudeln. Dann noch einen. Und noch einen. Fünf umherwirbelnde Metallderwische. Das Schrillen hallte durch den Raum und schallte zurück von den Wänden. Es durchdrang Rossels Körper, ihm stieß Magensäure auf.

Am liebsten hätte er sich die Hände auf die Ohren gedrückt, um den Missklang abzublocken.

»Sechs Wochen lang nur Wasser, nicht einmal ein winziges bisschen Wologda-Butter oder Speckkruste«, schrie

Wronski, während er die Käfige in Schwung hielt. »Einmal am Tag ließ ich Rasin den Tisch decken, mit dem besten Geschirr, versteht sich, die besten Gerichte aus den der Partei vorbehaltenen Geschäften ließ ich servieren. Nach kurzer Zeit heulten und jaulten sie, sobald sie draußen im Gang das Klappern von Geschirr hörten. Meistens dauerte es nur wenige Tage, bis sich die klassischen Hungersymptome bemerkbar machten: Impulsivität, Reizbarkeit, Hyperaktivität.«

Wronskis Atem kam jetzt stoßweise. Sein Gesicht und der ganze Körper waren schweißgebadet, Schweißflecke erschienen wie neue Kontinente auf dem weiten weißen Hemd, das seinen runden Bauch bedeckte.

Rossels Kopf zuckte nach links, als er das Profileisen vorbeisausen spürte.

»Felix, ein dauergeiler Soldat, Max, ein verkommener Priester, Nadja, eine unfähige Spionin, und Schewtschuk, ein glückloser Politiker. Erst als ich sie hier alle versammelt hatte, habe ich begriffen, welches Ensemble voller schwachsinniger Archetypen aus einer komischen Oper ich da beisammen hatte. Das hat mich doch sehr amüsiert. Also habe ich Sofia als Schneekönigin verkleidet. Kleiner Scherz, Rossel. Aber wir wissen ja, dass du das zu schätzen weißt.«

Wronski schlug mit dem Eisen nach rechts. Einer der Käfige drehte sich daraufhin noch schneller.

»Ich habe gerne die Nacht genutzt, um auf die Käfigstäbe einzuschlagen, und ihre Appelle und Schreie auf Tonband aufgenommen. Auf dem Magnetofon fanden sich eher wenig Baritonstimmen. Die Angst macht aus uns allen offenbar Soprane. Sie schrien sich die Seele aus dem Leib, direkt in den Abgrund, von dem sie wussten, dass ich sie bald hineinstürzen würde. Ich habe ganz unterschiedliche Schnitte bei ihnen vorgenommen, sie auf jeweils andere Art verstümmelt, sodass meine Vorstellungskraft sich an den verschiedenen Geräuschen ergötzen konnte. In Scheiben schneiden, aufschlitzen, hineinstechen, eine klaffende Wunde beibringen, ein jedes hat seine ganz eigene Melodie. Eine Hand abzuhacken, habe ich herausgefunden, bietet gerade einmal genug Anregung für einen billigen Gassenhauer. Einem Mann den Schwanz abzuschneiden bringt dagegen gleich den Auftakt zu einer epischen Sinfonie mit sich. Und schon vorher haben sie geknurrt, gewinselt, gebettelt und gefleht, sich auf den Rücken geworfen und sich in jeder erdenklichen Weise erniedrigt, und das alles schon für den kleinsten Happen, den man ihnen hingeworfen hat.«

Wronski ließ seine Hand sinken.

»Zum Schluss musste ich nur einen Finger ausstrecken und einfach zuhören – es war elektrisierend.«

## 43

Wronski streckte die Hände ein drittes Mal nach dem Deckel auf der silbernen Servierplatte aus und ließ sie darüber verharren. Sein Grinsen war schaurig und schreckenerregend.

»Sofia war am schwersten zu ködern. Sie hatte kein Interesse an meinem Angebot einer Stelle im Chor der Kirow-Oper. Kein Interesse an Marinas Bereitschaft, sie zu unterweisen und zu protegieren. Aber dein Name, Herr Leutnant. Der ließ sie gleich den ersten Zug nach Leningrad nehmen. Ich habe ihr versprochen, ein Wiedersehen in meiner Datscha zu arrangieren und meinen Einfluss geltend zu machen, damit sie keine Berichte mehr verfassen musste. Selbstverständlich ist sie dann gekommen.«

Rossel hielt den Blick weiterhin auf den Servierteller gerichtet. Niemals würde er Wronski gegenüber erkennen lassen, wie sehr die Wunden schmerzten, die er geschlagen hatte. Diese Genugtuung wollte er ihm keinesfalls bereiten … Doch seine gefesselten Hände konnten die verräterischen Tränen nicht wegwischen, die sich in seinen Augen sammelten.

»Wie fühlt sich das an, Leutnant Rossel, nicht mehr der Mensch zu sein, der man sein sollte? Zu wissen, dass man nie wieder Geige spielen wird?«

Unter diesem silbernen Deckel könnte … Für Wronski war es immer nur rohes Fleisch gewesen, dachte er.

Aber dies hier galt ihm. Auf dieser Servierplatte könnte sich alles Mögliche befinden.

»Sie wissen doch, wie sich das anfühlt, Maestro«, antwortete er. »Ist es nicht das, was Sie sagen wollen? Sie sind leer ausgegangen. Und ich genauso. Sind wir womöglich Seelenverwandte, Sie und ich?«

Wronski zuckte mit den Schultern.

»Was mich innerlich verzehrt hat«, setzte der Komponist seine Rede fort, »ist die Gewissheit, dass ich, wenn ich in hundert Jahren nach Leningrad käme, auf das Gedenken an Stalin treffen würde. Auch der Belagerung würde man gedenken, und natürlich, zu meiner allergrößten Abscheu, ebenso Schostakowitschs. Ein Barde bei Hofe, ein modernistischer Papagei, im kulturellen Gedächtnis der Nation als Hüter ihrer Wesensart nun fest verankert. Der Wächter über ihre ewige Flamme. Aber ich käme nicht vor, Rossel. Niemand würde sich an mich erinnern.«

Rossel spuckte ein wenig Blut auf den Boden.

»Ich habe mich genauso gefühlt, wie Sie es beschreiben«, sagte er. »Ich habe mich am Kirow-Theater gesehen und nicht in einer Zelle, in der ich jeden Morgen wegen des Gestanks der Scheiße Brechreiz bekam. Aber nichts dergleichen, Genosse. Die Milizstation 17 ist nun meine Bestimmung. Wenn ich dieser Tage mit dem Fuß im Takt der Nationalhymne bleiben wollte, hinge ich wahrscheinlich einen halben Takt hinterher, aber das spielt auch keine Rolle mehr. Weil ich nun die Gelegenheit habe, Leute wie Sie zur Strecke zu bringen.«

»Du hast mich nicht zur Strecke gebracht, Genosse Leutnant. Ich habe einfach nur meinen Dirigentenstab genommen, die Arme gehoben, und bitte sehr!«

Wronski hob den Deckel des Präsentiertellers hoch.

Die Packung maß etwa fünfzehn mal fünfzehn Zentimeter, war braun und hatte einen gelben Aufkleber, so groß wie ein Rubel. Darauf stand: AEG Magnetofon. Wronski drehte sie um, und eine Tonbandspule rutschte heraus.

»Nur *fünf* Käfige, und nicht sechs. Ich nehme an, das ist dir gleich aufgefallen, als du wieder zu dir gekommen bist. Warum also ist er hier, hat sich unser Herr Leutnant bestimmt schon gefragt, wenn er nicht in Maestro Wronskis Chor singt? Was ist seine Aufgabe, seine melodische Funktion, in der zweiten Hälfte dieser besonderen Arie? Hast du es schon herausgefunden?«

Rossel nahm von der Frage nicht einmal Notiz.

*Nein, Revol, nicht für dich …*

Er hatte den Präsentierteller im Blick, auf dem die Spule lag, aber er hatte nur Sofias Gesicht vor Augen.

»Im Kirow-Theater«, fuhr Wronski fort, »habe ich dir, wie gesagt, schon die Lösung des Rätsels verraten, und bei unserer zweiten Begegnung habe ich es abermals getan. Ich dachte, du hättest wenigstens eine Ahnung, aber nein, du hast es immer noch nicht herausgefunden.«

Er stand auf und ging zum ersten der drei Tonbandgeräte auf dem grünen Stahlregal neben der Tür. Er setzte die volle Spule auf die Spindel linkerseits, fädelte das Band auf der leeren rechten Spule ein und drückte eine Taste. Daraufhin kehrte er zum Tisch zurück und nahm wieder Platz.

»Sie hatten dort sogar Essen. Kannst du dir das vorstellen? In der staatlichen psychiatrischen Klinik von Leningrad, in der Nacht, in der ich dort eingeliefert wurde, kurz nachdem ich Landau abgefertigt hatte, habe ich Hühnchen mit Rosmarin und sogar etwas Rote Bete aus der Konserve zu essen bekommen. Hast du eine Vorstellung davon, wie das geschmeckt hat? Während die Bäuche in der Stadt aufgebläht und leer waren, wurden die Verrückten mit Schmuggelware gemästet. Der Bruder des Direktors war durchaus willens, denen Vergünstigungen zu gewähren, die über einen gewissen Einfluss und eine volle Brieftasche verfügten. Also habe ich es mir schmecken lassen. Und jeden Abend konnte ich mit gut gefülltem Magen aus einem Dachfenster heraus die Suchscheinwerfer der Flugabwehr auf der Isaakskathedrale verfolgen, wie sie den Himmel nach den Dornier-Flugzeugen der Nazis abtasteten. Eine Million Tote, die Welt in Flammen. Wie kann ich das einfangen, habe ich mich gefragt. Und dann kam mir die Idee.«

Das Band surrte, und Sofia sang. Ihre Stimme war kaum mehr als ein melodisches Flüstern und versagte immer wieder, weil sie den Text nicht mehr wusste oder weil sie ihn, wenn ihr der Wortlaut einfiel, ohne Überzeugung vortrug. Von Zeit zu Zeit versuchte sie, den richtigen Ton zu treffen, aber dann brach ihre Stimme und erstarb. Manchmal stieß sie nur ein einziges Wort hervor, ohne jede Verbindung zum vorigen Geschehen oder zu den Klängen, die folgen würden. Als hätte sich der Klang vom Körper gelöst und wäre nun, jeder Bedeutung ledig, alleine unterwegs. Hatte sie unter Drogen gestanden, oder waren es Halluzinationen, die der Hunger hervorrief? Oder, und hier sah Rossel zu den Käfigen hinüber und ihn schauderte, war es etwas noch viel Schlimmeres?

*Könnten Geister singen,* dachte er, *und würden sich beim Singen an all die Schrecken des Lebens erinnern, das sie hinter sich gelassen hatten, dann würden sie so klingen.*

»Hör zu«, sagte Wronski. »Du musst *wirklich* zuhören. Deshalb habe ich dich hergebracht. Deshalb habe ich einen musikalischen Ermittler gebraucht. Du bist immer mein Zuhörer gewesen. Daher mein dringliches Ansinnen: Hör zu!«

Er ging vor dem Magnetofon auf und ab. Sobald die Spulen sich in Bewegung gesetzt hatten, war er sehr lebendig geworden.

»Hier habe ich es endlich dingfest gemacht, Rossel, mein Lebenswerk.«

Der Komponist deutete auf die Tonbandspulen, die in Stapeln auf den Regalborden an der Wand nahe der Tür lagen.

»Ich war jedoch nicht in der Lage, es einer anderen Menschenseele zu offenbaren. Bis jetzt.«

Wronski sprach leiser.

»Die ›Straße des Lebens‹? Ich habe den unterschwelligen Rhythmus einer anderen Straße gehört, der Straße des Todes – das Klingen und Rattern der Schienen, während die Züge Hunderte, Tausende, ja, Millionen in den Gulag verfrachteten. Das, Genosse, ist Lenins Wiegenlied, Berias Ohrwurm, Stalins Refrain. Die Wölfe in der Taiga können ihn hören. Die streunenden Straßenköter in den Hinterhöfen können es. Die Leute versuchen, es zu übertönen. Denn was heißt heute, Russe zu sein, anderes, als sich die Ohren zuzuhalten und es nicht zur Kenntnis zu nehmen? Mein Refrain aber ist zugleich eine zeitlose Proklamation, eine Verkündigung all dessen, was wir Menschen jemals gewesen sind, ein erstes Luftholen, ein letzter Atemzug. Das schwache Röcheln …«

Wronski klopfte auf ein von der Decke herabhängendes

Mikrofon und lächelte, als die Anzeigen des Magnetofons ausschlugen. Er kniete sich vor Rossel hin und umschloss mit seiner riesigen Hand dessen Kehle.

»… das aus einer allmählich zusammengepressten Luftröhre dringt, wenn ein Mann mit seinem Stiefel die Gurgel eines anderen zudrückt, ein Geräusch, das in sich immer auch ein anderes birgt, seinen *Zwilling* – den Triumph. Ist es nicht das, was Dostojewski meint, wenn er uns die Frage stellt: ›Bin ich ein Scheusal, oder bin ich selbst ein Opfer?‹«

Wronski verstärkte mit der linken Hand den Druck auf Rossels Kehle und ergriff mit der rechten eines der Glasröhrchen auf dem Tisch.

»Fingerhaltung, Rossel. Als Geiger weißt du, dass davon alles abhängt.«

Rossel rang nach Luft und musste würgen. Wenn er nicht redete, würde schnell das Ende kommen. Es war Zeit, selbst das ein oder andere preiszugeben.

»Eine Fotografie«, keuchte er.

Wronski drückte mit der linken Hand noch fester zu.

»In meiner Tasche … Foto.«

Der Komponist zögerte. Er beließ die Linke an Rossels Kehle, legte jedoch das Röhrchen weg und durchwühlte mit der rechten Hand die Jacke des Ermittlers. Die Brieftasche hatte er schnell gefunden. Sobald er sie hatte, lockerte er seinen Griff, stand auf und durchforstete sie. Wenige Sekunden später zog er die Schwarz-Weiß-Aufnahme heraus.

Rossel schluckte schwer und holte erst dreimal tief Luft, bevor er sprach.

»Sie heißt Swetlana und ist die Tochter eines MGB-Majors namens Nikitin. Sie hält Mohnblumen in der Hand, deshalb weiß der Major, dass Sie es waren, der sie vergewaltigt hat. Wahrscheinlich nach Beria, vielleicht auch vorher, aber ohne Zweifel. Mohnblumen sind Ihre Blumensorte. Nikitin weiß genauso viel wie ich – über die Frauen, die Sie entführt, und die Leute, die Sie ermordet haben. Auch sein Offizierskollege Sarkisow weiß Bescheid. Sie sind im Besitz von Listen mit allen Namen.«

Wronski starrte das Foto an, sein Griff erschlaffte. Luft strömte in Rossels Lunge.

»Die Liste ist auf dem Weg zu den luxuriösen Datschas etwa fünfzig Kilometer südlich von hier, wo Malenkow und all die anderen hochrangigen Parteigenossen sich aufhalten. Sagen wir mal so: Beria ist nie ihr Favorit gewesen.«

Der Komponist konnte den Blick noch immer nicht von Swetlana abwenden. Erinnerte er sich an sie? Musste er an ihre schmalen, tieftraurigen Augen denken? Ihren zarten Körper?

»Und über den Schmuck sind wir auch im Bilde«, fügte Rossel hinzu.

Er deutete mit dem Kopf in Richtung der Regale mit den Tonbändern.

»Ich brauche nichts weiter zu hören, Wronski. Sehen Sie doch nur, wie Sie sich abgemüht haben. Schostakowitsch beherrscht das Prinzip der Kürze. Er hätte instinktiv gewusst, dass mehr als zwei Noten nicht nötig waren. Ein MGB-Fahrzeug, ein pechschwarzer Rabe, ein Park draußen an der Straße, der Widerhall von Stiefeln im Treppenhaus um Mitternacht, und dann erklingen nur zwei Töne.«

Überraschend sackte Rossel auf seinem Stuhl zusammen und lachte, bis der ganze Körper sich schüttelte.

»Vielleicht könnte der Herr Komponist sein Werk ja die ›Türklingel-Sinfonie‹ nennen?«

Wronski sah Rossel in die Augen, ließ von ihm ab und riss das Foto in Stücke, die er zu Boden warf. Er nahm das Profileisen, das auf dem Tisch lag.

Der Schlag kam mit solcher Gewalt, dass der Stuhl, an den Rossel gefesselt war, nach hinten kippte.

# 44

Wronski hatte die Datscha in aller Eile verlassen, vermutlich nachdem er bemerkt hatte, dass die Telefonleitung tot war. Rossel brauchte etwa fünf Minuten, bis er in der Lage war, die Finger auszustrecken und den Stuhl und seinen Körper, Zentimeter um Zentimeter, so nah an die Glasscherbe heranzubewegen, die er unter seinem Fuß verborgen hatte, dass er sie schließlich zu fassen bekam. Und weitere zehn Minuten, um die Schnur durchzuschneiden und sich zu befreien. Sowie weitere zwei, um hinten in einer der Stallboxen eine Luke ausfindig zu machen, das Glas zu zerschmettern und sich in die eiskalte Nacht hinauszuwinden.

Sein rechter Arm war in einem schlimmen Zustand, der Hals gequetscht und geschwollen. Seine linke Handfläche blutete, wo er sich mit der Glasscherbe geschnitten hatte. Aber Wronski hatte ihm den Gefallen getan, den Stuhl umzuwerfen. Und er hatte ihn am Leben gelassen – gleichzeitig natürlich auch der Willkür des Kosaken ausgeliefert, ihn nach Belieben abzuschlachten –, weil er gar nicht schnell genug zu Beria fahren konnte, um ihn vor der Bedrohung zu warnen, die sie das Leben kosten konnte.

Der Komponist hatte bestimmt zwanzig Minuten Vorsprung. Doch Berias Datscha in Sinjawino war mehr als fünfzig Kilometer entfernt, und bei Nacht, auf der Straße am Seeufer entlang bei diesem Schnee, brauchte man mindestens eine Stunde, wenn nicht länger. Eine Möglichkeit, Wronski abzufangen, gab es noch. Diese Variante war nicht gerade erstrebenswert, und nur für jemanden, der verzweifelt war, kam sie überhaupt infrage. Aber vor zehn Jahren hatte die Verzweiflung ein Wunder möglich gemacht.

Der Leutnant nahm das Eishaus ins Visier und stapfte mit zwei schweren Tonbandspulen unter dem Arm durch den Schnee darauf zu.

***

Nachts, bei diesen Temperaturen, ungefähr zwanzig Grad minus, bereiteten ihm seine Füße die größte Sorge. Ohne Stiefel würde er es wohl nach fünf, höchstens zehn Minuten mit Erfrierungen zu tun bekommen.

Rossel ließ das Hauptgebäude und die Stallungen hinter sich und rannte auf das Eishaus zu. Sein Atem kam ruckartig, verbunden mit einem stakkatoartigen Aufschrei, wann immer seine Fußsohlen auf den gefrorenen Untergrund trafen. Noch bevor er das Eishaus erreichte, fand er, was er gesucht hatte, inmitten der Schatten, die das Mondlicht dort in die Dunkelheit schnitt, wo die Kiefern das Ufer der Insel säumten. Jetzt sah er sie, rechts von ihm, die alten ZIS-Laster, auf die er schon vorher gestoßen war. Einer fehlte bereits. Wronski musste ihn sich geschnappt haben.

Vier Lkws waren noch da. An ihnen hatte Rossel jedoch kein besonderes Interesse. Er musste Wronski abpassen, bevor er zu Beria durchkommen konnte. Es war seine einzige Chance, den Maestro zu schlagen, und wahrscheinlich war es ein Himmelfahrtskommando, aber so, wie die Lage sich darstellte, führte praktisch jeder andere Weg ebenso ins Verderben.

Nachdem er noch einmal Sofias Stimme gehört, noch einmal ihre Worte gelesen hatte, wäre er geradezu glücklich damit.

Der Schneepflug war ungefähr drei Meter lang, eine V-förmige Schaufel, die vorne an einem Lkw befestigt war, dessen Hinterräder man durch ein Raupenfahrwerk ersetzt hatte und dessen Vorderräder auf zwei breiten Metallkufen ruhten. Das Fahrzeug sah bizarr aus, aber Rossel hatte so etwas in seiner Zeit beim Militär öfter gesehen. Jeder Soldat, der diese Bezeichnung auch verdiente, wusste, wie man so ein Gefährt steuerte, für den Fall, dass das arme Schwein, das zuletzt gefahren war, sein Leben gelassen hatte.

Doch es bestand offenbar kein Bedarf an seinen Fahrkünsten. Der Schlüssel steckte, und ein metallener Flachmann und ein Spaten lagen auf einer alten Ausgabe von *Sowjetski Sport* auf dem Fahrersitz. Hatte jemand den Schneepflug gerade erst hier geparkt? Rossel fuhr herum, doch es war zu spät – Rasin zielte mit einer Pistole auf ihn.

Rossel verzog wegen seines rechten Arms vor Schmerzen das Gesicht, als er die Hände hob.

»Würde ich dich jetzt abknipsen, Milizionär, würde kein Hahn danach krähen. Aber es könnte unterhaltsamer sein, einfach nur zuzusehen, wie deine Zehen anschwellen. Erfrierungen sind kein schöner Anblick. Ich habe im Krieg genug davon gesehen.«

Der Kosake trug eine *Uschanka*, eine Fellmütze, einen Armeemantel und Filzstiefel.

Rossel betrachtete sie eingehend und sah dann Rasin an.

»Ich brauche deine Stiefel«, sagte er.

Rasin lächelte. »Ja, die brauchst du.«

Rossel schnellte nach vorne. Die Antwort war ohrenbetäubend, als die Tokarew feuerte. Ein vibrierendes Zischen dicht neben seinem linken Ohr, als die Kugel vorbeisauste. Rasin stoppte ihn mit einem Arm wie eine Eisenstange und stieß ihn zurück. Er hielt Rossel die Pistole ins Gesicht und drückte ab. Aber er war zu langsam, der zweite Schuss verhallte in der Nacht, während Rasin gleichzeitig zusammenbrach und auf die Knie sackte. Noch bevor er in den Schnee stürzte, traf ihn Rossel erneut mit dem Spaten, den er auf dem Sitz des Lkw-Fahrerhauses gesehen hatte. Diesmal am Kopf. Rasin kippte nach hinten, lag der Länge nach im

Schnee. Aus der linken Schläfe sprudelte Blut und bildete eine Lache auf dem weißen Untergrund. Seine Schultern und der Hals zuckten, die Gesichtszüge waren verzerrt.

Rossel kniete sich neben ihn und löste die Schnürsenkel des Kosaken.

»Ich habe doch gesagt, dass ich deine Schuhe brauche.«

***

Alles im Innern des Schneepflugs schepperte. Noch zwei oder drei Kilometer und die Füllungen würden ihm aus den Backenzähnen fallen. Das Raspeln des Motors wurde nur noch vom Quietschen der Ketten übertroffen, als sie trotz ihres Protests gezwungen waren, die vereiste Oberfläche des Ladogasees zu befahren.

*»O Gott, bitte lass das Eis fest genug sein.«*

Wenigstens einen Meter dick, am besten zwei. Eis von einem halben Meter Dicke würde einen normalen Wagen durchaus tragen, aber der ZIS wog über drei Tonnen. Er brauchte allermindestens fünfzig Zentimeter solides Eis und so wenig Strömung darunter wie möglich, denn die Bewegung des Wassers machte das Eis dünner. »Diese andere Straße war keine des Lebens, sondern des Todes.« Der Komponist hatte recht. Viele hatten es nicht geschafft. Nur Hirnverbrannte würden es um diese Jahreszeit wagen, noch dazu nachts. Selbst mit einem Schneepflug. Weshalb Wronski sich für die Straße entschieden hatte.

Er trug nun Rasins blutverschmierten Mantel über der eigenen Jacke, die lebensrettenden Filzstiefel und auch die Strümpfe des Toten. Neben ihm lagen die Zeitung und zwei runde Blechhüllen für die Tonbandspulen, die er aus Wronskis makabrer Sammlung entfernt hatte. Mehr Beweismaterial hatte er nicht mitnehmen können, sonst hätte er nicht mehr durch das schmale Kellerfenster gepasst. Der

Flachmann in seiner Tasche, hatte er mit einigem Vergnügen festgestellt, war randvoll mit irgendetwas Alkoholischem. Die Hälfte hatte Rossel bereits getrunken.

Die Scheinwerfer reichten, selbst voll aufgedreht, nur für ein paar Dutzend Meter. Rechts und links von ihnen war alles stockdunkel, dicke Wolken schirmten den Mond und die Sterne ab. Das Einzige, was auf der riesigen Fläche des Ladogasees irgendwo aufblinkte, waren die kleinen, leicht schief stehenden Scheinwerfer seines Fahrzeugs.

»Weiß ist gut«, dachte er, »dunkel ist schlecht.« Je weißer das Eis erschien, desto dicker war es wahrscheinlich. Dunkleres Eis bedeutete Wasser dicht unter der Oberfläche. Um diese Jahreszeit wies der See oft starke Strömungen auf.

Und starke Strömung über eine längere Zeit konnte eben auch heißen: kein Eis.

***

*Weiß ist gut, dunkel ist schlecht.*

Rossel hatte etwa eine halbe Stunde gebraucht, um die südwestliche Ecke des Sees zu erreichen, zwischen Wronskis Insel und der Uferstraße, die nach Sinjawino und zu der Anlage mit Datschas führte, die den oberen Etagen der sowjetischen Politik vorbehalten war. Er hatte den Flachmann mittlerweile geleert, aber seine Füße waren noch immer eiskalt.

*»Weiß ist gut, dunkel schl… Zum Teufel damit …«*

In der Ferne, jenseits dessen, was seine Scheinwerfer erhellten, sah er das Flackern eines einzelnen Lichts. Und kurz darauf die Umrisse eines Gebäudes.

Eine Hütte am Seeufer, dachte er. Oder eine Banja. Ein Refugium für Eisfischer, die sich dort aufwärmen und betrinken konnten.

Rossel rammte den Stiefel auf das Gaspedal und trat es

voll durch. Daraufhin verstärkte sich das Heulen des Motor-Raupenketten-Ensembles, und der ZIS schlingerte auf das verschneite Ufer zu. Hinter der Holzhütte und einer Reihe von Kiefern würde er auf die Straße nach Schlüsselburg treffen, die auch nach Sinjawino führte. Und in dieser Gegend befand sich auch Berias Datscha.

Wronski, darauf würde er jede Wette eingehen, weil dieser die Straße benutzte und erst die südwestliche Ecke des Ladogasees umrunden musste, hatte diesen Punkt bestimmt noch nicht erreicht.

Das Geräusch der Ketten veränderte sich, als Rossel in kompakteren Schnee hineinfuhr, ein gedämpfteres, dumpfes Knarren. Rossel lenkte den Schneepflug scharf nach rechts und fuhr weiter am Ufer entlang.

Die Scheinwerfer erfassten dichten Baumbestand. Ihm fiel eine Lücke in den Schatten auf, ein Stück weiter vorn, unweit von etwas, das wie eine steinerne Säule aussah. Als er näher kam, begriff er, dass er Glück hatte. Die Säule markierte einen schmalen Pfad, der dazu diente, Boote von der Hauptstraße zum Ufer zu transportieren. Ein fast ganz vom Schnee bedecktes Ruderboot auf einem zweirädrigen Anhänger war auf dem Pfad abgestellt.

Rossel ging nicht vom Gas, und das Boot flog etwa einen Meter in die Höhe, als der Schneepflug es zur Seite drückte. Nach weiteren zwanzig Metern traf er auf eine hohe Schneewehe, die wirkte wie eine gefrorene, auf ihn zurasende Welle. Einen kurzen Augenblick lang wurden die Scheibenwischer nach rechts und links gerissen, und der Schneepflug stockte. Doch dann kam er auf der anderen Seite schon wieder heraus, und Rossel bemerkte, dass er die Straße erreicht hatte.

Rossel parkte den Schneepflug mitten auf der einspurigen Straße. Die Scheinwerfer, die in die Richtung leuchteten, aus der Wronski vermutlich kommen würde, ließ er eingeschaltet. Nur wenige dürften verrückt genug sein, nachts um diese Zeit bei diesem Wetter noch zu fahren. Der Nächste, der, wenn überhaupt, hier auftauchte, müsste eigentlich der Komponist sein.

Auf der anderen Straßenseite, hinter einer Mauer aus Feldsteinen, befand sich ein kleiner Stall, ungefähr drei mal drei Meter groß, fast völlig eingeschneit. Rossel konnte unter dem Wellblechdach so gerade eben die Oberseite einer Reihe von Heuballen hervorlugen sehen.

Die Minuten verstrichen, und ihm kam ein Gedanke. Er sah hinter dem Fahrersitz nach und fand nach kurzer Zeit einen verbeulten grünen Werkzeugkasten. Er nahm alle Maulschlüssel, Schrauben und Schraubenzieher heraus und tat stattdessen die beiden Tonbandspulen hinein, die er aus Wronskis Datscha mitgenommen hatte. Danach überquerte er die Straße und schob den Werkzeugkasten in den Stall, wobei er sich vergewisserte, dass er gut versteckt war und so weit wie möglich von den Heuballen vor dem Wetter geschützt wurde.

Wieder sah er auf die Uhr – beinahe Mitternacht.

Hatte er ihn womöglich verpasst?

Rossel fröstelte, während er hinter den Überresten der großen Schneeverwehung wartete. Der Revolver, den er Rasin abgerungen hatte, lag in seiner Hand.

Nein, das war unmöglich. Er hatte über das Eis nur eine halbe Stunde gebraucht. Auf der Küstenstraße dauerte es von der Krestowski-Insel bis nach Sinjawino bestimmt eine Stunde.

Weitere fünf Minuten vergingen.

Dann hörte er aus einiger Entfernung das schwache Rattern eines Motors. Er ging hinter der Schneewehe in Deckung und richtete die Pistole auf die Straße vor sich. Als Wronskis Laster um eine scharfe Kurve bog, etwa zwanzig Meter vor Rossels Versteck, erkannte er im vollen

Scheinwerferlicht die Gestalt des Komponisten. Die Haare standen ihm wild und ungekämmt vom Kopf ab, die Augen waren weit aufgerissen und starr. Sein massiger Körper ließ das Fahrerhaus und den Lenker zwergenhaft erscheinen. Rechts und links war kein Platz, um an dem Schneepflug vorbeizukommen. Hatte Rossel jedenfalls gedacht. Er hatte gehofft, dass er Wronski zu einer Vollbremsung zwingen würde.

Wronski riss das Lenkrad nach links, sodass der Lkw direkt auf die Reste der Schneewehe zusteuerte. Rossel gab einen Schuss ab und warf sich nach rechts, als der ZIS an ihm vorbeiraste und dabei hinwegfegte, was von der Schneewehe noch übrig war, drei junge Kiefern niederwalzte und einen Telefonmast zu Kleinholz verarbeitete, bis er sich auf der anderen Seite von Rossels provisorischer Straßensperre wieder fing.

Rossel rappelte sich auf und suchte den Schnee um sich herum ab. Er fluchte, weil er vorhin die wohl schlechteste Straßensperre der Welt errichtet hatte, und jetzt lag die Tokarew irgendwo im Schnee begraben.

Er bestieg das Fahrerhaus des Schneepflugs, zerrte an dem rostigen Schaltknüppel und setzte zurück.

***

Vor den Scheibenwischern des Schneepflugs tanzten Funken, als die Metallkufen vorne und manchmal auch die Unterseite des Pflugs Gesteinsbrocken zerschmetterten oder in Schlaglöcher krachten, die der Schnee verbarg.

Ungefähr einen Kilometer vor Sinjawino, auf der linken Seite des zugefrorenen Sees, rechts eine stabile, halb fertiggestellte Scheune, bremste er vor einer unübersichtlichen Kurve ab. Als er sie umrundet hatte, tauchte plötzlich Wronskis kastenförmiger ZIS auf. Der Laster schlingerte hin und her, das linke Hinterrad war platt, und Wronski hatte offensichtlich Mühe, das Fahrzeug unter Kontrolle zu halten.

*Hatte ich also doch Glück mit meinem Schuss.* Kaum war ihm der Gedanke gekommen, verschwanden Wronski und der ZIS in einem unbeleuchteten Tunnel. Sekunden später fuhr Rossel hinein und hoffte, nah genug heranzukommen, um den ZIS mit dem Schneepflug zu rammen.

Er war jetzt nicht mehr als einen Meter zurück, doch Wronski fuhr auf einmal schneller. Orangefarbene und blaue Funken flogen durch die Luft, als der Komponist bei dem Versuch, zu entkommen, erst gegen die eine, dann die andere Wand des Tunnels prallte.

Rossel zog beim Tempo gleich und kam dem Lkw zum Greifen nah, nah genug, um durch die Rückscheibe des Fahrerhauses Wronskis Hinterkopf zu erkennen.

Ein gleißend helles Licht zwang Rossel, die Augen mit einem Arm abzuschirmen.

*Ein anderer Lkw, ein anderes Auto? Irgendetwas direkt vor ihnen?*

Geblendet trat er auf die Bremse. Der Schneepflug wackelte heftig und gab ein kreischendes Geräusch von sich, als er ins Rutschen kam. Von vorne hörte er ein Krachen in dem Moment, als das Licht erlosch. Beim Weiterfahren bemerkte er das verblüffte Gesicht eines MGB-Soldaten hinter dem Scheinwerfer und begriff, dass Wronski scharf abgebogen war und die äußere Absperrung von Berias Datscha durchbrochen hatte.

Rossel gab wieder Gas und bretterte hinten in Wronskis Lkw hinein. Sein eigenes Fahrzeug gab langsam den Geist auf. Bolzen sprangen heraus und schossen in die Bäume, die die Einfahrt säumten, die Raupenketten rissen, und ein Metallstück zerschmetterte die Windschutzscheibe. Rossel prallte gegen den Rückspiegel und schlug sich die Stirn auf.

Wronskis Lkw rollte aus und kam zum Stillstand, kurz bevor der Schneepflug seitlich ausbrach und seine Reise auf der Ladefläche des ZIS ein Ende fand.

Rossel tastete auf der Beifahrerseite nach dem Türgriff und sprang in den knietiefen Schnee hinunter. Im selben Moment taumelte Wronski aus seinem Führerhaus. Rossel stürzte sich auf den Maestro, umschloss mit beiden Händen dessen Hals und setzte sein ganzes Körpergewicht ein, um ihn zu Fall zu bringen. Ein Schlag, ein einziger Schlag, war alles, was ihm gelang. Dann hörte er, wie die Sicherheitsverschlüsse der PPSch-Maschinenpistolen entriegelt wurden, und einen allzu vertrauten Befehl:

»*Ruki wjerch! Ruki wjerch!* Hände hoch!«

Rossel rappelte sich auf und gehorchte.

# 45

Wronskis riesenhafte Arme ragten gen Himmel, Rossel stand nur einen Meter hinter ihm. Der Maestro wirkte, als wollte er gerade den letzten Akt einer seiner Opern dirigieren und hielte nur kurz inne, um die Spannung im erwartungsvollen Publikum des Kirow-Theaters, das ihm Bewunderung entgegenbrachte, weiter zu schüren. Auf sechs MGB-Leute mit PPSch-Maschinenpistolen war er nicht eingerichtet. Sie hatten sich aufgeteilt, drei Mann auf jeder Seite der Einfahrt, und zielten direkt auf Wronski und Rossel.

Etwa zwanzig Meter hinter ihnen befand sich eine steinerne Treppe, deren Stufen hinaufführten in die elegante Privatresidenz des MGB-Allgewaltigen. Sie erstrahlte im Licht der Scheinwerfer, welche die Sicherheitskräfte auf den Schauplatz des Geschehens gerichtet hatten. Auf einer Seite standen Birken, die die Elite-Datscha gegen Blicke von außen abschirmten. Auf der anderen Seite grenzte das Anwesen an den Ladogasee, dessen eisige Oberfläche im Mondlicht schimmerte. Oben an der Treppe stand, mit umgehängter Kalaschnikow, Oberst Sarkisow.

Eine halbe Minute später erschien Beria und stellte sich neben ihn. Der Minister blickte nach rechts und links und brauchte einen Augenblick, um sich mit der unerwarteten Wende der Ereignisse vertraut zu machen. Er wirkte unbeeindruckt, als wollte er gerade eine Abteilung junger, wenig verheißungsvoller Rekruten inspizieren, die auf dem Marktplatz irgendeines Provinznests angetreten war. Er nahm seine Brille ab und polierte sie mit einem kleinen Tuch. Zufrieden mit dem Ergebnis setzte er sie wieder auf und ging, gefolgt von Sarkisow, die Treppe hinunter auf Wronski und Rossel zu.

Wronski stand unmittelbar vor Rossel. Berias unerschütterliche Haltung hatte den Maestro offenbar verunsichert. Er bewegte den Kopf etwas zur Seite, damit er aus dem Mundwinkel heraus sprechen konnte.

»Verhaften Sie mich.«

Aus dem normalerweise tiefen Bariton des Komponisten war ein zittriges Flüstern geworden. »Leutnant, verhaften Sie mich. Mord ist Angelegenheit der Miliz. Nichts, was das Ministerium für Staatssicherheit interessieren sollte. Ich habe Freunde an höchster Stelle und werde dafür sorgen, dass Sie befördert werden. Was möchten Sie werden? Hauptmann? Major? Zum Teufel, jetzt verhaften Sie mich schon. Das fällt in die Zuständigkeit der Miliz …«

Die Stimme des Maestros verlor sich. Beria stand direkt vor ihnen. »Du möchtest mich sprechen, Genosse Wronski?«

»Um dich zu warnen, Lawrenti. Deshalb bin ich gekommen.«

»Ach, wirklich? Stecke ich irgendwie in Schwierigkeiten?«

Rossel, die Arme hoch erhoben, schnaubte. Beria richtete den Blick auf den Leutnant.

»Ah, unser Mann mit der Vorliebe für Scherze. Was ist es diesmal, Leutnant?«

Aufgrund des Zusammenpralls mit dem Rückspiegel tropfte ihm immer noch Blut von der Stirn, doch Rossel hielt dem Blick stand.

»Ich glaube nicht, dass der Maestro sich besonders wohl in seiner Haut fühlt, Genosse Minister. Er hat mich soeben gebeten, ihn zu verhaften, und dann behauptet, er würde mich zum Major befördern lassen, wenn ich mitmache. Natürlich stimmt seine Einschätzung der gegenwärtigen Situation und meiner Berufsaussichten nicht unbedingt mit meiner eigenen überein.«

Berias Gesichtsausdruck war ein Lehrstück in Sachen versteinerter Miene. Schließlich breitete sich, von der einen Seite bis hinüber zur anderen, ein Grinsen über das fahle Gesicht des Ministers aus, und mit zuckenden Schultern brach er in Gelächter aus. Niemand wagte, es ihm gleichzutun.

Nach etwa einer Minute verebbte das Glucksen. Stille trat ein. Beria nahm erneut sein Putztuch zur Hand, wischte seine Brille aber nur kurz ab und nickte dann Sarkisow zu, der aus einer tiefen Tasche in seinem Uniformmantel einen Schlagstock hervorholte, hinter Wronski trat und zuschlug. Der Komponist sank auf die Knie.

Beria setzte die Brille wieder auf und starrte Wronski an.

»Ich konnte ihn noch nie leiden«, sagte er.

Wronski fasste sich an den Kopf und sah dann verständnislos seine blutige Handfläche an.

»Was, Lawrenti? Was?«

»Den blöden Namen, den du mir gegeben hast: Thanatos – Tod. So wie du es ausgesprochen hast, schwang da stets eine gewisse intellektuelle, bürgerliche Herablassung mit. Als ob du nicht erwartet hättest, dass so ein mingrelischer Bauerntrampel wie ich jemals etwas von den Mythen der alten Griechen gehört hätte.«

Wieder ein Nicken in Richtung Sarkisow.

Wieder ein Schlag mit dem Knüppel.

Und ein widerwärtiges Geräusch: einfach Holz auf Knochen.

Wronskis massiger Körper kippte vornüber in den Schnee und blieb dort liegen. Beria beugte sich über ihn und spuckte ihm seitlich ins Gesicht.

»Thanatos, Tod, ja, damals, aber ich habe das nie leiden können, Nikolai Nikolajewitsch. Aber heute Nacht, scheint mir, mag ich es.«

Wronski begann zu jammern. »Bitte, Genosse, ich habe niemandem etwas gesagt. Ich weiß nicht …«

Beria hielt Wronski mit einer behandschuhten Hand den Mund zu.

»Frauen, Nikolai. Und die ganzen musikalischen Extravaganzen. Ich kann bewerkstelligen, dass die Partei wegschaut, selbst bei den verdorbensten Eskapaden. Aber der Schmuck. Der Schmuck. Dein Flittchen mit unseren geschmuggelten Klunkern auszustaffieren und dann auch noch zuzulassen, dass man es bis in die Unterlagen von Juwelier Dschilas zurückverfolgen kann – und von dort bis zu mir. Das ist unverzeihlich.«

Beria ließ Wronski los. »Bringt ihn zum See«, sagte er zu Sarkisow, »hackt ein Loch ins Eis und werft ihn hinein.«

Mit einer steifen Verbeugung drehte er sich um und wollte ins Haus zurückgehen. Sarkisow holte mit dem Schlagstock aus. Die MGB-Männer um Rossel herum brachten ihre Waffe in Anschlag und richteten sie auf ihn.

In dem Moment, als Beria den Fuß der Steintreppe erreichte, hielt er, auf das Geräusch sich nähernder Fahrzeuge aufmerksam geworden, an und wandte sich um.

Eine gepflegte Packard-Limousine, gefolgt von zwei gedrungenen Militärlastern, kam in Sicht und hielt in der Einfahrt. Ein Dutzend Elite-Rotarmisten kletterten aus den Lastern und legten beinahe lässig auf die MGB-Leute an.

Der Chauffeur der Limousine schlüpfte aus dem Wagen. Er rückte seine Mütze zurecht, ging gravitätisch um den Wagen herum zur Beifahrertür und öffnete sie, als handle es sich um einen Staatsbesuch. Ein großer Mann in mittleren Jahren stieg aus, schwarz gekleidet von Kopf bis Fuß, mit der sorgenvollen Miene eines überkorrekten Bestatters. Es war Georgi Malenkow, Zweiter Sekretär des Zentralkomitees der Kommunistischen Partei der Sowjetunion und Mitglied des Politbüros. Und voraussichtlich Stalins Erbe.

Und auf der anderen Seite der Limousine stieg ein zweiter Mann aus und stellte sich neben Malenkow. Major Nikitin.

»Einen herzlichen Gruß, Lawrenti«, sagte Malenkow zu Beria. »Und da haben wir ja auch unseren Maestro. Was für eine glückliche Fügung! Ich war gerade auf dem Weg zu seinem Refugium auf der Krestowski-Insel, als wir bemerkten, dass mit der Wache am Eingangstor etwas nicht zu stimmen schien. Ich hoffe, es ist alles in Ordnung?«

Berias Gesichtsausdruck verriet nichts. Dennoch brauchte er einen Augenblick für die Antwort. Als er dazu ansetzte, klang seine Stimme jedoch ruhig, fast sanft, geradezu beflissen.

»In Zeiten wie diesen, Georgi, frage ich mich ja immer, was sicher auch du mit all deiner Weltläufigkeit dich fragen wirst.«

»Und das wäre?«, fragte Malenkow.

Beria rückte in aller Ruhe seine Brille zurecht und setzte dann sein breites Grinsen auf.

»Ganz einfach: Was würde Genosse Stalin jetzt tun?«

Malenkow ließ sich die Frage durch den Kopf gehen. Nach einer gewissen Zeit nickte er Nikitin zu.

»Genosse«, meinte er schließlich zu dem Major. »Erfüllen Sie Ihre vaterländische Pflicht.«

Rossel, die Arme weiterhin in die Luft gereckt, sah zu, wie Nikitin nach vorne ging und Sarkisow den Schlagstock aus der Hand nahm. Der MGB-Major drückte mit einem Stiefel Wronskis Wange zu Boden. Dann fing er an zu singen und schlug mit dem Knüppel auf Wronskis Körper den Takt dazu.

»Niemals war das Leben besser«, sang der Folterer. »Niemals war das Leben schöner. Sing mir das vor, du Bourgeois. Los, sing schon!«

Der Leutnant wandte den Blick ab und sah hinaus in die Weite des stillen, zugefrorenen Sees, über den Hauptmann Michail Murow einst eine legendäre Straße ins Werk gesetzt hatte.

# Coda

# *Prawda*, 12. November 1951

Nachruf

*Nikolai Nikolajewitsch Wronski*
Ein Held unserer heldenhaften Stadt

*Ich weine, während ich diese Zeilen schreibe. So wie alle aufrichtigen Sozialisten und alle Mitglieder der Partei des Volkes der Sowjetunion sicherlich patriotische Tränen vergießen werden, wenn sie dies lesen.*

*»Nikolai Nikolajewitsch Wronski ist tot.« Als ich diese schrecklichen Worte erstmals vernahm und von seinem unglücklichen Tod bei dem Brand erfuhr, der seine Datscha zerstörte, war mir fast genauso zumute wie am 21. Januar 1924, als mich die Nachricht von Lenins Tod in Gorki Leninskije erreichte.*

*Wäre Lenin noch unter uns, so hätte er sich zweifellos an die Spitze des breiten Stroms an Mitgefühl gesetzt, der sich nun bestimmt über die gesamte Sowjetunion ergießen wird. Von Minsk und Baku über Donezk, Rostow und natürlich Moskau bis hierher nach Leningrad, der Heimatstadt des Maestros.*

*Es ist wahrhaft eine Ehre, selbst unter solch tragischen Umständen, wenn auch eine schmerzliche, dazu auserkoren zu sein, den offiziellen Nachruf auf meinen geschätzten Kollegen, teuren Freund und Mitbruder im Komponistenverband zu verfassen.*

*Kein russischer Komponist, weder Strawinsky noch Skrjabin, nicht Borodin oder Korsakow, und auch nicht Rubinstein oder Medtner, ist in neuerer Zeit auch nur annähernd dem Umfang von Wronskis kreativem Schaffen und seiner Vision ebenbürtig gewesen. Niemand hat besser verstanden als er, was es heißt, Angehöriger und Genosse dieser großen Revolution zu sein.*

*Die übergroße Mehrheit der Werktätigen weltweit wird sein Dahinscheiden betrauern. So wie der Bauer all seine Kraft in den Pflug setzt und der Arbeiter sein Herzblut in die lebensnotwendigen Produktionsziele investiert, so hat Nikolai Nikolajewitsch seinen staunenswerten Verstand und sein profundes musikalisches Verständnis darauf verwendet, das Leid der Arbeiter in ihrem unaufhörlichen Kampf gegen die Bourgeoisie zu betrachten und zu ergründen.*

*Auf diese Weise wurde er für uns alle ein Held, gewiss jedoch für mich. Denn niemand hat die Seele des Sozialismus, seinen glückhaften Rhythmus, seine Melodien und Untertöne, mit größerer Klarheit und Genauigkeit einzufangen und auszudrücken vermocht als er.*

Nikolai Nikolajewitsch Wronski 12. April 1904 - 6. November 1951

*D. D. Schostakowitsch*

# 46

## Montag, 19. November

*»Mitbürger! Bei Artilleriebeschuss ist diese Straßenseite außerordentlich gefährlich.«*

Weil der Granatbeschuss aus dem Süden und Westen gekommen war, hatte man Schilder angebracht. Der Beschuss durch die deutschen Geschütze hatte die Nordseite des Newski Prospekt gefahrenreich gemacht. Wenn die Kanonade einen draußen erwischte, suchte man auf dem Gehweg der Südseite Schutz und sah zu, dass man sich schleunigst verdrückte. Die Warntafeln, mit Schablone an die Hauswände gepinselt, waren als wohlfeile Erinnerung an die Belagerung der Stadt so belassen worden.

Als Wassja und er an einer solchen Tafel vorbeieilten, versuchte Rossel, sich das Heulen der Sirenen und das Pfeifen der Granaten in Erinnerung zu rufen. Doch eine schrille Stimme aus Dutzenden von Lautsprechern entlang des breiten Boulevards, die alle Leningrader aufforderte, sich um Besucher zu kümmern, die wegen der Feierlichkeiten zum Jahrestag der »Straße des Lebens« in die Stadt gekommen waren, löschte jeden Gedanken aus. Außer denen, die mit ihrer gegenwärtigen Mission zu tun hatten.

Rossel zog seinen Uniformmantel fester zu, denn der Wind frischte auf und ließ die Schneeflocken einen beinahe schwindelerregenden Tanz aufführen. Nervös nestelte Rossel an einem runden Metallbehältnis in seiner Manteltasche herum. Als sie die Michailowskaja-Straße erreichten, unweit des Haupteingangs zum Grand Hotel Europa, sah er, genau wie Wassja es gesagt hatte, das Baugerüst und die Abdeckplane, hinter der sich einer der vielen Eingänge zur halb fertiggestellten U-Bahn-Station Gostiny Dwor verbarg. Weil sie den U-Bahnhof mit entworfen hatte, kannte sich Wassja bestens aus.

Da es schon Abend war, hielten sich hier keine Bauarbeiter mehr auf. Sie sahen nach links und rechts, bevor sie die Straße überquerten und auf die Seite gelangten, an der sich auch die Philharmonie befand, und schlüpften hinter eine grüne Plane. Wassja holte einen Schlüssel aus ihrer Manteltasche hervor und öffnete damit das rostige Vorhängeschloss einer Gittertür.

***

Die Betriebstunnel unter dem Hotel, dem Konzertsaal und verschiedenen anderen Gebäuden würden abgeschnitten, wenn die Metrostation einmal fertig sein würde, sagte Wassja. Solange sie zugänglich gewesen waren, hatten sie auch anderen Zwecken gedient. »Lagerhaltung. Schutzraum während der Blockade.« Und für Rossel ein Ort, an dem er die Tonbandaufnahmen verstauen konnte, die er sich aus dem Heuschuppen am Seeufer zurückgeholt hatte, wo der Werkzeugkasten versteckt gewesen war. Außerdem konnte er so in die Philharmonie gelangen, ohne dass er gesehen wurde.

Der Tunnel verlief direkt bis zu einer weiteren provisorischen Tür, die Zugang zu einem Kellerraum gewährte, weiter zu einer Treppe hinter der Bühne, die bis nach ganz oben unter das Dach des Konzertsaals führte, von wo aus sich alles überblicken ließ. Die Kabine war winzig, nur etwa zwei mal zwei Meter groß, unmittelbar neben drei alten Bühnenscheinwerfern ganz hinten im Zuschauerraum.

Der Leutnant sah auf die Uhr: 18:45. Die Vorstellung sollte um Viertel nach sieben beginnen. Auf den mit rotem Samt bespannten Sitzen mit goldener Zierleiste im Parkett und ersten Rang hatten bereits zahlreiche Konzertbesucher Platz genommen. Der Große Saal der Philharmonie war im klassischen Stil erbaut worden, mit riesigen weißen ionischen Säulen, fünf überdimensionalen Kronleuchtern – denen im »Ozeansaal« des Kirow-Theaters sehr ähnlich, die Sofia so geliebt hatte –, und fasste mehr als fünfzehnhundert Zuschauer.

Es würde voll sein heute Abend.

*Die Blockade* war ein Kulturereignis, dem man in der Sowjetunion schon lange entgegengefiebert hatte. Wronskis Tod hatte daran nichts geändert. Wie die *Prawda* verlautbarte, hatte das Leningrader Ortskomitee der Kommunistischen Partei der Sowjetunion einstimmig entschieden, dass man mit den Vorbereitungen fortfahren solle, »um den Namen dieses erhabenen Helden unserer heldenhaften Stadt in den Geschichtsbüchern zu verewigen«. Jeder, der etwas auf sich hielt, würde dort sein. Und wie damals die Erstaufführung von Schostakowitschs 7. Sinfonie in Leningrad würde auch Wronskis Werk nah und fern per Lautsprecher übertragen, sodass die Tausende von Menschen, die sich im Stadtzentrum versammelt hatten und folgsam auf dem Platz der Künste neben der Philharmonie in der Kälte ausharrten, das Meisterwerk anhören konnten.

Außer einer kleinen Schalttafel, die manchmal zur Steuerung der Beleuchtung verwendet wurde, standen in der Kabine zwei Magnetofon-Tonbandgeräte, die gelegentlich für allgemeine Durchsagen und das Abspielen von Musik genutzt wurden. Sie kamen nur selten zum Einsatz, waren jedoch betriebsbereit. Rossel hatte seine Hausaufgaben gemacht.

Der Leutnant zog die runde Blechdose aus der Tasche, öffnete sie und setzte die Spule, die sie enthielt, in das zweite, dem Anschein nach neuere Magnetofon-Gerät ein.

Anschließend nahm er zwei Zigaretten aus der Packung, gab eine Wassja, die mit dem hochgelegenen Standort besser zurechtzukommen schien als er, zündete sie an, sah erneut auf die Uhr, lehnte sich auf seinem Stuhl zurück und wartete.

***

Rossel hatte den Eindruck, selbst aus der Entfernung, dass Schostakowitsch mehr als nur ein wenig verlegen wirkte. Wahrscheinlich hoffte er, dass niemand im Ernst glaubte, die Lobeshymne auf Wronski in der *Prawda* hätte tatsächlich irgendetwas mit ihm zu tun. War es doch zu offensichtlich, dass irgendein Moskauer Schreiberling sie auf Geheiß des Kreml verzapft und einfach den Namen des Komponisten daruntergesetzt hatte.

Schostakowitsch stand mitten auf der Bühne neben einem großen Mikrofon. Er war sorgfältig frisiert und trug eine Brille mit braunem Gestell, wirkte unruhig und besorgniserregend dünn. Seine Aufgabe war es, eine gestelzte Lobrede auf Wronski zu halten, die in ihrer klischeebefrachteten Geschwätzigkeit eindeutig von demselben Schmierfink stammte, der auch schon den Nachruf zusammengeschustert hatte.

Nun erschien, ganz in Schwarz, mit Pillbox-Hut und Schleier, Madame Wronski. Eine junge Frau in Komsomol-Kluft überreichte Schostakowitsch einen großen Strauß blutroter Mohnblumen, den er seinerseits Wronskis Mutter übergab. Im ersten Programm des Allunionsradios hatten sie am Morgen darüber gesprochen, dass die trauernde Mutter des verstorbenen Maestros um Blumen in genau dieser Farbe gebeten hatte, weil ihr Sohn immer gesagt habe, sie erinnerten ihn »an die vielen Kinder unserer Nation, die im Großen Vaterländischen Krieg ihr Leben für den Sozialismus geopfert« hätten. Als sie die Blumen in Empfang nahm, erhoben sich die Konzertbesucher wie ein Mann und applaudierten. Nach einer Minute verließen Schostakowitsch und Madame Wronski die Bühne und nahmen ihre Plätze in einem eigens für die wichtigsten Besucher reservierten Bereich ein. Auch das Publikum setzte sich wieder. Das fast hundert Musiker starke Orchester machte sich auf den Weg zur Bühne, um sich einzustimmen.

Rossel wartete darauf, dass sich das Gemurmel des Publikums legte. Nach einer Weile war nur noch das gelegentliche Pupsen einer Tuba oder das leise Zirpen einer Geige zu hören, ein letztes Vergewissern, dass mit den Instrumenten alles in Ordnung war.

Nikitin hatte jetzt einen neuen Gebieter. Die ausführliche Liste mit Berias Vergehen befand sich in sicheren Händen bei Malenkow. Von noch größerem Interesse und als belastendes Material noch weitaus brisanter waren die Geschäftsunterlagen. Nikitin zufolge hatte Malenkow sie mit Vergnügen durchgesehen, bevor er sie unter Verschluss behielt.

In der Einfahrt zu Berias Datscha besaß letztlich keiner von Stalins Henkersknechten den Mut, den entscheidenden Schritt zu gehen. Letzten Endes schreckte jeder von ihnen davor zurück, ein Spiel mitzumachen, bei dem er des Sieges nicht sicher sein konnte. Und selbst ein Sieg konnte tödliche Folgen haben: Löschte jeder der beiden den jeweils anderen aus, würde der Große Führer dies sicherlich als Angriff auf seine eigene Person werten. Nein, die Liste und die Unterlagen waren aussagekräftig genug, um in einem weiteren Schlagabtausch in nicht allzu ferner Zukunft als Waffen zu dienen. Einstweilen würden Beria und Malenkow auf dem Parteitag ihre Aufwartung machen, Reden halten, bei Festessen und Konzerten erscheinen, lächeln und Hände schütteln. Und stillschweigend Wronski die Schuld für die unglückliche Tatsache zuschieben, dass man auf Eisenbahngleisen fünf Leichen gefunden hatte, und außerdem für alles, was ihnen sonst noch ins Konzept passte.

Rossel wusste, dass er selbst zu den Angelegenheiten zählte, die noch zu erledigen waren. Eine Zeile in Berias pedantisch genauen Aufzeichnungen unter der Überschrift »Anhängig«. Es sei denn, er konnte Major Nikitin überreden, seinen neu gewonnenen Einfluss geltend zu machen …

Den Milizionären vom Revier in der Wosstanija-Straße war es unterschiedlich ergangen. Geraschwili war immer noch nicht so ganz auf dem Posten. Aber bei seinem letzten Besuch hatte er gespürt, dass ihr ausgeprägter Ermittlerinstinkt sich allmählich wieder regte. Lipuchin hatte geschworen, nie wieder einen Tropfen anzurühren. Die Hälfte der Nachwuchskräfte hatte man freigelassen, und einige waren auch bereits wieder in ihren früheren Aufgabenbereich zurückgekehrt. Andere brauchten noch Zeit. Zusammen mit Dutzenden anderen Häftlingen war Gratschew zu zehn Jahren Arbeitslager verurteilt worden. Rossel bezweifelte, dass er ihn jemals wiedersehen würde.

Die Zeit seit Wronskis Tod hatte Rossel genutzt, um Stück für Stück das Bild zu vervollständigen, wie der Komponist seine Opfer geködert hatte. Wie bei Sofia hatte der Maestro seine Einladung auf die Krestowski-Insel auf jeden Einzelnen von ihnen genau abgestimmt. Dem aus der Lagerhaft geflohenen Maxim hatte er eine Zuflucht versprochen und so etwas wie musikalische Erlösung, die Chance bei der Gestaltung eines neuen Chorwerks mitzuwirken. Felix gegenüber hatte ein Brief von Marina, unter Zwang geschrieben, wie sie schluchzend eingestand, die Möglichkeit angedeutet, ihre alte Liebelei könne wieder aufflammen.

Bei Schewtschuk war Ehrgeiz der Köder, Wronskis Versprechen, seinen Einfluss für dessen Beförderung geltend zu machen. Bei Nadja war es am einfachsten gewesen. Geld, Schmuck, Wronskis Protektion am Kirow-Theater. Alle mussten bei ihrer Ankunft auf Wronskis Insel optimistisch gestimmt gewesen sein, angestachelt durch die Aussicht auf bessere Zeiten.

Doch eine Frage blieb.

»Nicht für dich, weil …«

Er wusste jetzt, wie der Satz weiterging. Er verstand und hatte ihr den Verrat bereits verziehen.

Rossel blickte hinunter auf Madame Wronski, eine winzige Gestalt, ein wenig verloren zwischen den Parteigrößen, hohen Militärs und anderen Würdenträgern, von denen sie umgeben war. Beifall brandete auf, als Mrawinki, der Chefdirigent des Leningrader Sinfonieorchesters, mit finsterer Miene auf die Bühne stapfte. Er verbeugte sich, und einmal mehr legte sich Stille über den Saal.

Ganz Leningrad lauschte.

Hoch oben in seiner Kabine zuckte der Leutnant mit den Schultern und lehnte sich nach vorne. Wassja drückte auf dem Magnetofon die rote Taste für »Abspielen«. Beide sahen zu, wie die Spulen zu surren begannen, und verließen, nachdem sie sich vergewissert hatten, dass alles ordnungsgemäß funktionierte, ihr Versteck. Auf dem verschlungenen Weg nach unten, zurück in den Betriebstunnel, bekamen sie bruchstückhaft die schauderhafte Aufnahme und den wachsenden Aufruhr mit.

***

Jeder Quadratzentimeter in Leningrad schien von einer stummen Armee riesiger schwarzer Krähen besetzt zu sein. Als Rossel und Wassja hinter der Plane wieder hervorkamen und auf die Michailowskaja-Straße traten, hatte er einen Augenblick lang das Gefühl, die gesamte Bevölkerung der Stadt hätte sich versammelt, um ihn zu begrüßen – nicht nur auf dem Platz vor ihnen, sondern auch in allen umliegenden, völlig verstopften Straßen. Gekleidet waren sie alle zu Ehren des Maestros wie für ein Begräbnis, so wie es die *Prawda* vorgegeben hatte, und standen geschlossen in dem spärlich herabrieselnden Schnee. Eine Arbeiterbrigade aus schwarzen Schals, Handschuhen, Zobelpelzen, Wintermänteln und Pelzmützen. Jeder Kopf hochgereckt, den Blick nach oben gerichtet auf die Lautsprecher an den Laternenmasten.

An manchen Stellen standen die Menschen fünfzehn Reihen tief auf der Straße. Da es nicht möglich war, rechts vom Newski Prospekt abzubiegen, hatte sich eine Fahrzeugschlange gebildet. Fahrer und Fahrgäste stiegen aus den Autos, um besser hören zu können, was aus den Lautsprechern drang.

Das Meiste war unverständlich, es sei denn, man wusste wie Rossel, was die Geräusche in Wirklichkeit bedeuteten. Das Klirren des Profileisens auf den Gitterstäben, das affenähnliche Kreischen der Wesen in den sanft hin und her schaukelnden Käfigen, die Schreie und das Stöhnen der Gefolterten – all das ging immer so weiter.

Rossel lockerte seinen Mantel etwas, sodass man seine Uniform sah, und nahm seinen Dienstausweis zur Hand, um sich leichter einen Weg durch die Menge bahnen zu können. Er hatte die Kabine mit dem Vorhängeschloss abgesperrt, das man öffnen musste, um in den Betriebstunnel der Metro zu gelangen. Was im großen Saal der Philharmonie zu hören war, erschallte überall in Leningrad gleichermaßen.

Auf das Zuhören fixiert, schien die Menschenmenge sie gar nicht richtig wahrzunehmen. Jedes der fahlen, schockierten Gesichter war eine Studie in Sachen Konzentration für sich, die Lippen gespitzt oder aufeinandergepresst. Rossel nahm Wassja bei der Hand, boxte sich bis zum Haupteingang der Philharmonie durch und steuerte dann auf die riesige Menge auf dem Platz der Künste zu.

Sie hatten fast die halbe Strecke bis dorthin zurückgelegt, verborgen zwischen all den verdatterten, nach oben gewandten Gesichtern, als die Tonbandstimme erstmals klar und verständlich war. Ein kollektives Keuchen ging durch die Menge. Es war so laut, dachte Rossel, dass die ausgeatmete, warme Luft sich zu einer einzigen Wolke zusammenballen könnte, sodass die Kuppel der Auferstehungskathedrale nicht mehr zu sehen wäre.

»Gott ist tot, Maxim«, sagte Wronski, »so sagt es uns Dostojewski. Gott ist tot. Also ist alles erlaubt.«

Anstelle einer Antwort schrie Maxim seine eigene hypnotische Beschwörungsformel hinaus. »Meine Begierde war die Sünde, und aus der Sünde machte ich ein Fest. Und durch dieses Fest begegnete ich Dir …«

Das Band lief noch dreißig weitere Sekunden. Das Geräusch heftiger Schläge war deutlich zu vernehmen. Männer und Frauen, die um Gnade bettelten. Den Tod herbeiwünschten. Wronskis Verachtung. Ein Jaulen, Scheppern, Gebrüll und schließlich nur noch Flüstern.

Doch dann hörte Rossel plötzlich ein anderes Geräusch – ein Paar Hände, das klatschte. Zuerst klatschte es für sich allein. Nach einer Weile applaudierten auch andere in dem großen Saal.

*Das ist Madame Wronski*, dachte Rossel. *Sie muss es sein.*

Sobald sie verstanden hatte, was auf dem Band zu hören war, hatte es sie kaum eine Minute gekostet, ihre Vorgehensweise festzulegen, nahm er an.

Die Geschichte dieses Vorfalls, das hatte Jekaterina Wronski instinktiv begriffen, würde nicht das Publikum im Saal schreiben und auch nicht die Menschen draußen auf der Straße, sondern dieselben Schreiberlinge vom Allunionsradio, von der *Prawda* und der *Iswestija*, die gehorsamst all diese kriecherischen Nachrufe hingeschmiert hatten.

In der Zeit, in der Rossel und Wassja zuhörten, wurde der Applaus in der Philharmonie zusehends lauter. Sie dürften nun alle stehen. Sobald sie die Generäle und Apparatschiks mit einem ihrer typischen Blicke auf die Beine gebracht hatte – *Du denkst, ich bin erledigt, aber ich habe immer noch einen guten Draht zu Minister Beria. Wie gut ist deiner?* –, würden alle anderen es ihnen gleichtun.

Als sie weitergingen, wurde das Tosen des Beifalls immer lauter, sodass Wronskis Tonband nicht mehr durchdrang. Und der Applaus kam jetzt nicht mehr nur aus den Lautsprechern an den Masten. Der Beifall hatte es aus dem

Theater heraus geschafft und sich unter den Menschen verbreitet, die auf dem Platz der Künste und in den Straßen standen. Niemand wusste, was er beklatschte, oder warum. Nur, dass es sicherer war, ebenfalls zu applaudieren.

Der Beifall folgte dem Leutnant und der Nachthexe, während sie die Insenernaja-Straße hinuntergingen. Am Gribojedow-Kanal hatte er sie bereits überholt.

Madame Wronski hatte der *Prawda* genau das geliefert, was sie brauchte – stehende Ovationen der gesamten Stadt für ihr totes Kind. Und sie hatte die Schlagzeilen ebenfalls praktisch schon geschrieben – *Leningrad steht zusammen und spendet Wronski Beifall, dem heldenhaftesten Sohn unserer heldenhaften Stadt!*

Als sie nach rechts gingen, in Richtung der gewaltigen, grellbunten und goldenen Kuppeln, die die Türme der Erlöserkirche auf dem Blut schmückten, kam der Beifall sogar schon von der anderen Seite des Kanals und dem Platz dahinter. So laut erschien er mittlerweile, dass man den Eindruck bekam, er würde die Fundamente aller Gebäude erschüttern. Die stupide Masse, ratlos, aber stets gefügig.

»Was die *Prawda* schreibt, ist nicht so wichtig«, sagte er zu Wassja. »Daran werden sich diese Leute in zehn oder zwanzig Jahren nicht mehr erinnern. Niemand kann in der Öffentlichkeit über das sprechen, was er heute gehört hat. Aber jeder hat es gehört.«

Der Beifall ebbte langsam ab, als sie linker Hand eine kleine stählerne Brücke hinter der Kirche betraten und in Richtung des Polizeireviers 17 weitergingen. Rossel dachte, dass er, wahrscheinlich ein letztes Mal, Gefallen daran finden könnte, den auf dem Kaminsims eingemeißelten Seevogel zu bewundern und eine letzte Mahnung auszusprechen, die Hoffnung niemals sinken zu lassen.

# Danksagung

Jeder Schriftsteller, der Einsichten zur Lebenswirklichkeit unter der mörderischen Herrschaft von Josef Stalin sucht, leidet nicht gerade unter Materialmangel. Doch auch wenn wir für *Der kalte Glanz der Newa* viel gelesen und umfänglich recherchiert haben, ist dies kein Geschichtsbuch. Wir haben uns die Freiheit genommen, einige Daten und Schauplätze zu ändern und die politischen Rivalitäten und menschlichen Beziehungen entsprechend nachzuempfinden und zu gestalten. Andererseits haben wir stets versucht, den Wesenskern dieser Ära getreu wiederzugeben. Verschiedene Personen haben uns außerordentlich gute Hinweise zu so manchen Detailfragen gegeben, von der Zigarettenmarke bis hin zu Automodellen. Etwaige Unstimmigkeiten und Irrtümer gehen jedoch allein auf unser Konto.

Danken möchten wir:

Jon Elek von Welbeck Publishing, der sich für *Der kalte Glanz der Newa* eingesetzt und den Roman veröffentlicht hat. Unserem Agenten Giles Milburn, der von Anbeginn an dieses Buch geglaubt hat und der – möglicherweise noch wichtiger – einer derjenigen Vertreter seiner Zunft ist, mit dem man gerne auch ein Bier trinkt.

Rosa Schierenberg von Welbeck Publishing sowie Liane-Louise Smith, Georgina Simmonds und Sophie Pélissier von der Madeleine Milburn Agency für all ihre Hilfe und Unterstützung.

Niamh Mulvey und Fiona Mitchell für ihre hervorragende redaktionelle Bearbeitung und ihre inhaltlichen Vorschläge, durch die das Buch noch deutlich besser geworden ist. Andrew Smith für die stimmungsvolle Covergestaltung, außerdem Clare Wallis und Rhian McKay für sorgfältiges Korrekturlesen und die Fahnenkorrektur.

Dem Rechtsmediziner Dr. Ben Swift für seine fachliche Beratung hinsichtlich solcher Themen wie gefrorene Leichen – und wie man sie auftaut –, Verhungern, Sedierung und anderer ähnlich unappetitlicher Angelegenheiten. Schließlich Dr. Jana Howlett, emeritierte Dozentin und Fellow am Jesus College der Universität Cambridge, für das Aufspüren so manches »absichtlichen Fehlers«.

Corinna Gleide · Ralf Gleide
Die Erneuerung der Sternenweisheit